PAULA BELLHEIM

# Die Impfpionierin

**Über die Autorin:**

Paula Bellheim ist gebürtige Berlinerin, hat aufgrund der Tätigkeit ihres Vaters jedoch einen Großteil ihrer Jugend im Ausland verbracht, wodurch sie mehrere Sprachen fließend spricht. Nach ihrem Studium war sie viele Jahre bei internationalen Firmen im Bereich Kommunikation und Marketing tätig. Heute lebt sie zusammen mit ihrem Ehemann zurückgezogen in Süddeutschland. Der Roman über Lady Montagu ist ihr Debüt als Autorin.

PAULA BELLHEIM

# LADY MARY
## DIE IMPFPIONIERIN
# MONTAGU

MIT IHREM WISSEN RETTETE SIE MENSCHENLEBEN
UND SCHRIEB MEDIZINGESCHICHTE

ROMAN

LÜBBE

Dieser Titel ist auch als Hörbuch und E-Book erschienen

Die Bastei Lübbe AG verfolgt eine nachhaltige Buchproduktion. Wir verwenden Papiere aus nachhaltiger Forstwirtschaft und verzichten darauf, Bücher einzeln in Folie zu verpacken. Wir stellen unsere Bücher in Deutschland und Europa (EU) her und arbeiten mit den Druckereien kontinuierlich an einer positiven Ökobilanz.

FSC
www.fsc.org
MIX
Papier aus verantwortungsvollen Quellen
FSC® C014496

Originalausgabe

Dieses Werk wurde vermittelt durch die
Literarische Agentur Thomas Schlück GmbH, 30161 Hannover.


Lektorat: Dr. Stefanie Heinen
Einband-/Umschlagmotive: © Trevillion Images: Lee Avison | Drunaa
Umschlaggestaltung: Christin Wilhelm, www.grafic4u.de
Satz: hanseatenSatz-bremen, Bremen
Gesetzt aus der Adobe Garamond Pro
Druck und Verarbeitung: GGP Media GmbH, Pößneck

Printed in Germany
ISBN 978-3-404-18906-9

5 4 3 2 1

Sie finden uns im Internet unter luebbe.de
Bitte beachten Sie auch: lesejury.de

# BUCH I

# Das Heiratskarussell

# London 1762

Es war ein grauer Wintertag, windig und feucht. Vor dem Haus in der George Street hielt ein Wagen. Eines der Pferde ließ ein paar Pferdeäpfel fallen, während der Kutscher die Bremse anzog und vom Bock sprang. Er trat vor das offene Fenster des Wagens und zog den Hut. »Wir sind da, Ladys. Dies müsste es sein.«

Aus dem Inneren der Kutsche blickte ein junges Mädchen neugierig auf das Haus, vor dem sie gehalten hatten. Ein hübscher dreistöckiger Klinkerbau, etwas von der Straße zurückgesetzt, schlicht und doch elegant im georgianischen Stil, weiße Fenstersprossen, die Läden dunkelgrün gestrichen wie auch die über zwei Marmorstufen zu erreichende Haustür. Davor lag ein kleiner, von einer kniehohen Mauer eingegrenzter Vorgarten, leider kahl und trist in diesen Februartagen.

Hier also wohnt sie jetzt, dachte Luisa und verspürte einen ehrfürchtigen Schauder. Gleich würde sie zum ersten Mal in ihrem jungen Leben der berühmten Großmutter begegnen.

»Träum nicht, Luisa. Steig aus«, befahl Mrs. Roper, ihre Gouvernante, die neben ihr auf der vom Haus abgewandten Seite des Wagens saß.

Luisa öffnete den Verschlag und tat wie geheißen. Der Kutscher hatte die Koffer seiner Fahrgäste bereits ausgeladen und auf dem gepflasterten Gehsteig abgestellt.

»Sonst noch was, Ladys?«, fragte er und rieb sich die kalten Hände. In seinem Grinsen fehlte ein Zahn. »Das wären dann Sixpence, Ladys.«

»Wie bitte?«, knurrte Mrs. Roper, die ebenfalls ausgestiegen war, und warf ihm einen ungehaltenen Blick zu. »Thruppence wären schon zu viel.«

Das Grinsen auf dem Gesicht des Kutschers verschwand. »Ist ein weiter Weg von der Poststation. Ich muss meine Kinder ernähren. Und meine Pferde. Sollen die etwa verhungern?«

»Seine Gäule sehen gut genährt aus. Vier Pence, mehr kriegt er nicht!«

Der Mann zuckte mit den Schultern und hielt die schwielige Hand auf. »Na schön. Ausnahmsweise. Der jungen Lady zuliebe.« Er zwinkerte Luisa zu.

»Werd er nicht unverschämt!«, fauchte Mrs. Roper. »Und das Gepäck soll er gefälligst ins Haus bringen! Vorher gibt's kein Geld.«

Der Kutscher seufzte und nickte ergeben. »Wie Ihr wünscht, Ma'am.« Er klemmte sich eine Reisetasche unter den Arm und packte mit jeder Hand einen der schweren Koffer. Für die beiden letzten würde er noch ein zweites Mal gehen müssen.

Mrs. Roper stieß das Vorgartentor auf und marschierte mit strammem Schritt auf die Haustür zu, wo sie den schweren bronzenen Türklopfer betätigte. Dann drehte sie sich zu Luisa um, die verlegen am Tor stehen geblieben war. »Nun komm schon, Luisa, und gaff nicht. Du stehst dem Mann im Weg.«

Schüchtern trat Luisa näher. »Vielleicht kommen wir ungelegen«, sagte sie.

Mrs. Roper schüttelte den Kopf. »Ach was! Außerdem, sie wird dir schon nicht den Kopf abbeißen.«

Das sagt sich so, dachte Luisa. Dabei war Lady Mary bekannt für ihre beißenden Pamphlete, für ihre Korrespondenz mit bedeutenden Menschen, für ihre literarischen Fehden mit Politikern und Dichtern. All das hatte sie in Luisas Augen zu einer übermenschlichen Figur werden lassen, und gerade deshalb wollte sie ihre Großmutter endlich kennenlernen. Aber da war natürlich auch der langjährige Familienzwist. Luisa hatte unter Tränen darum kämpfen müssen, dass man ihr gestattete hierherzukommen. Sie fasste sich ein Herz und trat an Mrs. Ropers Seite. Der Kutscher folgte mit dem schweren Gepäck, stellte es ab und kehrte zur Straße zurück, um den Rest zu holen.

Endlich wurde die Tür geöffnet.

Vor ihnen stand eine schlanke, ganz in Schwarz gekleidete Frau in mittleren Jahren, das dunkle Haar zu einem strengen Nackenknoten gebunden. »Guten Tag. Was wünschen die Herrschaften?«, fragte sie mit deutlich französischem Akzent.

»Lady Luisa Stuart«, sagte Mrs. Roper und deutete mit dem Kopf auf Luisa, »möchte Lady Mary, ihrer Großmutter, ihre Aufwartung machen. Mein Name ist Roper. Ich bin Luisas Gouvernante und begleite sie.«

Die Frau an der Tür, vermutlich eine Magd oder Zofe der Hausherrin, blickte Luisa erstaunt an, lächelte dann freundlich und trat zur Seite. »Oh natürlich. Bitte tretet ein. Ich werde Madame Bescheid sagen, sie wird sich freuen.« Damit wandte sie sich eilig ab und verschwand im Haus.

Mrs. Roper wies den Kutscher an, das Gepäck in einer Ecke der Diele abzustellen. Dann entließ sie ihn mit vier in die Hand gedrückten Pennymünzen. Der Mann zählte mit einem Blick nach, nickte und machte sich davon.

Nun betrat auch Luisa das Haus und schloss die Tür hinter sich. Die Einrichtung der Diele war schlicht: ein Möbelstück mit Spiegel, daneben Mantel- und Hutablage, ein abgetretener Teppich, gelb getünchte Wände. Eine Landschaft mit Themse und London im Hintergrund. Etwas unpersönlich das Ganze, fand sie, aber das Haus war ja auch nur gemietet, wie Großmutter geschrieben hatte.

Es dauerte nicht lange, bis die Hausangestellte zurückkehrte und die Gäste in den Salon bat. »Madame kommt gleich«, sagte sie. »Bitte setzt Euch. Eine Erfrischung vielleicht?«

»Nein, danke«, sagte Mrs. Roper mit einer Miene, als wäre es unter ihrer Würde, in diesem Haus etwas zu sich zu nehmen.

Mutters Einfluss, ging es Luisa durch den Sinn. Während der ganzen Reise hatte Mrs. Roper keinen Zweifel daran gelassen, wie starrsinnig sie es fand, dass Luisa darauf beharrte, ihre entfremdete Großmutter zu besuchen, und wie unangenehm es ihr war, sie zu begleiten. Aber Mutter hatte es angeordnet, also hatte sie sich fügen müssen.

»Vielleicht eine Tasse Tee«, sagte Luisa mit einem dankbaren Lächeln. »Falls im Haus vorhanden, natürlich. Die lange Fahrt hat mich durstig gemacht.«

Tee hatte seit den Zwanzigerjahren das Land erobert. Manche hielten sich an grünen Tee, aber am beliebtesten war schwarzer Tee mit etwas Sahne.

Die Magd nickte. »Gerne, Lady Luisa.«

Sie wandte sich schon zum Gehen, als Luisa sie nach ihrem Namen fragte. »Oh, ich heiße Marie Anne und bin Madames Lady's Maid, wie man hier sagt. Schon seit vielen Jahren.«

»Sie ist aus Frankreich, nicht wahr?«

»Ganz recht. Aus Avignon.«

»Ah«, sagte Luisa lachend. »*Comme ça je peux pratiquer mon français.*« So kann ich mein Französisch üben.

»*Avec plaisir, Madame!*«, erwiderte Marie Anne mit einem herzlichen Lächeln. Dann wandte sie sich erneut an Mrs. Roper und fragte, ob sie nicht doch etwas Tee zu sich nehmen wolle, was diese jetzt gnädig gewährte. Marie Anne entschuldigte sich und verließ den Salon.

Die Damen sanken auf zwei mit dunklem Samt bezogene Chaiselongues, und Luisa sah sich neugierig um. Der Salon war opulenter ausgestattet als die Diele. Die Wände waren mit dunkelgrünem Stoff verkleidet, auf dem einige Landschaften in vergoldeten Rahmen hingen, dazu gab es eher zierliche Möbel und Kommoden, ein paar holländische Vasen und zwei orientalische Teppiche. Über allem schwebte ein Kronleuchter von der Decke, und auf den Kommoden standen silberne Kerzenhalter. Allerdings war der Salon unaufgeräumt. Überall lagen Bücher, Zeitungen und Briefe herum. Offensichtlich hatte die Hausherrin dem Gesinde aufgetragen, nichts davon anzurühren. Davon abgesehen war es alles in allem eine gediegene Einrichtung, wenn auch nicht besonders kostbar.

Bald darauf wurde der Tee serviert, diesmal von einer jungen Magd. Mrs. Roper rührte Zucker und etwas Sahne in ihren Tee und kostete ihn. Dann sah sie sich ebenfalls um. »Ich hatte sie für reicher gehalten«, bemerkte sie abfällig. »Wenn man das hier so sieht …«

»Das Haus ist nur gemietet«, entgegnete Luisa schroff. Mrs. Roper war jemand, der Reichtum mit gesellschaftlicher Überlegenheit verband, und ihre Bemerkung bestätigte diese Einstellung einmal wieder. »Lady Mary hat lange in Italien und Frankreich gelebt. Erst vor Kurzem ist sie heimgekehrt. Auf die Schnelle hat sich wohl nichts Besseres gefunden.« Kaum hatte sie das gesagt, ärgerte sie sich auch schon darüber, dass sie es überhaupt für nötig befunden hatte.

»Wahrscheinlich hat sie ihr Vermögen bei den Franzosen verjubelt, anstatt ihrer Tochter etwas zu vererben.«

»Das geht Euch wohl kaum etwas an, Mrs. Roper.«

»Nein, vermutlich nicht. Ich sag es ja nur.« Die Gouvernante nahm noch einen Schluck von ihrem Tee. »Bei den Franzosen hat sie dann sicher auch diese Marie Anne gefunden. Als ob es keine kompetente Dienerschaft in England gäbe.«

»Mrs. Roper! Ich muss Euch bitten, solche Bemerkungen für Euch zu behalten. Besonders in diesem Haus.«

Mrs. Roper warf ihr einen erstaunten Blick zu. »Sag mal, wie redest du mit mir?«

»Ich rede, wie es mir passt, damit Ihr's wisst. Wir sind hier nicht bei Maman.«

»Jetzt wirst du auch noch aufmüpfig!« Mrs. Roper warf den Kopf in den Nacken und schoss Luisa einen missbilligenden Blick zu. »Ich wusste, es war ein Fehler herzukommen.«

In diesem Augenblick öffnete sich die Tür zum Salon, und eine alte Dame betrat den Raum. Das musste Großmutter sein, Lady Mary Wortley Montagu. Bei ihrem Anblick sprang Mrs. Roper von der Chaiselongue auf und hätte beinahe ihre Teetasse fallen lassen, wie Luisa belustigt bemerkte. So viel zu ihrem großen Mundwerk!

Auch Luisa hatte sich erhoben und blickte mit einigem Herzklopfen ihrer Großmutter entgegen, die, auf einen Gehstock gestützt, langsam auf sie zukam. Sie war nicht besonders groß – Luisa hatte sie sich größer vorgestellt –, trug ein schlichtes langes Kleid aus dunkelblauer Seide mit glockenförmigem Rock und halblangen Ärmeln, keine Perücke, die ergrauten Haare stattdessen hochgesteckt. Allerdings war sie geschminkt. Wahrscheinlich, um die kleinen Narben in ihrem Gesicht abzudecken.

»Du bist Luisa, hat mir Marie Anne gerade berichtet«, sagte Lady Mary nüchtern und blickte sie ohne besondere Wärme an. Stattdessen hielt sie sich ein Lorgnon vor die Augen, beugte sich ein wenig vor und musterte ihre Enkelin eingehend.

Luisa errötete. Sie fühlte sich wie ein Insekt unter der Lupe.

Schließlich trat ihre Großmutter einen Schritt zurück und

ließ das an einer Goldkette befestigte Lorgnon auf ihren Busen fallen. »Verzeih, dass ich dich so anstarre, mein Kind, aber meine Augen haben nachgelassen.«

»Das tut mir leid, Großmutter«, hauchte Luisa eingeschüchtert und ein wenig enttäuscht, denn nicht einmal eine Umarmung war ihr zuteilgeworden.

»Das muss dir nicht leidtun«, sagte Lady Mary.

»Vielleicht kommen wir ungelegen«, sagte Luisa verlegen.

»Ungelegen würde ich nicht sagen. Eher überraschend.«

»Mutter wollte mich erst nicht reisen lassen ...«

»Ah, deine Mutter!«, sagte Lady Mary. »Wir haben uns lange nicht gesehen, deine Mutter und ich. Du siehst ihr übrigens gar nicht ähnlich, wenn ich das bemerken darf. Eher deinem Vater. Auch der hatte diese blasse Haut, wenn ich mich recht erinnere. Und Sommersprossen. Ja, Sommersprossen. So wie du. Wie viele seid ihr denn jetzt bei euch zu Hause?«

Luisas Hand fuhr an ihr rotblondes Haar. Es hatte dieselbe Farbe wie das ihres Vaters, obwohl das seine schon von Grau durchzogen war. »Wir sind elf Geschwister. Davon fünf Jungen. Ich bin die sechste in der Reihenfolge.«

»Elf, mein Gott!«, stieß Lady Mary aus. »Und meine Tochter lebt noch? Wie hat sie elf Geburten überstanden? Mir waren zwei schon zu viel!«

»Oh, Maman geht es gut. Sie sendet Euch Grüße.«

»Und wie alt bist du?«

»Siebzehn.«

»Siebzehn«, wiederholte Lady Mary erstaunt. »Das heißt, bei deiner Geburt war ich längst nicht mehr im Land. Wie die Zeit vergeht!«

Mrs. Roper, die Lady Mary die ganze Zeit angestarrt hatte, fand plötzlich ihre Stimme wieder. »Verzeiht, wenn ich unterbreche, Mylady, aber bevor ich's vergesse, die Countess of Bute hat mir einen Brief für Euch mitgegeben.« Sie kramte in ihrer Handtasche, zog einen versiegelten Umschlag hervor und überreichte ihn mit einem tiefen höfischen Knicks.

Die alte Dame nahm den versiegelten Brief entgegen. »Und wer seid Ihr?«, fragte sie etwas von oben herab.

Mrs. Roper deutete erneut einen Knicks an. »Ich bin die Gouvernante der älteren Töchter des Hauses Bute. Roper ist mein Name. Die Countess hat mich gebeten, Luisa zu begleiten.«

»Soso«, murmelte Lady Mary und hielt Luisa die Hand hin. »Hilf mir mal, mich zu setzen, Luisa. Mein Knie macht mir zu schaffen.«

Luisa half ihrer Großmutter, sich niederzulassen, und setzte sich dann ebenfalls. Mrs. Roper blieb unschlüssig stehen. Mit einem Seufzer ließ sich Lady Mary zurück in die weichen Kissen sinken. »Nun setzt Euch schon, Roper«, sagte sie ungeduldig.

»Wann seid Ihr angekommen, Großmutter?«, fragte Luisa.

»Vor drei oder vier Wochen. So genau weiß ich es nicht mehr.«

»Hattet Ihr eine gute Überfahrt?«

»Du scherzt wohl! Mitten im Winter? Nein, es war hundekalt und stürmisch. Marie Anne war hinterher noch drei Tage krank.«

»Und dann habt Ihr dieses Haus gefunden.«

»Schreckliche Einrichtung!« Lady Mary warf einen verächtlichen Blick in die Runde. »Meine eigenen Möbel sind noch nicht angekommen. Mir gehören nur die beiden Teppiche und die Kerzenhalter. Die habe ich in mein Gepäck bekommen. Der Rest …«

Luisa betrachtete die bunten, fein geknüpften Teppiche.

»Das sind persische Teppiche«, fügte Lady Mary hinzu. »Gekauft habe ich sie in Konstantinopel. Ist aber auch schon lange her.«

»Die sind wirklich schön«, sagte Luisa bewundernd.

Lady Mary musterte ihre Enkelin mit einem kritischen Blick. »Warum bist du gekommen, mein Kind? Was willst du hier bei mir?«

»Freut Ihr Euch denn nicht, mich zu sehen?«, fragte Luisa. Sie war über die wenig herzliche Art enttäuscht, mit der sie empfangen worden war. Und jetzt auch noch diese Frage! Als wäre sie der Großmutter lästig. Es war wohl doch dumm von ihr gewesen zu kommen.

»Wie soll ich mich freuen, wenn ich dich noch gar nicht kenne? Aber das wird sich ja wohl jetzt ändern.«

Luisa errötete. »Bitte lest Mamans Brief. Sie wird alles erklärt haben, denke ich.«

»Na schön.« Lady Mary erbrach das Siegel, entfaltete das Briefpapier, hielt sich erneut das Lorgnon vor Augen und widmete sich der Lektüre.

Luisa nutzte die Gelegenheit, sie genauer zu betrachten. Für ein junges Mädchen wie sie war Lady Mary mit ihren bald dreiundsiebzig Jahren eine uralte Frau. Aber sie war in Würde gealtert, das musste man sagen. Mutter hatte erzählt, ihre Großmutter sei einmal eine in ganz London bekannte Schönheit gewesen und habe viele Verehrer gehabt. In der Tat hatte Luisa Porträts gesehen, die das bestätigten.

Und ja, von dieser Schönheit war etwas geblieben, auch wenn Altersflecken an den Händen und die winzigen, unter der Schminke noch erkennbaren Pockennarben das Gesicht ihrer Großmutter an manchen Stellen verunzierten. Ihr Haar war ergraut, sie hatte Falten im Gesicht, aber die machten sie nicht hässlich, ließen sie eher weise erscheinen. Es war das schöne Gesicht einer charaktervollen alten Dame, ein Gesicht, das beeindruckte.

Lady Mary ließ ihr Lorgnon sinken und sah Luisa

nachdenklich an. »Deine Mutter schreibt, du hättest mit aller Macht darauf bestanden, mich zu besuchen. Gegen ihren ausdrücklichen Willen.«

»Ich wollte Euch schon lange kennenlernen.«

»Und warum? Ich meine, es ist freundlich von dir, aber ich war zwanzig Jahre im Ausland und hatte nur wenig Kontakt zur Familie. Abgesehen von ein paar Briefen, natürlich. Deine Mutter ist aber auch nicht gerade eine fleißige Briefschreiberin. Das muss ich leider sagen.«

Luisa zuckte mit den Schultern. »Ich habe trotzdem viel von Euch gehört und war neugierig. Egal, was sie zu Hause über Euch sagen, ich … na ja … Ich bewundere Euch.«

»Du bewunderst mich?« Lady Mary lachte auf. »Na so was! Da muss ich mich wohl geehrt fühlen. Aber bewundern solltest du lieber deinen Vater. Es heißt, er hat gute Chancen, Prime Minister zu werden.«

»Er versteht sich gut mit dem König.«

»Davon habe ich gelesen. Doch zurück zu dir, mein Kind. Warum bist du von zu Hause ausgerissen und zu deiner alten Großmutter geflohen?«

»Ich bin nicht ausgerissen. Und ich bin auch nicht geflohen. Aber Maman hatte vor, mich dieses Jahr in die Gesellschaft einzuführen. Und bei Hofe. Wie schon Mary und Anne, meine beiden Schwestern.«

Lady Mary nickte. »Sie schreibt, du hättest das abgelehnt. Dabei ist doch jedes Mädchen von Rang ganz erpicht darauf, dem Monarchen vorgestellt zu werden. Und all die schönen Kleider und Bälle!«

»Das ist nichts für mich«, erwiderte Luisa.

»Erstaunlich!«, murmelte Lady Mary. Dann sagte sie: »Nun, das können wir dann beim Abendessen besprechen. Jetzt solltet ihr beide euch erst einmal bei uns einrichten.« Sie sah Mrs.

Roper an. »Ich nehme an, Ihr beehrt uns ebenfalls für eine Weile.«

Mrs. Roper nickte eilfertig. »Wenn Ihr nichts dagegen habt, Ma'am.«

»Ich habe wohl kaum eine Wahl. Meine Tochter besteht darauf.« Sie sah Luisa an, diesmal mit einem warmen Lächeln. »Es kommt zwar unerwartet, aber ich freue mich, dass du da bist.«

***

Trotz der ersten, etwas unterkühlten Begegnung mit ihrer Großmutter gelang es Luisa in den nächsten Tagen, sich zu entspannen und sogar fast heimisch zu fühlen. Vor allem Marie Anne trug dazu bei. Die Französin tat alles, damit Luisa sich wohlfühlte, brachte ihr abends eine heiße Schokolade ans Bett, zeigte ihr die Läden in der Nachbarschaft und besprach jeden Tag mit der Köchin, Madame Paulette, ebenfalls aus Frankreich, was man Schönes für Luisa kochen könne. Meistens waren es Gerichte aus Marie Annes Heimat Avignon, denen auch Lady Mary mit Vorliebe zusprach. Luisa hatte noch nie so gut gegessen, ließ sich die Rezepte erklären und half gelegentlich bei der Zubereitung. Selbst Mrs. Roper, beim ersten Bissen für gewöhnlich misstrauisch, begann nach einer Weile, Madame Paulettes Küche zu genießen.

Es gab noch drei weitere Mitglieder des Haushalts. Da war zum einen die Magd Jane, ein einfaches Mädchen vom Lande, das fürs Aufräumen, Putzen und die Wäsche zuständig war. Den Markt besuchte Madame Paulette selbst. Das ließ sie sich nicht nehmen. Im Weiteren gehörte der junge Knecht William zum Gesinde, der sich um das Pferd und den einspännigen Wagen kümmerte und die meiste Zeit im Stall hinter dem Haus verbrachte. Es sei denn, er trug gerade Holz herein und sorgte sich um das Feuer in den Kaminen. Wasser vom nächstgelegenen Brunnen zu holen war ebenfalls seine Aufgabe.

Und dann war da noch Dottore Bartolomeo Mora, ein rundlicher Italiener mittleren Alters, Lady Marys langjähriger Sekretär und seit ihrer Zeit in Venedig in ihren Diensten. Dottore Mora verbrachte die meiste Zeit in seinem eigens für ihn eingerichteten Kontor, wo er sich um Bestellungen bei den ansässigen Händlern und das Begleichen ihrer Rechnungen kümmerte, aber ganz besonders um Lady Marys Korrespondenz, denn sie schien immer noch mit der halben Welt in Kontakt zu stehen. Fast täglich klopfte ein Bote des kürzlich etablierten General Letter Office an, um Briefe abzugeben und andere mitzunehmen.

Nicht nur die Speisen waren französisch geprägt, auch andere Angewohnheiten wie zum Beispiel etwa die späte Uhrzeit des Abendessens. Engländer aßen für gewöhnlich recht früh zu Abend, sodass Luisa der Magen knurrte, lange bevor endlich zum Mahl gerufen wurde. Neben Luisa und ihrer Großmutter saßen allabendlich auch Mrs. Roper und Dottore Mora am Tisch. Nach dem Essen kommentierte man die Nachrichten aus den Gazetten, oder der Dottore las Gedichte vor, die dann besprochen wurden. Gelegentlich sang er sogar ein Lied aus seiner Heimat. Ein äußerst angenehmer Mensch, dieser Italiener, fand Luisa.

Überhaupt erlebte sie einen Haushalt, in dem man sich wohlfühlen konnte, wenn auch alles etwas improvisiert anmutete und nicht so präzise wie daheim. Es spiegelte die Einstellung der Hausherrin wider, die weniger auf Form und Etikette bedacht war, als Luisa es gewohnt war. Außerdem erwies Lady Mary sich als gar nicht so schroff und abweisend, wie Luisa der erste Eindruck hatte glauben lassen. Im Gegenteil. Die Angestellten, besonders Marie Anne und der Dottore, schienen zur Familie zu gehören, und es durfte gelacht werden. Sogar Mrs. Roper schien etwas umgänglicher zu werden, auch wenn sie die lockere Art des Hauses gern als Schlamperei bezeichnete. Natürlich nur Luisa gegenüber.

»Nun bin ich doch froh, dass ich gekommen bin«, sagte Luisa eines Abends, nachdem der gute Doktor und Mrs. Roper sich bereits zurückgezogen hatten. »Es ist schön bei Euch, Großmama!«

»Das freut mich, Luisa. Aber du kannst ruhig du zu mir sagen. Dieses ‚Ihr' und ‚Euch' geht mir langsam auf den Geist.«

Luisa errötete. »Ja, wenn es Euch … äh, wenn es dich nicht stört …«

»Warum sollte es mich stören? Du bist doch meine Enkelin. Komm, setz dich zu mir!« Lady Mary nippte zufrieden an einem Glas Sherry. »Seit ich zurück in London bin, trinke ich wieder Sherry. Das ist das Einzige, was ich in Italien und Frankreich vermisst habe. Obwohl es dort natürlich großartige Weine gibt. Aber eben keinen Sherry.«

»Mein Vater ist ebenfalls Liebhaber.«

»Du weißt vielleicht, dass der alte Pirat Francis Drake derjenige war, der die ersten Sherry-Fässer aus Spanien mitgebracht hat. Sogar unsere alte Königin Bess hat davon getrunken. Möchtest du ein Gläschen?«

»Oh nein, danke. Ich trinke weder Bier noch Wein.«

»Gut so, mein Kind. Es kann zu einer schlimmen Gewohnheit werden, wenn man nicht aufpasst. Mein Vater, Gott hab ihn selig, hat mehr Geld bei Wein und Glücksspiel gelassen, als ihm guttat. Und bei schlechten Weibern.«

Erstaunt sah Luisa sie an. »Du meinst doch nicht …«

»Oh doch! Du hast mich schon verstanden. Bei der Sorte von Frauen, die man für ihre Dienste bezahlt. Und bei denen man sich die Pox holen kann, wenn man Pech hat.« Als sie merkte, dass Luisa rot geworden war, fügte Lady Mary hinzu: »Jetzt hab ich dich wohl schockiert. Aber ich halte nichts davon, um die Dinge herumzureden.«

Luisa schob verlegen eine Haarsträhne hinters Ohr. Was genau Männer bei solchen Frauen suchten, war ihr nur undeutlich klar. Zu Hause sprach man nicht über solche Dinge. Irgendetwas Sündhaftes musste es aber sein, so viel hatte sie flüstern hören.

»Du hast keine Ahnung, wovon ich rede, oder?«, fragte Lady Mary, die sie beobachtet hatte, und als Luisa verlegen den Kopf schüttelte, sagte sie: »Hab ich mir gedacht. Meine fromme Tochter erzieht euch in Unwissenheit. Aber lassen wir das. Du tust jedenfalls gut daran, mit offenen Augen durch die Welt zu gehen und dir im Leben nichts vorzumachen. Nicht alles, was uns umgibt, ist gut und schön, obwohl wir Adeligen natürlich ein privilegiertes Leben führen. Ob wir das allerdings verdienen, ist eine andere Frage.«

Sie nahm einen Schluck von ihrem Sherry und wollte gerade das Glas auf den Tisch neben sich stellen, als sie zusammenzuckte und sich kurz an die Brust fasste.

»Was ist denn, Großmutter?«, fragte Luisa sofort.

»Oh, nichts, mein Kind«, erwiderte Lady Mary, atmete tief durch und setzte ihr Glas ab. »In meinem Alter ist man nie ganz ohne Schmerzen. Mal hier, mal da. Mein Knie zum Beispiel. Manchmal pikt es mich auch im Rücken. Aber keine Sorge, es hat nichts zu bedeuten.«

»Du hast doch nichts am Herzen, oder?«

»Nein, nein! Wo denkst du hin?« Lady Mary lehnte sich zurück und schenkte Luisa ein freundliches Lächeln. »Du bist jetzt eine Woche hier, und sosehr ich mich an dich gewöhnt habe, haben wir immer noch nicht geklärt, was dich eigentlich hergeführt hat. Ich meine, deine Mutter und ich haben uns meistens mehr gestritten als geliebt. Deshalb wundert es mich.«

Luisa holte tief Luft, bevor sie antwortete. Daheim hatte kaum jemand Verständnis für sie, weder die Eltern noch ihre Geschwister. Hier aber hoffte sie, ein offenes Ohr zu finden, schließlich hatte Großmutter selbst ein Leben außerhalb der üblichen gesellschaftlichen Normen geführt.

»Sie machen sich jetzt Gedanken, mit wem sie mich vermählen sollen«, begann sie. »Mutter macht sich Sorgen, weil sie mich nicht hübsch genug findet. Und dann laden sie diese grässlichen Männer ein, die mir Blumen schenken, höflich Konversation machen und mich dabei inspizieren, als stünde ich zum Verkauf. Jedes Mal muss ich mich herausputzen, damit ich möglichst vorteilhaft aussehe.«

»Und das gefällt dir nicht.«

»Es ist schrecklich. Über alle diese Männer – einige waren sehr viel älter als ich – wurden über Vaters Anwälte Nachforschungen betrieben: wie reich sie sind, welche Ländereien sie besitzen oder wie ihr Ansehen bei Hofe ist. Und dann dieses Gerede über Heiratsverträge, Mitgift und so weiter! Ich komme mir vor wie auf dem Markt. Ich bin doch keine Kuh, die meistbietend angeboten wird.«

Lady Mary lachte. Dann sagte sie mit einem bitteren Lächeln: »Oh, ich weiß sehr wohl, wie das ist. Deshalb also bist du hier: um alldem zu entkommen.«

»Ich will keinen dieser Männer. Ich will überhaupt nicht heiraten. Ich will so leben wie du.«

»Leben wie ich? Und was stellst du dir darunter vor?«

»Na ja, du weißt schon: Du lebst allein, bist niemandem verpflichtet, kannst reisen und überhaupt tun und lassen, was du willst.«

»Gott im Himmel! Du bist ja eine richtige Rebellin«, sagte Lady Mary und lächelte.

»Außerdem bist du berühmt, hast Gedichte und Essays publiziert. Und die Pocken besiegt.«

»Ach das!« Lady Mary winkte ab. »Davon redet doch kein Mensch mehr. Jedenfalls nicht, was mich betrifft.«

»Deine Schriften sind immer noch im Umlauf. Das habe ich gehört, auch wenn Maman mir keine zu lesen erlaubt. Ich möchte lernen, wie man geistreiche Dinge zu Papier bringt. Dinge, die die Welt bewegen.«

Erstaunt sah Lady Mary ihre Enkelin an. »Du willst schreiben?«

Luisa nickt. »Ja, das will ich.«

Sie schwiegen einen Augenblick, dann fragte Lady Mary: »Liest du eigentlich gern? Denn bevor man schreiben lernt, muss man erst einmal viel lesen. Man muss wissen, was andere kluge Menschen uns mitgeteilt haben. Besonders wenn man jung ist.«

Luisa zuckte unsicher mit den Schultern. »Vater hat eine Bibliothek, aber die ist fast immer abgeschlossen. Ich habe einige Romane gelesen. Meistens heimlich. Mrs. Roper sagt, Lesen sei nichts für Mädchen. Ich solle lieber auf dem Spinett spielen lernen. Und sticken. Bücher würden den Verstand verderben, behauptet sie. Außerdem mögen Männer angeblich keine Frauen, die ihre Nase in Bücher stecken. Als ob es nur darauf ankäme, was Männer mögen!«

Lady Mary musste lachen. »Nein, das mögen Männer nicht. Die meisten jedenfalls nicht. Da hat Mrs. Roper recht. Aber hör nicht auf sie. Es gibt schon genug dumme Männer in der Welt. Da müssen wir nicht auch noch dumme Frauen wie deine Mrs. Roper erdulden. Frauen können neben Männern nur bestehen, wenn sie sich bilden. Wenn sie wissen, was in der

Welt geschieht, wenn sie die Weisheit der Philosophen und der großen Dichter in sich aufsaugen und sich Meinungen erlauben können, die auf Wissen und Vernunft beruhen.«

Luisa blickte sie mit großen Augen an und nickte. »Bringst du es mir bei?«

»Hast du Latein gelernt und Griechisch? Ich denke wohl eher nicht, oder?«

»Nein. Ein bisschen Französisch. Wir hatten einen Hauslehrer.«

»Nun, das ist ein Anfang. Du kannst Voltaire lesen. Wenn es dir mit dem Lernen ernst ist, finden wir einen Lateinlehrer für dich. Oder besser noch, ich unterrichte dich selbst. Latein ist in aller Welt die Sprache der Gelehrten, der klassischen Philosophen und Dichter. Ovid und Catull, die wirst du lieben. Aber vielleicht mute ich dir zu viel auf einmal zu. Fangen wir erst einmal mit Französisch an. Ich schlage vor, du nimmst dir Voltaires Novelle *Candide* vor. Die ist erst vor ein paar Jahren erschienen und ganz amüsant.«

»Und was machen wir mit Mutters Heiratsplänen?«

»Oh, die können wir sicher etwas aufschieben. Ich werde ihr schreiben. Aber weißt du, ich habe auch geheiratet und bin dabei so schlecht nicht gefahren.«

»Maman sagt, du hättest dich geweigert, den Mann zu heiraten, den dein Vater für dich bestimmt hatte. Sie meint, ich hätte deinen rebellischen Charakter geerbt. Du hast dich sogar entführen lassen. Stimmt das?«

»Oh ja, das stimmt.« Lady Mary lächelte versonnen. »Aber das erzähle ich dir morgen. Es ist spät geworden. Eine alte Dame wie ich braucht ihren Schlaf. Also komm, hilf mir auf!«

***

Am nächsten Tag machte es sich Lady Mary, nachdem sie am Morgen ihrem Sekretär einige Briefe diktiert hatte, nach dem Mittagsmahl zusammen mit ihrer Enkelin im Salon gemütlich. Madame Paulette brachte ihnen zum Nachtisch Tee und eine kleine Torte mit kandierten Früchten und etwas Schlagsahne. Mrs. Roper hatte den Nachmittag frei, um sich in der Stadt umzusehen, und so konnten Großmutter und Enkelin ungestört plaudern.

»Hast du deinen *Candide* angefangen?«, fragte Lady Mary.

Luisa nickte. Bei der Lektüre hatte sie jedoch schnell gemerkt, dass es eine Sache war, auf Französisch ein paar Worte des täglichen Lebens zu äußern, und eine andere, einen literarischen Text zu verstehen. Und dann auch noch von einem Geist wie Voltaire. »Es ist noch schwer für mich«, gestand sie. »Aber ich habe drei Seiten geschafft. Ich musste nur viele Wörter nachschlagen.«

»Dann schreib sie auf, damit du sie nicht wieder vergisst«, sagte Lady Mary.

Luisa hatte sich gerade etwas von der Torte in den Mund gesteckt. »Hab ich schon«, murmelte sie mit vollem Mund.

»*Candide* ist natürlich eine Satire«, erklärte Lady Mary. »Voltaire will uns vor Augen führen, wie absurd übertriebener Optimismus angesichts der vielen schrecklichen Dinge in der Welt ist. Seine Novelle passt zu dem, was ich dir gestern gesagt habe: dass du nicht die Augen vor der Realität verschließen sollst. Wir können nachher zusammen noch einmal durchgehen, was du heute gelesen hast.«

»Zuerst wolltest du mir erzählen, wie es zu deiner Heirat gekommen ist. Bitte, du hast es versprochen.«

Lady Mary nahm einen Schluck von ihrem Tee, stellte die Tasse ab und überlegte einen Augenblick. »Wenn wir schon davon reden«, sagte sie schließlich, »muss ich etwas ausholen. Ich weiß ja nicht, was euch eure Mutter über meine Familie erzählt hat.«

»Die Pierreponts?«

»Ganz genau, die Pierreponts.«

»Ich weiß, dass wir die Linie bis zu den Normannen zurückverfolgen können, die mit William dem Eroberer ins Land gekommen sind. Und dass Urgroßvater Evelyn Pierrepont der Earl of Kingston war.«

»Zuletzt war er sogar Erster Herzog von Kingston-upon-Hull. Das hat damit zu tun, dass die Pierreponts im Laufe der Jahrhunderte sehr reich geworden sind. Hauptsächlich durch kluge Heiratspolitik. Siehst du, da haben wir es wieder: Es geht bei diesen Eheschließungen um Geld und Besitz und um nichts anderes.«

»In den Romanen, die ich gelesen habe, ging es immer um Liebe. Oft um verbotene oder tragische Liebe.«

Lady Mary lächelte. »Der Mensch sehnt sich nach Liebe. Besonders junge Mädchen träumen davon. In meiner Jugend ist es mir nicht anders ergangen. Aber die Realität ist meist eine andere. Ich habe nichts dagegen, wenn du solche Romane liest, aber du solltest auch etwas Ernsthafteres lesen wie Voltaire. Und später nehmen wir uns die Klassiker vor.«

Luisa fragte sich, ob sie es würde durchhalten können, so viel in ihr Hirn zu stopfen, und dann auch noch auf Latein und womöglich Griechisch. Aber sie hatte zugestimmt, und Großmutter sollte nicht denken, dass sie kneifen würde. »Der *Candide* fängt ja auch ganz vergnüglich an«, sagte sie. »Ich werde später weiterlesen.«

»Du kannst mich jederzeit fragen, wenn du etwas nicht verstehst. Aber zurück zu meiner Familie. Meine Mutter, Lady Mary Feilding, war die Tochter von William Feilding, dem Earl of Denbigh, stammte also ebenfalls aus einer reichen und bedeutenden Familie. Ich selbst wurde 1689 als älteste Tochter geboren. Das war in jenem Jahr, als die Macht des Parlaments zum ersten Mal über die des Königs gestellt wurde, ein Jahr nach der Vertreibung König James' während der Glorreichen Revolution. James war ja Katholik und nicht nur König von England, sondern auch von Schottland gewesen. Er war kein guter König. Und auf Katholiken sind wir Engländer ohnehin nicht gut zu sprechen.«

»Ich weiß, mein Vater redet oft darüber.«

»Das kann ich mir denken. Er entstammt ja selbst einer schottischen Familie. Die Hälfte von denen sind immer noch Jakobiten, soviel ich weiß. Also Anhänger dieses James und seiner Nachkommen. Deshalb hatten wir anfänglich auch Bedenken, als dein Vater darauf bestand, unsere Tochter zu heiraten. Wegen der politischen Verfolgungen der Jakobiten. Manche sind nach Frankreich geflohen. Doch das führt jetzt zu weit, darüber können wir ein andermal reden. Deinem Vater ist es jedenfalls gelungen, sich aus diesem Zwist herauszuhalten, und das ist gut so.«

»Deine Mutter ist früh gestorben«, sagte Luisa.

»Ja, leider. Ich kann mich überhaupt nicht an sie erinnern. Ich war, wie gesagt, die Erstgeborene, dann folgten in schneller Reihenfolge meine Geschwister Frances, Evelyn und schließlich William. Kurz nach seiner Geburt, da war ich gerade erst vier Jahre alt, ist unsere Mutter verstorben. Angeblich an einem Fieber.«

»Dann wart ihr vier mit einem Schlag Halbwaisen.«

»So ist es. Hinzu kommt, dass mein Vater bei ihrem Tod erst siebenundzwanzig war und anderes im Kopf hatte, als sich um kleine Kinder zu kümmern. So kamen wir nach Wiltshire zu seiner Mutter, Großmutter Elisabeth Pierrepont.«

»Hat dein Vater nicht wieder geheiratet?«

»Ja, aber erst viel später. Sein Vergnügen war ihm wichtiger. Er blieb in London und zog, wie es unter jungen Adeligen üblich ist, mit Freunden durch anrüchige Etablissements, verlor eine Menge Geld bei Pferderennen, trank zu viel und zeugte uneheliche Kinder.«

Luisa runzelte die Brauen. »Uneheliche Kinder? Bist du sicher?«

»Es gab jede Menge Gerüchte, und bei seinem Lebenswandel kann ich es mir gut vorstellen. Bist du jetzt wieder schockiert?«

Luisa war tatsächlich errötet. »Na ja. Er war schließlich dein Vater. Da sollte man so was vielleicht nicht sagen.«

Lady Mary zuckte mit den Schultern. »Ich wette, deine Mutter hat dir ein anderes Bild von ihm gezeichnet. Doch die Wahrheit ist, dass er kein guter Vater war, eher einer, der durch Abwesenheit glänzte. Um seine Kinder hat er sich nie gekümmert, und mich hat er erst wieder zur Kenntnis genommen, als es darum ging, mich nach Familientradition mit einem reichen Kerl zu verkuppeln. Du siehst, du bist nicht die Einzige. So ist das in den guten Familien. Trotzdem glaube ich, dass du es mit deiner Familie besser als ich getroffen hast.«

Luisa zog skeptisch die Mundwinkel runter. »Ach, ich weiß nicht.« Dann sagte sie: »Iss mal lieber von deiner Torte. Sie ist wirklich köstlich.«

Lady Mary lächelte. »Paulette meint es gut und verwöhnt mich gern, aber wenn ich alles esse, was sie mir auftischt, werde ich dick und fett. Ich passe schon gar nicht mehr in meine alten Sachen.«

»Aber du bist doch gar nicht dick!«, protestierte Luisa.

»Jedenfalls war ich schon mal schlanker. Wenn es so weitergeht, muss ich mir neue Kleider nähen lassen. Nimm du lieber mein Stück. Du könntest einige Pfunde mehr durchaus vertragen.« Sie reichte Luisa ihren Teller. »Eine Begebenheit aus meiner Kindheit will ich dir nicht vorenthalten, denn sie ist für meinen Vater bezeichnend. Er war Mitglied eines Herrenclubs mit Namen Kit Cat, einer strengen Bastion der Whigs. Das ist die Fortschrittspartei.«

»Ich weiß. Mein Vater gehört zu den anderen, den Tories.«

Lady Mary zog kurz eine angewiderte Grimasse. »Er soll sich schämen. Sag ihm das. Wir sind alle Whigs in der Familie.«

Luisa lachte. »Ich fürchte, er wird wohl kaum auf dich hören.«

»Da magst du recht haben, mein Kind. Aber zurück zum Kit-Cat-Club. Dort wurde regelmäßig diniert, über jeden politischen oder gesellschaftlichen Klatsch schwadroniert, und natürlich wurden dabei Unmengen an Wein und Brandy konsumiert. Es war Tradition, sich den Spaß zu machen, einmal im Jahr die schönste Lady Englands zu proklamieren. Wir Kinder waren gerade zu Besuch bei Lady Cheyne, unserer Tante, als meinem Vater die verrückte Idee kam, ausgerechnet mich zu nominieren. Ich war wohl tatsächlich ein hübsches Kind, aber – mein Gott! – erst sieben Jahre alt. Er schickte also seinen Kutscher los, um mich bei seiner Schwester abzuholen, und erklärte mich im Club zur schönsten Lady des Landes. Ich erinnere mich noch gut daran. Man empfing mich mit wildem Gejohle und Gelächter. Ein Riesenspaß.«

Luisa schlug sich die Hand vor den Mund und lachte laut auf. »Das ist zum Schreien witzig, Großmama!«

»Ich weiß. Ich fand's als Siebenjährige auch toll. Sie stellten mich auf den Tisch, ich musste mich von allen Seiten zeigen, und dann kürten sie mich tatsächlich zur schönsten Lady, reichten mich reihum von einem Schoß zum anderen und küssten mich ab. Heute würde ich sagen, was für eine Farce, aber als Kind war ich begeistert und ziemlich überwältigt.«

»Wäre ich auch gewesen.«

»Das war's dann aber auch.« Lady Marys Lächeln verschwand. »Nachdem sie ihren Spaß gehabt hatten, steckte er mich wieder in die Kutsche und ließ mich zu meiner Tante zurückbringen, um sich danach nicht weiter um mich oder meine Geschwister zu kümmern.«

»Mhm, ja. Da haben wir mehr von unserem Vater, auch wenn er oft verreist ist,« sagte Luisa. »Ihr seid also bei Eurer Großmutter aufgewachsen.«

»Ja, diese Jahre sind mir in guter Erinnerung geblieben. Doch schon als ich neun war, verstarb sie. Meine jüngste Schwester Evelyn wurde daraufhin zu unserer kinderlosen Tante Lady Cheyne geschickt, wo sie aufwuchs, und wir anderen wurden nach Thoresby geschickt, ins große Schloss und Anwesen unseres Vaters in Nottinghamshire. Er selbst war nur selten zugegen. Mein Bruder William hatte einen Hauslehrer, Frances und ich diverse Gouvernanten, die von Zeit zu Zeit wechselten. Ansonsten kümmerte sich das Gesinde um uns.«

»Das tut mir leid«, sagte Luisa. »Wart ihr sehr einsam?«

»Du meinst, weil wir ohne Eltern aufwuchsen?« Lady Mary zuckte mit den Schultern. »Wir waren das ja gewohnt, und eigentlich hatten wir es gar nicht schlecht. Frances und ich verstanden uns gut, waren ein Herz und eine Seele. Thoresby ist ja ein herrliches Anwesen. Rund um das Schloss liegt dieser riesige Park, in dem wir Auslauf hatten. Es gab Tiere, wir konnten reiten. William wurde mit dreizehn zur Ausbildung nach Cambridge geschickt. Frances und ich blieben zurück. Für uns Mädchen war die riesige Bibliothek unseres Vaters das Beste. Die hatte er irgendwann angeschafft, obwohl ich bezweifle, dass er selbst überhaupt etwas davon gelesen hat. Für uns aber war sie eine Entdeckung, mehr noch: eine Offenbarung. Frances und ich verbrachten die meiste Zeit mit Büchern. Ich war unglaublich wissbegierig, sog alles in mich auf, brachte mir sogar selbst Latein bei, weil ich Ovid lesen wollte. Von den Gouvernanten konnten wir außer abergläubischem Unsinn wenig lernen. Die haben eher versucht, uns vom Lesen abzuhalten. Es sei einer Lady nicht angemessen, hieß es – ähnlich, wie deine Mrs. Roper es noch heute behauptet. Dabei war die Bibliothek ein Geschenk des Himmels. Damals habe ich angefangen zu schreiben, ganze Notizbücher mit romantischen Geschichten gefüllt, angeregt von Ovid und Vergil.« Lady Mary seufzte versonnen. »Ja, Thoresby hat meinen Geist für die Welt erweckt und mich in gewisser Weise geformt.«

»Und wie hast du Großvater Edward kennengelernt?«

»Hach, ich sehe, dir geht es ums Romantische. Für jemanden, der nicht heiraten will, scheint dich das Thema aber doch ziemlich umzutreiben.«

Luisa errötete. »Du wolltest mir doch davon erzählen«, sagte sie verlegen. »Oder etwa nicht?«

»Natürlich. In deinem Alter war ich ja nicht anders. Ich habe alle Romane von Madeleine de Scudéry verschlungen. Ihre Heroine Sapho, eine schöne und noble Frau, wurde Schriftstellerin und lebte unverheiratet und in Sünde mit ihrem Liebhaber Phaon.«

Luisa hob die Brauen. »So was hat man dich lesen lassen?«

Lady Mary lächelte. »Das habe ich natürlich heimlich gelesen. Ich wollte wie Sapho sein.«

»Das bist du doch auch geworden.«

»Nein, nein, nicht wirklich. Es gab Zeiten, da war ich gegen die Ehe, das gebe ich zu. Aber erzähl das nicht deiner Mutter, sonst denkt sie, ich hetze dich auf.«

Luisa zuckte mit den Schultern. »Keine Sorge. Bei uns daheim ist dein Ruf ohnehin ruiniert.« Sie lachte ausgelassen.

»Ist das so?«, fragte Lady Mary. »Na, es überrascht mich

nicht. Umso erstaunlicher, dass sie dich haben herkommen lassen.«

»Ich habe mit Hungerstreik gedroht.«

Lady Mary hob erstaunt die Brauen. »Wirklich! Und? Hättest du's wahrgemacht?«

Luisa nickte. »Ich war entschlossen.«

»Du bist mir ja eine.« Lady Mary schüttelte lächelnd den Kopf. »Aber nun zurück zu meiner Jugend. Ich hatte einige Freundinnen, denen ich bei gesellschaftlichen Treffen begegnet war. Wir korrespondierten eifrig miteinander, denn wir wohnten ja meist weit voneinander entfernt auf unseren Landsitzen. Junge Männer waren für uns rätselhafte Wesen, denen wir mit Ausnahme der eigenen Brüder nur selten begegneten und wenn, dann nur in Begleitung von Verwandten oder Gouvernanten. Kein Wunder, dass wir wahnsinnig neugierig und aufgeregt bei dem Gedanken waren, wen unsere Eltern wohl für uns bestimmen würden. Dass unsere eigene Meinung wenig zählte, war uns von Kindesbeinen an eingebläut worden.«

»Ich glaube, das hat sich nicht geändert«, sagte Luisa.

»Bei Festen in der Nachbarschaft oder bei den Pferderennen in Nottingham oder York hatten wir natürlich Gelegenheit, jungen Männern der feinen Gesellschaft zu begegnen. Zu mehr als versteckten Blicken und ein paar höflichen Worten kam es dabei aber nicht. In den Briefen unter Freundinnen begannen wir irgendwann, die Heiratskandidaten, denen wir begegnet waren, in drei Kategorien einzuordnen. Ein gut aussehender junger Mann, in den man sich unsterblich verlieben könnte, war ‚Paradies'. Einen, den man auf keinen Fall heiraten wollte, war ‚Hölle'. Und alle anderen waren ‚Limbo', die gehörten dazwischen, waren weder heiß noch kalt.«

Luisa klatschte in die Hände. »Oh, das gefällt mir. Dann

hab ich bisher aber nur ‚Hölle' kennengelernt. Nein, ich übertreibe, ein paar waren auch ‚Limbo'.«

»Kein Paradies also, aber sonst wärst du ja wohl nicht hier.«

»Nein, das stimmt nicht«, erwiderte Luisa pikiert. »Das hat damit gar nichts zu tun. Glaub mir. Ich bin hier, weil ich dich endlich kennenlernen wollte.«

»Umso besser«, sagte Lady Mary und tätschelte Luisas Hand. »Eine dieser Freundinnen, mit denen ich eifrig korrespondierte, hieß Anne Wortley.«

»Ah!«, rief Luisa und beugte sich neugierig vor.

»Du ahnst es.« Lady Mary lächelte bedeutungsvoll. »Denn meine Freundin Anne hatte einen Bruder.«

# Edward

*London, November 1709*

Mary war inzwischen zwanzig und Frances neunzehn Jahre alt. Auf dem Kontinent tobte der Spanische Erbfolgekrieg. Nicht, dass dieser Krieg ihr Leben in besonderer Weise berührt hätte, außer dass viel darüber geredet und berichtet wurde, doch Mary las eifrig darüber in den einschlägigen Gazetten, die der Postbote ablieferte. Gelegentlich erreichten sie auch Briefe von adeligen Familien in ihrer Bekanntschaft, die von Söhnen berichteten, die ein Offizierspatent erworben hatten und irgendeinem Regiment beigetreten waren, das nun in Flandern oder in Nordfrankreich kämpfte. Einige von ihnen waren nicht zurückgekehrt.

»Warum hört das nicht endlich auf?«, klagte Frances eines Tages. »Ich bin das dauernde Gerede über den Krieg langsam leid.«

»Sie können sich nicht einigen«, erwiderte Mary.

»Ich weiß. Gibt es denn keine Lösung?«

Mary zuckte mit den Schultern. Anscheinend keine, die für beide Seiten annehmbar war. Kaiser Leopold von Österreich wie auch Louis XIV. von Frankreich hatten Anspruch auf das spanische Erbe erhoben. Europa war darüber zweigeteilt: Spanien paktierte mit den Franzosen, andere Fürsten mit dem

Kaiser. Doch selbst nach acht Jahren militärischer Auseinandersetzungen war es keiner Seite gelungen, die Oberhand zu gewinnen.

Im September erst hatte der Herzog von Marlborough, Heerführer der gegen Frankreich und Spanien verbündeten Mächte, einen bedeutenden Sieg errungen, wenn auch unter großen Verlusten. Dennoch war es den Franzosen gelungen, sich geordnet zurückzuziehen, sodass im Grunde nichts gewonnen war. Der ruinöse Krieg würde weitergehen.

Eine positive Entwicklung zeigte dagegen die Britische Ostindien-Kompanie. Sie machte den Holländern erfolgreich Konkurrenz, breitete sich auf dem indischen Subkontinent aus, importierte Tee, Gewürze und andere exotische Waren und bescherte ihren Investoren gewaltige Gewinne.

Es war das Jahr, in dem Königin Anne eine Flotte mit viertausend Siedlern zur königlichen Kolonie New York entsandt hatte, die man nach dem Friedensabkommen von Breda vor fünfundvierzig Jahren den Holländern abgenommen hatte. New York war dabei, sich zu einer führenden Kolonie in der Neuen Welt zu entwickeln, unter anderem zu einem lukrativen Zentrum des Sklavenhandels, leider auch zu einem Versorgungshafen für Piraten, die in der Karibik ihr Unwesen trieben.

Seit dem Tod der Großmutter hatten die Schwestern Mary und Frances ihr Leben auf Thoresby Hall, dem prachtvollen Anwesen der Familie in Nottinghamshire, verbracht, wo sie auch das Licht der Welt erblickt hatten. Das große Haus, eigentlich ein herrschaftliches Schloss, hatte ihr Großvater, Henry Pierrepont, der zweite Earl von Kingston, einst erbauen lassen. Jahre später hatte er das Recht erworben, einen Teil des umliegenden Sherwood Forest einzuzäunen und so einen riesigen naturbelassenen Park zu schaffen. Für die halbwüchsigen Schwestern war er ein wunderbares Reich gewesen, das es zu erforschen galt. Vom Jagdaufseher und einem Reitknecht begleitet, waren sie bei gutem Wetter oft zu Pferde unterwegs gewesen, hatten Rehe und Hirsche beobachtet oder Picknicks auf den Auwiesen veranstaltet.

Nach wie vor vertrieben sie sich viel Zeit in der Bibliothek. Fast wahllos sogen sie die Inhalte von allem auf, was ihnen in die Finger kam. Beide lasen romantische Romane, Frances mehr als Mary, die ihrerseits endlose Stunden mit den Werken Shakespeares und Marlowes verbrachte, mit Ciceros Reden, mit Vergil und Ovids *Metamorphosen* oder dessen *Ars Amatoria*, Werken, die sie auf Latein las, das sie inzwischen gut genug beherrschte, um für ihre Schwester zu übersetzen. Sie tauschten Gedanken aus, führten Streitgespräche, amüsierten sich über die Geschichten im *Decamerone*, seufzten bei Catulls Liebesgedichten und fragten sich, wie es wohl wäre, unsterblich verliebt zu sein.

Über eines waren sie sich einig: In der Ehe konnte es wahre Liebe nicht geben. Schon die Troubadoure hatten das gewusst. Die seltenen Besuche in benachbarten Adelshäusern und die Korrespondenz mit ihren gleichaltrigen Freundinnen schien dies zu bestätigen, denn von Liebesglück war bei den jeweiligen Eltern weit und breit nichts zu erkennen. Im Grunde schien die Ehe nur ein Korsett zu sein, eine Verpflichtung, um den Wohlstand der Familie zu mehren, gesellschaftliche Präsenz zu zeigen und Kinder in die Welt zu setzen – in genau dieser Reihenfolge. Wahres Glück ließe sich, wenn überhaupt, nur außerhalb dieser Zwänge finden, befanden sie. Wobei so etwas natürlich verboten war. Wahrscheinlich wäre es also besser, gar nicht erst zu heiraten. Besonders Mary war davon überzeugt.

Und doch fieberten sie das ganze Jahr über den Wintermonaten entgegen, die sie seit zwei Jahren im Londoner Haus des Vaters verbringen durften. Denn dann war die Saison der gesellschaftlichen Verpflichtungen, der Salons und der abendlichen Diners, der feierlichen Ordensverleihungen, der Erhebungen verdienstvoller Männer in den Adelsstand. An solchen Veranstaltungen durften die Schwestern gelegentlich in Begleitung ihrer Tante teilnehmen, die in Chelsea wohnte. Es waren wundervolle Gelegenheiten, mit anderen jungen Damen ihres Alters Bekanntschaft zu schließen, selbstverständlich auch mit den Söhnen des Hochadels, selbst wenn dabei nur wenige Worte und nicht mehr als verstohlene Blicke gestattet waren.

Begegnete ihnen ein junger Mann, den sie als ‚Paradies' einstuften, schwärmten sie wochenlang; über einen Vertreter der ‚Hölle' machten sie sich lustig und zerpflückten seine widerwärtigen Eigenschaften bis aufs Kleinste. Nicht nur unter sich, auch in ihrer Korrespondenz mit anderen jungen Mädchen. Hätten die jungen Herren gewusst, wie über sie geklatscht wurde!

Ein Skandal machte besonders die Runde. Ein gewisser Lord Herbert hatte, so lauteten Gerüchte, den Nachttopf einer verheirateten Lady gestohlen, in die er verliebt war. Als Trophäe und als ewige Erinnerung an sie.

»Es heißt, er hat ihren Namen eingravieren lassen«, kicherte Frances. »Glaubst du, es stimmt?«

»Ich frage mich, ob er ihn selbst benutzt«, erwiderte Mary, was zu noch mehr Gelächter führte.

Selbstverständlich boten die Monate in London den Schwestern Gelegenheit, Lady Cheyne und Evelyn, die jüngere Schwester, die bei ihr aufgewachsen war, zu besuchen. Lady Cheyne war so etwas wie eine Ersatzmutter für sie, wohingegen sie mit Evelyn wenig Gemeinsamkeiten fanden. Zu verschieden waren sie. Mary und Frances sprachen über Shakespeares Dramen, Philosophen oder romantische Liebe in den Büchern, die sie gemeinsam lasen, und über Marys erste literarische Bemühungen, bei denen sie versuchte, ihre klassischen Helden – etwa Julius Caesar und den großen Alexander – aus der Sicht ihrer Frauen darzustellen. Evelyn dagegen hatte außer Banalitäten wenig beizutragen und fühlte sich von den beiden eingeschüchtert, und so blieb das Verhältnis zu ihr freundlich, aber nicht besonders innig. Auch ihren Bruder bekamen sie nur selten zu Gesicht. William war einem Regiment beigetreten und verkehrte in anderen Kreisen.

Dafür befreundeten sie sich mit den Töchtern der Londoner Nachbarsfamilie und stiegen nachts des Öfteren heimlich über die Gartenmauer, um mit ihnen zu schwadronieren. Irgendwann wurden sie dabei erwischt, und nach strenger väterlicher Ermahnung wurde der Sache ein Ende gemacht. Es war zwecklos, sich dagegen aufzulehnen, denn fortan standen sie unter ständiger Überwachung durch Hausdiener und Gouvernanten. Bei ihrem Bruder hätte der Vater sicher anders reagiert, was für Mary wieder mal ein Beweis dafür war, dass mit zweierlei Maß gemessen wurde.

In diesem Winter sollten Mary und Frances offiziell bei Hofe eingeführt und der Königin vorgestellt werden. Ein grandioses Ereignis, erst recht angesichts ihres ansonsten abgeschiedenen Lebens. Die Aufregung trieb sie wochenlang um. Tagelang übten sie den Hofknicks und wie ihre Majestät anzusprechen wäre.

Auch für ihren Vater, Evelyn Pierrepont, Earl of Kingston, der sonst wenig Interesse für die beiden aufbrachte, war dieser Tag von Bedeutung. Für ihre Ausstattung, so hatte er bestimmt, sollten kein Geld und keine Mühe gescheut werden. Immerhin war dieser Termin die beste Gelegenheit, seine Töchter auf dem Heiratsmarkt bekannt zu machen.

Fieberhafte Vorbereitungen nahmen ihren Anfang. Führende Londoner Schneidermeister wurden eingeladen, Entwürfe vorzulegen, die Lady Cheyne und die Mädchen begutachteten, bis sie sich für zwei der französischen Mode nachempfundene Modelle entschieden. Die Schultern würden frei bleiben, die jungen Brüste jedoch in züchtige, mit Fischbein verstärkte Mieder gezwängt, dazu kamen halblange Ärmel mit Rüschen und weite, ausladende Röcke. Alles in Weiß und Mauve gehalten, abgesehen von kleinen, auf den Röcken aufgestickten künstlichen Rosen. Es wurden Seide, vergoldetes Garn und Brüsseler Spitze eingekauft, Näherinnen gingen ans Werk, Mieder und die mit Federstahl gespreizten Reifröcke wurden angefertigt, alles unter der strengen Aufsicht der ehrenwerten Lady Cheyne, die sich jeden Tag den Fortschritt zeigen ließ.

Am Morgen des großen Tages bemühte sich ein Haarkünstler um aufwendige, mit Fremdhaar ergänzte Frisuren, wie sie in Paris in Mode gekommen waren, bis Mary genug davon hatte und eine einfache Haartracht durchsetzte, mit bis auf die Schultern fallenden, mit der Brennschere perfektionierten Locken und einer minimalen Kopfbedeckung aus weißem Tüll. Dazu wählte sie mit winzigen Diamanten besetzte, ansonsten schlichte Ohrringe aus Großmutters Erbe. Auch für Frances fand sich schöner, aber nicht zu prunkvoller Schmuck.

Mary hätte auch den nicht nötig gehabt. Allein ihre strahlende Schönheit und ihr natürlicher Charme hätten genügt. Sie war dunkelhaarig und von zierlicher, aber wohlproportionierter Gestalt. Perlweiße Zähne in einem unvergleichlichen Lächeln, dunkle und doch strahlende Augen, die den Betrachter nicht selten mit einem spöttischen Blick bedachten, als könnte sie nicht wirklich ernst nehmen, was sie zu hören bekam. Dazu ihre aufrechte Haltung und der forsche Schritt. Ja, sie war trotz ihrer jungen Jahre und geringen Größe eine beeindruckende Erscheinung. Ihre Schwester Frances, ein wenig größer, ähnelte ihr in vielem, allerdings nur oberflächlich und ohne Marys verführerische Ausstrahlung.

Dann war es endlich so weit. Mit einem Hauch von Rouge auf Lippen und Wangen stiegen sie in die wartende Kutsche. Eine zweite stand für Lady Cheyne und den Earl bereit. Dann ging es zum Hampton Court Palace, wo in diesem Jahr die Vorstellung der Debütantinnen stattfinden würde.

Vor dem Palast stauten sich die edlen Fuhrwerke. Palastwachen bildeten Spalier, um die Menge der Schaulustigen zurückzuhalten. Zum Glück regnete es nicht, und die herausgeputzten jungen Damen und ihre Begleiter schafften es trockenen Fußes in den Palast. Etwa zwei Dutzend Debütantinnen sollten an diesem Tag in die Gesellschaft eingeführt werden und sammelten sich aufgeregt im Foyer. Während sie darauf warteten, eingelassen zu werden, wurden letzte Korrekturen an Haar und Roben vorgenommen. Nicht alle Mädchen waren hübsch – eine hatte scheußlich schiefe Zähne, eine andere Pickel im Gesicht –, aber das jugendliche Alter lässt vieles verzeihen, und natürlich waren sie alle wunderbar gekleidet und zurechtgemacht, denn an Geld mangelte es den anwesenden Familien nicht.

Schließlich öffneten sich die hohen Doppeltüren des Saals, und der Zeremonienmeister begann, eine Debütantin nach der anderen aufzurufen und sie würdigen Schrittes unter der kritischen Musterung durch den anwesenden Adel durch den Saal zum Thron der Königin zu geleiten.

Als Mary und Frances an der Reihe waren, betraten sie begleitet von Vater und Tante mit zitternden Knien den mit den Edlen und Schönen des Landes gefüllten goldenen Saal. Für einen kurzen Moment sah Mary sich um. Die Damen ringsum waren in Seide und Tüll gehüllt, in ausladende, mit Schleifen und Rüschen verzierte Röcke. Sie hatten geweißte Gesichter, blutrote Münder und stellten tiefe Dekolletés zur Schau. Die Herren trugen Bundhosen und seidene Strümpfe, nicht selten Uniformröcke mit schillernden Schärpen, an der Seite zierliche Degen. An den Wänden in regelmäßigen Abständen standen livrierte Diener.

Im Hintergrund, auf ihrem leicht erhöhten Thron, saß Königin Anne und blickte ihnen gleichmütig entgegen. Seit ihr Gemahl, Prinz Georg von Dänemark, vor einigen Jahren verstorben war, hatte sie stark zugenommen, ihr Gesicht wirkte teigig und aufgedunsen. Auch das prunkvolle, mit Edelsteinen bestickte Gewand und die sorgsam aufgetragene Schminke konnten nicht darüber hinwegtäuschen, dass sie krank zu sein schien.

Die beiden Mädchen hatten sich viel von diesem Moment versprochen, jeden Schritt und jede Bewegung einstudiert, sich überlegt, was die Königin fragen könnte und wie sie darauf zu antworten hätten. Doch am Ende war alles enttäuschend schnell vorbei. Zu einem Wortwechsel mit der Monarchin kam es nicht. Sie nickte ihnen freundlich, aber desinteressiert zu und gratulierte dem Vater, der bei Hofe ein häufiger Gast war, zu seinen schönen Töchtern. Dann verbeugten sich die beiden ein zweites Mal und reihten sich unter all den anderen Gästen ein, während die nächste Debütantin vortrat.

Und doch war es nicht umsonst. Da die Pierreponts eine bedeutende und reiche Familie waren, hatte das Publikum ihren Auftritt aufmerksam verfolgt, und dank Lady Cheynes Bemühungen hatten die Schwestern zweifellos die schönsten und aufwendigsten Gewänder der Saison präsentiert. Darüber hinaus machte besonders Marys Schönheit Eindruck und führte bei den Herren zu neugierigem Starren und bei den Damen zu kritischen Blicken und geflüsterten Kommentaren. Sie war unter den Debütantinnen des Jahres die ungekrönte Königin, daran herrschte kein Zweifel. Man bescheinigte ihr ausgezeichnete Chancen auf dem Heiratsmarkt. Die Bewerber würden Schlange stehen, hieß es.

»Hast du bemerkt, wie krank die Königin aussieht?«, fragte Frances, als sie zurück im Londoner Haus des Vaters waren. »Ich fürchte, die lebt nicht mehr lange.«

»Ist doch kein Wunder«, erwiderte Mary. »Die Arme hat siebzehn Schwangerschaften hinter sich. Siebzehn! Ich kann mir das gar nicht vorstellen. Du etwa?«

Frances schüttelte sich vor Entsetzen. »Und trotz allem hat sie keine Nachkommen. Alles umsonst! Manche wurden stillgeboren, andere sind nach Wochen gestorben. Für eine Mutter muss das schrecklich sein.«

»Wenigstens hatte sie ihren George«, sagte Mary. »Der muss sie sehr geliebt haben.«

»Woraus schließt du das?«

»Sonst wäre sie doch wohl nicht so oft schwanger geworden.«

Marys Bemerkung ließ Frances erröten, doch nachdem sie einen Moment darüber nachgedacht hatte, nickte sie. »Himmel noch mal, du hast recht! Aber irgendwie eine obszöne Vorstellung. Wenn das Liebe ist, verzichte ich lieber.«

»Ausgerechnet du?«, fragte Mary und lachte. »Wer verschlingt denn einen Liebesroman nach dem anderen?«

»In den Romanen ist die Liebe schön und aufregend und romantisch. Das andere ist so … Ich weiß nicht … viehisch.«

Mary zuckte mit den Schultern und seufzte. »Wenn man denn wählen könnte … Doch das eine ist wohl nicht ohne das andere zu haben.«

Tage später brachte der Bote Post, darunter ein Brief von Lady Anne Wortley Montagu, einer jungen Frau, mit der Mary sich angefreundet und eine eifrige Korrespondenz begonnen hatte.

»*Meine liebe Freundin*«, schrieb Anne.

*Ich höre, Ihr habt bei Eurem Debüt vielen gehörig den Kopf verdreht. Wenn Ihr Euch fragt, wieso ich, obwohl nicht zugegen, zu dieser Annahme komme, so wisst, dass ich einen vertrauenswürdigen Spion im Saal der Königin hatte – meinen Bruder Edward. Er war überaus angetan von Euch und hat mich beauftragt zu fragen, ob Ihr gnädigst willens wäret, auch mit ihm zu korrespondieren. Ich muss mich für seine unverzeihliche Impertinenz entschuldigen, habe aber versprochen, seinen Wunsch zu erwähnen. Aber seid versichert, meine Liebe, dass Ihr Euch zu nichts verpflichtet fühlen dürft.*

»Wer ist denn dieser Edward?«, fragte Frances, als Mary von dem Brief erzählte.

»Lady Annes Bruder. Du weißt doch, ich schreibe ihr gelegentlich. Die Familie stammt aus dem Norden. Sie besitzen dort Kohlenminen. Edward ist der Enkel des Earl of Sandwich, hat aber als zweiter Sohn keinen Anspruch auf den Titel.«

»Und der will dir schreiben?«

»Warum nicht?«

»Lass bloß niemanden davon wissen. Wir können doch nicht einfach mit irgendwelchen Männern korrespondieren. Vater geht durch die Decke, wenn er davon erfährt.«

Mary grinste. »Das macht es doch gerade spannend.«

Frances hatte natürlich recht, aber Mary fühlte sich geschmeichelt und war neugierig, was für ein Mann dieser Edward sein mochte. Trotzdem schrieb sie ihrer Freundin Anne, dass sie ihrem Bruder keineswegs erlauben könne, mit ihr zu korrespondieren. Das schicke sich nicht, schließlich sei sie kein Marktweib von Covent Garden. Außerdem kenne sie ihn ja gar nicht.

»Bist du nun zufrieden?«, fragte sie Frances, nachdem sie ihr den soeben verfassten Brief vorgelesen hatte.

»Das wäre ich, wenn du es ehrlich meinen würdest.«

»Du glaubst, ich meine es nicht ehrlich?«

»Ich kenne dich zu gut, Schwesterherz.«

»Na so was!«, sagte Mary geheimnisvoll lächelnd, zuckte mit den Schultern und verließ mit dem Brief in der Hand den Raum. »Ich glaube, ich habe das Pferd des Boten gehört«, rief sie noch über die Schulter.

***

*Thoresby, Frühjahr 1710*

»Lass dich bewundern«, sagte Mary, nachdem sie ihn umarmt hatte. Sie trat einen Schritt zurück und musterte ihren Bruder lächelnd von oben bis unten.

William war drei Jahre jünger als sie, aber für seine siebzehn Jahre hoch aufgeschossen und so mager, dass er den roten Uniformrock kaum auszufüllen schien. Auf seinem Kopf saß der Dreispitz, an den Beinen hatte er geknöpfte blaue Gamaschen, und an seiner Seite hing ein schlanker Degen.

Es war ein schöner Frühlingstag, die Kutsche war bereits vorgefahren, und die beiden standen vor dem Eingangsportal von Thoresby Hall und warteten auf Frances. »Welchen Rang hast du denn inzwischen?«, fragte Mary.

»Immer noch Fähnrich. Aber nächstes Jahr kriege ich ein Offizierspatent. Vater hat es versprochen.«

»Bist du nicht zu jung dafür?«

»Vater kennt den Regimentsoberst. Sie sind im selben Club.«

»Im Kit-Cat-Club?«

»Ja, so heißt der, glaube ich.«

Mary erinnerte sich an diesen Club und an ihren überwältigenden Auftritt dort als Siebenjährige. Im Grunde war es nicht mehr als ein edler Saufverein für reiche Adelige. Anscheinend verkehrte ihr Vater noch immer dort. »Und dieser Freund besorgt dir ein Offizierspatent.«

»Das hat er versprochen.«

Mary wusste, dass man Verbindungen haben musste, um ein Offizierspatent zu erwerben, und natürlich musste man kräftig zahlen. Einem Soldaten aus den unteren Rängen war es praktisch unmöglich, aus eigener Kraft auch nur Leutnant zu werden. Aber an Rang oder Geld mangelte es den Pierreponts nicht, und der Offiziersrang gehörte zum Selbstverständnis adeliger Familien wie der ihren.

»Mit Vaters Hilfe bist du wahrscheinlich bald Oberst.«

»Jetzt übertreibst du aber!«

»Die Uniform steht dir«, sagte sie anerkennend, trat einen Schritt näher und wischte eine Fluse von seiner Schulter. »Aber sie werden dich doch hoffentlich nicht in den Krieg schicken.«

»Leider nicht. Unser Regiment hat noch keinen Marschbefehl.«

»Was heißt ‚leider'? Bist du so erpicht darauf, dich totschießen zu lassen?«

William bedachte sie mit einem nachsichtigen Lächeln. »Wir werden siegen, Mary. Letzten Herbst hat Marlborough die Froschfresser schon einmal geschlagen. Das nächste Mal machen wir endgültig Hackfleisch aus ihnen.«

»Was ihr mit den Franzosen macht, ist mir egal, solange du heil nach Hause kommst.« Sie schüttelte den Kopf. Was im Himmel ging nur in den Köpfen junger Männer vor, dass sie sich vom Krieg so angezogen fühlten? Die Kämpfe auf dem Kontinent waren so fern und doch auch wieder nah, denn in den Londoner Gassen traf man immer wieder auf zerlumpte Veteranen, die auf Krücken durch die Stadt humpelten und um einen Penny oder ein Stück Brot bettelten. Nicht wenige mit abgetrennten

Gliedern. Der Vater einer Freundin, ein Hauptmann, hatte den rechten Arm verloren, nachdem eine Kugel den Knochen zerschmettert und die Wunde sich bös entzündet hatte. In so einem Fall wurde nicht lange gefackelt und schnell die Knochensäge angesetzt. Selbst nach einer Amputation starben noch viele. Allein beim Gedanken daran lief es Mary kalt über den Rücken.

»Vater sollte seinen Einfluss lieber dafür nutzen, dass du hierbleibst. Du bist sein Erbe und kein Futter für französische Kanonen.« Sie strich ihm sanft über die Wange. »Außerdem wollen wir doch unseren kleinen Bruder nicht verlieren.«

William lachte. »So klein wohl auch nicht mehr. Immerhin könnte ich dir auf den Kopf spucken.«

»Sei nicht frech!«, rief Mary in gespielter Empörung. »Ich bin immer noch die Älteste. Und du das Nesthäkchen.«

»Ja, ja. Das muss man sich andauernd anhören. Sag mal, wo bleibt denn Frances?« William blickte sich ungeduldig um. »Wenn wir rechtzeitig ankommen wollen … Zur Rennbahn brauchen wir zwei Stunden.« Er eilte zurück in die große Eingangshalle von Thoresby Hall und rief nach ihr. »Frances! Wo zum Teufel steckst du? Wenn du nicht bald kommst, fahren wir ohne dich!«

Für so ein mageres Bürschchen hat er ein ganz schön lautes Organ, dachte Mary amüsiert. Hat er das auf dem Exerzierplatz gelernt? Sie erinnerte sich daran, was er ihnen erzählt hatte, über die wahnsinnige Disziplin, die den Soldaten eingetrichtert wurde. Musketen schultern, Formation halten, zusammenrücken, laden, schießen, vorwärts marsch! Mit blindem Gehorsam sollten sie ins gegnerische Mündungsfeuer marschieren. Wie eine Maschine. Unmenschlich! Wer konnte es aushalten, wenn rechts und links Kameraden fielen? Und darauf freute sich William?

Der Kutscher trat vor. »Möchtet Ihr vielleicht schon einsteigen, Lady Mary?«

»Danke, Henry.« Sie hielt ihm die Hand hin und ließ sich in den offenen Viersitzer helfen, einen Landauer mit herunterklappbarem Verdeck. »Ich hoffe, das Wetter hält«, sagte sie, ließ sich im Fond nieder und öffnete ihren Sonnenschirm. »Es ist warm heute.«

»Ein schöner Tag fürs Rennen, wenn ich mir die Bemerkung erlauben darf«, erwiderte der Kutscher.

Tatsächlich. Sonne und blauer Himmel. Nach dem Regen der letzten Tage kam Mary die Welt heute wie reingewaschen und frisch gescheuert vor. Der Park rund ums Haus strotzte nur so vor Frühlingsfarben, die Blumenbeete bildeten bunte Tupfer auf dem Grün des Rasens. Sie freute sich auf den Ausflug nach Nottingham. Eine willkommene Unterbrechung der Eintönigkeit von Thoresby Hall.

Endlich tauchte Frances auf und folgte William auf den Fersen. »Immer diese Hetze!«, klagte sie, kletterte mit Henrys Hilfe in den Wagen und ordnete ihre Röcke, bevor sie sich auf den Sitz fallen ließ. »Ach, mein Schirm!«, rief sie. »Den hab ich jetzt prompt vergessen.«

»Nimm meinen«, bot Mary an.

»Ach was! Den ganzen Winter über waren wir eingesperrt. Ein bisschen Sonne tut mir ganz gut.«

Nun stieg auch William ein und setzte sich den Schwestern gegenüber mit dem Rücken zur Fahrtrichtung. »Wir können los, guter Mann«, warf er über die Schulter.

Der Kutscher stieg auf den Bock, löste die Bremse und knallte mit der Peitsche. Die Pferde zogen an und fielen bald schon in einen munteren Trab. Mary beugte sich vor. »‚Guter Mann‘?«, raunte sie ihrem Bruder zu. »Weißt du nicht, dass er Henry heißt?«

»Herrgott, Mary! Soll ich mir jeden Namen merken? Ich war schon lange nicht mehr hier.«

»Na gut, wir verzeihen dir«, sagte Frances und hob ihr Kinn. »Und auch dein schreckliches Herumbrüllen.«

»Tut mir leid, aber Pünktlichkeit ist eine Tugend. Das solltest selbst du dir merken.«

»Beim Militär vielleicht«, erwiderte Frances patzig.

Frances war, weiß Gott, nicht die Pünktlichste. Das wusste auch Mary. Dazu war ihre Schwester oft zu verträumt, schwebte in den Wolken, erst recht, wenn sie die Nase in einem ihrer Romane hatte. Besonders ordentlich war sie auch nicht, riss, wenn sie nach etwas suchte, Kleider aus den Schränken und warf sie zu Boden. Viel Arbeit für die Kammermädchen.

Seit der Wintersaison in London und ihrer Einführung bei Hofe gestattete der Vater den beiden Schwestern etwas mehr Freiheit, wenn sie zu gesellschaftlichen Veranstaltungen oder Einladungen auf die Landsitze benachbarter Familien wollten. Allerdings hatten sie immer in züchtiger Begleitung einer Respektsperson zu sein oder, so wie heute, in der ihres Bruders. An diesem Sonntag waren sie zu den Pferderennen von Nottingham unterwegs, den ersten dieses Jahres. Die Rennen waren natürlich nicht so bedeutend wie die in Newmarket, hatten in den letzten Jahren aber immer mehr Besucher angezogen.

Es wurde eine schöne Fahrt durch grüne Wiesen und Felder, auf denen der junge Weizen spross, durch kleine Dörfer, in denen Kinder spielten und das Volk ehrerbietig grüßte, durch Waldstücke, an Hecken vorbei und einsamen Cottages, vorbei an Weiden mit Rindern und Pferden, die die Köpfe wandten und ihnen nachsahen. Irgendwann war es Frances dann doch zu viel mit der Sonne, und Mary lieh ihr den Schirm.

Die Rennbahn lag am Südende der Stadt. Nachdem der Kutscher gerade noch einen freien Stellplatz für den Landauer gefunden hatte, stiegen sie aus und begaben sich zur Tribüne. Henry blieb zurück, um Wagen und Pferde zu bewachen. Auf der Tribüne herrschte reges Treiben. Feines Volk aus der ganzen Umgebung. Die Damen trugen weite Röcke und bunte Sonnenschirme, die Herren lange Rockschöße, enge Westen, schillernde Krawatten, und nicht wenige hatten auch ausladende gelockte Perücken auf dem Kopf.

Sie trafen auf die beiden Freundinnen, mit denen sie verabredet waren. Die eine war Sarah Chiswell, eine quicklebendige junge Frau, die sie seit Kindertagen kannten, da Sarahs Vater lange Jahre Verwalter auf einem Gut der Pierreponts gewesen war. Die andere war Lady Henrietta, ein paar Jahre älter als Mary, groß und blond, eine entfernte Kusine, mit der Mary sich häufig schrieb. Sie begrüßten einander fröhlich, während William die Gelegenheit ergriff, sich zu den Wettbuden davonzumachen.

Etwas später – das erste Rennen war bereits gelaufen, William hatte aufs falsche Pferd gesetzt, nahm es aber mit Humor – tippte jemand Mary auf die Schulter. Sie drehte sich um und erkannte Anne Wortley. »Meine liebe Anne!«, rief sie entzückt. »Was macht Ihr denn hier? Ich dachte, Ihr seid in London.«

»Wir haben ein Landgut in einem Dorf bei Sheffield. Das ist nicht allzu weit von hier«, sagte Anne. »Es war mal wieder Zeit, dort nach dem Rechten zu sehen. Wie schön, dass wir uns treffen, liebe Mary. Ich freue mich sehr, Euch zu sehen.«

Anne war eine stattliche junge Dame – auch sie ein paar Jahre älter als Mary –, hatte ein ansteckendes Lächeln und tiefblaue Augen, aus denen gelegentlich der Schalk blitzte. Sie besaß überhaupt ein ansprechendes Wesen, weshalb Mary sie auf Anhieb liebgewonnen hatte.

Mary wandte sich an die übrigen jungen Damen. »Darf ich vorstellen? Dies ist Lady Anne Wortley Montagu. Wir haben uns letztes Jahr bei einem Fest in London kennengelernt und gleich angefreundet.« Sie stellte Frances, Sarah Chiswell und

Lady Henrietta vor und fügte zu jeder ein paar scherzende, erklärende Worte hinzu, als sie plötzlich neben Anne einen hochgewachsenen Mann bemerkte, der sie aufmerksam und mit einem bescheidenen Lächeln musterte.

Als er sah, dass sie ihn wahrgenommen hatte, verbeugte er sich höflich. »Lady Mary. *Enchanté*, Eure Bekanntschaft zu machen.« Er verbeugte sich auch vor den anderen Damen, die ihn erstaunt ansahen.

»Vor dem müsst Ihr nicht erschrecken«, sagte Anne. »Das ist nur mein Bruder Edward.«

Er hob abwehrend die Hände. »Zum Erschrecken bin ich hoffentlich nicht. Aber ich freue mich, ebenfalls die Bekanntschaft der Damen zu machen.« Noch einmal verbeugte er sich höflich.

Das also ist Edward, schoss es Mary durch den Kopf, und sofort stieg ihr eine leichte Röte ins Gesicht, denn sie hatte nicht damit gerechnet, ihn hier zu treffen. Während Edward ein paar Worte mit Lady Henrietta wechselte, musterte sie ihn verstohlen. Er war stattlich, einen Kopf größer als sie selbst, trug keine Perücke, sondern die dunkelblonden Haare hinten zu einem Zopf geflochten, und sah verdammt gut aus. Kräftige Brauen, eine gerade Nase und gesunde Zähne. Die hatte nicht jeder, zumindest nicht in seinem Alter, denn Edward war ganze elf Jahre älter als sie, wie Anne ihr geschrieben hatte. Seine breiten Schultern steckten in gutem Tuch. Etwas Solides, Vertrauenerweckendes ging von ihm aus.

Frances stieß ihr mit einem vielsagenden Blick in die Seite. Mary runzelte ärgerlich die Brauen und schüttelte unmerklich den Kopf. Das fehlte gerade noch, dass Frances in aller Öffentlichkeit Andeutungen machte. Besser, sie ignorierte diesen Mann, zumindest hier und jetzt.

Doch dann sprach er sie tatsächlich an. »Lady Mary Pierrepont. Was für eine wunderbare Fügung, Euch hier zu begegnen«, hörte sie ihn sagen. »Verzeiht, wenn ich so direkt bin, aber Ihr korrespondiert ja schon seit einer Weile mit meiner Schwester. Ich muss sagen, ich bin von Eurem Stil und Euren Gedanken beeindruckt. Besonders von Letzteren. Ihr seid ganz offenbar eine Dame von großer Bildung. Das trifft man wahrlich selten.«

Mary war rot geworden und wandte sich schockiert an Lady Anne. »Ihr lasst ihn meine Briefe lesen?«

Anne zuckte verlegen mit den Schultern. »Nur ein paar, liebe Mary. Weil er einfach keine Ruhe gibt.«

Die anderen Damen starrten erst Mary, dann Edward mit zunehmender Verwunderung an. Lady Henrietta nicht ohne ein Schmunzeln, was Mary, die es bemerkte, ärgerte. Sie fuhr Edward an: »Wenn Ihr Eure Nase schon unerlaubt in meine Briefe steckt, dann sagt mir wenigstens, was Ihr mit Eurer Bemerkung meint? Was genau trifft man denn so selten: Bildung an sich oder dass eine Frau über Singen und Sticken hinaus über so etwas wie Bildung verfügen könnte?«

»Aber Mary!«, rief Lady Anne sofort. »Er hat es doch nicht böse gemeint. Im Gegenteil!«

Edward hob die Hand. »Darf ich bitte für mich selbst sprechen, Anne?«

Seine Schwester senkte den Blick. »Aber natürlich. Verzeih.«

Edward sah Mary an und lächelte. »Ich habe mich in der Tat schlecht ausgedrückt. Gerade Bildung ist etwas, was ich ganz besonders schätze, ganz gleich bei welchem Geschlecht. Und ja, zu wenige unserer Zeitgenossen können sich rühmen, überhaupt ein paar Bücher gelesen zu haben. Leider trifft das in der Tat besonders auf Frauen zu. Das ist keineswegs ihre Schuld. Denn die Erziehung junger Mädchen wird in dieser Hinsicht in unserem Land schändlich vernachlässigt. Umso mehr bewundere ich, dass Ihr Euch davon ganz entschieden abzuheben scheint.«

»Wie gnädig, der Herr, dass Ihr uns Frauen nicht für ganz verblödet haltet«, erwiderte Mary immer noch nicht versöhnt.

Edward hob die Brauen und wollte antworten, aber er kam nicht dazu, denn in diesem Augenblick stürmte William herbei und rief begeistert: »He, ich habe gewonnen!«

Dass ein weiteres Rennen stattgefunden hatte, war Mary völlig entgangen. »Und?«, rief Frances. »Was hat es gebracht?«

»Fünf Guineen! Stellt euch vor.« Er hielt ihnen die Hand entgegen, in der die Goldmünzen im Licht der Nachmittagssonne funkelten.

Während alle Williams Gewinn bewunderten und seiner Schilderung des Rennens lauschten, nahm Lady Anne Mary diskret beiseite. »Es tut mir leid, dass ich Edward die Briefe habe lesen lassen«, raunte sie ihr zu. »Das hätte ich nicht tun dürfen. Aber jetzt ist es nun mal so. Und es stand ja nichts Schlimmes drin. Mein Bruder ist ein guter Mensch, und er bewundert Euch. Er wünscht sich nichts mehr, als Euch näher kennenzulernen, selbst wenn es nur mit Hilfe des Postboten ist. Ich bitte Euch, gewährt ihm diesen Wunsch.«

Mary starrte in Annes aufrichtige blaue Augen und dachte einen Moment nach. Sie fühlte sich von Edwards Anliegen geschmeichelt, auch wenn sie das nicht zeigen wollte. Er war schließlich der erste Mann, der sich so offen für sie interessierte, obwohl sie schon des Öfteren bewundernde Blicke aufgefangen hatte. Mit ihm einen Briefwechsel zu führen würde die Grenzen der Schicklichkeit jedoch überschreiten. Schließlich war sie unverheiratet und der Mann ein Fremder, sie kannten sich überhaupt nicht. Auf einen Skandal war sie nun wirklich nicht erpicht. Damit würde sie sich jede gute Heiratschance verderben.

Und doch …

»Was macht denn Euer Bruder, wenn er sich nicht bei Pferderennen herumtreibt?«, fragte sie wie beiläufig.

Anne lächelte. »Edward ist Advokat und hat sich als solcher bereits einen guten Ruf erworben. Zurzeit bewirbt er sich um einen Sitz im Parlament.«

»Aha. Advokat also. Und Politiker.«

»Gelegentlich kümmert er sich auch um unsere Minen im Norden. Er scheint gut mit Geld umgehen zu können. Sagt jedenfalls mein Vater.«

Mary blickte noch einmal verstohlen zu Annes Bruder hinüber. Als hätte er es gespürt, trafen sich ihre Blicke. Schnell sah sie weg. »Na schön, liebe Anne«, sagte sie dann spontan. »Euch zuliebe darf er mir mal schreiben, wenn es ihm gefällt.«

»Wunderbar! Er wird sich freuen.«

»Aber dass ich antworte, garantiere ich nicht. Und niemand wird davon erfahren. Das müsst Ihr versprechen!«

»Selbstverständlich, Mary. Ich danke Euch.« Annes weitere Worte gingen im Donner der Hufe unter, als ein Dutzend Pferde ganz in der Nähe an ihnen vorbeijagte.

***

*Verehrte Lady Mary, es gibt gewiss keinen glücklicheren Menschen auf dieser Welt als mich, da Ihr mir erlaubt, diese Zeilen an Euch zu richten.*

So begann Edwards erster Brief. Er entschuldige sich, hieß es weiter, sie beim Pferderennen mit seiner Bewunderung so spontan überfallen zu haben, und hoffe, sie mit seinen Äußerungen nicht gekränkt zu haben. Er sei ganz ihrer Ansicht, dass Frauen in dieser sonst so modernen Welt in ihren Fähigkeiten oft unterschätzt würden. Umso mehr freue er sich, die

Bekanntschaft einer Frau von Geist und Schönheit gemacht zu haben … und so weiter und so weiter. Ein recht artiger Brief mit vielen Komplimenten, wenn auch nicht besonders originell oder literarisch weltbewegend. Er schloss mit den Worten, er hoffe inständig, sie würde ihn mit einer baldigen Antwort beehren.

Mary dachte lange über diese Bitte nach. Einen vor dem Vater verheimlichten Briefwechsel mit einem Mann wie Edward Wortley zu führen reizte sie. Doch es könnte von Edward auch missverstanden werden. Er hatte Eindruck auf sie gemacht, das mochte sie nicht bestreiten. Er war der Sohn einer angesehenen und reichen Familie, was in ihren Kreisen wichtig war. Ein gut aussehender, stattlicher Mann, der seine Zeit nicht wie so viele andere junge Adelige mit Nichtstun, Glücksspiel oder auf der Jagd zu vertrödeln schien, sondern erfolgreich einen Beruf ausübte und eine politische Karriere anstrebte. All das sprach für ihn.

Und doch war sie noch nicht bereit, eine, wenn auch lose Beziehung einzugehen. Denn darauf würde es hinauslaufen, wenn man einander regelmäßig schrieb. Und dass er auf mehr als nur einen Brief hoffte, war offensichtlich.

Vor ein paar Wochen hatte ihr Vater den drei Töchtern kostbare Fächer geschenkt zum Zeichen, dass sich das Heiratskarussell für sie zu drehen begonnen hatte. Gelegentlich hatte er erwähnt, sich erneut vermählen zu wollen, damit aber zu warten, bis seine drei Töchter unter der Haube waren. Das erklärte die Eile.

In jedem Fall war es der Anfang einer aufregenden Zeit. Mit ein Grund, diesem Edward Wortley nicht voreilig Hoffnungen zu machen. Denn ab jetzt würden die drei Schwestern sich häufiger auf Bällen und Festen zeigen. Unter den strengen Augen Lady Cheynes würden sie Männer kennenlernen und sich fragen, wer von ihnen am Ende ihr Zukünftiger sein könnte. Einer, den sie bereits kannten? Oder ein Fremder? Jung oder schon älter? Vielleicht ein Witwer. Sicher aber jemand mit Rang und Namen. Würden sie ihn lieben können? Würden sie Kinder haben? Diese Fragen stürmten auf sie ein. Darüber tauschten sie sich untereinander aus, auch mit Freundinnen, jungen Frauen in ähnlicher Lage, aber auch mit Neuvermählten, denen sie Geheimnisse des Ehestands zu entlocken hofften. Für Mary und Frances, die praktisch ohne Eltern aufgewachsen waren, war die Ehe ein Buch mit sieben Siegeln. Leider waren sie immer noch in Thoresby Hall untergebracht und konnten wegen der Entfernung zu London an vielen gesellschaftlichen Anlässen nicht teilnehmen. Evelyn hatte es in dieser Hinsicht besser.

»Sag mal, warum schreibst du eigentlich nicht diesem Edward Wortley?«, fragte Frances eines Abends, als sie nach dem Dinner im Salon saßen, Kakao tranken und sich langweilten. Der Vater war wie fast immer abwesend. »Also ich fand ihn fantastisch. Gute Familie, sieht blendend aus. Ich wünschte, so jemand würde mir nachlaufen.«

Mary antwortete nicht gleich, biss sich stattdessen nachdenklich auf die Unterlippe. Sie hatte ganze zwei Wochen seit dem Erhalt seines Briefes verstreichen lassen.

»Ich weiß nicht. Ich bin unentschlossen.«

»Lass den Armen nicht zu lange warten.«

»Ich denke darüber nach. Schon die ganze Zeit. Nur bin ich nicht bereit, mich dem Erstbesten an den Hals zu werfen. Wer weiß, was das für einer ist. Wir kennen ihn doch gar nicht. Im Grunde müsste zuerst Vater ihn kennenlernen. Aber das werde ich Edward auf keinen Fall vorschlagen. Dazu gibt es noch überhaupt keinen Anlass. Der bildet sich sonst was ein. Und ich kann mir schon denken, was ich von Vater zu hören kriege.«

»Dann schreib ihm heimlich. So lernst du ihn näher kennen. Und es verpflichtet zu nichts.«

Mary schüttelte den Kopf. »Vater würde ein Riesentheater machen, wenn er davon erführe. Du weißt, was er uns eingebläut hat: Er allein sucht aus, mit welchen Herren wir bekannt sein dürfen. Wir müssen nehmen, was man uns vorsetzt. Jede andere Kost wird uns verweigert.«

»Vor Wochen hast du es noch spannend gefunden, diesem Edward heimlich Briefe zu schreiben. Ist dir der Mut vergangen? Du bist doch sonst nicht so ängstlich.«

»Ich hab noch mal nachgedacht. Ich will nicht wie Dolly Walpole enden.«

Mary musste nicht ausführen, wie es Lady Dorothy ergangen war. Dolly und ihre peinliche Liebesbeziehung waren der Skandal der Saison gewesen. Die junge Frau hatte sich unsterblich in einen Mann verliebt, der weder von Adel noch besonders reich war und nicht zu den Kreisen passte, in denen ihre Familie verkehrte. Dennoch hatte sie allen Zwängen die Stirn geboten, sich mit dem Mann in aller Öffentlichkeit gezeigt und darauf bestanden, ihn zu heiraten. Ein Affront gegen alle gesellschaftlichen Normen. Seither wurde sie wie eine Aussätzige behandelt, von allen Einladungslisten gestrichen, selbst von ihrer Familie mit Eiseskälte bestraft. Am Ende war ihr Widerstand dann doch gebrochen, und sie konnte nicht anders, als ihrer Liebe unter Tränen zu entsagen. Ihr Bruder Robert verhinderte schließlich ihre vollständige Isolation, indem er sie eiligst mit seinem Freund, Lord Townshend, verheiratete. Ob sie mit dem glücklich würde, war zu bezweifeln.

»Und du hast sie noch lange verteidigt«, sagte Frances.

Mary nickte. »Mein Gott, mit Recht, die Arme. Aber Walpoles Gemahlin ist mir seitdem spinnefeind.«

Frances grinste. »Mach dir nichts draus. Die ist eh eine

blöde Kuh. Aber du siehst, es ist besser, man hält sich aus so was raus.«

»Einverstanden. Aber gleichzeitig rätst du mir, einen Briefwechsel mit Edward Wortley anzufangen. Willst du aus mir eine Dolly machen?«

Frances lachte. »Um Gottes willen, nein! Ich fände es nur reizvoll, mal was Verbotenes zu tun.«

»Da hast du recht.« Mary nahm die leere Kakaotasse, wischte letzte Tropfen des süßen Getränks heraus und leckte sie sich vom Finger. Dass sie in einer so wichtigen Angelegenheit wie ihrer eigenen Eheschließung keine Wahl hatten, war deprimierend. Da sollte man wirklich auf die Barrikaden gehen. Gab es denn keine Möglichkeit, etwas dagegen zu unternehmen? Warum machten Frauen so was mit? Und warum unterdrückten bisweilen die Mütter ihre Töchter noch schlimmer als die Väter? In jungen Jahren schwärmten sie selbst noch für die Liebe, als ältere Matronen verwandelten sie sich in engstirnigere Traditionalisten als die Männer.

Hatten sie und Frances nur deshalb einen so freien Geist entwickelt, weil sie ohne Mutter aufgewachsen waren? Zumindest empfand Mary sich so: als freien und mündigen Geist, der es nicht nötig hatte, sich zu unterwerfen. Sie reckte trotzig das Kinn. Wenn die Gesellschaft ihr diese Freiheit nicht erlauben wollte, dann sollte sie sie sich nehmen, auch wenn ihr bewusst war, dass das so einfach nicht war, wollte man nicht wie Dolly enden.

Mary stellte die Tasse weg und richtete sich auf. »Ich werde ihm antworten«, sagte sie, plötzlich entschlossen.

»Wem? Edward?«

»Ja. Ich werde ihm schreiben. Zum Teufel mit der Vorsicht! Aber du darfst niemandem etwas verraten.«

»Natürlich nicht. Kein Mensch wird etwas erfahren. Du

schreibst so vielen Leuten und erhältst täglich Briefe, da merkt niemand, wenn ein Edward darunter ist.«

»Anne kann mir seine Briefe schicken. Das ist sicherer.«

»Ah, du hast also schon darüber nachgedacht.«

Mary grinste. »Hab ich.«

***

Bevor Mary ihre Absicht in die Tat umsetzen konnte, erhielt sie eine traurige Nachricht. Lady Anne, Edwards Schwester, war plötzlich und völlig unerwartet verstorben. Die Ärzte vermuteten Herzschlag, vielleicht auch ein Blutgerinnsel im Gehirn oder in der Lunge. Was für ein Schicksalsschlag! Anne war doch noch so jung gewesen! Zur Beerdigung wurde Mary natürlich nicht eingeladen, denn so gut kannte sie die Familie nicht.

Ohne Anne war es schwieriger geworden, Edward zu schreiben. Doch Mary war nicht gewillt, ihr Vorhaben aufzugeben. Und so fasste sie sich ein Herz und beschloss, ihren Brief direkt an die Londoner Adresse der Wortleys zu schicken, allerdings ohne Absender.

Sie wolle ihm ihr Mitgefühl, so schrieb sie, und ihr tief empfundenes Beileid zum Hinscheiden seiner Schwester aussprechen, die ihr eine lieb gewordene Freundin gewesen sei. Im Übrigen, so fügte sie hinzu, sei es das erste Mal, dass sie mit einem Mann korrespondiere, weshalb sie lange gezögert und ihm nur aus besagtem traurigen Anlass geschrieben habe, sodass es gewiss die letzten Zeilen sein würden, die er von ihr zu erwarten habe. Am besten verbrenne er den Brief gleich, damit er nicht in falsche Hände gerate.

Seinen eigenen Brief erwähnte sie mit keinem Wort. Das und vielleicht auch die Diskretion, auf der sie bestand, die Forderung, den Brief zu verbrennen und ihr auch nicht mehr zu schreiben, musste ihn verstimmen. Doch im Grunde wollte sie ihn damit prüfen. Hielt er sich daran, war die Sache erledigt. Sollte er dennoch antworten, war ihm wohl ernstlich an einer weiteren Bekanntschaft gelegen.

Er ließ in der Tat eine ganze Weile mit einer Antwort auf sich warten, was sie ziemlich unruhig machte. Hatte er ihr geglaubt? War sie zu überzeugend gewesen? Oder hatte er aufgegeben, an sie zu denken, und sie einfach vergessen? Vielleicht war er auch zu beschäftigt. Aber wie konnte man zu beschäftigt sein, wenn man um eine Frau warb? Aber vielleicht warb er ja gar nicht um sie, und sie hatte sein Interesse missverstanden. Möglicherweise hatte er nur einen geistreichen Austausch gesucht und keine Liebesbeziehung. Wie dem auch war, sie würde jedenfalls nicht den ersten Schritt unternehmen.

Zwei Wochen später saßen Frances und Mary allein in der Bibliothek des Hauses, als der Butler mehrere Briefe hereinbrachte, die gerade abgegeben worden waren. Einer war für Frances und stammte von einer Kusine, mit der sie sich gelegentlich schrieb. Drei weitere waren für Mary, darunter einer – sie erkannte sofort die Handschrift – von Edward. Sofort begann ihr Herz zu klopfen. Eilig brach sie das Siegel auf, entfaltete den Brief und las.

Edwards Schrift war klein und präzise, leicht zu lesen, da ohne jeden Schnörkel, anders als ihre eigenen schwungvollen Buchstaben und wandernden Zeilen. Zuerst war sie aufgeregt und neugierig, doch als sie zu Ende gelesen hatte, ließ sie die Hände mit dem Brief auf den Schoß sinken, runzelte die Brauen und starrte nachdenklich vor sich hin.

Frances legte ihre eigene Korrespondenz beiseite. »Was schreibt er denn? Ist was nicht in Ordnung?«

»Ich weiß nicht, was ich davon halten soll«, erwiderte Mary. »Er schreibt, auf der ganzen Welt gebe es nur eine Lady Mary, dass ich ein ganz einzigartiges, wundervolles Wesen sei und dass er sich in mich verliebt habe.«

»Wie schön!« Frances Augen leuchteten. »Den hat wohl Cupidos Pfeil getroffen. Ach, bekäme ich doch auch nur solche Briefe!« Als sie merkte, dass Mary ihre Begeisterung nicht teilte, fragte sie: »Was machst du denn für ein Gesicht? Freust du dich nicht?«

Mary bedachte ihre Schwester mit einem irritierten Blick. »Das ist ein wirklich seltsamer Brief. In den ersten Zeilen überhäuft er mich mit Lobeshymnen und gibt sich verliebt, doch dann schreibt er, wir seien möglicherweise doch sehr verschieden. Er sei eher der ruhige und vernünftige Mensch, während er in mir eine Frau von Temperament sehe, die spontan handelt und ihr Herz auf der Zunge trägt. Er frage sich, ob das überhaupt zusammengehe.«

»Na so was!«, sagte Frances. »Das hätte ich jetzt nicht gedacht.«

»Was will er damit sagen? Hält er mich für unvernünftig?«

Frances konnte ein Grinsen nicht unterdrücken. »Ganz unrecht hat er nicht, wenn man's recht bedenkt. Jedenfalls sagst du gern geradeheraus, was du denkst, und achtest nicht darauf, wie es ankommt. Wahrscheinlich gibt es nicht gerade viele Männer, die das mögen. Vielleicht fühlt er sich von dir überrumpelt.«

»Meinst du?« Mary runzelte die Brauen. »Ich bin eben, wie ich bin, und habe nicht vor, mich zu ändern.«

»In Nottingham bist du ziemlich scharf auf ihn losgegangen.«

»Mag sein.« Mary zuckte mit den Schultern und legte den Brief mit einer hastigen Geste beiseite, als könnte sie sich daran verbrennen. »Auch die Heimlichtuerei stört ihn. Er sei doch kein Dieb, der sich verstecken und heimlich durch die Nacht schleichen müsse, meint er. Ich solle ihm doch bitte darlegen, wie und ob eine Beziehung zwischen uns überhaupt funktionieren könne.«

»Oha!«

»Ziemlich eingebildet, der Herr! Ausgerechnet ich soll ihm beweisen, ob eine Beziehung funktionieren könnte. Eine Frechheit, wenn du mich fragst! Denkt er, ich laufe ihm hinterher?«

Frances schwieg und überlegte. »Er macht es wie du«, sagte sie dann. »Du hast ihm doch geschrieben, er werde von dir keine Zeilen mehr zu lesen bekommen. Jetzt fordert er dich heraus, um zu sehen, wie du reagierst.«

Mary starrte ihre Schwester mit einer Zornesfalte zwischen den Brauen an. »Dann will ich dir sagen, wie ich reagiere: Ich werde auf solchen Unsinn gar nicht erst antworten. Wenn wir jetzt schon streiten, hat alles andere überhaupt keinen Zweck.«

Sie griff wieder nach Edwards Brief, stand auf, ging stracks zum Kamin, wo sie ihn zerriss und die Schnipsel mit einer wütenden Geste ins Feuer warf. Für einen Augenblick loderten sie hell auf und zerfielen dann zu Asche.

»Du gibst aber schnell auf«, sagte Frances.

»Man kann nicht aufgeben, was noch gar nicht begonnen hat. Ganz ehrlich, ich weiß wirklich nicht, was ich von dem Mann halten soll.«

»Mir hat er gefallen.«

»Das sagtest du schon. Ich gebe zu, ‚Hölle‘ ist er nicht, aber ‚Paradies‘ auch nicht.«

»Wenn du ihn nicht willst, vielleicht kann ich dann …« Frances sprach nicht weiter, grinste nur hinterhältig.

»Untersteh dich!«, fuhr Mary sie an.

»Dann antwortest du ihm also doch?«

»Nein. Vorerst nicht. Soll er schmoren, der dumme Kerl.«

Nach ein paar Tagen änderte sich jedoch ihre Einstellung. Sie dachte an Frances' Vermutung, dass er sie vielleicht nur hatte herausfordern wollen, weil sie ihm vorher abgesagt hatte. Im Grunde also nur ein harmloses Geplänkel, wenn auch nicht sehr geschickt formuliert. Aber neckten Liebende einander nicht?

Dabei waren sie noch gar keine Liebenden. Sie würde sich zur Antwort also etwas Passendes ausdenken müssen. Doch dann erkrankte sie an den Masern und kam eine Weile nicht dazu, ihm zu antworten. Außerdem hatte ihr Vater ein neues Haus gekauft, in Acton, an Londons Stadtgrenze, wo sie und Frances jetzt wohnten, und dem neuen Gesinde traute sie nicht zu, Briefe hinauszuschmuggeln. Alice Burton, ihrer langjährigen Zofe, hätte sie blind vertraut, doch die war auf Geheiß des Vaters in Thoresby geblieben. Die neue Zofe, ein hässliches und geschwätziges Weib namens Bess Roberts, mochte sie nicht.

Sobald es Mary besser ging, suchte sie ihren Vater auf, der in seinem Arbeitszimmer Anwaltspapiere durchging. Evelyn Pierrepont war ein stattlicher Mann von fünfundvierzig Jahren, immer glattrasiert und gut gekleidet. Sein Haar – im Haus trug er keine Perücke – war zwar kurz geschnitten, aber immer noch voll und dicht.

»Ich möchte, dass du diese Bess Roberts wegschickst, Vater.«

Er sah auf. »Roberts? Wer ist das?«

»Meine neue Zofe.«

»Ah ja. Und warum? Ist sie nicht mit Empfehlungen zu uns gekommen?«

»Ich kann sie nicht ausstehen. Sie verbringt ihre Zeit damit, in der Küche zu schwatzen, statt ihre Arbeit zu tun. Außerdem hat sie sich kaum um mich gekümmert, als ich krank war. Ich möchte, dass wir Alice herholen. An Alice bin ich gewöhnt. Eine andere will ich nicht.«

»Ich dachte, Alice hat Familie in Thoresby.«

»Ich werde ihr schreiben. Ich bin sicher, sie wird es sich überlegen. Vielleicht sollten wir ihr etwas mehr zahlen. Für ihre langjährige Treue. London ist schließlich teuer.«

»Na schön. Wenn's unbedingt sein muss. Und jetzt lass mich in Ruhe, ich hab zu tun.«

Eine Woche später kam Alice in Acton an. Die beiden Frauen umarmten sich. »Ich bin so froh, dass du da bist«, sagte Mary. »Ohne dich komme ich einfach nicht zurecht.«

»Danke, Lady Mary«, erwiderte Alice und strahlte übers ganze Gesicht, sichtlich erfreut, wieder bei ihrer Herrin zu sein.

Alice war klein und rundlich, hatte rote Haare und das ganze Gesicht voller Sommersprossen. Sie war nicht nur fleißig und umsichtig, sondern schien immer bereits zu wissen, wonach ihrer Herrin war, bevor Mary den Wunsch überhaupt äußerte.

»Soll ich Euch eine Tasse heißen Kakao machen?«, fragte sie.

»Ja, gerne. Und mach für dich auch eine Tasse. Dann reden wir, und ich bringe dich auf den neuesten Stand.«

Kakao war Mode geworden, aber da ausgesprochen teuer, nur den Reicheren vorbehalten. Mit Wasser aufgekocht und mit Honig oder Rohrzucker gesüßt, dazu etwas frische Sahne, war er ein wunderbares Getränk, von vielen geliebt, sogar ärztlich gegen diverse Leiden verschrieben. Alice mischte als Besonderheit Jasminblüten und Vanille dazu.

»Ach, herrlich, Alice! Niemand macht den Kakao wie du.« Seufzend vor Wonne nahm Mary wenig später den ersten Schluck aus ihrer Tasse. Obwohl zwischen ihnen ein gewaltiger Standesunterschied bestand, waren sie und ihre Zofe sehr vertraut miteinander. Alice hatte sich in den vergangenen Jahren immer als loyal erwiesen und ihrer Herrin schon einige Male aus der Patsche geholfen.

Mary erklärte ihr die Besonderheiten des neuen Hauses, welche Läden es in der Nachbarschaft gab und wo Dinge zu finden waren, auf die sie Wert legte. Schließlich kam sie auf delikatere Angelegenheiten zu sprechen. »Da ist ein gewisser Gentleman meiner Bekanntschaft …«, begann sie, nicht ohne zu erröten.

Alice verstand sofort. Ihre Brauen hoben sich, und ihr Mund formte sich zu einem erstaunt O. »Die Lady hat eine Affäre?«, flüsterte sie entzückt.

»Nein, nein! Nichts dergleichen«, beeilte Mary sich zu erwidern. »Es handelt sich um den Bruder einer kürzlich verstorbenen Freundin. Der arme Mann leidet sehr darunter, und ich habe ihm erlaubt, mir ein wenig sein Herz auszuschütten. Natürlich nur per Brief. Er möchte mir weiterhin schreiben, und ich habe zugestimmt. Schließlich ist nichts dabei.«

Alice nickte verständnisvoll. Ob sie ihr glaubte, konnte Mary nicht erkennen. »Es ist natürlich besser, niemand erfährt davon«, fuhr sie fort. »Besonders nicht mein Vater. Es könnte sonst missverstanden werden.«

»Ich verstehe«, sagte Alice, die alles andere als dumm war. »Ihr wollt, dass ich mich darum kümmere, nicht wahr?«

»Ich wusste, ich kann mich auf dich verlassen. Du fängst täglich den Postboten ab und schmuggelst Briefe rein und raus, damit niemand etwas merkt. Außer Frances. Meine Schwester weiß Bescheid.«

So begann der Briefwechsel zwischen Edward und Mary. Sie verabredeten ein unauffälliges Zeichen auf Edwards Briefen, damit Alice sie sofort erkannte und zu Mary brachte. Sie schrieben sich den ganzen Sommer über häufig, manchmal aber auch wochenlang nicht, wenn sie sich wieder einmal gestritten hatten. Edward zeigte sich gelegentlich eifersüchtig, beschuldigte sie, auch andere Bewerber um ihre Gunst zu haben. Damit hatte er nicht unrecht, denn bei den gesellschaftlichen Veranstaltungen, die sie mit ihrer Schwester besuchte, ließ Mary ihre Blicke durchaus schweifen. Die älteren Witwer, die man ihr vorstellte, verabscheute sie jedoch, und die Gespräche der meisten anderen Aristokraten langweilten sie. Edwards Briefe dagegen waren nicht nur gehaltvoller, sie forderten sie geradezu heraus. Sie verbrachte Stunden damit, ihre Antworten zu feilen, den richtigen Ton zu finden, ihn geistreich und literarisch zu übertreffen.

Gegen Ende des Sommers hatten Edward und Mary einige Male Gelegenheit, sich bei den Pferderennen zu treffen und dort im Umherschlendern und Begutachten der Rennpferde ungestört miteinander zu reden, bevor sie sich wieder ihren jeweiligen Begleitern zuwandten, um nicht aufzufallen. Dabei erfuhr Mary, dass Edwards Mutter Anne es mit dem Vater nicht ausgehalten und auf Trennung bestanden hatte. Es hatte eines Akts des Parlaments bedurft, um die Scheidung zu ermöglichen und die Erbrechte der fünf Kinder festzulegen. Edward war der Zweite in der Reihe der Wortley-Erben. Seine Mutter Anne war nach der Trennung von ihrem Mann zum Katholizismus konvertiert und hatte sich in ein Kloster zurückgezogen. Beide, Edward wie auch Mary, waren also ohne Mutter aufgewachsen. Das zumindest hatten sie gemeinsam.

Dennoch kam immer wieder die Frage auf, ob sie überhaupt zueinander passten. Edward schien nach wie vor Zweifel zu hegen. Vielleicht brachte es sein Beruf als Anwalt mit sich, jedenfalls war er meist sehr beherrscht und korrekt, während Mary sich seiner Ansicht nach zu spontanen Gefühlsbekundungen und scharfen Meinungsäußerungen hinreißen ließ, was ihm fremd war und ihn nicht selten verunsicherte.

Eine Weile schrieben sie einander gar nicht, denn auch Mary war sich ihrer Beziehung nicht sicher. Sie mochte Edward gerade wegen seiner zurückhaltenden, unterkühlten Art, an der sie sich jedoch häufig rieb. Wenn sie sich wieder einmal gestritten hatten, verfiel sie bisweilen erneut der Idee, ganz auf ein Eheleben zu verzichten. Sie kramte die Romane von Madeleine de Scudéry hervor und sah sich als deren Heroine Sapho, eine Frau, die frei und von Männern unabhängig durchs Leben schritt. Überhaupt war ihr Madame de Scudéry ein Vorbild, da diese den Frauen ans Herz legte, lieber ihren Geist durch Bildung zu bereichern, als sich allzu sehr um Oberflächlichkeiten zu kümmern.

Darüber verging der Winter mit seinen gesellschaftlichen Verpflichtungen und Edwards Wahlkampf für den erstrebten Sitz im Parlament. Nur gelegentlich tauschten sie Briefe aus, und doch fiel es ihnen schwer, ganz voneinander zu lassen. Edward war davon überzeugt, dass er sie liebte, wie er ihr im Frühjahr 1711 mit erneuter Leidenschaft schrieb. Er habe viel nachgedacht, es tue ihm leid, sie in letzter Zeit vernachlässigt zu haben. Nun wolle er ihr wieder fleißiger schreiben, wenn sie es denn erlaube.

Sie erlaubte, auch wenn ihr immer noch nicht klar war, wohin die Beziehung führen würde. Aber für Mary war auch Edward zu einer Konstante in ihrem Leben geworden, die sie in den letzten Monaten vermisst hatte. Würde sie ihn heiraten? Oder ledig bleiben, wie sie sich schon öfter vorgenommen hatte? Doch ganz ohne Ehe durchs Leben zu gehen war ihr dann doch ein zu trister Ausblick auf die eigene Zukunft. Sie mochte Edward, hatte gelernt, mit ihm umzugehen, provozierte ihn oft absichtlich, um dann wieder nachzugeben und seiner Eitelkeit zu schmeicheln. Die schriftlichen Streitgespräche, die sie führten, waren zu einem Spiel geworden, das Marys Geist anregte und das sie nicht missen mochte.

Hinzu kam, dass Edward ein Mann war, der eine Frau durchaus beeindrucken konnte. Oft genug fragte sie sich, wie es wohl wäre, das Bett mit ihm zu teilen. Eine Vorstellung, die sie immer häufiger verfolgte. Das Mysterium zwischen Mann und Frau beschäftigte sie. Auch wenn man ihnen seit der Kindheit eingetrichtert hatte, dass solche Gedanken Sünde waren. Manchmal wurde es so schlimm, dass sie sich nachts unter der Bettdecke berührte. Die Empfindungen, die sie dabei überfielen, ließen sie erschrecken und waren doch verstörend schön. Ging es nur ihr so oder auch anderen Frauen? Und wie erging es Edward damit? Männer wären wie Tiere, nicht imstande, ihre Triebe zu zügeln, so hieß es. Deshalb gäbe es so viele Bordelle. Besuchte Edward etwa auch Bordelle oder Frauen zweifelhafter Moral?

Im Sommer lud Lady Cheyne regelmäßig Bekannte zum Tee, darunter Politiker und Dichter, aber immer auch heiratswillige Aristokraten. Im Grunde waren diese Nachmittage Gelegenheiten, Heiratskandidaten auszuloten und möglicherweise Verhandlungen mit Vater Evelyn Pierrepont einzufädeln. Natürlich mussten neben Schwester Evelyn auch Mary und Frances an solchen Treffen teilnehmen. Mary fühlte sich jedes Mal, als stünden sie und ihre Schwestern zur Besichtigung wie Kühe auf dem Viehmarkt.

Erreichte sie hingegen ein Brief von Edward, rannte sie sofort in ihre Kammer, um ihn zu lesen. Manchmal ärgerte sie sich über das, was er schrieb, dann gab es eine wohlüberlegte, geistreiche, aber im Grunde patzige Antwort. Manchmal war sie entzückt über Gedanken, die er mit ihr teilte, und antworte auf ähnliche Weise.

Dann geschah eines Morgens, was sie so sorgsam hatte vermeiden wollen: Der Vater stürmte in ihr Zimmer und fuchtelte mit einem Brief vor ihrer Nase herum. »Was ist das?«, brüllte er. Offensichtlich hatte er das Siegel geöffnet. »Wer zum Teufel schreibt dir da? Wer ist dieser Edward? Versuche nicht, mich zu belügen!«

# Die verdammten Anwälte

Edwards Brief war nicht sehr lang und enthielt zum Glück wenig Verdächtiges. Trotzdem erregte es den Zorn des Earls, dass seine Tochter Briefe eines ihm fremden Mannes erhielt.

Im ersten Moment war Mary bleich geworden. Ihr Herz sank ihr in die Kniekehlen. Doch dann erwachte ihr Kampfgeist. »Wieso öffnest du meine Briefe?«, fauchte sie ihn an.

»Aus Versehen. Dachte, der wäre für mich«, knurrte der Earl. »Aber damit das klar ist: Ich bin dein Vater und habe jedes Recht, die Briefe meiner Töchter zu lesen. Besonders solche von fremden Herren! Also raus mit der Sprache: Wer ist der Kerl?«

Einen Augenblick überlegte Mary, ob sie die Auskunft verweigern sollte. Aber das wäre kindisch, und am Ende würde er es ja doch herausbekommen. »Sein Name ist Edward Wortley, und er ist Sidney Wortley Montagus Sohn«, erwiderte sie selbstbewusst und in der Hoffnung, den Vater dadurch zu beeindrucken. »Falls dir das nichts sagt: Edwards Großvater ist der Earl of Sandwich.«

»Nun, wenigstens kein Landstreicher«, knurrte Earl Evelyn. »Und was zum Teufel hast du mit dem zu tun?«

»Ich war mit seiner Schwester Anne befreundet, die tragischerweise vor Kurzem verstorben ist. Edward hat sie einmal zu den Rennen in Nottingham begleitet. Dort hatten Frances und ich Gelegenheit, ihn kennenzulernen. Er hielt es für seine

Pflicht, mir von Annes Tod zu berichten, und hat auch danach einige Male geschrieben. Über ihre Beisetzung und darüber, wie es der Familie nach diesem Verlust geht.«

»Was treibt ihr euch bei Pferderennen herum?«

»Das ist doch wohl nicht verboten, oder? William hat uns mitgenommen.«

»Na schön.« Der Earl hob erneut den Brief hoch. »Und du? Hast du ihm ebenfalls geschrieben?«

Mary zögerte, doch dann entschied sie, es wäre besser, es zu leugnen. »Nein, das habe ich nicht. Ich habe mich nur für seine Nachricht bedankt.«

Earl Evelyn starrte sie misstrauisch an. »Hast du ihn heimlich getroffen?«

»Auf keinen Fall, Vater!« Ihr gelang es, dies zu sagen, ohne rot zu werden.

»Und warum schreibt er dir jetzt immer noch?«

»Das weiß ich nicht.«

»Lüg mich nicht an! Er muss doch einen Grund haben.«

»Wenn ich's doch nicht weiß!«, erwiderte Mary schriller als beabsichtigt.

»Hast du ihn ermutigt?«

»Ich hab gar nichts. Hör auf, mich zu verhören!«

»Hat er Absichten?«

»Wie soll ich das wissen? Da musst du ihn schon selbst fragen. Ich kann dir gern sagen, wo die Familie wohnt. Wo Edward sich aufhält, weiß ich leider nicht.«

Der Earl musterte sie misstrauisch. »Du bist ein außerordentlich hübsches Mädchen«, sagte er schließlich. »Da würde es mich wundern, wenn die Kerle nicht um dich herumschwirrten wie die Fliegen um den Honigtopf. Aber sieh dich vor, Mary. Keine Verliebtheiten. Ich warne dich!«

»Nein, Vater.«

»Und du bist noch nicht vom Haken, Kindchen. Ich werde mich mit Sir Sidney in Verbindung setzen und der Sache auf den Grund gehen.«

»Tu das!«, erwiderte sie schnippisch. »Darf ich jetzt gehen?«

»Darfst du.«

»Und mein Brief?«

»Den behalte ich fürs Erste. Und jetzt ab mit dir.«

Mit vor Scham glühenden Wangen stieg Mary hinauf zu ihrem Zimmer. Sie fühlte sich erniedrigt und beschmutzt, obwohl sie nichts Schlimmes getan hatte. Tränen der Wut stiegen ihr in die Augen. Wie konnte er sie so behandeln? Als sei sie ein Kind und keine erwachsene Frau, unmündig und ohne Rechte.

Kaum hatte sie sich an ihrem Schreibtisch niedergelassen, stürmte Frances in ihr Zimmer. »Was ist geschehen? Hat er dir den Kopf abgerissen?«

Mary drehte sich um. »So gut wie«, sagte sie düster und wischte sich die Tränen von den Wangen. »Woher weißt du …?«

»Alice hat mir von dem Brief erzählt. Sie ist ganz aufgelöst. Behauptet, es sei ihre Schuld.«

»Unsinn. Es war einfach Pech.«

»Und? Was hat Vater gesagt? Man hat ihn im ganzen Haus brüllen hören.«

»Er weiß nicht, dass ich Edward ebenfalls geschrieben habe. Ich hab behauptet, Edward hätte mir nur vom Tod seiner Schwester berichtet.«

»Aber das ist doch schon länger her.«

»Mir fiel im Moment nichts Besseres ein. Jetzt will er Nachforschungen anstellen und mit Edwards Vater reden.«

»Oje! Dann kommt alles raus.«

»Ich muss Edward sofort warnen. Er muss mich decken. Alice soll ihm den Brief bringen.« Sie wandte sich zum Tisch und griff nach Papier und Feder.

»Dann lass ich dich besser allein«, sagte Frances und schloss leise die Tür hinter sich.

Mary starrte unschlüssig auf das leere Blatt. Was um Himmels willen sollte sie ihm schreiben? Das Ganze war schrecklich peinlich. Und sollte Sir Sidney seinen Sohn nach einem Gespräch mit ihrem Vater zur Rede stellen, würde es auch für Edward unangenehm. Seine Familie würde nicht erfreut sein, dass ihr Sohn die Pierreponts in eine peinliche Lage gebracht hatte. So würden sie es auslegen. Dafür würde Vater schon sorgen.

Sollte sie Edward bitten, für sie zu lügen und das Märchen, das sie dem Vater aufgetischt hatte, zu bestätigen? Nein, das würde sie nicht tun, das würde alles nur noch schlimmer machen. Aber hatte sie beim Schachspiel nicht gelernt, dass Angriff die beste Verteidigung war? Also keine Lügen mehr, keine feige Unterwerfung. Der Moment war gekommen, Farbe zu bekennen.

Kurz entschlossen tauchte sie die Feder ins Tintenfass, streifte überschüssige Tinte ab und begann zu schreiben.

*Liebster Edward,*
*unsere Heimlichkeiten sind aufgedeckt worden. Mein Vater weiß von unserer Korrespondenz und droht, bei Sir Sidney vorstellig zu werden, um ihm Vorhaltungen über seinen Sohn zu machen, der es wagt, einer seiner Töchter ungehörigerweise Briefe zu schreiben. Ich möchte nicht, dass Du es abstreitest. Wir haben uns nichts vorzuwerfen. Wenn Du mich liebst, wie Du behauptest, dann ist es jetzt an der Zeit, bei meinem Vater um meine Hand anzuhalten. Solltest Du nicht dazu bereit sein, bin ich Dir nicht böse, aber dann sind dies meine letzten Zeilen an Dich. In dem Fall sage ich schon jetzt adieu.*

***

»Warst du nicht etwas voreilig?«, fragte Frances. »Über Heirat habt ihr doch noch gar nicht gesprochen. Will er das überhaupt? Vielleicht hast du ihn jetzt endgültig verjagt.«

Mary zuckte nur mit dem Schultern. Erstaunt fragte Frances: »Ist es dir wirklich so gleichgültig? Oder tust du nur so?«

»Frag nicht so blöd!«, stieß Mary ärgerlich hervor. »Natürlich tu ich nur so. Alles Mögliche kann passieren. Es macht mich verrückt!«

»Du hast also noch nichts gehört.«

»Nein. Sonst hätte ich es dir erzählt. Und jetzt ist Vater auch noch wegen dieser blöden Jagd nach Schottland gereist. Jeden Herbst muss er dorthin, um irgendwelche Viecher abzuschießen. Ich weiß wirklich nicht, was die Männer daran finden. Ob er vorher mit Edwards Vater geredet hat, weiß ich nicht. Ich hab ihn gefragt, aber er wollte mir nichts sagen. Er ist immer noch wütend.«

»Und Edward? Hat er dir geschrieben?«

Mary schüttelte den Kopf. »Nein, das auch nicht. Ich sag dir: Zum Teufel mit den Männern! Sie wollen alles beherrschen. Sie sind anmaßend und besserwisserisch. Uns Frauen lassen sie kaum die Luft zum Atmen. Und Väter sind die schlimmsten.«

Frances sah ihre Schwester betrübt an. »Ich weiß, Mary. Aber was nutzt es, sich dagegen aufzulehnen? Du schadest dir nur selbst. Die Dinge sind nun mal, wie sie sind. Und was Edward angeht, der denkt bestimmt nur nach, was er tun soll.«

»Seit zwei Wochen warte ich auf ein Lebenszeichen von ihm.« Mary warf frustriert die Hände in die Luft. »Herr im Himmel! Ich bin weder alt noch hässlich. Was kann an dieser Entscheidung so schwer sein?«

Frances stand auf und legte ihrer Schwester den Arm um die Schultern. »Du hast ihm die Pistole an den Kopf gesetzt. Das muss der Arme erst mal verdauen.«

Irritiert schüttelte Mary Frances' Arm ab. »Was gibt es da noch lange zu überlegen? Er soll sich endlich bekennen und die Dinge in die Hand nehmen. Ich kann doch nicht hinter ihm herlaufen.«

»Sei geduldig, Mary. Schließlich ist es eine Entscheidung fürs Leben.«

»Wenn er so viel Bedenkzeit braucht, kann er mir gestohlen bleiben. Wozu brauche ich einen, der sich auch nach vierzehn Tagen nicht entschließen kann. Es war ein Fehler, dass ich überhaupt mit ihm angebändelt habe.«

Frances setzte sich wieder. »Du weißt ganz genau, dass so eine Verbindung beide Familien betrifft«, sagte sie. »Edward kann das nicht allein entscheiden. Sein Vater hat ein Wörtchen mitzureden. Also reg dich ab. Es wird sich schon alles klären. Edward liebt dich. Das hat er doch mehrmals geschrieben.«

Mary lehnte sich zurück und starrte eine Weile genervt an die Decke. »Es ist sowieso alles vergebens«, sagte sie schließlich. »Vater wird nicht zustimmen. Die Wortleys sind ihm bestimmt nicht gut genug.«

»Das weißt du doch gar nicht.«

Die Schwestern schwiegen. Auf einmal sprang Mary auf. »Ich halte es einfach nicht aus, nur herumzusitzen!« Sie fing an, im Salon herumzuwandern, hob dabei die rechte Hand und betrachtete angewidert ihre Nägel. »Wie die aussehen! Ich muss unbedingt etwas für meine Nägel tun. Die sehen scheußlich aus.«

»Weil du dran knabberst.«

»Ich weiß.«

Vor einem der hohen Fenster blieb sie stehen und starrte in den Garten. Der Herbstwind wirbelte Blätter über den Rasen wie tanzende gelbe Schmetterlinge. An den unpassendsten Stellen, besonders unter den Büschen, blieben sie hängen. Ein alter Gärtner und sein Gehilfe waren gerade dabei, sie zusammenzukehren. Dem Alten wehte eine Lohe weißen Haars um den Kopf, sein Zopf musste sich gelöst haben. Die Hände, mit denen er die Harke hielt, waren braun und klobig und zeugten von langen Jahren der Arbeit. Sein junger Gehilfe wischte sich über die rote Nase. Mary bemerkte, dass er hinkte. Eher hätte sie das von dem Alten erwartet. Abrupt drehte sie sich um. »Was ist eigentlich mit dir?«, fragte sie.

»Was soll mit mir sein?«

»Wenn Vater nach Schottland gefahren ist, besucht er vielleicht den Earl of Mar.«

Frances errötete. »Glaubst du?«

»Ja, doch. Ich sehe es kommen«, sagte Mary und fügte mit feierlicher Stimme hinzu: »Lady Frances Mar.«

»Ach, hör auf!«, wehrte Frances verlegen ab.

»Wieso? Hört sich doch gut an. Und war das nicht Vaters Idee? Ein bisschen schottisches Blut in der Familie. Immerhin sind die Mars eine bedeutende alte Adelsfamilie. Ich sehe es kommen, Frances: John Erskine, Earl of Mar, dein Angetrauter.«

»Ach was. Du ziehst mich auf.«

»Nein. Ich meine es ernst.«

Frances legte die Stirn in Falten. »Müsste ich dann nach Schottland ziehen?«

»Natürlich. Ich finde nur, er ist ein bisschen alt für dich. Der Mann ist doch mindestens fünfzehn Jahre älter und noch dazu Witwer.«

»Was hast du gegen Witwer?«

»Vielleicht kann er seine erste Frau nicht vergessen.«

»Die ist seit Jahren tot.«

»Einen Sohn hat er auch.«

»Der ist erst sechs. Mit dem komme ich schon zurecht.«

Mary verzog das Gesicht, schüttelte dann aber nachsichtig den Kopf. »Ich sehe, du bist entschlossen.«

»John Erskine ist ein Mann mit Erfahrung«, erwiderte Frances. »Ein Mann mit Substanz. Dein Edward ist doch auch älter als du.«

»Hast du ihn eigentlich schon mal gesehen? Vielleicht ist er klein, buckelig und hässlich.« Mary lachte.

»Nein. Ich glaube, er ist ein stattlicher Mann. Vater hat mir eine Miniatur von ihm gezeigt, vor etwa sechs Monaten.«

Warum er für eine Verbindung mit den Mars ausgerechnet Frances bestimmt hatte, hatte ihr Vater nie erklärt. Mary war es nur recht. Sie hatte keine Lust, nach Schottland zu ziehen. Schlimm genug, dass sie die meiste Zeit auf dem Land in Nottinghamshire zugebracht hatten. Der Gedanke, sich ihr Leben lang mit engstirnigen Landadeligen und deren langweiligen Weibern und Töchtern abgeben zu müssen, war ihr unerträglich. Sie sah ihr Lebenszentrum in London.

»Vielleicht hat er den Gedanken aufgegeben«, sagte sie. »Die Mars haben bestimmt wie alle Schotten eine rebellische Ader.«

»John Erskine ist ein bedeutender Mann«, widersprach Frances. »Er wurde zum parlamentarischer Vertreter Schottlands ernannt und hat einen Sitz im House of Lords. So was wird nicht jedem gewährt.«

»Das stimmt. Und doch liebäugeln die Mars mit den Jakobiten, soviel ich weiß. Die wollen einen Stuart auf dem Thron.«

»Glaubst du, die haben vor, eine Rebellion anzuzetteln?«

»Wer weiß das schon?« Mary zog die Schultern hoch. Der Zusammenschluss der beiden Königreiche England und Schottland war 1706 verhandelt, im selben Jahr vom englischen Parlament und im Jahr darauf auch vom schottischen Parlament ratifiziert worden. Großbritannien, so hieß das Land jetzt, war unter einem einzigen König vereint. Nur die schottischen Katholiken waren nicht glücklich darüber und bestanden immer noch auf den Thronanspruch der schottischen Stuarts. Nun ja, das war Politik, und weder sie noch Frances wollten sich damit näher beschäftigen.

»Wie soll ich wissen, was Vater vorhat?«, fragte Frances und zog ein Gesicht. »Aber ich mach mir keine Gedanken darüber. Ich lasse es einfach auf mich zukommen.«

»Tu doch nicht so! Ich wette, du machst dir eine Menge Gedanken. In letzter Zeit redest du ständig über Hochzeiten!«

Frances zuckte verlegen mit den Schultern. »Ist mir nicht aufgefallen.«

»Kann gut sein, dass du noch vor mir heiratest.«

»Meinst du?« Frances seufzte. »Das ist alles aufregend. Findest du nicht?«

Drei lange Tage musste Mary warten, dann erreichte sie ein Brief von Edward.

»Endlich!«, murmelte sie und brach noch in der Diele das Siegel auf. Hastig überflog sie die Zeilen.

*Liebste Mary,*
*verzeih, dass ich Dir erst jetzt schreibe. Ich war für ein paar Tage verreist, und in der Zwischenzeit hat in unserer Familie einiges für Unruhe gesorgt. Zunächst einmal war ich erschrocken, als ich, leider verspätet, Deine Zeilen las. Du warst immer so besorgt, Dein Vater könnte etwas von unserem Briefwechsel erfahren. Und nun ist es genau so gekommen. Mein Herz ist bei Dir. War es sehr schlimm?*
*Deine Forderung, ich solle formell um Deine Hand anhalten, kam für mich überraschend, hatte ich doch bisher das Gefühl, Du seist, was uns beide betrifft, noch unschlüssig. Deine Reaktion auf die Entdeckung Deines Vaters kommt mir*

*daher vor wie eine Flucht nach vorn. Ich frage mich, ob dies der beste Beweggrund für einen solchen, doch so bedeutenden Schritt ist.*
*Trotzdem kann ich mir nichts Schöneres vorstellen, als Dein Gemahl zu werden, auch wenn noch Zweifel bestehen, ob wir wirklich zusammenpassen. Egal, ich habe all diese Zweifel nun hinweggewischt und wollte schon mit meinem Vater reden, als Earl Pierrepont mir zuvorkam. Es kam zu einer heftigen Auseinandersetzung zwischen den beiden, und als sie sich schließlich beruhigten, wurde ich hinzugezogen.*
*Nun, ich will Dich nicht länger auf die Folter spannen. Mein Vater war nicht schwer zu überzeugen. Schließlich gehören die Pierreponts zu den bedeutendsten Familien Englands. Bei Deinem ehrenwerten Herrn Vater war die Sache allerdings schwieriger, aber nach langer Diskussion hat er sich bereit erklärt, die Angelegenheit näher zu betrachten und schon einmal die Anwälte einzuschalten, um Vertragsmöglichkeiten zu erörtern. Natürlich werde ich mich daran beteiligen, schließlich bin ich selbst Advokat. Es ist noch nichts entschieden, aber der erste Schritt ist getan.*
*Noch etwas, bevor ich schließe: Wir dürfen uns jetzt schreiben. Dein Vater erlaubt es, solange es bei angemessener Zurückhaltung bleibt. Ich hoffe, Du freust dich über die glückliche Wendung.*
*Dein Dir von ganzem Herzen zugetaner*
*Edward*

Mary fasste sich an ihr klopfendes Herz. Großer Gott! War es denn zu glauben? Vater ließ sich auf Vertragsverhandlungen ein? Das war kein kleiner, sondern ein großer Schritt.

Sie faltete den Brief zusammen und steckte ihn in den Ausschnitt ihres Mieders. Wie benebelt stieg sie langsam und bedächtig die Treppe hinauf und schloss sich in ihr Zimmer ein. Dort sank sie aufs Bett, zog den Brief wieder hervor und las ihn ein zweites Mal. Diesmal ganz langsam und jedes Wort abwägend. Und dann noch einmal.

Schließlich ließ sie sich zurück aufs Bett fallen. Sie würde also Edward Wortley heiraten. War es wirklich das, was sie wollte, was sie sich ersehnte? War sie in ihn verliebt? Musste ja wohl sein, denn ihr Herz klopfte heftig bei der Vorstellung, Mary Wortley Montagu zu werden. *Mary Wortley Montagu* – an den Klang musste sie sich erst noch gewöhnen. Aber ja, so würde es sein. Der Nebel lichtete sich, der Blick auf ihre Zukunft klärte sich. *Lady Mary Wortley Montagu.*

Aufgeregt sprang sie auf, rannte mit dem Brief in der Hand aus dem Zimmer und rief noch auf der Treppe lautstark nach ihrer Schwester: »Frances, es gibt Neuigkeiten! Frances, wo steckst du? Du wirst es nicht glauben!«

***

Am nächsten Tag kehrte Earl Evelyn Pierrepont aus Schottland zurück. Während der Kutscher die Reisekoffer und die Ledertasche mit den Musketen des Earls hereintrug, eilten die Töchter dem Vater entgegen, um ihn zu begrüßen. In Erwartung der Neuigkeiten blickten sie ihn aufgeregt an, Frances mit hoffnungsvoller Miene, während Mary eher misstrauisch darauf wartete, ob ihr Vater Edwards Ankündigung tatsächlich bestätigte. Irgendwie fürchtete sie, ihre Heiratspläne könnten sich noch in Luft auflösen.

»Was starrt ihr mich so an?«, knurrte der Earl. »Geschenke hab ich für euch nicht. Es ist verdammt noch mal nicht Weihnachten!«

»Hattest du eine gute Reise?«, fragte Frances mit einschmeichelnder Stimme. Mary hasste diese Angewohnheit ihrer Schwester, so mit dem Vater zu reden. Besonders, wenn sie etwas von ihm wollte.

»Geht so. Vom langen Sitzen in der Kutsche tut mir das Kreuz weh. Sagt der Haushälterin Bescheid, die Mägde sollen mir ein Bad richten.«

Frances ließ nicht locker. »Und wie war es in Schottland?«, fragte sie, wieder mit dieser Honigstimme.

Auch dem Earl entging nicht, dass sie nach Neuigkeiten lechzte. Sein Blick wanderte unwirsch von einer zur anderen. »Ich weiß, ihr platzt beide vor Neugierde, aber ich hab jetzt keine Lust zu reden. Später. Beim Abendessen.«

Damit ließ er die beiden stehen und folgte seinem Leibdiener, der sich mit dem Reisekoffer abschleppte. Oben hörten sie ihn noch einmal laut poltern, weil ihm irgendetwas nicht passte, dann wurde es still.

Mary zuckte mit den Schultern. »Also gut. Dann eben später.«

»Er hat uns bestimmt etwas zu sagen«, meinte Frances. »Das konnte man merken, oder?«

Mary nickte. »Ob gut oder schlecht, ließ sich aber nicht erkennen, Frances. Üben wir uns in Geduld.« Sie hatte vor einiger Zeit ein Werk des griechischen Philosophen Epiktet gelesen, eines Stoikers, der lange Zeit in Rom als Sklave gedient hatte und nach seiner Freilassung in die Heimat zurückgekehrt war. Seine Lehre besagte, dass alles, was außerhalb der eigenen Kontrolle geschah, mit Ruhe und Gelassenheit hinzunehmen sei. Natürlich hieß das nicht, passiv zu sein, im Gegenteil, aber seinen inneren Frieden dürfe man nicht durch äußerliche Geschehnisse aus dem Gleichgewicht bringen lassen. Am Morgen war ihr die Schrift wieder in die Finger gekommen. Sie hatte sich an Epiktets Lehre erinnert und beschlossen, danach zu leben. Besonders in diesen Tagen, in denen so viel in der Schwebe war.

»Üben wir uns in Geduld«, wiederholte sie daher.

»Du und Geduld? Das sind zwei Dinge, die nicht zusammenpassen. Außerdem hast du leicht reden«, klagte Frances. »Deine Zukunft ist schon geklärt.«

»Vielleicht. Vielleicht auch nicht.«

Beim Abendessen war Earl Pierrepont bereits ein wenig angetrunken. Er hatte ein Fässchen Whisky aus Schottland mitgebracht und sich vor dem Mahl offenbar einige Gläschen genehmigt.

»Schon allein deshalb hat sich das mit der Union der Königreiche gelohnt«, verkündete er. »Solchen Whisky gibt's nur bei den verdammten Schotten, haha!« Er schnitt ein Stück von der Wurst ab, die er ihnen als Vorspeise hatte vorsetzen lassen. »Schottische Hirschwurst. Ausgezeichnet! Probiert mal!«

»Ich habe nur wenig Hunger«, sagte Mary. »Ich warte lieber aufs Hauptgericht. Oder gibt's da auch schottischen Hirsch?«

Der Earl lachte. »Keine Sorge. Meine Jagdbeute habe ich dagelassen. Einen Zwölfender hab ich erwischt. In den Highlands. Prächtiger Bursche.« Er hob sein Weinglas und leerte es. »Etwas salzig, die Wurst. Da wird man durstig.« Er rülpste verhalten und stellte das Glas ab.

»Wolltest du uns nicht etwas sagen?«, fragte Frances in ihrer besten Honigstimme. Sie war schon die ganze Zeit unruhig auf ihrem Stuhl herumgerutscht.

Der Vater starrte sie an. Dann nickte er. »Ja, stimmt«, meinte er. »Ich habe nämlich die Gelegenheit wahrgenommen, mich mit John Erskine zu treffen. Er ist ja häufig in London, aber irgendwie hab ich ihn immer verpasst. Wir sind nicht im selben Club.«

»Und?«, fragte Frances.

Der Earl schnitt noch ein Stück von der Wurst ab und steckte es sich in den Mund. »Nun ja. Wie ihr wisst, ist John Erskine Witwer, und so hatten wir schon seit einer Weile mit dem Gedanken gespielt, unsere Familien zu vereinen. Wir sind doch jetzt ein Land, oder? Nur bisher ist dabei nichts Greifbares herausgekommen.«

Mary sah, wie angespannt Frances dasaß, wie sie aufhörte, an der dummen Wurst zu kauen, wie ihre Augen an Vaters Lippen hingen. Mein Gott!, dachte sie. Ist sie so erpicht darauf zu heiraten? Noch dazu einen wildfremden Kerl, dem sie nie begegnet ist?

»Also«, fuhr der Earl fort. »Mit John Erskine bin ich mir mehr oder weniger einig. Der Teufel steckt natürlich wie immer in den Vertragsklauseln. Es wird eine Weile dauern, bis wir alles beisammenhaben.«

Der Diener, der bei Tisch servierte, füllte ihm erneut das Weinglas. Der Earl nahm noch einen kräftigen Schluck und sah Frances an: »Ich nehme an, du weißt, dass wir gerade von deiner Zukunft reden, mein Kind.«

Frances nickte heftig. »Ja, Vater«, hauchte sie, unfähig, mehr zu sagen.

»Also, wenn John seine Meinung nicht ändert und nichts Ungewöhnliches von uns verlangt, dann könntest du nächstes Jahr Countess of Mar werden.«

»Oh Gott!«, stammelte Frances und legte mit zitternder Hand die Gabel weg. Die Röte war ihr ins Gesicht gestiegen, und die Augen waren feucht geworden. »Oh Gott!« Sie griff sich an den Hals, als bekomme sie keine Luft. Dann strahlte sie plötzlich und stammelte: »Countess of Mar!«

»Wahrscheinlich bist du dann schon vor mir verheiratet«, sagte Mary.

»Glaubst du?«, fragte Frances. »Eigentlich wärst du zuerst an der Reihe.«

Mary sah ihren Vater an, erwartungsvoll, jedoch ohne ein Wort zu sagen.

Der Earl räusperte sich. »Äh, ja. Dass du hinter meinem Rücken Männern Briefe schreibst, Mary, ist ein ungeheuerlicher Vorgang. Wir haben darüber geredet. Auch deine Tante ist entsetzt. Und lüg mich bitte nicht weiter an. Denn inzwischen weiß ich, dass es nicht bei einem Brief geblieben ist.«

»Ein harmloser Schriftwechsel, Vater.«

»Ob er wirklich so harmlos war, wage ich zu bezweifeln. Jedenfalls müssen wir einen Skandal wie den bei den Walpoles vermeiden. Ihr erinnert euch vielleicht an den Fall. Ich habe also mit Sir Sidney verabredet, die Sache ein für alle Mal zu unterbinden.«

Mary fuhr hoch. »Du hast was?«, rief sie wütend.

Der Earl hob die Hand. »Bevor du mir die Augen auskratzt, hör erst mal zu. Überhaupt solltest du dir ein Beispiel an Frances nehmen. Ich wünschte, du hättest mehr von ihrer Sanftheit.«

»Sie ist nicht sanft. Sie tut nur so.«

»Mary!«, rief Frances alarmiert. »Was sagst du da?«

»Ist doch so!«

»Schluss jetzt!«, donnerte der Earl. »Am Tisch wird nicht gestritten.«

Mary funkelte ihn an. »Ich soll ihm also nicht mehr schreiben? Du verbietest es mir?«

»Das habe ich nicht gesagt. Hör zu, verdammt, und geh mir nicht gleich an die Gurgel!«

Mary holte tief Luft. »Entschuldige«, murmelte sie.

Der Earl schob den Teller mit der Wurst weg. »Die Wortleys wären bei Gott nicht meine erste Wahl gewesen, aber Sir Sidney ist ein vernünftiger Mann. Reich sind sie auch, besitzen Ländereien und Kohlebergwerke im Norden. Und sein Sohn, dieser Edward, hat auch keinen schlechten Eindruck hinterlassen, das muss ich zugeben. Ich hab mich also breitschlagen lassen, die Möglichkeiten von unseren Anwälten prüfen zu lassen.«

Jetzt war Mary überrascht. Sie hatte das Gegenteil erwartet. »Das … Das heißt also, wenn ihr euch einigen könnt …«, stammelte sie und ließ den Rest des Satzes in der Luft hängen.

Der Earl grinste. »Das heißt, du darfst weiter mit deinem Edward korrespondieren. Aber in angemessener Form, hast du mich verstanden? In *sehr* angemessener Form. Und falls wir uns mit den Wortleys einigen, darfst du den Burschen heiraten.«

»Oh, Vater. Ich weiß nicht, was ich sagen soll.«

»Dann sag nichts, und gib mir einen Kuss.«

Mary war noch nie so schnell aufgesprungen wie jetzt. Im Nu rannte sie um den Tisch, wobei sie beinahe die Weinkaraffe umgerissen hätte, schlang ihrem Vater die Arme um den Hals und küsste ihn mit Gefühl auf die Wange. Es war das erste Mal in ihrem Leben, dass sie ihren Vater überhaupt geküsst hatte. Zumindest, soweit sie sich daran erinnerte.

Er wirkte gerührt. »Zwei glückliche Töchter. Was, bei Gott, will man mehr?« Er winkte dem Diener. »Will, mein Junge, bring uns mehr Wein!«

***

Persönliche Treffen waren nicht erlaubt, aber zumindest mussten Mary und Edward einander nicht länger heimlich schreiben. Manchmal erwiderte er ihre Briefe noch am selben Tag, manchmal musste sie lange warten, einige Male sogar mehrere Wochen. Geschäfte hätten ihn abgehalten, schrieb er danach. Einmal war es die Verwaltung der Kohlebergwerke, ein andermal ein wichtiger Gerichtsprozess in London, außerdem hatte er seinen Parlamentssitz zu verteidigen. Ein beschäftigter Mann, ihr Edward. Es erinnerte sie an die andere längere Schreibpause im letzten Winter. Sollte sie sich Sorgen machen?

Wenn es zu viel Zeit koste, ihr zu schreiben, antwortete sie, schließlich wolle sie ihm nicht lästig sein, so solle man vielleicht überlegen, ob es wirklich sinnvoll sei, auf dieser Heirat zu bestehen. Sie wolle ihm nicht im Weg stehen.

Daraufhin überschlugen sich seine Zeilen fast vor Entschuldigungen und Liebesbeteuerungen. Sie waren aber auch nicht ohne kleine Giftpfeile. Wolle sie etwa einen Sinneswandel andeuten, habe sie vielleicht andere Bewerber in Aussicht? Das würde ihn sehr schmerzen, bei ihrer Schönheit und ihrem Charakter allerdings nicht überraschen, behauptete er.

*Bei meinem Charakter? Wie kannst du so über mich denken!*, war ihre Antwort. Ob er sie für ein flatterhaftes, oberflächliches Weib hielte, das sich von billigen Schmeicheleien ablenken ließe, wollte sie wissen und stellte fest, wenn es Bewerber gebe, so schenke sie ihnen keine Aufmerksamkeit, es sei denn, er dränge sie mit solch unüberlegten Kommentaren dazu.

»Langweilt dich das nicht langsam?«, fragte Frances.

»Wie meinst du das?«

»Ihr schreibt euch ständig. Aber wo führt das hin? Wann heiratet ihr endlich? Überhaupt, was liegt dir an diesem Mann?«

Gute Frage, dachte Mary. Jeden anderen hätte sie wahrscheinlich in Anbetracht der nicht enden wollenden juristischen Verhandlungen zum Teufel geschickt. Und dann die ständigen Streitereien! Doch wenn sie ehrlich mit sich war, waren gerade sie das Salz in der Suppe, die Würze an der Affäre. Alles andere wäre langweilig gewesen.

»Was mir an ihm liegt?«, fragte Mary. »Ich frage dich: Was liegt dir an John Erskine?«

»Er schreibt mir regelmäßig.«

»Wie schön!« Mary grinste spöttisch. »Und? Ist das alles?«

»Denkst du etwa, ich liebe ihn nicht?«

»Wie kannst du ihn denn lieben? Du bist ihm erst einmal im Leben begegnet.«

»Nein! Zweimal. Ich war mit Vater bei den Lords und hab ihn reden hören. Und hör auf, mich zu ärgern.«

Sofort bereute Mary ihre Stichelei. Sie legte die Arme um ihre Schwester und zog sie an sich. »Verzeih!«, flüsterte sie.

Über den Briefwechsel mit Edward ging ein Großteil des Winters dahin. Die Verhandlungen der Anwälte zogen sich in die Länge, und das Warten zermürbte Mary. Wer wusste schon, ob es jemals ein Ende nehmen würde? Um sich abzulenken, vertiefte sie sich in die Lehren des Epiktet, die dessen Schüler Arrian in dem Werk *Enchiridion* niedergeschrieben hatte, und versuchte, nach dieser Ethik der inneren Freiheit zu leben. Ein wenig half es tatsächlich, ihre Ungeduld zu zähmen und Gründe dafür zu finden, die Gegebenheiten der Welt ruhig hinzunehmen, statt sich dagegen aufzulehnen, die innere Gelassenheit ihrer Seele für wichtiger zu erachten als alle guten wie schlechten Äußerlichkeiten.

Dann kam ihr die Idee, das Werk aus dem Lateinischen ins Englische zu übersetzen. Die Arbeit nahm Wochen in Anspruch und half ebenfalls, sie abzulenken.

Während einer der Festlichkeiten bei Hofe hatte sie den Bischof von Salisbury, Gilbert Burnet, und dessen Frau Elizabeth kennengelernt. Sie beschloss, ihnen ihre Übersetzung mit der Bitte um einen Kommentar zukommen zu lassen. Dazu schrieb sie, jungen Frauen werde es oft verboten, Texte dieser Art zu studieren, obwohl man sie im Gegenteil ermutigen sollte, sich zu bilden und Latein zu lernen, wie schon Erasmus von Rotterdam es gefordert habe. Um das ältliche Ehepaar nicht zu schockieren, fügte sie hinzu, sie plädiere nicht für die Gleichheit der Geschlechter und sei sich bewusst, dass Gott den Frauen eine untergeordnete Rolle zugedacht habe. Dennoch würde ihnen Bildung nicht schaden.

Der Bischof sandte ihr ein nichtssagendes höfliches Lob, mehr aber nicht. Wahrscheinlich waren dem Gottesmann Frauen, die Latein sprachen und Philosophen lasen, unheimlich.

Noch vor Ende des Winters fand die Hochzeit ihres Bruders William statt. Auf die Frage zwei Monate später, warum Williams Vermählung so schnell über die Bühne gegangen sei, während sie selbst immer noch darauf wartete, dass man endlich ihren Hochzeitstag verkünden könne, antwortete ihr der Vater ziemlich ärgerlich, er habe eigentlich genug von der Sache, denn es liege allein an Edward Wortley. Der Mann verweigere seine Zustimmung zu Dingen, die in Heiratsverträgen dieser Art üblich seien.

»Erklär mir das bitte, Vater«, sagte sie.

»Hauptsächlich geht es um das Erbe der Mutter nach ihrem Tod. Was in deinem Fall von Bedeutung sein wird, wenn man deine Mitgift und alle möglichen zukünftigen Erbschaften mitrechnet, von denen du profitieren könntest. Ein erhebliches Vermögen also. Dabei ist es schon lange üblich, vertraglich festzulegen, dass nicht wie sonst der überlebende Ehemann von diesem Vermögen profitiert, sondern der erstgeborene Sohn aus ebender Verbindung.«

»Aha, und warum das?«, fragte Mary.

»Um zu verhindern, dass der Witwer sich das Familienvermögen seiner verstorbenen Frau unter den Nagel reißt. Es soll, wie gesagt, stattdessen an den ältesten Sohn gehen. Dein Edward will dem aber nicht zustimmen.«

»Und warum nicht?«

»Er besteht darauf, dass die Entscheidung, an wen das Vermögen schlussendlich geht, dem Ehemann überlassen wird, denn es könnte ja sein, dass der Erstgeborene unwürdig ist, über ein solches Vermögen zu verfügen, weil er es für falsche Zwecke einsetzen oder gar verprassen würde.«

»Und dem willst du wiederum nicht zustimmen.«

»Natürlich nicht«, knurrte der Earl. »Ich will wie andere Väter auch eine klare Regelung, um sicherzustellen, dass das Familienvermögen meiner Töchter in unserer Linie verbleibt. Dein Edward hält das für eine überholte Tradition und besteht darauf, damit zu brechen. Du weißt ja, er ist Anwalt und bringt eine Menge kluger Einwände vor. Und daran hängt nun das Ganze. Wir kommen nicht voran.«

»Ich werde ihm schreiben, Vater, und ihn bitten, von seiner Forderung abzurücken.«

»Vergiss es, Kind. Mir reicht es. Du wirst den Mann nicht heiraten! Der Kerl hat mir von Anfang an nicht gepasst. Ich lass mich doch nicht an der Nase herumführen!«

Was auch immer Mary versuchte, der Vater ließ sich nicht umstimmen. Es gebe genug vorzügliche Männer von Ehre, die sich mehr als geehrt fühlen würden, in die Familie der Pierreponts einzuheiraten, da müsse man sich nicht mit diesem Winkeladvokaten herumschlagen. »Schluss, Schluss, Schluss!«, brüllte er. Er wolle nichts mehr davon hören.

Da lag ihre Zukunft in Scherben. Sie verbrachte Tage in ihrem Zimmer in größter Niedergeschlagenheit, weinte viel, verfluchte Edward, verfluchte ihren Vater, verfluchte die ganze Welt. Selbst Frances konnte sie nicht trösten. Sie litt nicht unbedingt an Liebeskummer. Ein wenig natürlich schon, aber mehr noch darunter, dass man ihr wieder einmal verwehrte, zu was sie sich entschlossen hatte. Es war zum Verzweifeln! Würde sie je aus dem Gefängnis der Familie und der gesellschaftlichen Zwänge entkommen?

Dass Williams junge Frau bereits guter Hoffnung war, machte es nicht besser. Auch nicht, dass Schwester Evelyn inzwischen ebenfalls geheiratet hatte, einen John Leveson-Gower. Ungewöhnlich, dass sie als Jüngste schon vor den Schwestern heiraten durfte, aber Lady Cheyne hatte die Sache eingefädelt, die übliche dynastische Verbindung, und der Vater hatte sich dem Wunsch seiner Schwester wohl nicht verweigern wollen. Evelyn gab sich mit dem Arrangement zufrieden, auch wenn sie nicht den Eindruck vermittelte, in den jungen Mann verliebt zu sein.

»Wegen deinem Edward wird nun auch meine Hochzeit aufgeschoben«, sagte Frances ein paar Tage später unter Tränen. »Vater sagt, es gehöre sich nicht, wenn ich zuerst heirate. Er habe John Erskine um Aufschub gebeten und sei bereits auf der Suche nach einem passenderen Ehemann für dich.«

Mary kamen ebenfalls die Tränen, und die Schwestern umarmten einander. »Es tut mir leid, Frances.«

»Du kannst ja nichts dafür. Aber ich bete zu Gott, dass John geduldig ist und nicht am Ende noch abspringt.«

Schließlich raffte Mary sich auf, Edward zu schreiben. Sie vermied es, ihm Vorhaltungen zu machen. Stattdessen erwähnte sie, der Vater habe sie über seine für ihn unverständliche Haltung informiert und die Anwälte angewiesen, die Verhandlungen abzubrechen, was ihr ungemein leidtäte. Gleichzeitig habe der Vater ihr und Frances so viel Geld überschrieben, dass eine Frau mit einiger Bescheidenheit davon gut leben könne. Sie denke deshalb darüber nach, ob sie nicht besser unverheiratet bliebe. Schließlich sei sie kein Mensch großer Leidenschaften, und ein Leben mit guten Büchern könne ihr genügen.

Falls ihm dennoch etwas an ihr liege, stehe es ihm natürlich frei, sich ein weiteres Mal um sie zu bewerben, ergänzte sie, dann aber unter Akzeptanz der Bedingungen ihrer Familie. Vielleicht ließe sich ihr Vater in dem Fall doch noch umstimmen. Als Tochter bliebe ihr ohnehin nichts anderes übrig, als sich in Demut zu fügen. Falls er dem nicht zustimmen könne, so schloss sie, wünsche sie ihm alles Glück der Welt, auf dass er eine Gemahlin finde, die seinen Vorstellungen besser entspräche als eine Mary Pierrepont.

Natürlich hatte sie gehofft, ihn mit diesen Zeilen aufzuschrecken, ihn dazu zu bringen, sich mit mehr Energie um sie zu bemühen, sich erneut in die Schlacht mit dem Vater zu stürzen. Aber er antwortete gar nicht auf diesen Brief. Wochenlang erreichte sie kein Lebenszeichen von ihm. Sie verstand nicht, warum er nicht reagierte. Hatte Vater ihn endgültig abgeschreckt? Oder war er ihrer überdrüssig? Liebte er sie doch nicht so, wie er behauptet hatte?

In Begleitung ihrer Schwestern stürzte sie sich erneut in gesellschaftliche Anlässe, besuchte Lesungen in den Salons feiner Damen, Konzerte und Theatervorstellungen, in der Hoffnung, andere Männer auf sich aufmerksam zu machen. Das gelang ihr mühelos. Ihr Rang, ihre Schönheit und Ausstrahlung genügten, um Lady Cheynes Empfänge zum nachmittäglichen Tee mit Herren zu füllen, die begierig waren, die schöne Nichte kennenzulernen.

Ein Mann erweckte ihr besonderes Interesse. Ein gewisser Arthur Ingram, Viscount of Irvine, ein sympathischer junger Mann im gleichen Alter wie sie, hob sich von der Menge ab. Er sah nicht nur gut aus, sondern wirkte intelligent, hatte Humor, konnte auf charmante Weise über sich selbst lachen und schien überhaupt wenig im Leben tierisch zu ernst zu nehmen. Er tauchte mehrmals im Salon ihrer Tante auf, und wenn er so etwas wie eine Anziehung auf Mary ausübte, dann schien diese auf Gegenseitigkeit zu beruhen. Leider stellte sich bald heraus, dass der Mann bereits einer anderen Dame versprochen war. Er selbst gestand es ihr. Mit Bedauern, wie es den Anschein hatte.

Mary brauchte einige Tage, um die Enttäuschung zu verdauen, als sich plötzlich Edward zurückmeldete. Er habe einige Wochen in Belgien verbracht und aus diesem Grund ihre vielen Briefe nicht empfangen, schrieb er. Mit Bestürzung habe er von der Entscheidung des Earls erfahren, die Eheverhandlungen nicht weiterzuführen. Es sei ein schrecklicher Rückschlag, aber sie solle nicht verzagen, er werde sich bemühen, die Sache wieder in Gang zu bringen und hoffentlich zu einem glücklichen Abschluss zu führen.

Obwohl sie dem Viscount noch ein wenig nachtrauerte, war Mary erleichtert. Wenn Edward zu Kompromissen bereit war, wie er angedeutet hatte, müsste sich doch auch ihr Vater umstimmen lassen.

Doch ihr Vater wollte von Edwards Anträgen und Bemühungen nichts mehr hören und präsentierte ihr stattdessen einen Heiratskandidaten seiner Wahl: einen gewissen Clotworthy Skeffington, den ältesten Sohn des dritten Viscounts von Massereene in Nordirland und Erben des Titels, wahrscheinlich auch des Sitzes seines Vaters im irischen House of Lords. Laut Auskunft des Earls ein Mann aus einer sehr wohlhabenden und angesehenen Familie. »Du wirst sehen, mein Kind, es ist eine vorzügliche Verbindung mit einem fähigen Mann. Du wirst gut versorgt sein.«

»Ich soll nach Irland ziehen? Auf keinen Fall! Ich heirate Edward Wortley, und sonst niemanden!«

»Jetzt mach mir nicht schon wieder Ärger!«, donnerte der Vater. »Dieser Wortley ist für mich erledigt. Er hatte seine Chance. Jetzt ist Schluss damit!«

»Ausgerechnet einen Iren!«, fauchte Mary. »Ist dir nichts Besseres eingefallen? Da kriegen mich keine zehn Pferde hin!«

»Hör verdammt noch mal zu!«, brüllte ihr Vater. »Es handelt sich um einen ehrenwerten Gentleman. Er ist nach London gekommen, um sich eine Frau zu suchen. Ich hatte Gelegenheit, ihn im Club kennenzulernen. Ein Mann mit guten, traditionellen Werten, er hat mir gleich gefallen. Wir sind uns so gut wie einig. Nächsten Sonntag wird er uns beehren. Ich erwarte, dass du dich anständig benimmst und der Familie alle Ehre machst.«

Mary antwortete nicht, sah ihn nur stumm an. *Ein Mann mit guten, traditionellen Werten.* Sie konnte sich vorstellen, was damit gemeint war. Ohne ein weiteres Wort verließ sie den Salon, um sich in ihrem Zimmer einzuschließen.

Herrgott noch mal!, dachte sie. Einen verdammten Iren will er mir vorsetzen. Mit traditionellen Werten. Dann kann ich ja gleich allem, was mir auch nur das Geringste bedeutet, entsagen.

# Skeffington

Der Besuch war für den Nachmittag angesagt, zum Tee, eventuell auch zum Abendessen, je nachdem, wie sich die Sache entwickelte. Mary versuchte, gerade noch im Rahmen der Höflichkeit und des Anstands, sich so unattraktiv wie möglich zurechtzumachen. Sie wählte ein schlichtes, bequemes Gewand aus grauem Leinen, das hochgeschlossen und ohne enge Taille oder geschnürtes Mieder war und somit kaum etwas von ihren Formen erkennen ließ. Sie verzichtete auf eine komplizierte Modefrisur und band ihr dunkles Haar zu einem strengen Nackenknoten.

Frances riss erstaunt die Augen auf, als sie Marys Zimmer betrat. »Willst du dich so präsentieren?«, fragte sie. »Was ist denn das für ein Kleid? Und kein Schmuck und keine Schminke! Du siehst aus wie eine graue Maus!«

»Genau das ist meine Absicht«, entgegnete Mary.

Verunsichert blickte Frances an ihrem eigenen opulenten Aufzug herunter. Weite Röcke, Rüschen und Bänder. Alles in den schönsten Pastellfarben. Allein für die Frisur hatte ihre Zofe eine geschlagene Stunde gebraucht. »Ich fürchte, neben dir bin ich viel zu aufwendig gekleidet«, sagte sie. »Der Mann wird mich für die Auserwählte halten.«

Mary grinste vergnügt. »Dann machen wir uns einen Spaß daraus, ihn zu verwirren. Hoffentlich rennt er bei meinem Anblick schreiend davon.«

Frances kicherte belustigt. Dann sagte sie. »Vater schickt mich. Dieser Skeffington ist schon vor einer halben Stunde angekommen. Sie warten ungeduldig auf dich.«

Um es mit der Schlichtheit nicht zu übertreiben, legte Mary sich schnell noch eine dunkelrote Seidenstola um die Schultern und folgte Frances die Treppe hinunter in den Salon der Familie.

Beim Eintritt der Schwestern erhoben sich die Herren. Beide waren elegant gekleidet. Der Vater trug seidene Bundhosen und weiße Strümpfe, darüber eine schillernde Weste und einen dunkelblauen Samtrock mit langen Schößen. Auf dem Kopf hatte er seine beste Perücke, deren Locken ihm bis weit über die Schultern fielen.

Marys Blick fiel auf den Besucher. Sie hatte einen Mann fortgeschrittenen Alters erwartet, dieser aber schien ihr nicht älter als Ende zwanzig zu sein. Auch er hatte sich herausgeputzt, mit einem grünen Rock, darunter einer weinroten Weste, die seinen Bauch umspannte, Schuhen mit hohen Absätzen – wahrscheinlich, weil er etwas klein geraten war – und einer üppigen weiß gepuderten Perücke. Sein Gesicht war so rund wie sein Bauch, seine kurze Nase zeigte nach oben, sodass man ihm direkt in die Nasenlöcher schauen konnte, was Mary unwillkürlich an einen Schweinerüssel erinnerte. Er musste wie viele Iren von Natur aus rothaarig sein, denn auch die Schminke auf seinem Gesicht konnte die Sommersprossen nicht verdecken.

Bei Frances' Anblick grinste er breit, und seine blassblauen Augen leuchteten auf, als habe er den Heiligen Gral entdeckt. *»Enchanté«*, murmelte er hingerissen und verbeugte sich tief, wobei er noch einmal *»Enchanté!«* murmelte.

Mary, die sich im Hintergrund hielt, maß er nur mit einem kurzen Blick. Er musste sie für eine Zofe halten. Stattdessen wandte er sich dem Earl zu. »Welch ein Kleinod, mein Lieber«, säuselte er. »Eine so hübsche Tochter!« Dann schenkte er Frances ein bewunderndes Lächeln. »Lady Mary, es ist mir eine große Ehre, Euch kennenzulernen. Euer Herr Vater hat in der Tat nicht übertrieben.«

Der Earl warf einen ärgerlichen Blick auf Mary und räusperte sich verlegen. »Tut mir leid, alter Junge. Ich fürchte, meine Töchter haben sich einen kleinen Scherz erlaubt. Die Ihr da vor Euch habt, ist meine Tochter Frances. Mary ist die andere.«

Frances knickste und trat mit einem schelmischen Augenaufschlag einen Schritt zurück, um Mary den Vortritt zu lassen.

Skeffingtons verwirrter Blick schwenkte zu Mary. »Oh«, sagte er und musterte sie verunsichert. Dann fing er sich und zwang sich zu einem Lächeln. »Also zwei wunderschöne Töchter. Mein lieber Earl, Ihr seid zu beglückwünschen.«

»Nun tritt schon näher, Mary«, knurrte der Vater. »Heute hast du Gelegenheit, den Mann kennenzulernen, über den wir gesprochen haben: Lord Clotworthy Skeffington, demnächst Viscount von Massereene.« An seinem Gast gewandt sagte er: »Ich darf Euch meine Tochter Mary vorstellen. Sie ist sonst nicht so schüchtern. Entschuldigt ihre schlichte Erscheinung. Natürlich hat sie Besseres im Schrank, aber sie ist kein Freund von festlichen Gewändern.«

Skeffington starrte Mary einen Moment lang an, dann lächelte er, wenn auch etwas unaufrichtig. »Oh, das kann ich gut verstehen, sehr gut sogar, Lady Mary. Es ist ja auch ein schrecklicher Aufwand für die Damen, all die Röcke und geschnürten Mieder, die großen Coiffuren. Da haben wir Männer es doch einfacher mit unseren Perücken, nicht wahr? Man klappt sie sich auf den Kopf, und alles ist perfekt.« Er lachte selbstgefällig.

»In der Tat, Mylord«, erwiderte Mary höflich, jedoch ohne sein Lächeln zu erwidern. »Unser Vater hat recht. Ich erspare mir gern die Zeit, die solche Oberflächlichkeiten in Anspruch nehmen. Ich hoffe, Ihr verzeiht.«

»Selbstverständlich! Keine Frage!«, erwiderte Skeffington und neigte höflich das Haupt. »Umso mehr Muße bleibt Euch für andere Dinge, nicht wahr? Darf ich fragen, womit Ihr Euch die Zeit vertreibt, wenn Ihr keine Feste besucht?«

»Wenn wir uns in Thoresby aufhalten, reite ich gern. Mögt Ihr Pferde, Mylord?«

»Oh, durchaus, durchaus.«

»Ansonsten lese ich viel, meistens die Klassiker. Beherrscht Ihr das Lateinische, Mylord?«

»Äh … Latein?«, fragte Skeffington verblüfft. »Nein, ich denke nicht.« Er lachte verlegen.

»Aber sicher lest ihr Shakespeare, oder?«

Die Frage brachte Skeffington noch mehr in Bedrängnis. »Nein, ich fürchte nicht«, sagte er schließlich und grinste unsicher. »Meine Lektüre ist *Der Belfaster Kurier*, schon meiner parlamentarischen Verpflichtungen wegen. Man muss sich auf dem Laufenden halten.«

»Nehmen wir doch Platz«, unterbrach der Earl, der merkte, was für ein Spiel Mary trieb. »Noch ein Sherry gefällig, Skeffington?«

Der Ire nickte dankbar. »Gern. Übrigens, ganz vorzüglich, Euer Sherry.«

Der Earl gab dem Diener, der etwas abseits stand, einen Wink. Alle setzten sich.

»Ich bekomme regelmäßig ein Fässchen aus Spanien«, sagte der Earl. »Ich lasse Euch nachher die Adresse meines Lieferanten geben.«

»Wunderbar. Sehr freundlich!«

Der Diener schenkte den Herren ein, die sich daraufhin würdevoll zutranken. Für die Schwestern wäre es nicht schicklich gewesen, am Nachmittag Sherry zu trinken. Sie warteten daher darauf, dass im Nebenzimmer der Tee serviert wurde, woraufhin man umsiedelte, den Kuchen und Torten zusprach und höfliche Konversation betrieb.

Vom ersten Moment an war Mary klar gewesen, dass dieser Clotworthy Skeffington nichts Geistreiches zu bieten hatte. Er entsprach genau dem einfältigen Landadel, den Mary zur Genüge kannte und nicht ausstehen konnte. Seinen Scherzen mangelte es an Witz, seine Gesprächsthemen waren eintönig, und sein Äußeres war wenig geeignet, das Herz einer Frau schneller schlagen zu lassen. Außerdem schien er stark zu schwitzen. Der Gedanke, ihr Leben lang an einen solchen Mann gekettet zu sein, war ihr unerträglich.

Nach einer Stunde hielt sie es nicht länger aus. Sie dankte Skeffington für seinen Besuch, entschuldigte sich damit, Dringendes zu erledigen zu haben, und verließ unter den missbilligenden Blicken des Vaters das Esszimmer.

In ihrem Zimmer bereitete sie sich geistig und moralisch auf das väterliche Donnerwetter vor, das sie nach dieser unhöflichen Flucht unweigerlich treffen würde.

***

Aus Protest gegen die Pläne ihres Vaters und um weiteren Diskussionen und vor allem Begegnungen mit Skeffington aus dem Weg zu gehen, verließ Mary das väterliche Haus in Acton und quartierte sich vorübergehend bei Lady Cheyne ein. »Nur für ein paar Tage«, sagte sie, als sie mit Koffern und ihrer Zofe Alice unerwartet dort ankam, nannte aber nicht den wahren Grund. Nur, dass sie ihre liebe Tante vermisst habe.

»Mary, Liebste, wie schön, dass du mir Gesellschaft leistest!«, sagte Lady Cheyne bei ihrem ersten gemeinsamen Abendessen.

»Du bringst immer so viel Leben mit. Ich fühle mich doch sehr einsam, seit eure Schwester Evelyn nicht mehr da ist.«

»Wie geht es Evelyn?«, fragte Mary. »Ich habe gar nichts mehr von ihr gehört. Sie schreibt mir nicht.«

»Das junge Paar hat sich auf den Landsitz der Gowers zurückgezogen. Nahe York. Sie sind ja beide noch so jung. John Gower ist achtzehn, glaube ich.«

»Ist sie glücklich?«

»Sie ist schwanger. Das hat sie mir geschrieben. Vor allem darüber ist sie glücklich.«

»Liebt sie ihren Mann?«

»Ach, Kind! Natürlich liebt sie ihn. Sonst wäre sie doch wohl nicht schwanger!«

»Das ist doch kein Beweis! Bei der Hochzeit hat sie nicht den Eindruck gemacht, als wäre sie in den pickeligen Jungen verliebt.«

»Ein bisschen pickelig ist er schon, da hast du recht«, gab Lady Cheyne zu. »Aber die Leveson-Gowers sind eine gute, solide Familie. Der Vater, Baron Gower, war Mitglied des königlichen Privy Councils, wie du weißt. Ich kannte ihn gut. Leider ist er vor ein paar Jahren verstorben. Jetzt hat John den Titel geerbt. Besuche die beiden doch, wenn du mal wieder in Thoresby Hall bist. So weit ist es von da aus nicht. Dann kannst du dich selbst davon überzeugen, dass es Evelyn gut geht.«

»Ich war schon Ewigkeiten nicht mehr auf Thoresby.«

»Die Landluft täte dir gut. Du siehst blass aus«, sagte Lady Cheyne und tätschelte liebevoll die Hand ihrer Nichte.

»Um Gottes willen, Tantchen!«, protestierte Mary. »Landluft tut mir überhaupt nicht gut. London ist mir tausendmal lieber.«

»Ich weiß nicht, Kind. Ich kann dir da wirklich nicht folgen. London ist übervölkert, viel zu laut und dreckig. Abwässer fließen in den Gassen, es stinkt. Hier in Chelsea sind wir wenigstens etwas abseits und nicht mittendrin.«

»Du hast mit allem recht«, erwiderte Mary. »Und doch fühle ich mich auf Thoresby Hall lebendig begraben. Hier in London pulsiert das Leben.«

»Nicht nur das Leben, Mary. Auch Krankheiten und der Tod. Wo so viele Menschen so eng beieinanderwohnen, ist es kein Wunder, dass die Stadt ab und zu von Pestilenzen heimgesucht wird. Hattest du nicht selbst vor einiger Zeit die Masern? Ach, und dann die Pocken. Diese verdammte Krankheit lässt sich einfach nicht besiegen! Selbst die besten Ärzte können nicht mehr tun, als zu lindern. Jeder Dritte, der sich die Pocken einfängt, stirbt daran. Ich habe schon einige gute Bekannte an die Seuche verloren.«

Mary nickte. »Ich weiß. Aber Plagen hat es schon immer gegeben. Dagegen kann man nichts tun. Außer beten. Aber lass uns von etwas anderem reden.«

Lady Cheyne schob ihren Teller beiseite und bedeutete dem Diener abzuräumen. »Möchtest du einen Nachtisch?«, fragte sie. »Die Köchin hat bestimmt einen Pudding für dich.«

Mary wehrte lachend ab. »Nein, danke. Das Roastbeef war wie immer so ausgezeichnet, dass ich zu viel davon gegessen habe. Noch mehr geht nicht.«

»Dann lass uns zur Feier des Tages ein Gläschen Port trinken.« Lady Cheyne nickte ihrem Diener zu, der sich entfernte, um Portwein und Gläser zu holen.

»Was feiern wir denn?«, fragte Mary.

»Na, dass du bald heiratest! Dein Vater hat einen passenden Bräutigam für dich gefunden, hab ich gehört. Wird ja auch langsam Zeit, wenn du mich fragst.«

Mary runzelte die Stirn. »Was genau hast du denn gehört?«

Der Diener füllte die kleinen Portweingläser für die Damen

und zog sich zurück. »Jetzt trinken wir erst mal«, sagte Lady Cheyne und hob ihr Glas. »Auf deine Zukunft, mein Kind!«

Der Portwein schmeckte wunderbar: schwer, süß und doch herb. Mary stellte ihr Glas ab. »Also sag, was hast du gehört?«

»Na, dass wir dich bald nach Irland verlieren. Umso schöner, dass ich dich jetzt noch ein paar Tage für mich habe.«

Mary lief dunkel an. Ihre Brauen zogen sich zusammen. »Sprichst du etwa von dem dicken Skeffington?«

Lady Cheyne blickte ihre Nichte erstaunt an. »Ja, so heißt er, glaube ich. Gute Familie, sagt dein Vater. Der arme Mann ist schon seit einer Weile in London, um eine passende Frau zu finden. Warum siehst du mich so böse an?«

»Den heirate ich nicht. Auf keinen Fall!«

Lady Cheyne begann zu verstehen. »Ihr habt Streit zu Hause. Deshalb bist du also hier.«

»Nicht nur deshalb, Tante. Aber ja.«

»Wen willst du denn sonst heiraten? Doch nicht diesen Advokaten!«

»Was hast du gegen Edward Wortley?«, fragte Mary trotzig.

»Ich? Nichts hab ich gegen ihn«, erwiderte Lady Cheyne. »Aber dein Vater will ihn nicht, und das Wort eines Vaters ist Gesetz. Er will, dass du den irischen Lord heiratest. Du wirst dich fügen müssen, Kind.«

»Ich muss gar nichts. Der Kerl ist mir zuwider.«

»Weil du Edward Wortley vorziehst?«

»Der passt wenigstens zu mir. Und er liebt mich. Skeffington ist ein ungebildeter, einfältiger Klotz. Der sucht doch nur ein Weib, das ihm einfältige kleine Iren zu gebärt.« Sie schüttelte heftig den Kopf. »Nicht mit mir!«

Lady Cheyne hob die Brauen. »Unterschätz deinen Vater nicht. Wenn mein Bruder sich etwas in den Kopf setzt, lässt er nicht locker. Das kann ich dir aus eigener Erfahrung sagen.«

Mary zog eine grimmige Miene. »Er hat mir schon gedroht. Sollte ich mich weigern, diesen Iren zu heiraten, würde er mir auch keinen anderen gestatten. Die Mittel würde er mir streichen. Ich wäre arm, hätte nur so viel, um gerade eben zu überleben.«

»Oje! Aber da siehst du's. Und glaub nicht, dass er das nicht wahrmachen würde. Du wärst ruiniert, mein Kind!«

Mary kniff die Lippen zusammen und schüttelte trotzig den Kopf. »Meinst du, das macht wir was aus? Soll er doch! Man kann mit wenig leben. Ich muss nicht heiraten. Es ist sogar besser, unter solchen Umständen auf die Ehe zu verzichten. Was soll ich mich mit einem Kerl herumärgern, den ich nicht liebe, ja, den ich verachte? Jedes noch so simple Buch hat mehr zu bieten als eine Unterhaltung mit diesem Einfaltspinsel. Da bleibe ich lieber allein.«

Lady Cheyne runzelte die Stirn. »Du willst auf alles verzichten? Auf Wohlstand und Bequemlichkeit? Auf Ansehen und Freunde? Sogar auf Kinder?«

»Ja. Denn ohne Liebe ist das alles nichts wert.«

Einen Augenblick herrschte Schweigen. Lady Cheyne starrte sie ungläubig an. Dann seufzte sie. »Liebe, sagst du, ist dir wichtig. Aber da täuschst du dich. Liebe hat in unseren Kreisen wenig Bedeutung. Sie ist vor allem nicht von Dauer. Sie ist ein Gefühl, das vergeht. Ich war schon immer der Meinung, dass es ein Fehler war, dich und Frances so viele Romane lesen zu lassen. Ihr legt zu viel Wert auf romantische Gefühle. Das verbaut euch die Sicht auf die Wirklichkeit.«

»Und was ist deiner Meinung nach die Wirklichkeit?«

»Ach, Kind!« Lady Cheyne schlug die Hände zusammen und blickte einen Moment lang an die Decke, als wollte sie sich dort Rat holen. Dann sah sie ihre Nichte an und lächelte. »Die Ehe hat mit Liebe herzlich wenig zu tun. Sie ist eine Verbindung zwischen Familien, ein dynastischer Pakt. Verstehst du das denn nicht? Eine Eheschließung sichert Ansehen, Macht und Reichtum von Familien wie der unseren. Glaubst du, wir Pierreponts hätten den Namen und die Position, die wir in diesem Land genießen, wenn wir uns von vorübergehenden Gefühlen hätten überwältigen lassen? Liebe, mein Kind, ist etwas für Bäckergehilfen und Bauernmägde. Und selbst bei denen vergeht sie schneller, als du denkst. Spätestens beim dritten Balg ist sie dahin. Glaubst du wirklich, irgendeine der Damen unseres Standes liebt ihren Ehemann? Mitnichten. Aber deshalb sind sie nicht unglücklich. Ganz im Gegenteil! Sie haben alles, was man sich wünschen kann. Und damit meine ich nicht nur Reichtum. Sie haben ein gutes Leben, Familie, Kinder. Gehen ins Theater, in die Oper, können reisen.«

Mary mied den Blick ihrer Tante und spielte mit ihrem Glas. »Ich weiß das alles, Tante Cheyne. Trotzdem heirate ich auf keinen Fall Clifford Skeffington. Da kann Vater sich auf den Kopf stellen. Lieber bin ich arm und allein.«

Lady Cheyne holte tief Luft und seufzte. »Ich dachte immer, dein Vater sei der Sturste in der Familie. Aber ich sehe, du stehst ihm in nichts nach.«

***

Es war ein außergewöhnlich schöner Sommertag. Mary und Edward wandelten beide sommerlich gekleidet – Mary ganz in Weiß –, durch den kleinen Park, der zum Anwesen einer mit Edward befreundeten Familie gehörte. Mary war ebenfalls mit einer der Töchter des Hauses bekannt, sodass ein persönliches Treffen möglich war, ohne dass es gleich Verdacht erregte. Es war das erste Mal seit Langem, dass sie einige Momente unbeobachtet beisammen sein konnten.

Edward war in schlechter Verfassung, auch wenn er sich bemüht hatte, dies vor den Gastgebern zu verbergen. »Wie kommt dein Vater dazu, nicht mehr mit mir zu verhandeln?«, fragte er frustriert. »Was zum Teufel hat er gegen mich? Meine Familie ist genauso gut, zumindest ebenso reich, wenn nicht reicher als diese Skeffingtons, die er dir aufzwingen will.«

Mary wusste, wie er sich fühlte. Ihr selbst ging es nicht anders. »Du musst nachgeben«, erwiderte sie dennoch beschwichtigend. »Er ist versessen auf diese Erbklausel. Davon wird er nicht abrücken.«

»Ich bestehe doch schon gar nicht mehr darauf. Drei Angebote habe ich ihm unterbreitet. Ich glaube, er hat sie sich nicht einmal angesehen. Seine Anwälte schicken sie mir kommentarlos zurück.«

Mary seufzte irritiert. »Ich weiß es auch nicht, Edward.« Sie bückte sich kurz, um ein Gänseblümchen zu pflücken, dann schloss sie wieder zu Edward auf. »Gedankenverloren zupfte sie an den Blütenblättern, die wie kleine Schneeflocken hinter ihr auf den Rasen taumelten. »Irgendwie bist du ein rotes Tuch für ihn. Frag mich nicht, wieso. Aber die Zeit drängt.« Sie merkte selbst, wie verzweifelt sie klang. »Vater ist sich mit diesem Iren einig. Anfang August soll die Hochzeit sein. Das ist in vier Wochen!« Sie fasste ihn am Arm und blickte beschwörend zu ihm auf. »In *vier Wochen*, Edward! Du musst irgendetwas tun!«

Sie waren hinter einer Reihe von Büschen stehen geblieben. Edward zuckte mit den Schultern und seufzte schwer. »Ich zermartere mir seit Wochen den Kopf, wie ich deinen Vater umstimmen könnte. Wie gesagt: Drei Entwürfe hat er von mir bekommen. Trotzdem keine Antwort. Ich weiß ehrlich gesagt nicht weiter.«

Mary kaute auf der Unterlippe. »Kannst du diesen Skeffington nicht irgendwie schlechtmachen?«

»Wie meinst du das?«

»Gibt es in der Familie kein dreckiges Geheimnis, das man ausgraben könnte?«

Verwundert sah er sie an.

»Du weißt schon: Skandale, Ehebruch, uneheliche Kinder. So was in der Art.«

»Skandale?« Edward musste grinsen. »Skelette in den Kellern der Familie. Meinst du das?«

Mary nickte. »Zum Beispiel!«

»Ah ja! Warum nicht? Ein Axtmörder unter den Skeffingtons müsste genügen.« Bei dem Gedanken musste er laut lachen.

Mary sah zu ihm auf. Es war wunderbar, ihn lachen zu sehen. Es verwandelte sein Gesicht, verlieh ihm jungenhaften Charme. Ihn überhaupt endlich in Person vor sich zu haben und ihn sich nicht nur zwischen dürren Zeilen vorstellen zu müssen! Er sah so verdammt gut aus mit seinen breiten Schultern, seiner geraden Nase und den kräftigen dunklen Brauen. Ihr Blick blieb an seinem Mund hängen, an seinen Lippen, nicht zu voll und nicht zu dünn.

Mit einem Mal geschah etwas mit ihr. Ein seltsames Gefühl zog sie zu ihm hin. Spontan, ohne sich bewusst zu sein, was sie tat, umfasste sie sein Gesicht, stellte sich auf Zehenspitzen und … küsste ihn.

Gleich darauf fuhr sie erschrocken zurück und starrte ihn mit offenem Mund und großen Augen an. Außer ihren Schwestern hatte sie noch nie jemanden geküsst. Und wenn überhaupt, dann nur auf die Wange. In ihrer Familie gab es solche Zärtlichkeiten nicht. Was war nur in sie gefahren? Ihr Herz raste plötzlich. Sie war eindeutig zu weit gegangen.

Doch bevor sie sichs versah, spürte sie seine Arme um sich und wie er sie fest an sich drückte. Dann seine Lippen, weich und fast schmelzend, bald jedoch heftiger, fordernder. Sie wehrte sich nicht, wäre dazu auch gar nicht in der Lage gewesen, denn ihre Knie fühlten sich wie Pudding an. Etwas Warmes, Aufregendes durchströmte ihren Leib. Diesem Gefühl gab sie sich hin, stöhnte auf, drohte zu fallen … Doch Edward hielt sie und küsste sie immer wieder, nicht nur auf den Mund, auch ihr Gesicht, ihren Hals und die bloßen Schultern. Jedes Mal durchzuckten Funken ihren Leib.

»Ach, Mary«, hörte sie ihn flüstern. »Ich habe so lange auf einen solchen Moment gewartet. Ich liebe dich. Wie soll ich ohne dich leben?«

Seine Worte brachten sie in die Wirklichkeit zurück. Sie schlang die Arme um ihn und legte den Kopf auf seine Brust. Unter dem Hemd spürte sie sein Herz schlagen. Er liebt mich, dachte sie, und ich liebe ihn. Er will mit mir leben. Aber wie?

Widerstrebend machte sie sich los. Sie sah ihm in die Augen, deren helles Blau im Kontrast zu seinen dunklen Wimpern stand, besonders im Licht der Nachmittagssonne, die auf sein Gesicht fiel. Sie hätte ihn gleich wieder küssen können, hielt sich jedoch zurück. In ihren Briefen hatten sie oft gestritten. Er hatte sie kritisiert, ihr vorgeworfen, sie sei zu impulsiv, zu gefühlsbetont. Das würde ihn überfordern. Und sie hatte zurückgeschossen, ihn provoziert, ihm Stiche versetzt.

Dabei waren das Kindereien gewesen. Hier, in diesem Garten, waren alle Zweifel gewichen. Lag es an der drohenden Hochzeit mit dem dicken Iren? Oder an den unerwarteten Küssen, die ihr durch Mark und Bein gegangen waren? Egal! Sie wollte Edward Wortley zum Mann. Mehr als je zuvor. Am besten gleich hier und jetzt. Wenn es möglich wäre, würde sie sich ihm hingeben, hier, hinter Büschen, auf diesem Rasen. Oh Gott, was für ein sündiger Gedanke! Was war nur über sie gekommen?

Sie strich sich mit beiden Händen über die geröteten Wangen, holte tief Luft, um sich zu beruhigen. »Wir müssen einen Weg finden«, flüsterte sie.

Er zog sie erneut an sich. »Das werden wir.«

Sie blickte zu ihm auf. »Hast du eine Idee?«

Er strich ihr sanft über den Rücken. »Wie wär's, wenn wir auswandern? Ich wollte schon immer Neapel besuchen. Es soll schön dort sein, am Fuße des Vesuvs. Wir könnten dort heiraten und zusammenleben.«

Ruckartig löste sie sich von ihm. »Das ist ein Scherz, oder? Du meinst das doch nicht ernst! Wir können doch nicht einfach so nach Italien.«

Er grinste schmerzlich. »Schön wär's jedenfalls, findest du nicht?« Er reichte ihr die Hand. »Komm! Sie werden sich sonst wundern, wo wir geblieben sind.«

***

*Neapel! Zusammen mit Edward. Traumhaft!*

Mary war klar, dass es im Grunde nur eine Fantasie war, nicht ernst gemeint. Und doch ging ihr der Gedanke nicht aus dem Kopf. *Am Meer sitzen und in den Sonnenuntergang starren, den Vesuv erklettern, durch die Gassen der alten Stadt wandeln. Am Abend etwas Italienisches essen. Frisch gefangenen Fisch wahrscheinlich, dazu Teigwaren.* Aßen die im Süden nicht jede Menge Teigwaren? *Und in der Nacht noch mehr von Edwards herrlichen Küssen.* Sie würden im selben Bett schlafen, eng umschlungen, und tun, was verliebte Paare eben tun. Bei dem Gedanken wurde ihr ziemlich heiß.

Sie erhob sich von ihrem Nachtlager und schlich sich mit nackten Füßen zur Kommode, wo sie die Hände in die Wasserschüssel steckte und ihr Gesicht benetzte. Sie musste sich jedes Mal das Gesicht kühlen, wenn sie von solchen Gedanken heimgesucht wurde. Und seit den Küssen im Park war das häufig.

*Neapel!* Warum nur hatte er das gesagt? Um sie zu quälen? Sie selbst wäre nie darauf gekommen. Er sei schon einmal dort gewesen, hatte er ihr erzählt. Mit einem Freund hatte er den Kontinent bereist: Brüssel, Paris, Rom, Neapel. *Mein Gott! Dem Zwang entfliehen und in die Ferne schweifen.* Wohin es ginge, war eigentlich egal. Neapel oder Venedig spielte keine Rolle. Ihretwegen auch nach Edinburgh oder auf den Mond. Nur weg von hier, zusammen mit ihm. Ihr Vater würde so ein verruchtes Unterfangen natürlich nie im Leben erlauben. Undenkbar! Dazu müsste Edward sie schon entführen.

Da durchzuckte es sie plötzlich: Eine Entführung inszenieren … War das denkbar, gar möglich? Warum nicht? Edward war schließlich ein Mann, er könnte das vorbereiten und organisieren. Er würde doch wissen, wie man so etwas anstellte. Und dann würden sie heiraten. Irgendwo. Weit weg von der Familie und der Londoner Gesellschaft. Vielleicht in einer kleinen, von Efeu überwucherten Dorfkapelle.

Aber brauchte man dafür nicht eine Genehmigung? Eine Heiratslizenz? Edward war Anwalt. Der musste sich auskennen und eine Lizenz erwirken können. An schlafen war jetzt nicht mehr zu denken. Sie würde ihm schreiben, jetzt sofort!

Im Dunkeln mit einer Zunderbüchse oder einem Zündschloss zu hantieren war schwierig. Deshalb brannte nachts in ihrem Schlafzimmer immer eine kleine Öllampe, deren Flämmchen dazu diente, Kerzen zu entzünden, falls sie wach wurde und spät noch lesen wollte. Sie machte also Licht, setzte sich mit klopfendem Herzen an ihren Sekretär, nahm ein leeres Blatt, schärfte den Federkiel und begann ihren Brief.

*Liebster Edward,*
*Du weißt ja gar nicht, welchen Sturm Du in mir entfacht hast. Zusammen nach Neapel entfliehen – welch ein Traum! Und doch unerfüllbar, sollte man meinen. Aber vielleicht doch nicht so unerfüllbar, wenn wir uns nur lieben und den Mut aufbringen, diesen Traum zu verwirklichen. Ich bin bereit, Familie, Gesellschaft, überhaupt mein ganzes Leben zu verlassen und mit dir zu gehen, wohin auch immer es Dir beliebt; wenn nötig bis ans Ende der Welt. Ich hoffe, dass Du ebenso empfindest. Wenn ja, dann musst Du nun alles dafür vorbereiten. Und zwar in den nächsten Wochen, bevor man mir die verhasste Hochzeit mit diesem irischen Tölpel aufzwingt. Du musst mich unbedingt vor diesem elenden Schicksal bewahren und unser gemeinsames Glück tatkräftig in die Hand nehmen. Ich sehe uns schon Hand in Hand durch die Gassen von Neapel streifen.*
*Deine Dich liebende Mary*

Sie hätte noch viel mehr schreiben können, aber kurz und eindringlich war der Brief sicherlich am ehesten geeignet, ihn zu überzeugen. Sie streute Sand auf die letzten Zeilen, um sie zu trocknen, faltete den Bogen, adressierte und versiegelte ihn. Alice würde den Brief zur Poststelle bringen. Sie legte ihn in ihren kleinen Salon, wo die Zofe, die immer früh auf war, ihn finden würde.

Erst im nüchternen Licht des späten Vormittags – sie hatte länger als sonst geschlafen – kamen ihr Bedenken. Vielleicht hätte sie nicht so überschwänglich, unverblümt und direkt schreiben sollen. Sie konnte ja nicht wissen, wie ernst es Edward wirklich war. Er hatte ihr zwar seine Liebe geschworen, aber hielten seine Gefühle ihrem Drängen stand? Vielleicht würden ihre Zeilen ihn peinlich berühren.

Und was, wenn sie wirklich fliehen würden? Dolly Walpole kam ihr in den Sinn. War sie im Begriff, denselben Fehler zu begehen? Würde sie zur Aussätzigen werden, für immer verstoßen vom Busen der Pierreponts, von der Londoner Gesellschaft verachtet, bemitleidet und geschnitten? Hätte sie doch lieber mit dem Brief gewartet, sich alles gründlich überlegt! Nun war es zu spät, der Brief war unterwegs.

Na, wenn schon, dachte sie trotzig. Die Alternative war Clotworthy Skeffington. Schon allein der Name! Wer um Himmels willen hieß denn so? Auf dem Land würde sie leben, umgeben von irischen Kühen und Schweinen! Und dann die feuchten Hände dieses Kerls auf ihrem Leib, diesen schwitzenden Körper über ihr im Ehebett. Allein die Vorstellung bereitete ihr Übelkeit. Vater ließ sich nicht umstimmen, das hatte er geschworen. Daher war Flucht die einzige Möglichkeit, die ihr noch blieb. Aber dazu brauchte sie Edward. Mit bangem Herzen wartete sie auf seine Antwort.

Die jedoch war eher verhalten, als sie eintraf, nicht so spontan begeistert, wie sie selbst geschrieben, wie sie es sich von ihm erhofft hatte. Liebend gern würde er mit ihr fliehen, aber bei Licht betrachtet würde sich das schwieriger gestalten, als sie es sich vorstelle, schrieb er. Es könne durchaus sein, dass sein Vater ihm das Unterhaltsgeld streichen oder es zumindest schmälern würde. Er verdiene natürlich als Anwalt, aber den gewohnten Luxus würde er ihr nicht bieten können. Sie habe zwar angedeutet, darauf verzichten zu können, aber so was sage sich schnell. In ein paar Jahren denke sie vielleicht anders, und dann würde er sich dafür hassen, sie unglücklich gemacht zu haben.

Erst war Mary enttäuscht, dann kam sie zum dem Schluss, dass er wahrscheinlich recht hatte. So einfach war das alles nicht. Möglicherweise würde er seinen guten Ruf als Anwalt verlieren und seinen Parlamentssitz. Das wollte sie ihm nicht antun. Aber würde sein Vater ihm wirklich den Unterhalt streichen? Oder schrieb Edward das nur, weil er sich scheute, den letzten Schritt zu tun?

So debattierten sie wieder in ihren Briefen und kamen zu keinem rechten Schluss. Zu viel stand für beide auf dem Spiel. Zurück in Acton, erwog Mary, Verwandte zurate zu ziehen, ihren Bruder oder ihren Onkel William Feilding, der ihr sehr zugetan war. Frances, die Marys Entführungspläne aufregend und spannend fand, riet ihr dringend ab. Es werde nur alles zunichtemachen, warnte sie.

Doch die Zeit drängte. Es ging auf August zu. In zehn Tagen sollte ihre Hochzeit mit Skeffington stattfinden. Mary steigerte sich in einen hochgradig aufgeregten Zustand hinein; die Lehren ihres griechischen Philosophen waren längst vergessen. Sie schlief schlecht, war gereizt, manchmal unausstehlich. Sogar Frances ging ihr aus dem Weg. Manchmal war es ihr, als könnte sie kaum atmen, so sehr schnürte sich ihre Brust zusammen. Irgendetwas musste geschehen!

Zum Glück stellte sich heraus, dass die Vertragspapiere des Iren Fehler enthielten. Kleinigkeiten eigentlich, und doch mussten die Verträge zur Korrektur nach Nordirland zurückgeschickt werden. Die Hochzeit wurde verschoben. Für Mary war es ein willkommener Aufschub, auch wenn es nur eine Galgenfrist von drei Wochen bedeutete.

Dann aber brach die Katastrophe über sie herein.

Irgendjemand musste sie verraten haben, sicher, ohne es zu wollen – vielleicht Frances oder Alice oder eine der Hausangestellten. Am Montag, dem 11. August, stürmte ihr Vater gegen zehn Uhr morgens wutentbrannt in ihre Gemächer.

»So ist das also!«, brüllte er. »Du willst dich dieser Heirat durch Flucht entziehen! Mit deinem Winkeladvokaten!« Er fuchtelte ihr wütend vor der Nase herum. »Streite es nicht ab. Ich weiß alles.«

Gelähmt vor Schreck starrte Mary ihn an. »Wer hat es dir gesagt?«

»Das tut nichts zur Sache. Jemand hat sich verplappert. Mehr musst du nicht wissen. Aber eines will ich dir sagen: Was ihr vorhabt, könnt ihr euch abschminken. Es wird nicht geschehen! Ich habe einen guten Ehemann für dich gefunden, Anwälten ein Vermögen bezahlt und ganze vierhundert Pfund für deine Ausstattung hingelegt. Jetzt gibt es kein Zurück mehr. Du wirst Skeffington heiraten, so wahr ich Earl of Kingston bin!«

Seltsamerweise schüchterte das Gebrüll Mary nicht ein, sondern machte sie wütend. Das Blut stieg ihr ins Gesicht.

»Du kannst mich nicht einsperren!«, fauchte sie ihren Vater an. »Ich tue, was mir beliebt. Und eine Heirat mit diesem irischen Einfaltspinsel gehört nicht dazu. Du kannst mich nicht zwingen! Ich weigere mich!«

»Du weigerst dich?« Ihr Vater trat drohend näher. »Wage nicht, dich mir zu widersetzen!«, brüllte er. Sein Gesicht war nun so rot wie das ihre. Auf der Stirn pulsierte eine Ader. »Wenn du meinst, ich könne dich nicht einsperren, so irrst du. Pack sofort ein paar Sachen! Noch heute, nach dem Mittagessen fährst du nach West Dean. Dein Bruder wird dich begleiten. Er hat mir geschworen, auf dich aufzupassen. Das Anwesen dort hat hohe Mauern und lässt sich gut bewachen.« Er machte auf dem Absatz kehrt und knallte die Tür hinter sich zu.

Marys Herz klopfte wild. Mit hochrotem Kopf saß sie da und musste erst mal verdauen, was er gesagt hatte. Nach West Dean wollte er sie verfrachten und dort einsperren? War das zu glauben? Durfte er das überhaupt? Sie war keine Anwältin, aber Väter durften wahrscheinlich alles. Sogar verstoßen könnte er sie, sie mittellos auf die Straße schicken. Sie fühlte sich plötzlich sehr allein. Und hilflos.

Wenig später stürmte Alice in ihr Zimmer. »Ich hab's gehört«, rief sie mit Tränen in den Augen. »Ich war es nicht, das müsst Ihr mir glauben. Von mir hat niemand etwas erfahren.«

Mary sah sie an. »Wer auch immer es war, es macht jetzt keinen Unterschied. Ich bin sicher, es war ein Versehen.« Immer noch von der Auseinandersetzung mit ihrem Vater erregt, stand sie auf, wühlte in ihren Schränken und Truhen herum, warf wahllos Kleidungsstücke auf ihr Bett. Dann ließ sie sich mutlos in einen Sessel fallen. »Mach du das, Alice. Ich habe nicht den Kopf dafür.«

»Wohin geht es denn, Lady Mary?«

»Nach West Dean. Wir haben ein Anwesen dort, nicht weit von Portsmouth. Dahin verbannt er uns.« Ihre Augen füllten sich mit Tränen. War dies das Ende ihrer Träume und Wünsche? Würde man sie nun wirklich nach Irland verschleppen? Sie rappelte sich auf. Sie musste Edward erreichen. Irgendwie. Nur er konnte ihr helfen. Wenn sie wirklich nach dem Mittagessen abreisen würden, blieb nicht viel Zeit, ihn zu benachrichtigen.

Mary setzte sich an ihren Sekretär, um rasch einen Brief zu verfassen. Sie schrieb, wohin man sie bringen würde und dass ihre Zofe, Alice Burton, sie begleiten werde. Ihr, der Überbringerin dieses Briefes, könne er vertrauen. Abschließend schrieb sie:

*Wenn es dir ernst mit mir ist, Liebster, dann sei am kommenden Sonntagabend, dem 17. August, vor dem Anwesen in West Dean, um mich abzuholen. Ich werde, sobald es dunkel ist, all meinen Mut zusammennehmen und versuchen, über die Mauer zu klettern.*

*Ich hoffe, dass Du mich liebst, wenn ich es wage, mit Dir zu fliehen, und mich nicht hasst, sollte mir der Mut vergehen.*
*Deine verzweifelte Mary*

Sie versiegelte den Brief und winkte Alice zu sich. »Schnell, bring ihm diesen Brief. Du weißt, wo er wohnt. Hier ist Geld für eine Droschke.«

»Und Euer Gepäck?«

»Lass nur. Ich mach das schon. Und lass dich nicht erwischen!«

Allein in ihrem Zimmer, ließ sie sich aufs Bett fallen. Gib Gott, dass Alice ihn antrifft, dachte sie, dass er ihr eine Antwort mitgibt. Hoffentlich die richtige, die ersehnte.

Sie überlegte. Von Acton nach West Dean würde der Landauer gut zehn Stunden brauchen. Sie würden also irgendwo in einer Herberge übernachten. Eine weitere Gelegenheit, Edward eine Nachricht zukommen zu lassen, um die Einzelheiten ihrer Flucht zu verabreden.

Schließlich raffte sie sich auf und packte ihre Sachen. Viel würde nicht nötig sein, jedenfalls nicht für West Dean. Dort würde sie auch in einem Sack rumlaufen und Asche auf ihr Haupt streuen können. Für Edward allerdings wollte sie schön sein. Deshalb wählte sie zwei ihrer besten Roben: eine dunkle, praktische für die Flucht und ein enganliegendes helles Seidengewand für ihre Trauung. Für den Fall, dass es tatsächlich dazu kam. Einen Augenblick hielt sie inne und spürte ihr Herz klopfen.

Das Mittagessen nahm sie allein in ihrem Zimmer ein. Mit dem Vater am Tisch zu sitzen und seine Bemerkungen über sich ergehen zu lassen war das Letzte, was sie an diesem Tag ertragen konnte. Ungeduldig wartete sie auf Alices Rückkehr. Wo blieb sie nur? Wenn sie nicht bald käme, würde ihre Zofe die Abfahrt verpassen. Der Vater hatte schon angemahnt, er werde keinen

Aufschub dulden. Ohne Alice aber würde sie keine Möglichkeit mehr haben, mit Edward Nachrichten auszutauschen.

Schließlich wurde gemeldet, der Wagen stehe vor der Tür. Ihr Gepäck werde bereits abgeholt, sie solle sich beeilen, wurde ihr bestellt.

Immer noch keine Spur von Alice. Mary biss sich auf die Lippe. Was um Himmels willen hatte sie aufgehalten? Sie wartete, bis ihr Bruder zum dritten Mal vom Treppenhaus nach ihr rief. Erst dann stand sie schweren Herzens auf, blickte noch einmal in den Spiegel, verließ ihr Zimmer und stieg nervös und angespannt die Treppe hinunter.

Unten stand Frances. »Ich weiß nicht, wo Alice steckt«, flüsterte Mary ihrer Schwester zu, während sie einander umarmten. »Ich erwarte eine Nachricht. Du musst sie mir nachschicken, hörst du?«

»Wen? Alice?«

»Die Nachricht!«

Frances nickte. »Ich werd's versuchen.«

»Nun komm schon, Mary!«, rief William. Er stand schon auf der Straße neben dem Wagen.

Mary riss sich von ihrer Schwester los und trat durch die Eichentür hinaus. »Warte einen Augenblick!«, sagte sie zu William und sah sich unruhig um.

»Was ist denn nun schon wieder los?«

»Meine Zofe. Sie sollte längst hier sein.«

»Auf die können wir nicht warten«, knurrte William. »Wir hätten schon vor einer Stunde abfahren sollen.«

»Du kannst dich auf den Kopf stellen, ich fahre nicht ohne meine Zofe!«

Der Kutscher wies zum Ende der Straße. »Ich glaube, da kommt sie, Lady Mary.«

Tatsächlich! Mit hochrotem Gesicht kam Alice angerannt.

»Es tut mir leid, ich bin aufgehalten worden«, prustete sie heftig atmend.

»Wo warst du denn?«, fragte William misstrauisch.

»Geht dich nichts an!«, zischte Mary. »Komm, Alice, steig ein.«

»Und meine Sachen?«

»Hier!«, rief Frances und hielt ihr ein kleines Köfferchen hin. »Die Köchin hat für dich gepackt.«

»Wird's jetzt bald?«, rief William ungeduldig.

Mary stieg in den Wagen, ebenso Alice. Dann folgte auch William und befahl dem Kutscher, endlich abzufahren.

Mary war froh, dass ihr Vater es nicht für nötig befunden hatte, sich von ihr zu verabschieden. Seiner Meinung nach würde er sie ohnehin bald wiedersehen, in der Kirche, an der Seite von Clotworthy Skeffington. Aber dazu würde es hoffentlich nicht kommen.

Die Pferde zogen an. Mary beugte sich zu ihrer Zofe. »Und?«, flüsterte sie.

Alice warf einen ängstlichen Blick auf William, drehte sich dann Mary zu und nickte. Das sollte wohl heißen, sie habe Edward angetroffen und ihm den Brief übergeben können.

»Ihr müsst nicht so heimlichtun«, sagte William mit einem herablassenden Grinsen. »Ich kann mir schon denken, wo du warst, Alice. Falls du eine Nachricht für meine Schwester hast, kannst du ihr sie ruhig geben. Ich werde sie ihr nicht wegnehmen.«

Mary hielt die Hand auf, und Alice, nachdem sie in ihrer Rocktasche gekramt hatte, legte ihr ein Billett hinein. Mary steckte es so schnell weg, als würde es ihr die Finger verbrennen. Das Herz klopfte ihr bis zum Hals.

»Du kannst es ruhig lesen. Das stört mich nicht«, sagte William.

»Aber mich stört es«, erwiderte Mary scharf.

»Wenn du mich fragst, begehst du einen großen Fehler«, sagte William.

»Ich frage dich aber nicht.«

»Nun, du wirst es wohl am besten wissen. Ich tu, was Vater mir aufgetragen hat. Der Rest geht mich nichts an.«

# Entführung

Während der ersten Stunden der Fahrt nach West Dean saß Mary in dem schaukelnden Landauer wie auf glühenden Kohlen, begierig, Edwards Briefchen zu lesen. Würde er kommen und sie befreien? Oder würde er sie im Stich lassen? Fast hielt sie es nicht aus, doch sie wagte nicht, den Brief vor ihrem Bruder zu öffnen. Er sollte nicht an ihrer Enttäuschung teilhaben, falls es eine Absage war. Auch Alice wusste nicht, was in dem Billett stand, aber ihr zuversichtliches Lächeln machte Mary Hoffnung.

Es ist frustrierend, dachte sie ärgerlich. Alles Wichtige im Leben wird von Männern bestimmt. Vater darf mich, wenn es ihm passt, in eine Ehe zwingen, und mein einziger Ausweg ist wieder ein Mann. Wir Frauen sind so verdammt machtlos, geradezu hilflos! Wenn man's genau nimmt, sind wir mit unseren modischen Kleidern, Coiffuren und dem ganzen Pomp und Getue auf den Festen der adeligen Herrschaften nichts als nutzlose Dekoration. Viel wissen sollen wir möglichst auch nicht. Wir Frauen sind allein zum Gehorchen da – und zum Gebären.

Mary liebte ihren Bruder, auch wenn sie seit ihrer Jugend wenig gemeinsam hatten. Doch sein überhebliches Getue auf der Fahrt im offenen Wagen ärgerte sie. Auch er nimmt meine Lage nicht ernst, dachte sie. Es scheint ihn zu amüsieren. »Was grinst du so?«, fuhr sie ihn an.

»Du stirbst doch vor Neugierde«, sagte er spöttisch lächelnd. »Also lies schon dein Briefchen!«

»Ob du's glaubst oder nicht, ich kann mich beherrschen.« Ärgerlich starrte sie auf die Landschaft, die an ihnen vorbeizog. Der Kutscher ließ den Pferden freien Lauf, und so trabten sie munter daher. Bald werden sie eine Pause brauchen, dachte Mary, und dann wird sich eine Gelegenheit finden, den Brief zu lesen.

»Wie's aussieht, werden wir uns in Zukunft wohl seltener sehen«, hörte sie William sagen.

»Wieso?«

»Na, wenn du erst in Irland bist.«

»Herrgott!«, schnappte sie. »Streu noch ein bisschen Salz in die Wunde. Aber merk dir eines: Ich gehe nicht nach Irland! Schon gar nicht heirate ich diesen fetten Popanz.«

»Ist er fett? Wusste ich gar nicht. Nun, man hat ihn mir ja auch noch nicht vorgestellt. Aber irgendwen wirst du wohl heiraten müssen. Nur nicht deinen Advokaten. Den will Vater nicht.«

»Vater kann mir gestohlen bleiben! Bevor ich den dicken Iren heirate, werde ich lieber eine alte Jungfer. Ist mir auch recht!«

Auf diese Weise ging die Unterhaltung weiter, bis sie endlich das Thema wechselten und William von seiner jungen Familie erzählte. Seine kleine Tochter war jetzt ein Jahr alt und seine Frau erneut in freudiger Erwartung.

»Bist du glücklich?«, fragte Mary.

»Wir verstehen uns gut. Ich kann nicht klagen«, erwiderte er.

Begeisterung klingt anders, dachte Mary, sagte es jedoch nicht.

Dann erzählte er, dass er immer noch auf sein Offizierspatent wartete, es nun aber nicht mehr lange dauern werde. Damit ging ihnen der Gesprächsstoff aus, und es herrschte Schweigen, bis sie bei einer Herberge anhielten, um Mensch und Tier Erfrischungen und eine Pause zu gönnen. Die beiden Frauen begaben sich zum stillen Örtchen, während William, bevor er die Gaststube betrat, dem herbeieilenden Knecht befahl, die Pferde zu tränken.

»Warum warst du so lange weg?«, fragte Mary ihre Zofe.

»Mr. Wortley war nicht zu Hause, Mylady. Ich hab mich zu seiner Kanzlei durchgefragt. Das hat etwas gedauert, aber dort hab ich ihn dann gefunden. Er war sehr freundlich.«

»Hat er etwas gesagt?«

»‚Sag deiner Lady', hat er gesagt, ‚sie soll sich keine Sorgen machen.'«

»Aha. Nur das?«

Alice nickte. »Nur das.«

Mary zog sich auf das Plumpsklo zurück, wo sie sich erleichterte und dann mit bangem Herzen Edwards Briefchen hervorholte. Es enthielt nur wenige Zeilen:

*Liebste Mary,*
*ich liebe Dich über alles, nein, ich vergöttere Dich. Sei ohne Sorge, ich werde am Sonntagabend in West Dean zur Stelle sein. Noch heute beantrage ich eine allgemeine Heiratslizenz, eine, die überall gilt und kein Aufgebot verlangt. Einmal getraut wird uns niemand mehr trennen können.*
*Dein verliebter Edward.*

Mary fasste sich an die Brust und seufzte erleichtert. Ihr fiel ein Stein vom Herzen. Kein Irland, kein Skeffington, Edward würde sie retten. Und sie würden glücklich sein, glücklicher als all die anderen Menschen in ihren erzwungenen Ehen, auch wenn sie nicht in Neapel leben würden, sondern nur in Covent Garden, wo Edward wohnte.

»Und?«, fragte Alice aufgeregt, als sie sich im Hof trafen. »Eine gute Nachricht?«

Mary strahlte übers ganze Gesicht und umarmte ihre Zofe. »Eine wundervolle Nachricht!«

***

Das Landgut nahe dem Dorf West Dean war ein großer, uralter Bauernhof und wie eine Festung angelegt. Es bestand aus einem düsteren, mit Schieferplatten gedeckten und von Efeu überwucherten Herrenhaus, rechts und links davon Stallungen, Scheunen und Arbeitsschuppen, dazu in der Mitte einem Hof mit Brunnen. In einer Ecke rotteten ein gewaltiger Misthaufen und ein Leiterwagen mit zwei zerbrochenen Rädern vor sich hin. Das Ganze war von einer mannshohen Mauer umgeben und nur durch ein einziges, festes Tor zugänglich.

Das also soll mein Gefängnis sein, dachte Mary, als der Landauer durchs Tor fuhr und neben dem alten Leiterwagen zum Stehen kam. Der Verwalter des Anwesens, ein älterer Mann, und seine noch junge Frau empfingen sie herzlich. Zum Haushalt gehörten auch eine Schar kleiner Kinder und ein Dutzend Knechte und Mägde.

Der Besitz umfasste weitläufige Ländereien, wie der Verwalter ihr nicht ohne Stolz erklärte, Fischereirechte an lokalen Gewässern und einen großen Wald. Außerhalb der Mauer befanden sich diverse Ställe und eine weitere Scheune. Viehzucht und Getreide waren das Geschäft des Guts, eine gute Geldquelle für die Pierreponts. Mary bezweifelte dennoch, dass ihr Vater jemals viel Zeit auf diesem Hof verbracht hatte, außer vielleicht im Herbst zur Jagd.

Im Erdgeschoss befanden sich eine Art Salon und ein Speisezimmer, dahinter Vorratsräume, eine große Küche und Tagesräume für das Gesinde. Die herrschaftlichen Zimmer, wenn man sie so nennen konnte, lagen im ersten Stock, die des weiblichen Gesindes darüber. Die Familie des Verwalters wohnte im Nebengebäude, die Knechte über dem Arbeitsschuppen. Eine geschäftige kleine Welt, dachte Mary.

»Was hast du der Familie erzählt, warum wir hier sind?«, fragte Mary ihren Bruder bei der ersten Gelegenheit.

»Die Wahrheit. Ich bin hier, um zu jagen, und du, damit du nicht auf die Idee kommst, vor deiner Hochzeit wegzulaufen.«

Mary stieg die Röte ins Gesicht. »Das hast du denen nicht wirklich gesagt, oder?«

»Musste ich doch«, verteidigte er sich. »Die hätten sich sonst gewundert, warum sie nachts das Tor verriegeln und mit einem Vorhängeschloss sichern sollen.«

»Mit einem Vorhängeschloss?«, entfuhr es Mary entgeistert. Wie peinlich! Jetzt war ihr klar, warum die Frau des Verwalters sie so seltsam angesehen hatte. Sie fühlte sich vor diesen Leuten gedemütigt – und von ihrem kleinen Bruder bewacht wie eine Verbrecherin. »Du bist ein Ekel, weißt du das?«

»Ich tue nur, was Vater mir aufgetragen hat.«

»An mich denkst du dabei wohl gar nicht.«

Er seufzte. »Es ist zum Wohle der Familie. Ich habe schließlich auch nicht aus Liebe geheiratet. Warum sollte es dir anders ergehen?«

»Ich hasse dich!«, sagte Mary und ließ ihn stehen. Zum Glück würde es bald ein Ende haben. Edward würde sie erlösen. Sie musste nur auf Sonntag warten, auch wenn es ihr schwerfiel. Wenigstens hatte sie Alice zur Unterhaltung.

»Sehen die nicht aus wie der ehrenwerte Clotworthy?«,

fragte sie ihre Zofe am nächsten Tag, als sie am Schweinekoben standen und die gut genährten Tiere betrachteten.

Alice musste lachen. »Ein wenig schon.« Dann wurde sie ernst und blickte Mary besorgt an. »Was ich fragen wollte, Mylady: Ihr nehmt mich doch mit, oder? Ich würde gern in Euren Diensten bleiben.«

»Aber natürlich! Du bist doch meine Komplizin, und das wird dem Earl nicht verborgen bleiben. Nein, nein, ich lasse dich nicht im Stich. Im Gegenteil. Wie soll ich ohne dich zurechtkommen?«

Alice war sichtlich erleichtert. »Danke, Mylady!«

Von William sahen sie wenig. Seine Rolle als Wächter schien er nicht besonders ernst zu nehmen. Stattdessen hatte er sich ein Pferd satteln lassen und war mit dem Verwalter zusammen unterwegs. Am Mittwoch schossen sie Enten, am Donnerstag fingen sie Hechte im Fluss und brachten Aale heim, die sich in einer Reuse verfangen hatten. Mary hatte gar nicht gewusst, dass ihr Bruder ein so naturverliebter Kerl war.

»Nimmst du mich mal mit auf die Jagd?«, fragte sie.

»Ich dachte, du hasst mich.«

»Sei nicht blöd! Natürlich hasse ich dich nicht. Nur das, was du mir antust.«

»Dann beklag dich bei Vater, nicht bei mir.«

»Also, was ist? Nimmst du mich mit?«

»Lieber nicht«, war die knappe Antwort.

»Wieso nicht?«

»Das ist doch keine Beschäftigung für eine Frau! Womöglich fällst du vom Gaul und brichst dir alle Knochen. Wie soll ich das vor Vater rechtfertigen?«

»Vor dem hast du mehr Angst als vor mir?«

William lachte. »Natürlich. Was willst du mir schon antun?«

»Auf Thoresby waren Frances und ich viel zu Pferde unterwegs. Ich wette, ich kann besser reiten als du«, widersprach Mary. Doch am Ende bestand sie nicht weiter darauf. Große Lust, in der Gegend herumzureiten, hatte sie ohnehin nicht.

»Hör zu, Mary«, sagte William schließlich. »Mir ist das alles genauso unangenehm wie dir. Bringen wir's also möglichst ohne Streit hinter uns, ich bitte dich. Du bist meine Lieblingsschwester. Ich hoffe, du weißt das.«

Sie sah ihn erstaunt an. »Nein, das wusste ich nicht.«

»Es ist nicht leicht, ein Pierrepont zu sein.« Ohne ein weiteres Wort wandte er sich ab und strebte dem Stall zu, wo sein Pferd stand.

Na, so was!, dachte Mary, während sie ihm nachsah. Nicht zum ersten Mal schmerzte es sie in diesem Moment, dass ihre Mutter so jung gestorben war und sie und ihre Geschwister so auseinandergerissen aufgewachsen waren. Auch für William war es nicht leicht gewesen. In den Augen des Vaters trug er die Schuld am frühen Tod der Mutter. Schließlich war sie kurz nach seiner Geburt gestorben.

Alice, die schon immer tierlieb gewesen war, hatte sich schnell mit den Hunden angefreundet, die tagsüber frei herumliefen und nachts in einem Zwinger gehalten wurden. Sie half der Frau des Verwalters auch ein wenig mit den noch kleinen Kindern, während Mary sich die Zeit vertrieb, indem sie sich auf dem Hof umschaute. Da das Tor nachts mit einem Schloss gesichert wurde, würde sie eine Leiter finden und an geeigneter Stelle verstecken müssen.

In einem der Arbeitsschuppen stieß sie auf eine passende Leiter, doch am helllichten Tag würde sie die nicht nehmen können. Zu oft ging jemand über den Hof. Außerdem benötigte sie einen Rucksack für ihr schönes Kleid, da sie ihren schweren Koffer wohl kaum auf die Mauer würde hieven können.

In der Nacht auf Freitag schlichen sich Mary und Alice vorsichtig die knarrende Treppe hinunter und aus dem Haus. Die Zofe raunte den Hunden beruhigende Worte zu und hielt Wache, während Mary sich in den Schuppen begab, um die Leiter zu holen. Sie musste vorsichtig sein, um in der Dunkelheit nirgends anzustoßen und womöglich etwas umzuwerfen. Doch die Leiter war nicht am gewohnten Platz. Vergeblich durchsuchte sie den ganzen Schuppen. Irgendwo musste das blöde Ding doch sein!

Sie verließ den Schuppen und trat durch das offene Tor der Scheune. In der Dunkelheit war kaum etwas zu sehen, aber sie konnte den Landauer ausmachen, den die Knechte hier untergestellt hatten, eine Ansammlung von Fässern und jede Menge Heu fürs Vieh. Mary tastete sich langsam vor. Irgendwann hatten sich ihre Augen an die Dunkelheit gewöhnt, und da erblickte sie tatsächlich an einer Seitenwand die Leiter.

Sie stieß einen Seufzer der Erleichterung aus. Doch als sie die Leiter anhob, polterte irgendein Werkzeug auf den hölzernen Scheunenboden. Erschrocken erstarrte sie und lauschte in die Nacht. Einer der Hofhunde schlug an, doch nur kurz. Alice musste ihn beruhigt haben. Ein Pferd wieherte leise, und aus dem Schweinekoben klang ein Grunzen. Ansonsten blieb es still. Anscheinend war keiner der Hofbewohner aufgewacht.

Mary lief zum Scheunentor und winkte Alice zu, ihr zu helfen. Zusammen schleppten sie die Leiter aus der Scheune, überquerten mit ihr den Hof und versteckten sie an der Mauer, an einer Stelle, wo jede Menge Unkraut und Gestrüpp wucherten. Niemand würde sie dort entdecken.

Nun brauchte sie noch einen der Rucksäcke, die sie in einem der Geräteschuppen an der Wand hatte hängen sehen. Die trugen die Männer vermutlich bei der Jagd, oder um Proviant und Werkzeug mitzunehmen, wenn sie auf weiter entfernten Feldern arbeiten mussten. Sie betrat den Schuppen, nahm einen der Rucksäcke vom Haken, verließ den Schuppen und schlich zusammen mit Alice wieder ins Haus. Alles blieb still. Niemand hatte sie bemerkt.

***

Die beiden verbliebenen Tage bis zum Sonntag schleppten sich geradezu dahin. Lesen, sonst Marys Lieblingsbeschäftigung, fiel ihr schwer. Außerdem kannte sie die mitgebrachten Werke schon fast auswendig. Nein, das war übertrieben. Dafür waren Ovids *Metamorphosen* zu umfangreich. Sie blätterte darin und suchte nach Passagen, die zu ihrer gegenwärtigen Lage passen und ihr Mut machen sollten. Doch bald schon gab sie es wieder auf.

Um sich zu zerstreuen, unterhielt sie sich mit Lisbeth, der Frau des Verwalters, beobachtete Alice beim Spiel mit den Kindern oder sah den Mägden beim abendlichen Melken der Kühe zu. Zweimal schlich sie sich zur Mauer, um sich zu vergewissern, dass die Leiter noch am Platz lag. Zum Glück schien niemand das Ding zu vermissen.

Am Freitagnachmittag ging sie mit der Frau des Verwalters plaudernd über die abgeernteten Felder bis hinunter zum kleinen Fluss, wo die Wäsche gewaschen wurde, und ließ sich anschließend den Gemüsegarten zeigen. Lisbeth schien stolz auf ihre Gartenarbeit zu sein. Eine sympathische junge Frau, diese Lisbeth, dachte Mary. Sie hatte eine stämmige Figur, kräftige, zupackende Hände und immer ein Lächeln auf ihrem runden Gesicht.

»Ist es wahr, Ihr werdet bald heiraten, Mylady?«, fragte Lisbeth sie unerwartet. Als Mary sie stirnrunzelnd ansah, wurde Lisbeth offenbar bewusst, dass es ihr nicht zustand, solche Fragen zu stellen, besonders da William ihr die Gründe für ihren Besuch erklärt hatte. »Verzeiht, Mylady. Es geht mich nichts an. Ich bitte um Verzeihung!«

Du hast recht, es geht dich nichts an, dachte Mary irritiert. Doch sie konnte der Frau nicht böse sein. »Mein Aufenthalt hier muss dir und deinem Mann seltsam erscheinen«, sagte sie.

»Oh nein, Mylady«, erwiderte Lisbeth verlegen. Dann fügte sie hinzu: »Ich weiß nur zu gut, wie das ist, wenn ich das sagen darf. Auch ich habe mir meinen Mann nicht gewünscht. Er war Witwer. Und meine Eltern dachten …«

Mary nickte. »Ich verstehe.«

»Aber er ist ein guter Mensch. Ich kann nicht klagen. Am Ende wird alles gut.« Sie lächelte. Es war ein warmes, lebensfrohes Lächeln. »Vielleicht auch für Euch, Mylady.«

»Danke, Lisbeth.«

In der Nacht lag Mary lange wach und dachte nach. Lisbeth hatte sich in ihr Schicksal gefügt und offensichtlich Zufriedenheit gefunden. So jedenfalls hatte sie sich ausgedrückt. Sollte sie selbst das auch tun? Sich fügen? Wie die meisten Frauen? Es würde vieles erleichtern. Verlangte sie zu viel vom Leben?

Doch sofort regte sich ihr Drang nach Freiheit und Selbstbestimmung. Was die Mehrheit der Weiber tat, sollte kein Maßstab für sie selbst sein. Sie würde sich nicht wie eine Kuh zur Schlachtbank führen lassen. Sie war bereit, wenn nötig, ihr Leben ehe- und kinderlos zu verbringen.

Was für ein Glück, dass es Edward gab! Er würde kommen und sie abholen. Sie würde ihn heiraten und ihr Leben mit ihm verbringen. Natürlich war es ein großer, entscheidender Schritt. Sie war sich bewusst, dass ihr Vater ihr nie verzeihen würde. Gut möglich, dass sie auf ihr Erbe verzichten musste. Und doch fühlte sie sich im Recht. Niemand würde sie jemals zwingen können, einen Mann zu heiraten, den sie verachtete.

Dennoch fragte sie sich mit bangem Herzen, ob Edward tatsächlich der Richtige für sie war. Sie kannte ihn ja kaum. Aus Briefen natürlich, aber nur wenig als Mensch von Fleisch und Blut. Die Küsse, die sie getauscht hatten, trieben ihr in der Erinnerung immer noch das Blut in die Wangen. Aber war das genug?

Dabei war sie sich ihrer eigenen Unzulänglichkeiten durchaus bewusst: ihrer Ungeduld und ihrer scharfen Zunge, der hohen Ansprüche, die sie an ihre Mitmenschen stellte und die sie oft anmaßend wirken ließen. Vielleicht würde Edward nach einer Weile ihrer überdrüssig werden. Oder umgekehrt. Manchmal kam er ihr ein wenig pedantisch vor. Und er gab nicht gern nach, wenn sie stritten. In jedem Fall war er ein Gentleman, gebildet und von feinen Manieren, verlässlich und ehrlich. Das war schon viel wert. Außerdem hatte er keine altmodischen Ansichten und schien sie nicht einschränken zu wollen. Das war ihr besonders wichtig. Und er sah gut aus. Der Rest würde sich ergeben. Das jedenfalls hoffte sie von ganzem Herzen.

Trotz der nicht enden wollenden Woche war es schließlich doch endlich Sonntag geworden. Morgens ging es in die nahe gelegene Kirche, zu Mittag wurde viel gegessen und noch mehr getrunken, und danach, weil es ein warmer Augusttag war, war bald niemand mehr auf dem Hof zu sehen. Vermutlich schliefen alle ihren Rausch aus. Sogar Alice hatte sich zurückgezogen.

Auch William war verschwunden. Bei ihm war es wohl eher ein Mädchen aus dem Dorf. Der Verwalter hatte Andeutungen gemacht, begleitet von verschwörerischem Augenzwinkern. Doch schon wenig später war ihr Bruder zurück. Wahrscheinlich hatte er seine Eroberung nicht angetroffen. Was Männer sich so alles herausnehmen können!, dachte Mary. Und wer es nachher ausbaden muss, sind immer die Frauen, die Mägde, die Schankweiber und Wäscherinnen, die sich haben verführen lassen.

Mary selbst war nicht nach Mittagsschlaf zumute. Dazu war sie viel zu aufgeregt. Stattdessen packte sie ihr Kleid und ihre intime Wäsche in den alten Rucksack, dazu ihre Toilettensachen und Kämme und die wenigen Schmuckstücke, die sie mitgebracht hatte. Alles andere würde sie zurücklassen. Dann fiel ihr ein, dass sie die Toilettensachen noch brauchen würde, und packte sie wieder aus.

Sie setzte sich ans Fenster und beobachtete den Hofhund, der in der Sonne lag, legte sich aufs Bett, aber nicht lange, stand wieder auf und verfluchte, wie langsam die Zeit verging. Eigentlich könnten Alice und ich auch jetzt schon fliehen, dachte sie. Es ist niemand da, das Tor steht offen.

Aber das ging nicht. Edward würde in diesem Fall nicht wissen, wo sie war. Sie könnten sich verfehlen. Außerdem würde man sie beim Abendessen vermissen und überall suchen. Die letzten Stunden musste sie also auch noch aushalten.

Der Nachmittag verging, der Abend kam. Bei Tisch ging es fröhlich zu. William war guter Laune, der Verwalter erzählte Geschichten, und die Kinder lärmten. Niemand merkte, dass Mary angespannt war und – anders als sonst – kaum ein Wort sprach.

»Möchtest du, dass wir uns nach dem Essen die Beine vertreten und ein paar Schritte gehen?«, fragte William nach dem Mahl. »Es ist ein lauer Abend.«

Es war tatsächlich angenehm draußen. Unter einem wolkenlosen Himmel tauchte der Halbmond den Hof in silbriges Licht. »Nein, danke«, erwiderte sie dennoch. »Ich bin müde und gehe gleich zu Bett.«

In ihrer Kammer steckte sie eine Kerze an, wusch sich

oberflächlich und kämmte ihr Haar. Dann nahm sie ihren Spiegel zur Hand. Er war ein kostbares Stück aus Frankreich, wo die schönsten Spiegel hergestellt wurden, handtellergroß und von silbernen Rosen eingefasst. Sie betrachtete ihr junges, schönes Gesicht. Wenn man doch nur die Zukunft erraten könnte!

Schließlich holte sie den Rucksack unter dem Bett hervor. Sie passte den Tragegurt an, überprüfte noch einmal den Inhalt, steckte Kamm und Spiegel hinein und natürlich ihren Ovid und den Epiktet. Dann legte sie sich aufs Bett und wartete darauf, dass sich das Haus beruhigte. Auch das schien endlos lange zu dauern, aber schließlich erstarben die Stimmen, es wurde still, und auch die Dielen knarrten nicht mehr.

Behutsam setzte sie sich auf und zog das schlichte dunkle Gewand an, das sie eigens für diesen Abend mitgenommen hatte. Darin würde man sie in der Nacht kaum erkennen. Alice trug ohnehin nur schwarze Kleider. Mary legte einen Gürtel an, hob den Rock zwischen den Beinen hoch und verknotete den Saum am Gürtel. Fast so gut wie Hosen, befand sie.

Plötzlich hörte sie durchs offene Fenster das Klappern von Pferdehufen im Hof. Um diese Uhrzeit? Sie blickte aus dem Fenster und erkannte William, der das Pferd zum Tor führte. *Verdammt!* Was hatte er vor? Im selben Augenblick klopfte es leise an ihre Kammertür. Das musste Alice sein. Sie wandte sich ab, um zu öffnen. Alice schlüpfte in die Kammer. Über der Schulter trug sie ihre Tasche. Mary schlich zurück zum Fenster, aber der Hof war jetzt leer, das Tor verschlossen. Dumpfe Hufschläge entfernten sich.

»Wer war das?«, flüsterte Alice.

»Mein Bruder. Der ist wohl zu seinem Liebchen unterwegs.«

Sie warteten noch eine Weile, um sicher zu sein, dass alle schliefen, dann schulterte Mary ihren Rucksack, und sie schlichen aus der Kammer und vorsichtig die Treppe hinunter. Zwar war William nicht da, und der Verwalter schlief im Haus nebenan, aber sie wollten auch die Mägde nicht wecken.

Der Himmel hatte sich ein wenig zugezogen, aber man konnte immer noch einigermaßen sehen. Unten auf dem Hof streichelte Alice kurz die Hunde im Zwinger, um sie ruhig zu halten, dann begaben sie sich zu der Stelle, wo sie die Leiter versteckt hatten.

»Herrgott! Das gibt's doch nicht«, zischte Mary erschrocken, als sie ins Leere griff. »Sie ist nicht da. Jemand hat sie weggenommen. Jetzt müssen wir sie suchen.«

»Vielleicht brauchen wir die Leiter gar nicht«, sagte Alice. »Euer Herr Bruder ist ausgeritten. Könnte doch sein, dass er das Tor gar nicht verschlossen hat.«

Sie eilten zum Tor hinüber. Und richtig: Es war nur angelehnt. Mary fiel ein Stein vom Herzen. Sie schlüpften hinaus und zogen den Torflügel hinter sich zu. Draußen atmete Mary erst einmal tief durch, bevor sie sich umblickte. Das Anwesen lag etwa eine halbe Meile von der Straße entfernt, an der Edward auf sie warten musste. Eilig machten sie sich auf den Weg. Nicht dass William vorzeitig zurückkam und sie hier zwischen den Feldern entdeckte!

Inzwischen hatten sich Wolken vor den Mond geschoben. Es war kaum etwas zu sehen, und die beiden Frauen mussten aufpassen, wo sie hintraten. An der Straße angekommen, starrten sie unsicher in alle Richtungen. Südlich von ihnen lag das Dorf. Entgegengesetzt ging es zur Poststraße, die nach London führte. Aber sosehr sie sich auch bemühten, die Dunkelheit zu durchdringen, es war keine Spur von Edward zu entdecken.

Er wird mich doch wohl nicht im Stich lassen!, dachte Mary. Mit einem Mal hatte sie Angst, er würde nicht kommen und ihr lächerlicher Ausreißversuch würde jämmerlich enden.

Als ihr bewusst wurde, dass sie vor Nervosität wieder einmal an den Fingernägeln kaute, nahm sie die Hand vom Mund und versteckte sie hinter dem Rücken. »Hier können wir nicht warten«, wisperte sie. »Mein Bruder könnte jederzeit zurückkommen.«

Alice deutete nach Norden. »Dahinten sind, glaube ich, ein paar Büsche und Bäume. Dort wird Euer Bruder uns nicht sehen.«

Sie marschierten in die von Alice angezeigte Richtung. Die dunklen Schatten, die sie bemerkt hatte, verwandelten sich beim Näherkommen tatsächlich in eine Gruppe von Bäumen und hohen Büschen. Und davor … stand eine Kutsche!

Mary begann zu laufen. Ein Mann sprang aus dem Wagen und eilte ihr entgegen. Sie fiel ihm in die ausgebreiteten Arme. »Du bist da!«, keuchte sie außer Atem. Ihr Herz hüpfte vor Freude. »Und ich dachte schon, du wärst nicht gekommen.«

***

Edward hatte Stunden zuvor in einem Dorf etwa zehn Meilen nördlich Zimmer gemietet. Die Gaststube war schon geschlossen, als sie ankamen, doch sie weckten den Wirt und überredeten ihn, noch etwas Brot, Schinken und Bier zu bringen. Auch der Kutscher, der die Nacht in der Gemeinschaftsunterkunft neben den Ställen verbringen würde, wurde versorgt.

Edward und Alice langten kräftig zu. Mary dagegen war zu aufgeregt, um zu essen. Sie erzählte Edward, wie es ihnen während ihrer Reise und auf dem Hof ergangen war. Dann hielt sie es nicht länger aus. »Konntest du eine Heiratslizenz erwirken?«, fragte sie.

Edward klopfte selbstzufrieden auf seine Brusttasche. »Die hab ihr hier«, sagte er und lächelte. »Nun entkommst du mir nicht mehr. Gleich morgen früh geht's zum Traualtar. Und zwar hier im Ort. Mit dem Priester ist alles geregelt.«

Die schnelle Trauung war nötig, um dem Vater die Gewalt über seine Tochter zu entziehen. Von nun an wird an seiner Stelle Edward über mich herrschen, schoss es Mary durch den Kopf, aber nur kurz. So war das nun mal.

Nach dem Essen, als es zu den Zimmern gehen sollte, kam es zu einem peinlichen Moment. Edward hatte Alice vergessen und nur zwei Zimmer angemietet. Unten bei den Kutschern und Knechten zu schlafen, wollte man ihr nicht zumuten. Die Frage war also, wer in welchem Zimmer schlafen würde. Besser gesagt: wer mit wem.

Nach kurzem Zögern entschied Mary. »Ich nehme das erste Zimmer«, sagte sie selbstbewusster, als sie sich fühlte. Ein wenig verlegen fügte sie hinzu: »Noch sind wir ja nicht verheiratet, Edward. Alice schläft also bei mir, und du nimmst das andere Zimmer. Einverstanden?«

Edward nickte sofort. »Ja, natürlich! Keine Frage!«

Eine vorgezogene, überhastete Hochzeitsnacht war also abgewendet. Mary war erleichtert, schließlich hatte sie sich Schöneres vorgestellt, als ihre erste Nacht mit Edward im schmierigen Bett eines Wirtshauses zu verbringen. Wer wusste schon, was für Ungeziefer da herumkrabbelte! Sie würde in jedem Fall die Kleider anbehalten.

Auf Diskretion bedacht bat Alice ihre Herrin um die Kerze und verschwand schon mal im Zimmer. Edward und Mary blieben noch einen Moment auf dem Flur stehen, Edward mit dem Licht in der Hand, und blickten sich gegenseitig schüchtern an. Schließlich trat Mary vor, hob ihr Gesicht und bot ihm ihre Lippen zum Kuss. Es wurde nur ein schüchterner, kurzer Kuss, als fürchteten sie, es könnte sich spontan mehr daraus entwickeln. Dann rissen sie sich voneinander los, wünschten sich eine gute Nacht und gingen in ihre jeweiligen Zimmer.

***

Trauungen im Familienkreis der Pierreponts waren seit jeher teure, pompöse Angelegenheiten mit Hunderten von hochrangigen Gästen, die aus unzähligen Kutschen stiegen und die Kirche füllten, Westminster Abbey vorzugsweise. Ein Priester war üblicherweise nicht genug, um das Paar zu trauen, ein Bischof musste her. Und hinterher wurde gefeiert: mit livrierten Dienern, den erlesensten Speisen und kostbarsten Weinen. Ja, die Hochzeiten der Pierreponts waren gesellschaftliche Ereignisse, bei denen auch der Prince of Wales sich zeigte, um dem Paar zu gratulieren.

Daran gemessen war Marys Trauung eine mehr als armselige Affäre. Jede Bauernhochzeit hätte weit mehr hergemacht. Außerdem war Montag, und in der kleinen Dorfkirche war niemand zugegen außer dem Paar, dem alten Priester, dessen Frau und einem Ministranten. Und natürlich dem Kutscher und Alice als Trauzeugen.

Dennoch erschien sie Mary als der größte, weltbewegendste Augenblick ihres Lebens. Sie hatte ihr schönes Kleid angelegt und sich hübsch gemacht. Auf dem Kopf trug sie einen Blumenkranz, den die Mägde im Dorf auf die Schnelle für sie geflochten hatten. Kerzen brannten. Es war still und feierlich in der kleinen Kirche. Und nachdem sie einander endlich das Ja-Wort gegeben und der Priester sie zu Mann und Frau erklärt und gesegnet hatte, lagen sie sich in den Armen und küssten sich, diesmal länger und inniger, als es schicklich war. Mary hatte Tränen in den Augen. Auch Edward schien ergriffen.

Dann war es vorbei. Edward dankte dem Priester, nahm die

Heiratsurkunde entgegen, und sie bestiegen die Kutsche, um nach London zu fahren. Während der ganzen Fahrt hielt Edward den Arm um sie gelegt, und Mary genoss es, sich an ihn zu lehnen, die Landschaft an sich vorüberziehen zu lassen, ausnahmsweise nicht viel zu sagen, einfach nur ihren Gedanken nachzuhängen. Schönen, glücklichen Gedanken. Nun war sie Mary Wortley Montagu. Daran musste sie sich noch gewöhnen. Aber es war ein schöner, ein würdiger Name. Sie würde ihn mit Leben füllen.

# BUCH II

# Reise in den Orient

# London 1762

»Jetzt weißt du, wie ich zu meiner Ehe gekommen bin«, sagte Lady Mary mit einem Schulterzucken und einer Miene, als handele es sich um einen eher unbedeutenden Teil ihres Lebens.

»So romantisch!«, murmelte Luisa ergriffen.

Lady Mary blickte versonnen auf das Sherryglas in ihrer Hand. »Ja, es war romantisch«, sagte sie. »Vor allem aufregend. Wie in einem der Romane, die meine Schwester so gern verschlang. Völlig verrückt, aber schön!«

Die Erinnerung zauberte ihr ein Lächeln aufs Gesicht. Luisa bemerkte, wie sich dabei die Haut glättete, wie die Falten verschwanden und ihre Großmutter beinahe wieder jung aussah. Sie musste wirklich eine schöne Frau gewesen sein. Kein Wunder, dass Edward sich in sie verliebt und es gewagt hatte, den Zorn seiner Familie herauszufordern!

»Letztes Jahr ist er gestorben«, sagte Lady Mary.

»Davon habe ich gehört«, sagte Luisa.

»Leider ist es mir nicht gelungen, früher zurück nach England zu kommen. Ich hätte ihn gern noch einmal gesehen. Im Grunde waren wir einander immer sehr verbunden, auch wenn wir in unserer Wesensart so verschieden waren und gar nicht zueinander passten.«

»Ihr habt euch den Zwängen der Familie widersetzt«, sagte Luisa. »Das bewundere ich.«

Lady Mary lachte still in sich hinein. »Soso! Das bewunderst du!« Dann wurde sie wieder ernst. »Eine Nachahmung ist aber nicht zu empfehlen, falls du an so was denkst. Es hat mich nämlich einiges gekostet. Mein Vater hat mir nie verziehen. Er hat uns keinen Penny an Unterstützung gezahlt, auch später nicht, und auf mein Erbe musste ich verzichten. Auch die Zuwendungen von Edwards Familie waren nicht gerade üppig. Zumindest anfänglich. In den ersten Jahren lebten wir daher recht bescheiden. Ich begriff zum ersten Mal im Leben die Bedeutung von Geld.«

»Wie meinst du das?«

»Während wir aufwuchsen, wurden Frances und ich nicht gerade mit Luxus überhäuft, aber es gab keinerlei Mangel. Wir hatten hübsche Kleider, Pferde zum Ausreiten, einen wunderbaren Park. Die Hausangestellten versorgten uns mit allem Nötigen; das Essen stand pünktlich auf dem Tisch, unsere Zimmer waren immer aufgeräumt, die Wäsche gewaschen. Abgesehen vom Unterricht bei unseren Hauslehrern waren wir frei von Pflichten, konnten im Park herumstreunen, hatten Muße, um zu lesen, zu malen oder auszureiten. Ich nehme an, bei dir zu Hause ist es ähnlich.«

Luisa nickte. »Wir haben Hauslehrer und täglich strengen Unterricht. Auch in Musik. Ich spiele Flöte. Wir Mädchen sticken zudem, und die Jungs haben Reitunterricht und Fechten.«

Lady Mary nickte. »Das Übliche. Wenn man in so einer Familie aufwächst, hat Geld wenig Bedeutung. Es fehlt einem ja an nichts. Ich hatte damals sogar die blauäugige Idee, dass es nobel und erstrebenswert wäre, arm und bescheiden zu leben. Ich sah mich zeitweise als ehelose Schriftstellerin, die dem Mammon und der schnöden Londoner Gesellschaft entsagt, sich allein der Kunst und der Liebe widmet.« Sie musste lachen. »Stell dir vor! Was für ein verrückter Gedanke!«

Luisa runzelte die Brauen. »So verrückt finde ich das gar nicht. Ich könnte es mir durchaus vorstellen.«

Lady Mary lächelte. »So wie ich damals. Aber die Wahrheit ist, meine liebe Luisa: Wenn man sich Sorgen machen muss, wie man die Familie durchbringt, ist Geld enorm wichtig, wichtiger als alles andere. Und so geht es den meisten Menschen auf der Welt. Sie müssen für ihr tägliches Brot hart arbeiten. Manche leben im Elend, einige verhungern sogar. Das solltest du nie vergessen.«

»Ich weiß, Großmutter. Aber wart ihr denn wirklich so arm, du und Edward?«

»Natürlich nicht. Es ging uns immer noch gut. Aber unsere Wohnung war bescheidener, wir hatten weniger Hausangestellte und konnten uns keine großen Feste leisten, eine Reise nach Neapel schon gar nicht.« Lady Mary hob ihr Sherryglas und gönnte sich ein Schlückchen. Dann fasste sie sich an den Hals und räusperte sich. »Meine Stimme ist schon ganz rau vom Erzählen«, sagte sie irritiert und nahm noch einen Schluck. Dann stellte sie das leere Glas neben sich auf den Tisch und massierte sich sanft die Kehle.

»Edward hat unter unseren begrenzten Mitteln mehr gelitten als ich«, fuhr sie fort. »Weil er mir nicht mehr bieten konnte, verstehst du? Sein Stolz litt darunter. Immer kommt den Männern ihr Stolz in die Quere! Das lässt sie oft dumme Dinge tun.«

»Aber du warst trotzdem glücklich, nicht wahr?«

»Oh ja. Sehr sogar! Ich genoss meine neue Freiheit in vollen Zügen. Als Ehefrau ist man ja nicht mehr so beschränkt. Man kann ohne Aufpasser überall hingehen. Ich habe es geliebt, den Markt von Covent Garden zu besuchen, in das bunte Leben einzutauchen, die Marktschreier zu hören. Und all die wunderbaren Auslagen, Fisch und Fleisch und Gemüse und was man da sonst noch alles kriegt! Zusammen mit Alice ging ich regelmäßig stöbern, unterhielt mich mit wildfremden Leuten, oft mit den einfachen Händlern. Ich besuchte Buchläden, ließ mir die neuesten Erscheinungen vorlegen oder beim Schneider neue Kleider machen. Ich hatte ja alles zurückgelassen. Oft kam ich mit dem Arm voller Blumen nach Hause. Und dann die Theater rund um Covent Garden … Man konnte die Tänzer und Schauspieler kommen und gehen sehen. Ja, ich genoss mein neues Leben. Es war so befreiend, so erfrischend.«

Lächelnd schloss sie die Augen und schwieg einen Augenblick, als könnte sie alles so vor sich sehen, wie es damals gewesen war.

»Und sonst so?«, fragte Luisa nach einer Weile.

Lady Mary schlug die Augen auf und sah Luisa stirnrunzelnd an. »Was meinst du mit ‚sonst so'?«

Luisa errötete. »Du weißt schon.«

Lady Mary grinste, als sie Luisas verlegene Miene gewahrte. »Du meinst im Schlafzimmer, du neugieriges kleines Frauenzimmer?«

Luisas Röte vertiefte sich. »Ich meine, wart ihr gut zusammen, habt ihr euch geliebt?«

»Oh ja! In den ersten Wochen sogar mehrmals am Tag«, erwiderte Lady Mary trocken.

»Das hab ich nicht gemeint!«, hauchte Luisa mehr als verlegen.

»Sei nicht so verschüchtert! Natürlich hast du es gemeint. Damals hatte ich selbst überhaupt keine Ahnung, was auf mich zukam. Ich hatte keine Mutter, die mir Dinge hätte erklären können, nur einen abwesenden Vater. Als es so weit war, habe ich gezittert. Ob vor Angst oder vor Begierde, weiß ich nicht mehr. Ich weiß nur, dass mein ganzer Leib gebebt hat, als Edward mich das erste Mal intimer berührte. Zum Glück war er erfahrener als ich und sehr zärtlich. Nachdem das Eis einmal gebrochen war, konnte ich nicht genug von ihm bekommen. Ich war im Himmel! Es war wunderbar.«

»Bei uns zu Hause wird kein Wort über so was geredet. Ich wünschte, ich wüsste mehr.«

»Du erwartest doch jetzt wohl nicht von deiner Großmutter Erklärungen, wie man sich im Bett benimmt!«

Luisa wand sich. »Nein. Ich meine nur … Man lässt uns über alles im Dunkeln.« Sie war heftig errötetet. Das Thema war ihr peinlich, und doch war sie neugierig. Und zu ihrer Großmutter hatte sie inzwischen Vertrauen gefasst. Die war manchmal sarkastisch und sagte schockierende Dinge, aber daran hatte sie sich gewöhnt. Mit Großmutter konnte man reden, egal worüber.

»Du hast natürlich recht«, sagte Lady Mary. »Den Söhnen klopft der Vater auf die Schulter, wenn sie ins Bordell gehen. Manche Väter nehmen ihren Sohn das erste Mal sogar mit.« Sie unterbrach sich, als sie Luisas Gesichtsausdruck wahrnahm. »Sieh mich nicht so schockiert an! Es ist so. Natürlich wird darüber geschwiegen, aber alle wissen es. Die Mädchen lässt man dagegen völlig im Unklaren. Frances und ich hatten lange Zeit keine Ahnung, wie Frauen es fertigbringen, schwanger zu werden. Es musste der Heilige Geist sein oder so was in der Art, nahmen wir an.« Sie lachte. »Aber ich werde dir jetzt keinen Unterricht in Schlafzimmerkunde geben. Vielleicht ein andermal.«

Luisa senkte den Kopf. »Tut mir leid. Ich wollte dich nicht in Verlegenheit bringen.«

Lady Mary lachte auf. »Ha! Mich in Verlegenheit bringen? Das schaffst du nicht, mein Kind.« Sie lehnte den Kopf zurück und seufzte. »Es war schön, damals mit Edward. So, wie es in der Ehe sein soll. Frances hab ich gleich geschrieben, ich hätte ‚Limbo' erwartet und ‚Paradies' bekommen. Und meiner Freundin Philippa Mundy schrieb ich, Besseres, als mich entführen zu lassen, hätte mir gar nicht einfallen können. Alle meine Freundinnen wussten, dass ich das Glückslos gezogen hatte. Ich wurde auch gleich schwanger.«

»Mit Edward?«

Lady Mary nickte. »Ja, mit unserem Sohn Edward. Unglaublich welche Veränderungen den weiblichen Körper befallen. Bald schon watschelte ich herum wie eine fette Weihnachtsgans. Ich erschrak bei jedem Blick in den Spiegel. Das ist leider die Kehrseite der Liebe. Im Mai kam er dann aber endlich zur Welt. Gott, war ich erleichtert!«

»Hattest du eine schwere Geburt?«

»Jedenfalls hatte ich fürchterliche Angst. Du weißt, meine Mutter ist im Wochenbett gestorben. Aber es war zum Glück eine ganz normale Geburt. Nur hätte ich mir gewünscht, Edward wäre dabei gewesen. Aber er war damals viel unterwegs – in seinem Wahlkreis und bei den Kohleminen seiner Familie. Während der letzten Monate der Schwangerschaft sah ich ihn kaum. Vielleicht war ich kein schöner Anblick für ihn. Außerdem sind schwangere Frauen nicht immer leicht zu ertragen. Mütter mit kleinen Kindern, die dauernd brüllen, auch nicht. Ich war oft ungeduldig mit ihm, das gebe ich zu.«

»Oh, das kann ich mir gut vorstellen«, sagte Luisa und lachte. »Bei uns ist der Kindertrubel ja noch viel schlimmer. Vater geht dem gern aus dem Weg.«

»Ja, Männer haben wenig Geduld mit so was. Edwards Geburt war im Jahr 1713. In dem Jahr ist überhaupt einiges passiert. Der elende Krieg um die spanische Thronfolge fand endlich ein Ende. Ich nehme an, beide Seiten hatten ihre Mittel erschöpft. Frankreich musste ein paar lausige Gebiete in der Neuen Welt an uns abtreten. Mehr hat es nicht gebracht. Es war auch das Jahr, in dem Preußen einen neuen König bekam, den jungen Friedrich Willhelm. Und der Kaiser erweiterte das Erbrecht der habsburgischen Lande auf Frauen. Ein Fortschritt, würde ich sagen, auch wenn es nur um den Machterhalt seiner Familie ging. Tja, und dann kamen wieder mal die Pocken nach London. Und wen hat's erwischt? Ausgerechnet meinen Bruder William.«

»Oh, wie schrecklich. Wie ist das passiert? Du musst es mir erzählen!«

»Nicht jetzt, mein Kind.« Lady Mary räusperte sich noch einmal und zog ein schmerzliches Gesicht, während sie sich an den Hals fasste. »Meine Kehle ist so rau. Jetzt fällt mir schon das Schlucken schwer. Hoffentlich habe ich mich nicht erkältet.«

»Möchtest du einen Tee mit Honig?«

»Ja, gern. Sag Marie Anne, sie soll ihn mir aufs Zimmer bringen. Ich leg mich besser ein wenig hin.«

***

Drei Tage lang blieb Lady Mary ans Bett gefesselt. Sie hatte leichtes Fieber, Halsschmerzen und eine triefende Nase. Sie wollte niemanden sehen, auch Luisa nicht. Allerdings kümmerte sich Marie Anne um sie und ließ den Haushalt regelmäßig wissen, wie es ihr ging.

Luisa verschanzte sich tagsüber in ihrem Zimmer, angeblich um zu studieren, während sie hauptsächlich Mrs. Roper aus dem Weg zu gehen suchte, denn ihre Gouvernante sah in Lady Marys Krankheit die Gelegenheit, die Kontrolle über ihren Zögling wieder an sich zu reißen.

»Was liest du da?«, fragte sie eines Morgens misstrauisch, nachdem sie unangekündigt in Luisas Zimmer getreten war.

»Eine Novelle von Voltaire. Lady Mary hat mir aufgetragen, sie zu lesen.«

»So, und wer ist dieser Voltaire? Ich hoffe, nicht einer dieser revolutionären Aufklärer.«

»Oh doch. So einer ist er«, erwiderte Mary, um sie zu provozieren. Sie war erstaunt, dass Mrs. Roper überhaupt etwas über die Aufklärung wusste. Über diese neuen Ideen, die im Begriff waren, die Welt zu erobern, auch wenn Fürsten und Bischöfe sie zu unterdrücken versuchten.

»Das sind doch Kirchenfeinde. Franzosen, natürlich. Was soll man von diesem Volk schon anderes erwarten als Streit, Aufruhr und Unschicklichkeiten? Solchen Schund solltest du nicht lesen.«

»Wollt Ihr damit andeuten, Lady Mary liest Schund?«

Mrs. Roper errötete. »Nun, ich denke nicht, dass es gut für dich ist, so was zu lesen«, sagte sie irritiert. »Und was ist das hier?«

»Eine lateinische Grammatik.«

»Wozu, um Himmels willen, musst du Latein lernen? Die Zeit wäre besser damit genutzt, die höfische Etikette zu lernen oder sich mit den Adelsgeschlechtern unseres Landes vertraut zu machen. Schließlich willst du ja mal heiraten.«

»Ich habe nicht vor zu heiraten!«

»Wie bitte?«, rief Mrs. Roper empört.

Luisa nahm ihren *Candide* wieder zu Hand. »Ich bitte Euch, jetzt zu gehen, Mrs. Roper. Lady Mary wird sehr ungeduldig sein, wenn ich diese Novelle nicht bald gelesen habe.«

»Na schön.« Mrs. Roper wandte sich zur Tür, wo sie sich noch einmal umdrehte. »Es war ein Fehler hierherzukommen«, sagte sie grimmig und verließ das Zimmer.

Am Nachmittag ließ Lady Mary ihre Enkelin zu sich rufen. In ihrem Zimmer war es ausgesprochen warm, denn im Kamin loderten die Flammen. Jemand musste kurz vorher noch Holz aufgelegt haben.

Lady Mary lag auf eine Unzahl von Kissen gebettet unter einer bestickten Bettdecke, die bis auf den Boden hing, und blickte Luisa mit schwachem Lächeln entgegen. Sie sah blass aus und hatte dunkle Ringe unter den Augen. Auf dem Fußboden lagen einige gebrauchte Taschentücher, ein Stapel gebügelter, frischer lag auf dem Nachttisch.

Luisa griff nach einem Stuhl, den sie näher ans Bett rückte, und setzte sich. »Wie geht es dir, Großmama?«

Lady Mary schloss einen Moment lang die Augen. »Miserabel, mein Engel«, sagte sie. Ihre Stimme klang rau. »Meine Nase ist zu, wie du hören kannst. Es pfeift in den Bronchien, wenn ich atme, außerdem fühle ich mich elend und schlapp. Aber Marie Anne behauptet, es gehe mir besser und ich solle mich nicht so anstellen. Anscheinend weiß sie mehr über meinen Körper als ich.« Sie fasste sich mit der Linken an die rechte Brust und ließ ein leises Stöhnen hören.

»Was ist, Großmama? Hast du Schmerzen?«

»Ach, nichts, mein Kind. Jedenfalls nichts, was das hier nicht lindern kann.« Sie beugte sich zur Seite und tastete nach einem kleinen Glas auf dem Nachttisch. Ihre Hand war dünn und welk, von braunen Altersflecken übersät. Luisa beugte sich vor, um ihr mit dem Glas zu helfen.

»Danke, Liebes«, sagte Lady Mary, hob das Glas an die Lippen und nahm einen vorsichtigen Schluck daraus.

»Ist das Port?«, fragte Luisa.

»Nein. Es ist Laudanum. Eine Arznei zum Wohlbefinden. Und gegen Schmerzen. Sehr effektiv. Allerdings muss man vorsichtig damit umgehen. Zu viel, und man begibt sich auf einen gefährlichen Weg.«

»Hast du denn Schmerzen?«

Lady Mary lachte. »Wer hat die nicht in meinem Alter? Aber mach dir darüber keine Sorgen. Wie kommst du mit deinem Studium voran?«

»Ich hab die Novelle halb durch. Gefällt mir gut. Mrs. Roper hält sie für Schund und fordert, ich solle so was nicht lesen.«

Lady Mary schüttelte lächelnd den Kopf. »Ich wette, sie nennt es ‚französischen Schund'.«

»So was in der Art.«

»Dabei kommen die besten Ideen unserer Zeit aus Frankreich. Wir Engländer sind nur damit beschäftigt, Kolonien zu erwerben, Handel zu treiben und Geld zu scheffeln. Wir sind ein Land von Krämern, ganz wie mein guter Edward. Unermesslich reich ist er mit seinen Kohleminen geworden. Aber wirklich gelebt hat er nicht.«

»Möchtest du mir davon erzählen?«

Lady Mary ließ den Kopf sinken und schloss die Augen. »Heute nicht, Liebes. Irgendwann, wenn ich mich besser fühle. Gib mir deine Hand.« Luisa tat ihr den Gefallen. »Es ist schön, dass du hier bist, mein Kind. Wenn es mir besser geht, werde ich deiner Mutter schreiben. Es wird Zeit, dass sie mich besucht. Wir sollten die alten Gräben zuschütten, findest du nicht?«

***

Anders als von Marie Anne erwartet, verschlechterte sich Lady Marys Gesundheitszustand. Schon fast vierzehn Tage waren vergangen, ohne dass sie sich gezeigt hatte. Sie sei weiterhin krank und bettlägerig, hieß es. Nur Marie Anne durfte ihr Schlafgemach betreten und sich um sie kümmern.

»Was ist mit ihr?«, fragte Luisa die Französin. »Ist sie immer noch erkältet? Das müsste doch längst abgeklungen sein.«

»Sie ist nicht mehr die Jüngste, Lady Luisa. Ihr Körper ist nicht mehr so stark wie in jungen Jahren.«

»Muss man sich Sorgen machen?«

»*Mais non!* Es wird ihr bald besser gehen.«

»Warum darf ich nicht zu ihr? Ich könnte mich doch mit ihr unterhalten, ihr etwas vorlesen.«

Marie Anne zuckte mit den Schultern. »Ganz ehrlich? Das will sie nicht. Sie hasst es, krank zu sein. Noch mehr hasst sie es, in diesem Zustand gesehen zu werden. Niemand soll sie schwach sehen.«

»Aber das ist doch Unsinn!«, protestierte Luisa. »Und warum holen wir keinen Arzt, wenn es ihr nicht gut geht?«

Marie Anne nickte betrübt. »Ihr habt recht, Lady Luisa. Aber sie weigert sich. Sie ist eine störrische alte Dame!« Marie Anne hatte plötzlich feuchte Augen. »Aber ich liebe sie!«

Luisa griff nach Marie Annes Hand und drückte sie. »Das tue ich auch«, sagte sie mit einem Kloß im Hals. »Wer könnte sie nicht lieben?«

***

Ein paar Tage später verließ Lady Mary dann endlich doch ihr Schlafgemach, kam ohne Marie Annes Hilfe die Treppe herunter, langsam, um ihr Knie zu schonen, und ließ sich im Salon mit einem kleinen Stöhnen in ihren gewohnten Fauteuil sinken.

»Großmama!«, rief Luisa entzückt. »Es geht dir besser, wie schön!« Sie umarmte ihre Großmutter. Als sie sie fest an sich drücken wollte, zuckte Lady Mary zurück und legte für einen Moment die Hand an die Brust.

»Was ist?«, fragte Luisa erschrocken.

»Oh, nichts, mein Kind«, erwiderte Lady Mary und lächelte

beschwichtigend. »Es ist das Alter. Ab und zu pikst es irgendwo. Aber das vergeht gleich wieder. Keine Sorge!«

Mrs. Roper, die ebenfalls zugegen war, bemerkte: »Ihr seht blendend aus, Mylady, wenn ich das sagen darf. Wie das blühende Leben.«

Ihre Stimme klingt wieder honigsüß und unterwürfig, dachte Luisa. Wie sie sie hasste!

»Hört auf zu lügen, Roper«, sagte Lady Mary irritiert. »Ich weiß selbst, wie ich aussehe. Schließlich haben wir Spiegel in diesem Haus. Ich sehe bleich und verhärmt aus, vielen Dank! Und dünner bin ich auch geworden. Ich hoffe, Madame Paulette hat etwas Schönes gekocht. Gutes Essen und guter Wein, das sind die Freuden des Alters.«

»Wie schön, dass du Appetit hast«, sagte Luisa. »Das ist ein Zeichen, dass es dir besser geht. Ich habe mir Sorgen gemacht.«

Lady Mary winkte ab. »Ach was, mein Kind! So schnell bringt mich nichts um.« Zu Mrs. Roper sagte sie: »Roper, die Wahrheit ist: Wir brauchen Euch hier nicht. Ihr sitzt den ganzen Tag nutzlos herum, während die Countess of Bute Euch sicher brauchen könnte. Ich habe deshalb einen Auftrag für Euch. Ich habe meiner Tochter einen Brief geschrieben, den sollt Ihr persönlich überbringen. Soviel ich weiß, fährt am frühen Nachmittag eine Postkutsche. Also geht am besten gleich packen.«

Mrs. Roper starrte sie einen Augenblick mit offenem Mund an, dann wurde sie rot und stammelte: »Aber … ich sollte doch auf Luisa aufpassen.«

»Nicht nötig, Roper. Sie hat ja mich. Also beeilt Euch. Der Postillon wartet nicht.«

»Oh, danke, Grandma!«, sagte Luisa mit einem erleichterten Seufzer, nachdem Mrs. Roper den Salon verlassen hatte. »Du kannst dir nicht vorstellen, wie sehr die Frau mir auf die Nerven geht.«

»Mir auch«, erwiderte Lady Mary und grinste verschlagen. »Hast du ihr Gesicht gesehen, als ich das gesagt habe?«

Luisa lachte hell auf. »Oh, wie gut das tat!«

Marie Anne betrat den Salon. »Habt Ihr einen Wunsch, Mylady? Kann ich Euch etwas bringen?«

»Es ist zwar noch etwas früh, aber ein Gläschen Wein könnte ich gut vertragen. Was ist mit dir, Luisa?«

»Nein, danke.«

»Gut so, mein Kind. Deine Mutter würde es mir nicht verzeihen, wenn ich dich zum Alkoholismus verführen würde. Also nur für mich, Marie Anne.«

»Und jetzt? Was machen wir jetzt?«, fragte Luisa.

Lady Mary holte tief Luft und schloss für einen Moment die Augen. Dann sagte sie: »Jetzt erzähle ich dir, wie es war, verheiratet und Mary Wortley zu sein. Das wolltest du doch wissen. Und auch, wie ich dann schrecklich krank wurde.«

# Eheleben

*Juni 1713*

Feiner Nieselregen ging auf London nieder. Die Blätter der Bäume im Kirchhof der Chelsea Old Church glänzten vor Nässe. Diener hielten Schirme über die Trauernden. Allesamt in Schwarz gekleidet waren sie vor William Pierreponts blumenbedecktem Sarg versammelt. Mary und Frances standen neben ihrem Vater, Schwester Evelyn in Begleitung ihres Ehemanns an der Seite der blutjungen Witwe Rachel Bayntun. Ausgerechnet William, der Jüngste von ihnen und einziger Sohn der Familie, war den Pocken zum Opfer gefallen.

Mary hatte ihren kleinen Sohn bei der Amme gelassen. Er war erst fünf Wochen alt, zu klein, um ihn zu einer Beerdigung mitzunehmen. Die letzten Wochen waren für sie schwer gewesen. Plötzlich ein Kind – so ungewohnt. Edward die meiste Zeit verreist. Dazu die Schmerzen in den geschwollenen Brüsten, bis sie endlich aufhörten, Milch zu tropfen. Zum Stillen war schließlich die Amme da.

Sie blickte zum tristen, grauen Himmel empor und spürte die feinen Tröpfchen auf dem Gesicht. Auf einen Schirm hatte sie verzichtet. Das Wetter passte zu diesem Tag, zu ihrer Niedergeschlagenheit und Trauer über Williams unerwarteten Tod. Sollte sie ruhig nass werden, es war ihr egal.

Die Stimme des Priesters lenkte ihre Aufmerksamkeit wieder auf den Sarg, von dem der Regen abperlte, und auf die nassen Blumen in ihren grellen Farben. So unpassend. Sie hatten weiße Blüten bestellt, gekommen waren bunte.

Auf die Worte des Priesters achtete sie nicht. Ihre Gedanken wanderten zu William. Wo, um Himmels willen, hatte er sich nur angesteckt, wo doch Rachel und sein kleiner Sohn wie auch die anderen Bewohner seines Hauses verschont geblieben waren? London litt seit Wochen unter der Geißel der Pocken. Aber dass es ihre Familie treffen würde und ausgerechnet William, so jung und noch am Anfang seines Lebens, damit hatte sie nicht gerechnet. Seit ihrer Flucht von West Dean hatte sie ihn kaum gesehen. Nun lag er in diesem hölzernen Gefängnis, um in wenigen Augenblicken in der Familiengruft zu verschwinden. Sie würde ihn niemals wiedersehen, nie mehr seine Stimme hören, nie mehr über seine albernen Scherze lachen oder seine beißenden Kommentare ertragen. Ihr war zum Heulen zumute, und doch blieben ihr die Tränen im Hals stecken.

Williams Witwe Rachel, im sechsten Monat schwanger, stand mit verheultem Gesicht so steif wie eine Salzsäule da, als habe ihr jemand eingebläut, nur ja nicht die Fassung zu verlieren. So verdammt jung und schon Witwe! Hinter ihr hielt die Amme Williams quäkenden einjährigen Sohn auf dem Arm und versuchte, ihn abzulenken. Der Junge erinnerte Mary an ihr eigenes Kind. Eigentlich sollte sie bei ihm sein statt hier auf dem Kirchacker.

Ein Windstoß fuhr durch die Kronen der Bäume und schüttelte einzelne große Tropfen los, die auf den Sarg klatschten. Mary hörte Evelyn schluchzen, sah, wie sie das Gesicht in einem großen Taschentuch verbarg. Nur wenige Schritte entfernt stand Lady Cheyne, klein und verloren mit geröteten Augen, bemüht, sich zu beherrschen.

Unter den Trauergästen befanden sich Onkel Feilding und einzelne Mitglieder seiner Familie wie auch einige von Williams Regimentskameraden. Ansonsten waren nur wenige Außenstehende gekommen. Nicht wegen des schlechten Wetters, vielmehr weil die Pierreponts nicht die Einzigen waren, die dieser Tage jemanden zu begraben hatten. Weshalb sich auch der Priester zu beeilen schien.

Im Gegensatz zu den Frauen blieb Earl Evelyns Miene hart und steinern. Mary fragte sich, was in ihm vorging. Trauerte er um seinen Sohn, oder beklagte er nur, dass ihm sein Erbe abhandengekommen war? Aber sie sollte ihm nichts unterstellen. Zweifellos war Williams Tod auch für ihn ein schwerer Schlag. Der Titel würde nun auf Rachels kleinen Sohn übergehen. Wie passend, dass der Junge den Namen seines Großvaters trug! Hoffentlich würde er bis dahin überleben, was nicht selbstverständlich war, wenn England weiterhin von dieser elenden Seuche heimgesucht wurde.

Mary holte tief Luft, um die Enge in ihrer Brust zu vertreiben. Dass man so gar nichts gegen diese Krankheit tun konnte! Die einen überlebten sie oder steckten sich gar nicht erst an, andere starben, ohne dass man wusste, warum. Die Ärzte konnten im Grunde nichts tun, außer das Leiden der Betroffenen zu lindern. Im Armenspital ihrer Kirche hatte Mary Pockenkranke gesehen. Deshalb wusste sie, was sie durchlitten, Fieber und schreckliche Kopfschmerzen, manche erblindeten sogar, bekamen eine Lungenentzündung oder Lähmungen. Schließlich war der ganze Leib von schmerzhaften Beulen und Pusteln übersät, die einen ekelhaften Gestank ausströmten, wenn sie aufbrachen. So muss es auch William ergangen sein. Die Vorstellung bereitete ihr Übelkeit.

Hoffentlich war das hier bald zu Ende. Sie wollte nach Hause zu ihrem Kind. Auf die Trauerfeier im Haus des Vaters würde sie verzichten. Noch mehr Beileidserklärungen entgegenzunehmen war ihr unerträglich. Außerdem hatte der Earl sie kaum eines Blickes gewürdigt und kein Wort mit ihr gewechselt. Er war ihr immer noch böse. Gut, dass Edward verreist war. Seine Gegenwart hätte nur noch für mehr Unmut gesorgt.

Kaum war der Sarg in der Gruft und die Bestattung beendet, verabschiedete sie sich von ihren Schwestern.

»Du gehst?«, fragte Lady Cheyne betroffen. »Kommst du nicht zur Trauerfeier?«

»Vater will sie nicht sehen, Tante«, sagte Frances. »Das hast du doch gemerkt.«

Lady Cheyne seufzte und hob hilflos die Schultern. »Mein liebes Kind –«

»Sag jetzt nichts«, unterbrach Mary sofort. »Vater denkt nur an sich. Außerdem ist er ein unverbesserlicher Dickkopf, wie du weißt.« Sie umarmte ihre Tante kurz, küsste ihre Schwestern auf die Wange und machte sich davon.

Sollte sie eine Droschke nehmen? Von Chelsea bis Covent Garden würde sie mehr als eine Stunde brauchen. Doch sie entschied sich zu laufen. Der Fußmarsch würde ihr guttun.

***

Williams Tod versetzte Mary in tiefe Niedergeschlagenheit. Den Bruder zu verlieren war schlimm genug, aber nun traute sie sich kaum noch vor die Tür, aus Angst, sich anzustecken und wie William zu enden.

Ihre Furcht war nicht unbegründet, denn nach wie vor kostete die Seuche vielen das Leben, nicht nur unter dem gemeinen Volk, auch in den höheren Kreisen. Wer die Infektion überlebte, blieb von hässlichen Narben gezeichnet, nicht wenige erblindeten. Wer dagegen von der Seuche profitierte, waren die Ärzte, besonders solche mit reichen Patienten. Diese Blutsauger ließen sich ihre Aderlässe und täglichen Besuche großzügig vergolden. Nur heilen konnten sie die Krankheit nicht.

Obwohl sie es anderen gegenüber nicht zugeben wollte, belastete Mary auch der Streit mit ihrem Vater. Zu deutlich hatte sie während der Beerdigung die Mauer gespürt, die er zwischen ihnen errichtet hatte. Natürlich hatten sie einander nie wirklich nahegestanden. Trotzdem, er war ihr Vater. Würden sie sich jemals aussöhnen?

Edward war noch immer verreist, um die Minen seiner Familie zu kontrollieren. Auch das war nicht gerade geeignet, ihre Stimmung hochzuhalten. Zum Glück gab es im Norden nur wenige Fälle von Pocken.

Eine seltsame Familie, diese Wortleys, dachte Mary. Adelsfamilien wie die ihre verdienten ihr Geld mit Landwirtschaft, mit Pacht und den Abgaben ihrer Bauern. Kommerz war unter ihrer Würde, ja, geradezu verpönt. Die Wortleys aber hatten in Kohleminen investiert. »Ein Geschäft mit Zukunft«, behauptete Edward gern. »Nichts ist besser als Kohle, um sich die Hände schmutzig zu machen!«, hatte er lachend hinzugefügt.

Er fehlte ihr mehr, als sie es sich je hätte vorstellen können. Für sie und Frances waren Männer immer fremde, unergründliche Wesen gewesen. Nun teilte sie das Bett und ihr Leben mit einem dieser Wesen, nun nicht mehr fremd und doch auch nicht weniger unergründlich. Warum war er nicht hier bei ihr und ihrem kleinen Sohn? Warum musste er sich mit so etwas wie Kohle abgeben?

Sie fühlte sich einsam und verlassen. Außer Alice hatte sie niemanden. Und wer konnte sich schon den ganzen Tag mit einer Angestellten unterhalten? Dazu kam, dass sie sich noch nicht vollständig von ihrer Niederkunft erholt hatte. Sie fand sich dick und hässlich. Von den geschwollenen, schmerzenden Brüsten tropfte nach wie vor Milch und ruinierte ihr die Kleider, obwohl sie das Stillen längst der Amme überlassen hatte. Im ganzen Haus roch es nach Säuglingsausscheidungen und Muttermilch. Was sind wir doch für Milchkühe, die Amme und ich!, dachte sie. Um Gottes willen, nicht noch einmal schwanger werden! Ein Kind reichte ihr voll und ganz, da war sie sich sicher.

Und doch waren es besonders glückliche Momente, wenn die Amme den kleinen Edward gewaschen, gewickelt und genährt hatte und ihn ihr in die Arme legte. Dann wiegte sie ihn, flüsterte ihm Koseworte zu, genoss seinen Säuglingsgeruch – wie herrlich er doch duftete! –, erzählte ihm Geschichten, auch wenn er nichts davon verstand und sie nur mit großen blauen Augen anstarrte. Was für ein Wunder es doch war, dieses kleine Wesen, das aus ihrem Leib gekommen war! In solchen Augenblicken fühlte sie sich ganz hingebungsvolle Mutter. Doch sobald er unruhig wurde und zu quäken begann, wusste sie sich nicht zu helfen und übergab den Kleinen schnell wieder der Amme.

Ihrem Edward schrieb sie, Williams Krankheit und Tod hätten sie stark getroffen. Sie trauere um ihn und wage sich nicht aus dem Haus. Doch allein im Haus eingesperrt zu sein täte ihr überhaupt nicht gut. Die Einsamkeit fördere eine tiefe Melancholie in ihr und schade ganz gewiss ihrer Gesundheit.

Natürlich hoffte sie, er würde zu ihr eilen, ihr zumindest Anteilnahme und tröstende Worte spenden. Doch mit Gefühlen umzugehen fiel Edward schwer. Er war ein ruhiger, kluger Mann, vertrauenswürdig und verlässlich, aber eher zurückhaltend und nicht zu Gefühlsbekundungen neigend. Lieber argumentierte er mit Fakten. Eine Wesensart, die sie zu Beginn ihrer Bekanntschaft immer gereizt hatte, ihn zu provozieren und aus der Reserve zu locken. Doch was sie früher anziehend gefunden hatte, war nun enttäuschend. Sie fühle sich nicht ernst genommen, schrieb sie ihm. Es fehle ihr etwas in seinem Umgang mit ihr.

Wie könne sie behaupten, allein zu sein, schrieb er zurück, wo sie doch Alice habe und die anderen Angestellten und nun auch den kleinen Edward, ja, sogar ihre Schwester Frances in der Nähe. Selbstverständlich würde er liebend gern so schnell wie möglich heimkehren, aber es sei ihm nicht möglich. Es gebe wichtige Geschäfte abzuschließen.

Könne das denn nicht sein Vater oder einer seiner Brüder erledigen?, fragte Mary. Nein, antwortete er mit der nächsten Post, sein Vater habe sich von allem zurückgezogen, und sein älterer Bruder habe keinen Sinn für geschäftliche Dinge.

Als Nächstes erinnerte sie ihn daran, dass er doch nun Vater sei, dass seine Familie ihn brauche. Er aber erklärte ihr in seiner Antwort lang und breit und äußerst logisch, warum seine Gegenwart im Norden für weitere Wochen erforderlich, ja, unumgänglich sei. Sie seien dabei, die Bergwerke zu erweitern, neue Stollen zu graben. Das verlange weitere Investitionen, und er könne das alles nicht dem Verwalter überlassen. Außerdem brauche ein Kind in diesem Alter doch wohl eher die Mutter als den Vater. Sie müsse sich gedulden, gegen Ende des Frühlings würde er zurück sein.

Doch schon bald kam es anders, denn man trug an Edward die Aussicht heran, für den Parlamentssitz von Aldborough zu kandidieren. Politik und Geschäft würden sich örtlich vereinbaren lassen, und das viele Reisen würde überflüssig. Also entschieden Edward und Mary kurzerhand, nach Yorkshire umzusiedeln.

Mary bemühte sich, ein passendes Haus zur Miete zu finden, und stieß nach einigem Suchen auf Middlethorpe Hall, ein respektables Manor House aus dem vergangenen Jahrhundert, wo sie sich einrichteten. Nun verbrachten sie wieder mehr Zeit miteinander, auch im Bett klappte es wunderbar, und Marys Gemütszustand besserte sich schlagartig. Auch der kleine Edward entwickelte sich prächtig. Es vergingen harmonische Monate.

Doch zu Edwards großer Enttäuschung fiel die Sache mit Aldborough am Ende durch, und da er seinen früheren Parlamentssitz aufgegeben hatte, musste er sich um einen anderen bemühen, Mary zuliebe vorzugsweise im Süden des Landes. Wollte er weiter in der Politik mitmischen, war es daher nötig, an möglichst vielen Parteitreffen teilzunehmen und regen Kontakt zu den bedeutenden Männern der Partei zu halten. Das wiederum erforderte mehr Präsenz in London als bisher.

Es war also wieder pendeln angesagt, und Mary war von Neuem viel allein, und das ausgerechnet in dieser ländlichen Umgebung, der sie nichts abgewinnen konnte. Anfang Januar des neuen Jahres 1714 hielt sie es nicht länger aus und verlangte von Edward, ein Haus in London anzumieten. Die Seuche hatte sich inzwischen abgeschwächt, und man musste sich nicht länger fürchten. Edward aber bestand darauf, im Norden zu bleiben, da seine Bemühungen bisher fruchtlos geblieben waren und er vorhatte, sich bei den nächsten Wahlen ein weiteres Mal um den Sitz von Aldborough zu bemühen. Also blieb es bei Middlethorpe Hall und der verhassten ländlichen Idylle.

Um nicht vor Langeweile zu sterben, unterhielt Mary eine rege Korrespondenz mit ihren Verwandten und Freundinnen. Sie war auch früher eine emsige Briefschreiberin gewesen, nun umso mehr. Briefe waren für sie schon immer Übungen zur Verbesserung und Verfeinerung ihres literarischen Stils gewesen. Daneben wagte sie sich sogar an kleinere Dramen, die sie zunächst jedoch nicht publizierte. Im Juli ergab sich überraschend eine Gelegenheit dazu, wenn auch als anonyme Autorin und nicht unter ihrem eigenen Namen.

Edwards langjähriger Freund Joseph Addison war Herausgeber und Redakteur der 1711 gegründeten und in Londoner Kreisen populären Tagesblatts *The Spectator*, das sich auf die Fahnen geschrieben hatte, die Moral mit Witz und Geist zu beleben und den Humor mit Moral zu mildern. Die Autoren sahen es als ihr Ziel an, Familie, Ehe und den höflichen Diskurs gemäß den Idealen der Aufklärung zu fördern.

Addison veröffentlichte in dem Blatt für gewöhnlich unter dem Pseudonym »Mr. Spectator«. Diesmal ließ er in einer Satire über geldgierige Witwen einen fiktiven männlichen Mitgiftjäger sprechen, der sich über einen angeblichen Witwenclub schockiert gab und schilderte, wie sich die Damen ihrer erotischen Vorzüge bedienten, um reiche alte Männer anzulocken, sie zu ehelichen und bei deren Tod das gesetzlich festgelegte Drittel des Vermögens einzustreichen. Der vermeintliche Autor beschrieb die einzelnen Mitglieder des Clubs als allesamt diverse Male verwitwet und führte aus, wie sie sich wöchentlich trafen, um zu trinken und zu feiern und sich über ihre Tricks auszutauschen, geeignet, passende Opfer an sich zu binden. Er berichte all dies, um Männern zu raten, vor solchen Frauenzimmern auf der Hut zu sein, behauptete er.

Auf diese Satire verfasste Mary eine humorvolle Replik aus weiblicher Sicht, in der sie die fiktive Präsidentin jenes erdachten Witwenclubs zu Wort kommen ließ. Sie sei bereits zum sechsten Mal verwitwet und auf der Suche nach der siebten Möglichkeit, sich zu verheiraten, in der Hoffnung, endlich einmal einen würdigen Ehepartner zu finden, schrieb sie. Bisher habe sie kein Glück gehabt, und ehrlich gesagt trauere sie keinem ihrer Verflossenen auch nur eine Träne nach. Mit vierzehn sei sie bereits mit einem alten Kerl verkuppelt worden, der sich rücksichtslos an ihrer Unschuld vergangen habe. Die anderen seien nicht besser gewesen: untreue Weiberhelden oder Männer mit abscheulichen Angewohnheiten, obsessive Jäger, Finanzjongleure am Rande des Betrugs. Alle hätten sie auf ihre Weise schikaniert, belogen, beleidigt, gequält und misshandelt. Der sechste hätte sie beinahe verhungern lassen. »Bei Gott, wie oft haben diese Männer meinen guten Willen missbraucht, meine Naivität ausgenutzt, um mich zu betrügen und mich sogar um mein Geld zu bringen!«

All dies war in einem spritzigen, humorvollen Stil verfasst, der sowohl Frauen wie Männern gefiel und doch auch eine Attacke auf die patriarchische Gesellschaft darstellte. Es war das erste Mal, dass ein von einer Frau verfasster Artikel in der Presse erschien. Das allein war schon eine Sensation. Kein Wunder, dass sich schnell herumsprach, wer diese spitzzüngige, aber lesenswerte Schreiberin war. Dass sie von hochadeligem Blut war, machte die Sache noch pikanter.

Ein weiteres Ereignis des Monats Juli war die Hochzeit ihrer Schwester Frances mit John Erskine, den ihr bestimmten schottischen Earl of Mar. Böse Zungen behaupteten, der Schotte brauche die Verbindung, um seine zerrütteten Finanzen zu sanieren. Earl Evelyn organisierte für seine Tochter ein gewaltiges Fest, zu dem die Wortleys nicht eingeladen wurden, was Mary besonders schmerzte. Sie konnte nur hoffen, dass ihre liebe Schwester in dieser Ehe finden mochte, was sie sich erhoffte.

Anfang August, nur wenige Tage nach Frances‘ Hochzeit, starb Königin Anne. Da keines ihrer Kinder überlebt hatte, einigte sich das Parlament darauf, die Krone Großbritanniens und Irlands ihrem Vetter, dem Kurfürsten von Hannover, anzutragen, obwohl der kein Wort Englisch sprach und noch nie einen Fuß auf englischen Boden gesetzt hatte. Er sollte als George I. den Thron besteigen. Die Ansprüche des schottischen Halbruders der Königin, James Francis Stuart, Katholik und Sohn des während der Glorreichen Revolution vertriebenen Vaters, James II., wurden zugunsten des protestantischen Deutschen ignoriert.

Die Schotten waren nicht glücklich darüber, und die Jakobiten, die seit Jahren für die Wiederherstellung der Thronrechte der Stuarts eintraten, zettelten einen bewaffneten Aufstand an. Das Land geriet in helle Aufregung, man rief zu den Waffen, die Leute fürchteten, es würde zum Bürgerkrieg kommen. Tatsächlich zogen Jakobiten johlend und Banner schwenkend durch Nordengland. Eine Horde marschierte sogar an Marys Haus vorbei, was ihr einen höllischen Schrecken einjagte. Zum Glück verzogen sich die Kerle wieder, und auch im Rest des Landes beruhigte sich die Lage.

Dennoch machte Mary sich Sorgen um ihre Schwester, war doch John Erskine ebenfalls schottischer Nationalist. Tatsächlich verlor er seinen Sitz als Sekretär und Repräsentant Schottlands im House of Lords. Zum Glück beeilte er sich, den neuen König anzuerkennen und ihm zu huldigen, und er und Frances beschlossen, in London zu bleiben. Das beruhigte Mary zwar, dennoch fragte sie sich, wie es Frances in ihrer Ehe wohl ergehen möge. War sie glücklich? Ihren Briefen war nicht viel zu entnehmen, und überhaupt kam es Mary vor, als sei das Band zwischen ihnen gerissen, als gäbe es nicht mehr die vertraute Intimität zwischen ihnen. War das schon der Einfluss ihres schottischen Gemahls?

Die Krönung des neuen Monarchen fand am 20. Oktober 1714 statt. Leider saß Mary noch immer in Yorkshire fest und konnte den Feierlichkeiten nicht beiwohnen. Dazu kam, dass sie an Zahnweh litt und ausgerechnet auch noch der Kutscher seinen Dienst kündigte, weil er lieber in London leben wollte, und der neue den Wagen in einen Graben fuhr. Zum Glück kamen Mary und ihr kleiner Sohn mit dem Schrecken davon.

Als Tochter der Pierreponts hatte Mary ein gutes Gespür für die Parteipolitik der Whigs und die wichtigen Persönlichkeiten der Partei. Als es mit Aldborough wieder nichts wurde und auch nicht mit York, riet sie Edward daher, sich um einen der Sitze in Cornwall zu bemühen. Doch Edward entschied sich für die City of Westminster, und Mary wurde so etwas wie sein Wahlkampfmanager. Ihre zahllosen Briefe an einflussreiche Männer der Partei und nicht zuletzt ihr adeliger Stand trugen dazu bei, dass er bei den nächsten Wahlen tatsächlich den erstrebten Sitz gewann.

Dass sie dennoch immer noch allein in Yorkshire festsaß, frustrierte sie zutiefst, ebenso Edwards meist nüchterne Zeilen. Sollte er ihr weiter so gefühllose Briefe schreiben, ließ sie ihn wissen, würde sie ihm diese in Zukunft ungeöffnet zurückschicken.

Endlich ließ sich Edward dazu erweichen, ein Haus in London anzumieten. In der Duke Street würden sie wohnen, schrieb er ihr, nahe St. James's Park. Endlich, Anfang Januar 1715 verließ sie Middlethorpe Hall und machte sich mit Sohn und Zofe auf den Weg nach London. Endlich wieder mit ihrem Mann vereint und zurück in der Stadt, die sie liebte! Edward überließ ihr alles Häusliche, und Mary richtete die Wohnung ein, engagierte die Dienerschaft und kümmerte sich um gesellschaftliche Verpflichtungen.

Hier in London blühte sie auf, hier war sie in ihrem Element. Sie entwickelte eine feste Routine, um ihre gesellschaftlichen Kontakte zu pflegen: Montags empfing sie in ihrem Salon, dienstags besuchte sie andere Damen ihres Rangs, mittwochs war Oper angesagt, donnerstags Theater, freitags weitere Besuche in den Salons der feinen Gesellschaft vorgesehen, vorzugsweise dort, wo auch Künstler, Philosophen und Literaten verkehrten. Sie schloss neue Bekanntschaften. Es kam vor, dass Edward sie begleitete, doch meistens war er zu beschäftigt mit Politik und seinen Aufgaben als Anwalt, und ab und zu musste er auch im Norden nach dem Rechten sehen.

Und es kam weitere Verantwortung auf ihn zu, als der neue König Ämter verteilte. Ein entfernter Vetter Edwards, Lord Halifax, wurde zum First Lord of the Treasury ernannt und bot Edward, zusammen mit dem jungen Robert Walpole, einen Sitz in der Kommission seines Schatzamtes an. Zuerst zögerte Edward, da er fand, ein Mitglied des Parlaments sollte aus ethischen Gründen nicht auch einen Regierungsposten besetzen, aber am Ende nahm er an.

Zeitgleich begann Caroline von Ansbach, die neue Prinzessin von Wales, ihre Ladies of the Bedchamber auszuwählen. Aufgrund ihrer Herkunft als Mitglied des Hochadels hätte Mary Anspruch darauf gehabt, aber da sie mit einem Mann ohne Titel verheiratet war, kam sie für ein offizielles Amt bei Hofe nicht mehr infrage. Dennoch hatte sie Zugang zum königlichen Hof, dem Zentrum des gesellschaftlichen Lebens in London, und konnte sich mit der königlichen Familie durchaus persönlich vertraut machen.

König George war für sie ein Dummkopf, der sich wenig für seine Aufgaben als Monarch interessierte. Er hatte sich von seiner Ehefrau Sophia Dorothea scheiden lassen, die es gewagt hatte, mit dem schwedischen Grafen von Königsmarck eine Affäre zu unterhalten, und hatte die arme Frau zu lebenslanger Haft verurteilen lassen. Er selbst hatte selbstverständlich mehrere Mätressen, die bedeutendste von ihnen war Melusine von Schulenburg, die ihm drei uneheliche Kinder geboren und die er nach England mitgebracht hatte.

Der König schien kräftige Frauen zu mögen. Auf Mary verschwendete er kaum einen Blick, sie war ihm wohl zu klein und zu schlank. Dennoch versuchte sie bei Hofe mit allen Kräften, Edwards Karriere zu fördern. Da der König sich weigerte, Englisch zu sprechen, begann sie, Deutsch zu lernen. Als das nicht half, versuchte sie, sich bei dem neuen Prince of Wales einzuschmeicheln. Doch auch das scheiterte, denn seiner Gemahlin, der Prinzessin Caroline von Ansbach, die sich jeder möglichen Rivalin gegenüber misstrauisch zeigte, war Mary zu hübsch.

Am Ende gab Mary ihre Bemühungen auf, zumal sie in den Salons der feinen Gesellschaft interessanteres Futter für ihren lebhaften Geist fand. Künstler und Literaten waren eher nach ihrem Geschmack. Nicht weit von ihr unterhielt der Maler Charles Jervas sein Atelier, das sie zusammen mit Dolly Walpole regelmäßig besuchte, während deren Bruder dort porträtiert wurde. Dort gingen bekannte Schriftsteller, Künstler und Philosophen ein und aus, und Marys Freundeskreis erweiterte sich stetig. Dazu gehörten der Dramatiker William Congreve, der junge Poet John Gay, der Arzt und Mathematiker Dr. John Arbuthnot, Mitglied der Royal Society, und natürlich der Dichter Alexander Pope. Mit ihm knüpfte Mary eine ganz besondere Freundschaft.

Pope war aufgrund einer Knochentuberkulose, die er als Kind erlitten hatte, klein geblieben und maß nicht mehr als vier Fuß sechs Inches. Unter diesem Makel und dem Spott, den seine zwergenhafte Gestalt nach sich zog, litt er seit seiner Kindheit, er nutzte jedoch seine Intelligenz und sein Genie, um sich darüber zu erheben. Obwohl nur wenige Jahre älter als Mary, war er als Dichter berühmt und gefeiert, während sie selbst erst einen einzigen Artikel veröffentlicht hatte.

Natürlich war Schreiben für sie eher ein Zeitvertreib denn ein Mittel, um Geld zu verdienen. Trotzdem verband sie und

Pope bald eine enge Freundschaft, nicht nur wegen ihres adeligen Rangs und ihrer Schönheit, die er zweifellos schätzte, sondern auch wegen ihrer Spontanität und Intelligenz. Sie las die Texte, an denen er gerade arbeitete, und er kommentierte diverse Gedichte, die sie geschrieben hatte. Er ermutigte sie dazu, sich an gefühlvolle, ja, erotische Themen zu wagen, und in Anlehnung an den römischen Dichter Catull verfasste sie ein kurzes Gedicht unter dem Titel *Let us Live my Lesbia and Love*. Darin die Worte: »Lass mir deine betörenden Lippen noch ein wenig, denn mit jedem Kuss will ich vor Glückseligkeit sterben. Erneuern wir das Liebespiel und küss meine entzückte Seele ins Paradies.«

Eine weitere bedeutende Bekanntschaft verband sie mit dem Venezianer Antonio Conti, der nach London gekommen war, um Isaak Newton zu besuchen. Conti war ursprünglich Priester gewesen, hatte dann Mathematik und Philosophie studiert, infolgedessen den Glauben an die Dreifaltigkeit verloren und sich von der katholischen Kirche entfernt. Das traf sich mit Marys Überzeugung, die ebenfalls keine Freundin etablierter Kirchen war. In ihren Kreisen gab es sogar Kirchenleute, die so weit gingen, über die Existenz Gottes zu debattieren.

Mit dem Umzug nach London hatte sich Marys Leben schlagartig verändert. Plötzlich war sie eine gefragte Frau und genauso beschäftigt wie Edward, was dazu führte, dass sie einander manchmal tagelang kaum sahen, einander fremd wurden. Mary dachte lange darüber nach. Zerrten die gesellschaftlichen und beruflichen Ansprüche sie in entgegengesetzte Richtungen? Oder war es, weil sie so verschieden waren? Sie vertraten oft gegensätzliche Meinungen, gaben Diskussionen aber frühzeitig auf, um Auseinandersetzungen zu vermeiden. Tatsächlich stritten sie auch in ihren Briefen weniger als früher. Aber war das gut?

Ist das, was ich für Edward empfinde, wirklich Liebe?, fragte sie sich manchmal beklommen. Habe ich ihn überhaupt jemals geliebt? Oder habe ich ihn nur geheiratet, um Clotworthy Skeffington zu entgehen?

Und wie sah es bei ihm aus? Er war oft so nüchtern und abgeklärt, in Gedanken versunken, irgendwie abwesend. Hatte er sich in ihr getäuscht? Entsprach sie noch seinen Wünschen und Vorstellungen, seinem Ideal von Frau? Zweifellos begehrten sie einander. Das hatte sich nicht geändert. Nur ein wenig Geduld, sagte sie sich, wir werden uns schon wieder näherkommen, uns zusammenraufen. Sie war fest entschlossen, sich zu bemühen, damit dies geschah. Denn im Grunde war Edward für sie der ideale Ehemann: Er ließ sie gewähren und legte ihre keinerlei Beschränkungen auf, wofür sie ihm dankbar war. Andererseits hatte er gelegentlich leichte Anfälle von Eifersucht – eigentlich ein gutes Zeichen – und wollte dann unbedingt wissen, wo sie gewesen war, wen sie kennengelernt hatte und wer ihr den Hof machte. Seine Fragen störten sie nicht. Im Gegenteil. Ein wenig kokettierte sie sogar damit. Ein anregendes Spiel, nach dem sie oft zusammen im Bett landeten.

Ja, Männer machten ihr den Hof. Und es waren tatsächlich nicht wenige. Von Alexander Pope angefangen lagen ihr viele Männer aus ihren neuen Kreisen zu Füßen. Schließlich war sie eine außergewöhnliche Schönheit, noch dazu geistreich und gebildet, mit scharfem Witz und Verstand gesegnet, nicht zuletzt eine Vertreterin des Hochadels mit Zugang zum königlichen Hof. Außerdem die einzige Frau, die sich literarisch betätigte. Kein Wunder, dass man sie umschwärmte.

Es dauerte nicht lange, und sie erlangte eine gewisse Notorietät in den Salons der Stadt. Sir Godfrey Kneller, der gegenwärtig bedeutendste Porträt- und Hofmaler, bestand geradezu darauf, sie zu malen. Es entstand das herrliche Bildnis einer schönen und selbstbewussten jungen Frau in einem schlichten weißen Seidengewand mit tiefem Ausschnitt, das dunkle Haar zurückgesteckt, einzelne Perlen an den Ohren und auf ihrem Schoß ein Buch.

Die Aufmerksamkeit, die man ihr schenkte, schmeichelte ihr, aber einen Skandal musste Edward dennoch nicht fürchten. Sie war ihm treu und würde es immer sein. Schließlich war sie eine Pierrepont und ihrem Stand und ihrer Abstammung ein tadelloses Verhalten schuldig. Ihr Vater mochte in seinem Leben viel herumgehurt haben, nicht aber seine Töchter. Er war ein Mann. Darin lag nun mal der Unterschied. Obwohl sie vehement für die Rechte von Frauen eintrat, in diesem Punkt war sie altmodisch.

Während Mary sich in London immer wohler fühlte, erreichten sie Ende August schlechte Nachrichten, was ihre Schwester Frances betraf. Einige Wochen zuvor hatte Frances sich verabschiedet, da ihr Mann nach Schottland zurückkehren wollte. »Ich fürchte, es wird Schwierigkeiten geben«, hatte sie da schon zum Abschied gesagt. »John unterstützt die Jakobiten und damit James Stuart und dessen Anspruch auf den Thron. Ich weiß nichts Genaues, aber die planen irgendwas. Jedenfalls werden wir uns eine Weile lang nicht sehen, denn wir segeln bald.«

»Doch wohl keinen Aufstand!«, hatte Mary erschrocken ausgerufen. »Bleib hier! Lass ihn allein reisen!«

»Das geht nicht. Er besteht darauf, dass ich ihn begleite. Ich bin seine Frau, Mary. Ich kann mich nicht verweigern.«

Unter Tränen hatten sie sich verabschiedet. Und dann, Anfang September, stand es schließlich in allen Gazetten: John Erskine – der unverbesserliche Narr, wie Mary ihn nannte – hatte der britischen Krone im Namen James Stuarts doch tatsächlich den Krieg erklärt.

Zwanzigtausend Mann standen unter seinem Banner, und im Oktober hatten die Jakobiten bereits große Teile Schottlands unter ihre Kontrolle gebracht. Doch bald schon wendete sich das Blatt. Die lokalen britischen Truppen unter Befehl des Herzogs von Argyll erhielten Verstärkung, schwere Artillerie kam zum Einsatz, und die Unterstützung für die Jakobiten schwand. Das änderte sich auch nicht, als James Stuart selbst in Schottland auftauchte. Anfang Dezember war man in London der Überzeugung, dass der Aufstand bald in sich zusammenfallen würde.

Natürlich sorgte Mary sich um ihre Schwester, zumal die Post unterbrochen war und sie wochenlang nichts von ihr erfuhr.

Und dann, es war Mitte Dezember, überfiel sie aus heiterem Himmel eine ungewohnte Malaise. Schon am Morgen fühlte sie sich so schwach, dass sie genötigt war, ihre Korrespondenz zu unterbrechen und sich hinzulegen. Ihr schwindelte, sie bekam heftige Kopfschmerzen und musste sich mehrfach übergeben, bis nur noch bittere Galle kam.

Am Nachmittag kauerte sie mit Schüttelfrost unter dicken Decken, und Stunden später glühte ihr ganzer Leib vor Fieber.

# Infiziert

Am frühen Abend lag Mary matt auf den Kissen ihres Bettes. »Geh, und hol Dr. Garth«, sagte sie mit schwacher Stimme zu Alice, die gekommen war, um nach ihr zu sehen. Ihr Gesicht war vom Fieber gerötet, die Haut klamm, und auf der Stirn standen Schweißperlen.

»Ich gehe sofort«, sagte Alice. »Kann ich vorher noch etwas für Euch tun? Habt Ihr Hunger?«

Mary schüttelte den Kopf. »Mir tut die Kehle weh. Ich kann nicht schlucken. Bring nur etwas von dem kalten Tee, den die Köchin immer in der Küche hat. Mit etwas Honig. Und sag allen, niemand soll meine Kammer betreten, hörst du? Wer weiß, was ich habe.«

»Sollen wir den Herrn benachrichtigen?«

»Nein, der ist in Cardiff bei einer Versammlung. Hol nur den Doktor. Und halt auch du dich von mir fern.«

»Wie Ihr wünscht«, sagte Alice und lächelte ihr beruhigend zu. »Es ist bestimmt nur eine Erkältung, Lady Mary. Es soll mal wieder was umgehen, hab ich gehört.« Sie nickte ihrer Herrin noch einmal aufmunternd zu und verließ das Schlafgemach.

Ach, wenn ich Alice nicht hätte!, dachte Mary. *Immer guter Laune und so hilfsbereit.* Den von ihr verlangten Dr. Samuel Garth hatte sie schon einige Male konsultiert. Er war ein Herr mittleren Alters, etwas nüchtern, fast unpersönlich, aber man hatte ihn wärmstens empfohlen, und er schien kompetent zu sein. Als der kleine Edward vor Wochen heftigen Husten gehabt hatte, hatte die von Dr. Garth verschriebene Medizin gut angeschlagen. Nach einer Woche war der Husten weg gewesen.

Vielleicht hat Alice recht, und ich hab wirklich nur eine heftige Erkältung, sagte Mary sich. Doch sie wurde das beklemmende Gefühl nicht los, dass es schlimmer sein könnte. Eine Influenza vielleicht? Ein Lungenfieber? Oder noch schlimmer? Sofort dachte sie an William.

*Aber nein! Keine Panik!* Sie wehrte sich gegen solch dunkle Ahnungen, während sie leise vor sich hin wimmerte, denn die Kopfschmerzen waren unerträglich. Jede Bewegung fühlte sich an, als bohre jemand ihr ein glühendes Eisen in die Schläfen. Wieso war sie so plötzlich und so heftig erkrankt? Dann erinnerte sie sich, dass sie sich schon seit Tagen müde und schlapp gefühlt hatte, es wegen ihrer Verabredungen nur nicht hatte wahrhaben wollen. Gestern Morgen war sie kaum aus dem Bett gekommen, während Edward schon fertig an der Tür stand, um seine Reise anzutreten.

Auf einer Woge von Kopf- und Gliederschmerzen dämmerte sie dahin. Der Schweiß brach ihr aus allen Poren und tränkte Kissen und Laken. Das Fieber kam in Schüben, unterbrochen von so heftigem Schüttelfrost, dass die Zähne aufeinanderrasselten. Dann klebte ihr der Schweiß kalt am Körper, und sie zog sich die Decken über den Kopf und zitterte, bis die nächste Hitzewelle sie erfasste.

Wo blieb der verdammte Tee? Die Zunge klebte ihr am Gaumen. Ihr Rachen war ausgedörrt. Mehr als das. Es schmerzte beim kleinsten Versuch zu schlucken. Sie blinzelte und versuchte die Augen zu öffnen. Dann spürte sie, wie sich jemand über sie beugte. Ein breites Gesicht, umrahmt von weißen Barthaaren und einer braun gelockten Perücke.

»Dr. Garth«, krächzte sie. »Mir geht es nicht gut.«

»Das sehe ich«, sagte der Arzt trocken und zog eines ihrer Augenlieder nach unten. »Lasst mal Eure Zunge sehen«, befahl er. Mary streckte die Zunge aus, und er begutachtete sie. »Danke.« Er richtete sich auf. »Wie fühlt Ihr Euch? Habt Ihr Schmerzen? Husten? Atembeschwerden?«

Wenn Mary Mitgefühl erwartet hatte, wurde sie enttäuscht. Die Frage war rein professioneller Natur, der Mann war emotionslos. Aber bei seinen vielen Patienten konnte er ja nicht bei jedem in Mitleid zerfließen.

»Kopfschmerzen, ganz fürchterliche«, hauchte sie. »Und Gliederschmerzen. Auch Halsschmerzen. Es tut schon beim Sprechen weh. Einfach alles tut mir weh.«

»Außerdem habt Ihr hohes Fieber.« Er vermied es, sie noch einmal anzufassen, aber dass sie hohes Fieber hatte, konnte man sicherlich auch so sehen. Zu Alice sagte er: »Regelmäßig kalte Umschläge auf Stirn und Waden, um das Fieber zu senken.«

Alice nickte. »Jetzt gleich?«

»Sobald ich mit der Untersuchung fertig bin.« Er betrachtete Mary mit ernster Miene. »Setzt Euch bitte kurz auf. Ich will die Lunge abhören.«

Es fiel ihr schwer, sich aufzusetzen. Alice musste ihr helfen. »Wo ist mein Tee, Alice?«, krächzte sie. »Ich habe Durst.«

»Seht her! Er steht seit einer Stunde hier neben dem Bett. Ich wollte Euch nicht stören.« Zu Dr. Garth sagte sie: »Darf ich ihr kurz etwas zu trinken geben?«

»Natürlich.«

Alice goss etwas kalten Tee in einen Becher, hielt ihn vorsichtig an Marys Lippen und ließ sie trinken. Nur langsam, denn Mary hatte Mühe zu schlucken.

»Danke«, murmelte sie schließlich. Sie wollte sich schon

wieder zurücksinken lassen, als Dr. Mathew sie an der Schulter festhielt.

»Bleibt bitte kurz aufrecht sitzen«, hörte sie ihn sagen. Dann spürte sie, wie er sich zu ihr beugte und sein Ohr auf ihren Rücken legte. »Langsam tief ein- und ausatmen.«

Nachdem sie das einige Male getan und der Arzt an verschiedenen Stellen gelauscht hatte, richtete er sich wieder auf. »An der Lunge ist gottlob nichts«, sagte er. »Aber nun muss ich Euch bitten, Euer Nachthemd hochzuziehen.«

Ich soll mich vor einem fremden Mann entblößen?, fuhr es ihr kurz durch den Kopf. Aber das war natürlich falsche Scham, schließlich war der Mann Arzt. Außerdem fühlte sie sich so schlecht, dass ihr ohnehin alles egal war. »Hilf mir mal, Alice!«, murmelte sie.

Alice schlug die Bettdecken zurück. Das Nachthemd war klamm und bis über die Hüften hochgerutscht und entblößte Marys Scham. Aber darauf achtete der Arzt nicht. Er nahm eine der Kerzen zur Hand, um besser sehen zu können, zog das Hemd noch weiter hoch und betrachtete eingehend Bauch und Brustansatz. Dann lenkte er seine Aufmerksamkeit auf Hände, Hals und Gesicht und studierte auch dort die Haut mit größter Sorgfalt, ohne sie jedoch zu berühren. Schließlich warf er noch einen Blick auf ihre Beine.

Dann trat er zurück. »Es ist gut. Ihr könnt Euch wieder bedecken.«

Mary warf ihm einen ängstlichen Blick zu, doch seinem Gesicht war nichts zu entnehmen. Alice half ihr, das Nachthemd bis zu den Knien herunterzuziehen, und deckte sie zu. Mary ließ sich stöhnend in die Kissen sinken. »Mein Kopf tut so weh«, flüsterte sie. Ihre Augen füllten sich mit Tränen. Ihre Stimme zitterte, als sie fragte: »Seid ehrlich zu mir, Doktor: Hab ich die Pocken?«

Der Arzt zögerte einen Augenblick. Dann nickte er ernst. »Ich fürchte ja, Lady Mary.«

»Oh Gott!« Alice schlug sich die Hände vors Gesicht. Ihre Augen füllten sich mit Tränen.

Auch Marys Herz schlug jetzt bis zum Hals, obwohl sie es schon geahnt hatte. »Woran macht Ihr das fest?«

»Ihr habt winzige rötliche Punkte auf der Haut, besonders im Gesicht und an Armen und Beinen. Die werden sich in den nächsten Tagen zu harten Knötchen entwickeln und dann zu Pusteln.«

Mary schloss die Augen. Sie spürte ihren Pulsschlag bis in die schmerzenden Schläfen. Ihr war, als hätte er gerade ihr Todesurteil verkündet. Eine Träne lief ihr über die vom Fieber gerötete Wange. *Das war's also.* Sie würde Williams Weg gehen. Wie lange hatte es bei ihm gedauert? *Nur eine Woche.* Eine Woche, und ihr Leben würde zu Ende sein. Hoffentlich kam Edward rechtzeitig heim, bevor sie starb. Würde er sie vermissen? Bestimmt würde er wieder heiraten.

Der Gedanke an den eigenen Tod überwältigte sie für einen Augenblick. Heiß stieg ihr das Blut ins Gesicht. Sie war doch noch viel zu jung, um sich von der Welt zu verabschieden, von Edward, von ihrem Kind. Von ihren Büchern und all den Dingen, die sie liebte. Von beeindruckenden Menschen, die sie in diesem Jahr kennengelernt hatte. All das sollte zu Ende sein? Gequält stöhnte sie auf.

»Was ist?« Dr. Garth betrachtete sie stirnrunzelnd.

»Nichts«, keuchte sie und schüttelte den Kopf. »Es ist nur …«

Der Arzt schien zu verstehen, denn diesmal nickte er mitfühlend. »Euch stehen schwere Tage bevor, Mylady, das will ich Euch nicht verheimlichen. Aber ohne Euch falsche Hoffnung zu machen: Es überleben auch viele, die Mehrheit, eigentlich. Daran müsst Ihr Euch festhalten, und Ihr müsst an die Barmherzigkeit Gottes glauben. Ich werde jeden Tag kommen und nach Euch sehen.« Er hob die Hand an den Mund und räusperte sich. »Ich sollte vielleicht auch mit Eurem Gemahl sprechen.«

»Der Herr ist verreist«, sagte Alice, die sich gefangen hatte und sich die Tränen aus dem Gesicht wischte.

»Umso besser«, erwiderte Dr. Garth. »Dann kann er sich nicht anstecken. Habt Ihr eine Ahnung, Mylady, wo und bei wem Ihr Euch angesteckt habt? Das wäre wichtig zu wissen.«

Mary versuchte, sich zu erinnern, wo sie die letzten Tage gewesen war. Aber ihr Schädel schmerzte, sie konnte sich nicht konzentrieren. Überhaupt kamen ihr die letzten Tage wie in Nebel gehüllt vor. Sie schüttelte den Kopf. »Ich weiß es nicht«, murmelte sie. »Hier im Haus ist außer mir niemand krank, und ansonsten … fällt mir nichts ein.«

Der Arzt zuckte kurz mit den Schultern, trat dann zu einem der Stühle, auf dem seine lederne Tasche stand, mehr ein Koffer als eine Tasche, vermutlich vollgestopft mit Arzneimitteln, mit Messern zum Aufschneiden von Beulen und Zangen zum Zähneziehen.

»Ich werde erst mal etwas Blut abnehmen«, sagte er über die Schulter, während er die Tasche öffnete und die Gerätschaften für den Aderlass hervorholte: ein scharfes Messerchen zum Öffnen der Vene und eine kleine Schüssel zum Auffangen des Blutes. Zu Alice sagte er: »Ich brauche ein paar saubere Tücher. Verbandszeug habe ich selbst dabei.« Er näherte sich wieder dem Bett. »Am besten setzt Ihr Euch wieder etwas auf, Mylady. Und dann brauche ich Euren Arm.«

Marys Schädel pochte so heftig, dass sie kaum in der Lage war, den Blick zu fokussieren. Alles um sie herum erschien ihr undeutlich und verschwommen. »Ihr wollt mich zur Ader lassen?«

»Um das Gleichgewicht der Säfte wiederherzustellen. Eine bewährte Praxis.«

»Und das soll mir helfen?«

Der Arzt nickte. »Oh ja. Es verhindert vielleicht nicht die Krankheit. Aber es macht, dass es nicht so schlimm wird, und beschleunigt den Heilungsprozess.« Er zog einen Stuhl an ihr Bett und setzte sich. »Setzt Euch bitte auf, und macht den Arm frei.«

»Alice, hilf mir mal!«, raunte sie.

Die Zofe half Mary, sich aufzurichten. Sie stopfte ihr Kissen in den Rücken und schob den Ärmel des Nachthemds hoch.

»Noch etwas höher«, sagte der Arzt.

Mary ließ zu, dass Alice den Ärmel bis weit über den Ellbogen schob. Dabei bemerkte sie die vielen kleinen Rötungen auf ihrer Haut.

»So ist es gut«, sagte der Arzt und studierte eingehend ihren Arm und die feinen blauen Venen unter der Haut.

Benommen starrte Mary auf die Klinge des kleinen Messers in seiner Hand. *Damit will er mir eine Vene aufschneiden und mein Blut fließen lassen.* Das taten Ärzte bei jeder Gelegenheit, wie sie oft genug gehört hatte. Ob es wirklich half? Sie hatte Zweifel. Die Methode war uralt. Vielleicht war sie völlig überholt und der Zusammenhang falsch verstanden. Ihr waren Fälle zu Ohren gekommen, bei denen der Arzt zu viel abgezapft hatte, sodass der Patient in Ohnmacht gefallen war. Entzündungen waren auch nicht ausgeschlossen. Edward hatte einmal erzählt, sie hätten seinem Vater, der an der Gicht litt, monatelang jeden Tag Blut abgenommen. Geholfen hätte es nicht, ganz im Gegenteil, es hätte ihn geschwächt.

Dr. Garth hatte sich für eine Vene entschieden und hob die kleine Klinge. »Ich will das nicht«, murmelte Mary und zog den Arm zurück.

»Wie bitte?« Er ließ die Hand mit dem Messerchen sinken und runzelte ungläubig die Brauen.

Mary schüttelte den Kopf und zog den Ärmel herunter. »Ich will das nicht«, wiederholte sie.

»Es wird Euch helfen.«

»Mag sein«, sagte sie mit etwas festerer Stimme, »aber ich will es nicht.«

»Habt Ihr Angst vor dem Messer? Es ist nur ein kleiner Schnitt und tut nicht weh.«

»Nein!«, schrie Mary, jetzt aufgeregt laut, obwohl ihr dabei fast der Schädel platzte und die Kehle schmerzte. »Wollt Ihr mich nicht hören? Kein Aderlass!« Sie fasste sich an den Hals, atmete heftig und versuchte, nicht zu schlucken.

Einen Augenblick starrte der Arzt sie verständnislos an. »Dann kann ich Euch nicht helfen«, sagte er schließlich und erhob sich. Er ging zu seiner Tasche und ließ Schale und Messer darin verschwinden. »Wo kann ich mir die Hände waschen?«, fragte er Alice.

»Dort, auf der Kommode, Sir. Das Wasser ist frisch. Im Schälchen daneben liegt Seife.«

Während er mit Händewaschen beschäftigt war, erteilte er ihr Instruktionen. »Alle im Haus müssen sich von Eurer Lady fernhalten. Die Erfahrung zeigt, dass sich die Krankheit durch Berührung überträgt. Daher bitte keinen direkten Kontakt, nicht anfassen! Vorsicht auch mit Gegenständen, die die Kranke berührt hat. Gleich mit heißem Wasser oder Seife abwaschen, das soll helfen. Vorsichtig mit Kissen und Bettlaken. Gar nicht erst waschen, am besten verbrennen. Und häufig lüften, damit die kranken Dämpfe entweichen können.«

»Ich habe ihr gerade im Bett geholfen, ihr Nachthemd angefasst. Ist das schlimm?«

»Geh auch du dich waschen. Mit Seife und Bürste, am besten mehrmals am Tag.«

»Und was können wir tun, damit sie gesund wird?«, fragte Alice zutiefst besorgt.

Der Arzt trocknete sich die Hände. »Feuchte Umschläge auf Stirn und Waden. Ständig wechseln, damit sie kühlen. Ansonsten braucht sie viel Ruhe. Die Pusteln möglichst nicht kratzen. Das hinterlässt sonst hässliche Narben. Sie soll im Bett bleiben und sich möglichst wenig bewegen. Viel schlafen. Gebt ihr ein wenig Hühnerbrühe täglich und etwas Weißbrot. Kein Fleisch.« Er ging zu seiner Tasche und entnahm ihr ein Beutelchen, das er Alice in die Hand drückte. »Für einen Kräuteraufguss. Sie soll zweimal täglich eine Tasse davon trinken. Schmeckt bitter, aber es senkt das Fieber.« Er holte noch etwas aus der Tasche, eine etwa acht Unzen fassende Flasche aus braunem Glas. »Das hier hilft gegen ihre Kopfschmerzen. Einen Teelöffel voll, auch zweimal am Tag.«

»Was ist das?«, fragte Alice.

»Laudanum, Mohnsaft in Rotwein gelöst. Wirkt schmerzstillend und beruhigend. Aber gib es ihr nicht zu häufig.«

Alice trat einen Schritt dichter an ihn heran. »Wird sie überleben, Sir?«, flüsterte sie.

»Das liegt in Gottes Hand«, murmelte der Arzt ebenso leise.

»Ihr Bruder ist daran gestorben.«

»Das tut mir außerordentlich leid.«

»Es ging sehr schnell. Nach einer Woche war er tot.«

Er nickte. »So kann's gehen.« Dann sagte er in normalem Tonfall: »Achte darauf, dass niemand im Haus sich ansteckt. Am besten schickst du das Gesinde für eine Weile weg, wenn das möglich ist.«

Noch einmal wandte er sich kurz seiner Patientin zu. »Wir sehen uns morgen, Mylady. Gott segne und beschütze

Euch!« Nach einem höflichen Kopfnicken verließ er das Zimmer.

Mary lag mit geschlossenen Augen auf den Kissen. Trotz ihres angeschlagenen Zustands hatte sie die letzten Empfehlungen des Arztes gehört. Dass sie andere anstecken könnte, die dann die Krankheit weitertrügen, wusste sie natürlich. Seine Worte erinnerten sie dennoch daran, wie wichtig es war, dies zu verhindern. Schließlich war sie für alle im Haus verantwortlich, besonders für ihr Kind. Auch wenn sie vielleicht sterben würde, andere sollten verschont bleiben.

Verzweifelt versuchte sie, sich zu erinnern, wann Edward abgereist war. War es gestern gewesen? Ihr Hirn spielte ihr Streiche. Nein, es musste schon länger her sein. Drei oder vier Tage. Hatten sie sich zum Abschied geküsst? Hatte sie ihn da schon angesteckt? Hoffentlich nicht. Und ihr kleiner Sohn? Er machte das ganze Haus auf seinen noch wackeligen Beinen unsicher. War er bei ihr gewesen? Ja, einmal. Aber sie hatte ihn weggeschickt, weil sie Briefe schreiben musste. Er hatte auf ihren Schoß gewollt und geschrien, aber Alice hatte das schreiende Wutbündel auf den Arm genommen und weggebracht. Überhaupt, was war mit Alice? Mit ihr hatte sie am meisten Kontakt gehabt. Doch Alice schien kerngesund, zeigte bis jetzt keine Anzeichen einer Erkrankung.

Mary mühte sich, die Augen zu öffnen. Die Lider waren so schwer. Da saß ihre liebe Alice, neben dem Bett, und betrachtete sie mit sorgenvoller Miene.

»Wie geht es Euch jetzt, Mylady? Ich werde Euch gleich den Kräuteraufguss machen, den der Arzt empfohlen hat.«

»Geh, und wasch dich erst mal gründlich, wie der Doktor gesagt hat«, murmelte Mary. »Und sieh nach, wie es meinem Sohn geht, überhaupt allen im Haus. Hoffentlich hat sich keiner angesteckt.«

Alice nickte. »Aber zuerst die kalten Umschläge.«

Mary schüttelte schwach den Kopf. »Nein, ich will nicht, dass du auch noch krank wirst. Stell mir Wasser und Handtücher hin. Ich kann das selbst machen.«

»Aber es macht mir nichts aus. Ich tu es gern.«

»Geh, Alice, und kümmere dich um die anderen im Haus. Und keine Widerrede!«, sagte Mary mit schwacher Stimme. Als die Zofe schon fast an der Tür war, rief Mary sie noch einmal zurück: »Weißt du was? Am besten geht ihr alle zum Haus der Wortleys. Erklär dem Butler die Lage, sag ihm, dass ich es so angeordnet habe.«

»Gleich jetzt? Es dunkelt schon.«

»Ja, gleich jetzt. Es ist besser so.«

Alice nickte. »Gut. Aber unter einer Bedingung: Danach komme ich sofort zurück und kümmere mich um Euch. Ihr könnt in Eurem Zustand nicht allein bleiben.«

»Willst du dich anstecken?«

»Ich stecke mich nicht an.«

Mary ließ die schweren Lider fallen und seufzte. Ihre Haut glühte vor Fieber, in Stirn und Schläfen pulste der Schmerz. Sie hatte nicht die Kraft, gegen Alice zu kämpfen. »Na gut«, murmelte sie.

***

Noch bevor Alice das Gesinde, den kleinen Edward und dessen Amme zu den Wortleys brachte, ließ sie auf der Straße vor dem Haus Stroh aufschütten, damit die vorbeifahrenden Kutschen Mary weniger störten.

Nach nur einer Stunde war Alice zurück und legte Mary feuchte Wadenwickel gegen das Fieber an, denn die Kranke war zu schwach, es selbst zu tun. Dann gab sie ihr einen Löffel Laudanum, was ein wenig gegen den Kopfschmerz half und Mary einschlafen ließ.

Auch während der nächsten Tage kümmerte sie sich hingebungsvoll um ihre Herrin. Um das Fieber einigermaßen in Schach zu halten, erneuerte sie regelmäßig die feuchten Umschläge an Stirn und Waden und flößte ihr die bittere Kräutermedizin ein. Ob diese wirklich das Fieber senkte, war nicht festzustellen. Am Ende gaben sie es auf, denn der Kräuteraufguss reizte Lady Marys Magen und bewirkte Übelkeit. Dagegen half das Laudanum schon eher. Marys Kopf dröhnte zwar noch immer, aber nicht so heftig wie ohne das Opiat. Es versetzte sie in einen beinahe angenehmen Dämmerzustand, sodass sie Alice überredete, ihr mehr als zwei Löffel am Tag zu geben.

Entgegen der Empfehlung des Arztes hielt Alice alle Fensterläden und Vorhänge geschlossen, da Mary das grelle Tageslicht nicht ertrug. Es quälte ihre Augen und verschlimmerte die Kopfschmerzen. So lebten sie in einem dunklen, von nur wenigen Kerzen erhellten Haus, völlig abgeschnitten von der Außenwelt. Bohnen, Linsen und Mehl für einfache Speisen gab es genug, auch Feuerholz, das Alice vom Hof heraufschleppte, sodass Marys Schlafgemach immer angenehm warm blieb. Was fehlte, legte die Köchin, die jeden Tag vorbeischaute, im Flur ab, darunter etwas Hühnerfleisch für Marys Brühe. Alice backte Brot und kochte Bohnen mit Speck, obwohl Mary kaum etwas davon aß.

Dr. Garth erschien jeden Morgen, um nach ihr zu sehen. Zweimal brachte er Kollegen mit, um sie zu untersuchen und sich anschließend mit ihnen zu beraten, darunter der berühmte Sir Hans Sloane, der Einzige, der je für seine medizinischen Dienste geadelt worden war. Die Beurteilung war jedes Mal dieselbe: Der Krankheitsverlauf entspreche dem, was man kenne. Es sei nichts Ungewöhnliches anzumerken.

Na wunderbar, dachte Mary in ihrem fiebrigen Dämmerzustand, dass ich so wenig ungewöhnlich krank bin. Soll mich das jetzt trösten? Außer den üblichen Empfehlungen, was Behandlung und Nahrungsaufnahme betraf, konnten die Herren nicht viel für sie tun, zumal Mary weiterhin ablehnte, dass man sie zur Ader ließ.

Das Fieber schien alle Reserven ihres Leibes wegzubrennen. Sie magerte ab und war bald so schwach, dass sie kaum imstande war, einen Arm zu heben. Seit dem zweiten Tag ihrer Krankheit bedeckte ein feiner Ausschlag ihren Leib, besonders Arme und Beine und das Gesicht waren betroffen. Dass auch Zunge und Gaumen befallen waren, machte es ihr schwer, zu schlucken und sogar zu atmen. Trinken konnte sie nur mit einem Strohhalm, Brot nur ohne Kruste und in Brühe aufgeweicht die Kehle hinunterlaufen lassen. Und selbst das war eine Qual.

Irgendwie gelang es Alice, sie zu pflegen und zu versorgen, ohne ihr zu nahe zu kommen. Sie ließ die Tür zu Marys Schlafgemach aufstehen, damit sie sie hören konnte, wenn sie unten in der Küche zu tun hatte. Sie hatte sich eine Lagerstatt im Flur direkt neben der Schlafzimmertür eingerichtet, um gleich zur Stelle zu sein, wenn Mary nachts nach ihr rief. Tagsüber saß sie auf einem Stuhl nicht weit von ihrem Bett, wachte über ihren Schlaf oder erzählte ihr Geschichten, wenn sie wach war. Für Marys Notdurft schob sie ihr die Bettpfanne unter, nicht, dass die Kranke viel ausschied. Das, was Mary trank, schien sie gleich wieder auszuschwitzen.

Gefühlte hundert Mal am Tag wusch sich Alice und wechselte ihre Kleidung. Dennoch machte Mary sich Sorgen, dass ihre Samariterin selbst erkranken könnte. Sie war so hilflos, konnte sich kaum rühren und war unendlich dankbar für alles, was Alice für sie tat. Wenn sie weinte und sicher war, dass der

Tod sie bald holen würde, ihn sich sogar herbeisehnte, munterte Alice sie wieder auf und gab ihr neuen Mut.

Am Abend des dritten Tages vernahm Mary schwere Schritte auf der Treppe. Dann, im schwachen Schein einer einzigen Kerze, nahm sie vage Edwards Gestalt im Türrahmen wahr. Erschrocken zog sie sich die Bettdecke vors Gesicht. So sollte er sie nicht sehen! Vor den Ärzten schämte sie sich nicht. Aber ihrem Mann das von eitrigen Pusteln übersäte Gesicht zu zeigen, verbot ihr der letzte Rest von weiblicher Eitelkeit, den sie in diesen schrecklichen Tagen noch besaß.

»Du bist zurück?«, flüsterte sie unter der Decke, zu schwach, um sich aufzurichten und ihn ordentlich zu begrüßen. »Komm nicht näher, Edward. Es ist kein schöner Anblick.«

»Mein Gott, Mary!«, stieß er hervor. »Denkst du, ich weiß nicht, wie so was aussieht?«

Alice hatte ihn an der Tür abgefangen und ihm über ihre Krankheit berichtet. Doch jetzt, da er ihren erbärmlichen Zustand sah, musste es ihn wie ein Hammerschlag treffen. Alice erkannte die Angst in seinen Augen, dass er seine Frau verlieren, dass sie tatsächlich sterben könnte, wie so viele Opfer der Pocken.

Er ging auf ihr Bett zu, wollte sich zu ihr setzen, doch die Magd hielt ihn zurück. »Das dürft Ihr nicht, Herr! Ihr werdet Euch sonst anstecken.«

Er blieb stehen. »Ja, natürlich.«

»Geh weg, Edward!«, raunte Mary unter der Decke. »Ich will nicht, dass du auch noch krank wirst. Und sehen sollst du mich auch nicht.«

Er ließ sich auf einen nahen Stuhl sinken. »Jetzt nimm endlich die Decke weg!«, sagte er in mildem, mitfühlendem Ton. »Du erstickst ja darunter. Für mich bist du so schön wie immer. Daran ändern auch die verdammten Pocken nichts.«

»Na schön«, wisperte sie mühevoll. »Aber komm nicht zu nahe.«

Langsam zog sie die Decke runter und sah ihn an. Sie merkte, wie schwer es ihm fiel, sein Erschrecken zu verbergen. Sein entsetzter Blick, diese Mischung aus Horror und Mitleid, traf sie wie ein Dolchstoß und machte ihr bewusst, wie hässlich sie sein musste, wie abgemagert ihr Leib, wie aufgeschwollen dagegen Hände und Gesicht, von schrecklichen roten Knoten so groß wie Erbsen bedeckt, sogar unter den Brauen und auf den Lidern. Einige hatten sich in offene Pusteln verwandelt, die gelben, übelriechenden Eiter von sich gaben. Sie war zu einem Monster geworden. Abrupt wandte sie das Gesicht ab.

»Was ist mit deinen Wimpern passiert?«, hörte sie ihn flüstern.

Ihre Augen füllten sich mit Tränen. Als ob Wimpern noch eine Rolle spielten! Seine Reaktion hatte ihr allzu deutlich gezeigt, wie es um sie stand, wie unwiederbringlich ihr Aussehen verändert war.

»Sie sind ausgefallen«, hauchte sie.

Nicht nur sie weinte. Auch Edward, eigentlich ein Mann, der seine Gefühle im Griff hatte, kamen die Tränen. »Oh mein Gott, Mary!«, schluchzte er. »Es tut mir so leid!«

So verharrten sie einen Augenblick. Dann sagte Alice leise: »Es hilft ihr nicht, sie zu bedauern, Sir. Ihr müsst ihr Mut machen und zu Gott beten, damit sie gesund wird.«

Edward nickte beklommen, nahm ein Sacktuch aus der Tasche und schnäuzte sich. Mit geröteten Augen sah er Alice an. »Du hast recht. Wir müssen stark sein.« Er steckte sein Sacktuch weg. »Sie muss schrecklich leiden. Was sagen die Ärzte? Gibt es Hoffnung?«

Alice zuckte mit den Schultern. »Es gibt sicher immer Hoffnung, auch wenn die Ärzte machtlos sind. Dr. Garth besucht uns jeden Tag. Ein Dr. Sloane war auch hier. Nur eine wirksame Kur, die haben sie nicht. Aber Lady Mary ist tapfer. Sie beklagt sich nicht. Ich tue alles, damit sie nicht zu sehr leidet und wieder zu Kräften kommt. Wir müssen hoffen und zu Gott beten. Nicht alle sterben, sagt der Arzt.«

»Dr. Sloane war hier?«, fragte Edward. »Der ist sehr bekannt, hat lange Jahre die Königin behandelt.«

Mary zeigte wieder ihr Gesicht. »Hört auf zu reden, als wäre ich nicht da«, murmelte sie schwach. Eine Träne lief ihr an der von eitrigen Pusteln gezeichneten Wange hinunter und tropfte ins Kissen. »Vielleicht wäre sterben ohnehin das Beste.«

Ihre Worte schienen Edward aufzurütteln. »Rede nicht so!«, sagte er. »Du wirst das überleben und gesund werden. Dein Sohn braucht dich!«

»Und du?«, flüsterte sie schwach.

»Ich auch! Natürlich ich auch, Mary.«

Sie nickte, schloss die Augen und seufzte.

Edward wandte sich an Alice. »Wie können wir dir danken für all das, was du für sie tust? Du bringst dich dabei ja selbst in Gefahr.«

Alice lächelte scheu. »Ich war immer sehr gesund, hatte als Kind nie auch nur einen Schnupfen. Die Pocken bringen mich nicht um, Herr.«

»Warum habt ihr nicht schon vorher nach mir geschickt?«

»Die Herrin wollte Euch nicht stören.«

»Vielleicht sollte ich mit dem Arzt reden. Man muss doch etwas tun können.«

»Verzeiht, Herr, aber Ihr könnt nichts für sie tun. Niemand kann das. Das Beste sind jetzt Ruhe und Schlaf.«

»Du hast sicher recht. Sieh zu, dass sie alles hat. Was immer die Ärzte empfehlen, hörst du?« Edward stand auf und trat einen Schritt näher an Marys Bett. »Liebste, hör mich an«, sagte er und wartete, bis sie unmerklich nickte, auch wenn ihre Augen geschlossen blieben. »Du bist stark, Mary. Du wirst diese verdammte Krankheit besiegen. Bald bist du wieder gesund und schön wie eh und je. Ich liebe dich. Auch mit Narben. Wir alle lieben dich. Ich hoffe, du weißt das. Ich würde dich gern in die Arme nehmen und dir Mut machen. Leider dürfen wir dir nicht zu nahe kommen. Aber sei gewiss, dass wir alle bei dir sind. Niemand mehr als ich!«

Sie lag da, das Gesicht zur Seite gedreht. Trotz der ermutigenden Worte hatte seine Stimme halb erstickt geklungen. Er schien mit den Tränen zu kämpfen.

»Danke, Edward«, sagte sie. »Es ist schön, dass du gekommen bist. Ich danke dir. Aber nun geh. Ich bin müde. Und wir kommen schon zurecht.« Auch ihre eigene Stimme klang jetzt ganz anders, nicht so lebhaft und glockenhell wie gewohnt, sondern belegt und rau. Als hätte die Krankheit auch ihre Stimmbänder befallen.

Edward schwieg einen Moment. Es kam ihr vor, als wollte er noch etwas sagen und brachte es dann doch nicht fertig. Nach einer Weile schien er sich abzuwenden.

»Wo sind alle überhaupt?«, hörte sie ihn Alice fragen.

»Im Haus Eurer Familie, Sir. Die Herrin hat es so angeordnet. Sie besteht darauf, allein und isoliert zu bleiben. Das müssen wir respektieren.«

»Ja«, sagte er. »Es ist wohl das Beste. Obwohl es mich zerreißt, sie so zu sehen. Man fühlt sich so hilflos und nutzlos.« Wieder folgte eine längere, bedeutungsschwere Pause. »Lass mich sofort wissen, sobald sich etwas verändert«, sagte er schließlich. »Zum Besseren oder zum Schlechteren. Ganz gleich, ob bei Tag oder Nacht!«

»Natürlich. Ich kann den Knecht der Nachbarn schicken.«

Er wandte sich noch einmal zu Mary: »Bis bald, Liebste. Sei

tapfer. Du wirst wieder gesund!« Widerstrebend und mit einem letzten schmerzerfüllten Blick auf seine Frau verließ er sodann das Haus, um nach seinen Angestellten und seinem Kind zu sehen.

Ermattet ließ Mary sich in die Kissen sinken. Sie hatte gar nicht gemerkt, wie angespannt sie gewesen war. Ihr Kopf dröhnte heftiger denn je. Sie schloss die Augen und hoffte auf Schlaf.

***

Am sechsten Tag schien das Fieber niedriger zu sein, und auch die Kopfschmerzen ließen ein wenig nach. Oder war es die Wirkung des Laudanums? Immer noch gaben die Pusteln übel riechenden Eiter ab, doch auf vielen bildete sich bereits Schorf. Es kostete Mary Mühe, nicht daran zu kratzen, obwohl es so juckte. Zum ersten Mal gelang es ihr, etwas mehr in den Magen zu bekommen als in Hühnerbrühe aufgelöstes Weißbrot.

Auch Alice bemerkte die allmähliche Wandlung. »Es geht aufwärts, Mylady. Soll ich Eurem Gemahl eine Nachricht schicken? Er wird sich so freuen.«

*Edward.* Er hatte bei seinem Besuch weit mehr als Mitleid gezeigt. Obwohl er sonst so kontrolliert war, hatten ihn die Gefühle überwältigt. Ihr Zustand hatte ihn zweifellos schwer getroffen. Sogar geweint hatte er. Es war besser, ihm weiteres Leid zu ersparen. »Nein, warte noch«, sagte sie daher. »Vielleicht ist es nur vorübergehend. Ich möchte ihm keine falschen Hoffnungen machen.«

Und doch spürte Mary, wenn sie in sich hineinfühlte, dass sie zwar ausgesprochen schwach war, sich aber auf dem Weg der Besserung befand, dass sie vielleicht doch überleben würde.

Es dauerte noch einen ganzen Tag, bis es ihr gelang, ein erstes Bein aus dem Bett zu stellen, dann ein zweites, um schließlich mit Alices Hilfe unsicher und schwankend aufzustehen. Sie versuchte, ein paar Schritte zu gehen, ließ sich dann jedoch erschöpft wieder auf ihr Bett sinken. Alle paar Stunden nahm sie einen Löffel Laudanum, und als die Flasche leer war, schickte sie Alice zur Apotheke, um mehr zu kaufen.

»Vielleicht solltet Ihr nicht so viel davon nehmen«, sagte Alice. »Der Apotheker hat mich gewarnt, man könne davon süchtig werden.«

»Wirklich? Aber man fühlt sich so gut danach.« Trotz ihrer Überraschung nahm Mary die Warnung ernst und beschränkte fortan die Einnahme auf vier Löffel pro Tag.

Nun eiterten nur noch wenige Pusteln, wie sie feststellte, als sie vorsichtig ihr Gesicht betastete. An Armen und Beinen war es ähnlich. Die ersten Pusteln verschwanden sogar schon, auch wenn sie kraterähnliche Narben hinterließen. Die werden mir bleiben, dachte Mary zutiefst betroffen. Oft genug hatte sie die Verunstaltungen gesehen, die bei den Gesundeten zurückblieben. Man war für den Rest des Lebens gezeichnet.

Wie sollte sie damit leben? Könnte sie sich überhaupt noch in der Londoner Gesellschaft zeigen? Man würde sie bemitleiden, und Mitleid war tödlich. Kein Mann würde ihr mehr den Hof machen. Niemand würde sie noch ernst nehmen. »Ach, die arme Montagu!«, würde es heißen.

Wie jeden Tag erschien am späten Vormittag Dr. Garth, um ihren Zustand zu begutachten. »Ich glaube, ich darf Euch beglückwünschen, Lady Mary«, sagte er nach eingehender Untersuchung. »Das Schlimmste ist überstanden. Ansteckend seid Ihr jetzt nicht mehr. Ich würde aber noch zwei oder drei Wochen absoluter Ruhe empfehlen. Vermeidet Besuche und Aufregungen aller Art, damit ihr Euch in Eurem geschwächten Zustand nicht noch etwas anderes holt.«

»Was könnte das denn sein?«

»Influenza zum Beispiel, zusammen mit einer Lungenentzündung. Das hat schon manchen nach den Pocken dahingerafft. Mindestens zwei Wochen Ruhe und gute Pflege, dann seid Ihr so gut wie neu.«

Mary deutete auf die verschorften Pusteln. »So gut wie neu werde ich wohl nie mehr sein.«

»Nun ja. Das kann man leider nicht ändern. Aber immer noch besser als sechs Fuß tief unter der Erde, würde ich sagen.« Zum ersten Mal sah sie ihn lächeln.

Mary nickte und wagte selbst ein Lächeln. »Ich danke Euch für die Mühe, die Ihr Euch mit mir gemacht habt.«

»Euer Herr Gemahl wird weniger glücklich sein, wenn er meine Abrechnung in den Händen hält«, sagte er mit sarkastischem Grinsen. Damit nahm er seine Tasche, wünschte ihr alles Gute und empfahl sich.

Mary sah ihm nach. Sie hätte ihn nach Laudanum fragen sollen. Aber vielleicht war es besser so, sonst dachte er noch, sie sei dem Zeug verfallen.

»Jetzt, da es mir besser geht«, sagte sie später zu ihrer Zofe, »lass uns das Bett abziehen. Am besten bringst du alles hinunter in den Hof und verbrennst es. Auch die Matratze. Irgendwo im Haus findet sich bestimmt eine andere. Neue Laken und Decken haben wir genug. Aber als Erstes brauche ich ein frisches Nachthemd. Das hier stinkt.«

Wenig später erschien Alice mit einem frisch gewaschenen Nachtgewand und half ihr, das alte über den Kopf zu ziehen. Als sie nackt war, fröstelte es Mary plötzlich, obwohl im Kamin ein Feuer loderte. Für einen Augenblick erschrak sie, denn es erinnerte sie an ihr Fieber und den Schüttelfrost. Doch dann betrachtete sie ihre nackten Arme und Beine, ihren Bauch und ihre Brüste. »Sieht nicht mehr so schlimm aus. Was meinst du?«

»Solange Ihr nicht am Schorf kratzt«, erwiderte Alice. »Soll ich Euch ein wenig waschen, bevor Ihr das neue Nachthemd anlegt?«

»Ja, aber vorsichtig.«

Mit Schwamm und weichen Tüchern bemühte sich Alice, den eingetrockneten Schweiß abzutupfen, ohne die Verkrustungen zu berühren. Danach half sie Mary, das frische Nachthemd überzuziehen.

Zum ersten Mal seit ihrer Erkrankung fühlte Mary sich wieder ein wenig wie ein Mensch. Sie nahm noch einen Löffel Laudanum zu sich, hockte sich auf einen Sessel und sah zu, wie Alice das Bett abzog und sich mit der Matratze abmühte. Mein Gott!, dachte sie, was habe ich der armen Frau nur zugemutet! Wie aufopfernd sie sich um mich gekümmert hat! Dabei hätte sie selbst krank werden können. Wie kann ich das nur wiedergutmachen? »Warum hast du den Spiegel zugehängt«, fragte sie ihre Zofe.

»Ich dachte, es ist besser so, Lady Mary«, erwiderte Alice. »Werdet erst mal richtig gesund, und lasst alles gut abheilen.«

Sie will nicht, dass ich in den Spiegel schaue, dachte Mary. Welch schrecklichen Anblick verbirgt sie mir? Natürlich hatte Mary selbst Angst vor dem Spiegel, höllische Angst sogar. Es genügte ja schon, ihre Arme und Hände zu betrachten. Wie musste erst ihr Gesicht aussehen? Ihre Haut fühlte sich an wie ein zäher Panzer aus unzähligen Knötchen. Es spannte, wenn sie eine Grimasse machte oder zu lächeln versuchte. *Herr im Himmel, gib mir Kraft!*

Erst zwei Tage später wagte Mary es, sich der Welt wieder zu nähern. Alice hatte endlich die Vorhänge zurückgezogen und die Läden geöffnet. Immer noch schwach auf den Beinen, trat Mary an eines der Fenster und öffnete es.

Zum ersten Mal seit Tagen drang Licht in den Raum. Zu viel

Licht. Es schmerzte in ihren Augen, obwohl draußen nur eine schwache Wintersonne schien. Mit einer schützenden Hand über den Augen blickte sie hinunter auf die Straße. Dort gingen Menschen, und es fuhren Pferdedroschken vorbei, eigentlich ein gewohnter Anblick und doch seltsam neu und wunderbar. Tief bewegt atmete sie die kalte Luft ein, genoss, dass sie am offenen Fenster fror. Am liebsten hätte sie den Leuten unten zugerufen: »Gott der Herr hat mich verschont – Seht her, ich lebe!«

»Lady Mary, um Gottes willen! Ihr werdet Euch erkälten«, rief Alice und zog sie sanft vom Fenster weg. »Hat der Arzt Euch nicht gewarnt?« Energisch knallte sie das Fenster zu. »Ihr müsst Euch schonen, Ihr seid noch schwach. Eine Lungenentzündung wäre der Tod.«

»Du hast sicher recht«, sagte Mary und schloss für einen Moment die Augen. Sie sollte es nicht länger vor sich herschieben. Sie atmete tief durch, um sich für das, was sie vorhatte, zu stählen. »Jetzt will ich sehen, was die Pocken von mir übrig gelassen haben«, sagte sie, entschlossen, sich endlich der Wirklichkeit zu stellen. »Hol mir mein Porträt von unten – das von Kneller, du weißt schon. Es ist mein schönstes. Und dann stellen wir es neben den Spiegel, um zu sehen, was aus mir geworden ist.« Ihre Stimme klang forsch, dabei zitterte sie im Inneren.

»Seid Ihr sicher, Lady Mary?«, fragte Alice betroffen.

»Warum? Sehe ich denn so fürchterlich aus?«

»Nein, aber neben dem Porträt …«

»Alice, geh und tu, was ich dir sage!«

Während Alice sich in den Salon begab, setzte Mary sich wieder aufs Bett. Sie starrte zum Spiegel hinüber, der über ihrem Schminktisch hing und den Alice in kluger Voraussicht mit einem dunklen Tuch verhängt hatte. Alice will nicht, dass ich vor mir selbst erschrecke, dachte sie. Sie weiß, wie ich aussehe, während ich es nur erahne und mich davor fürchte.

Der verdammte Spiegel dort an der Wand lauerte auf sie wie ein wildes Tier, bereit, über sie herzufallen, sie zu verschlingen. Mary musste vor Nervosität schlucken. Natürlich hätte sie sich ihrem veränderten Anblick längst stellen, es hinter sich bringen können, doch auch jetzt wollte sie den Moment der Wahrheit noch ein wenig hinauszögern. Zumindest bis Alice mit dem Porträt zurück war.

Und doch konnte sie den Blick nicht vom Spiegel lassen. Am unteren Rand lugte unter dem Tuch ein Teil des silbernen Rahmens hervor. Ein sündhaft teures Stück, schon wegen seiner Größe. Die Franzosen waren zurzeit die Einzigen, denen solch große Glasspiegel gelangen. Als Hintergrund verwendeten sie ein Amalgam aus Zinn und Quecksilber, das hatte sie irgendwo gelesen. Die genaue Legierung war geheim. Und gleich würde sie in dieses Wunderwerk französischer Spiegelmacherkunst blicken und vor sich selbst erschrecken.

Sie hörte Alice vor Mühe schnaufen, als sie die Treppe hochkam und mit dem Porträt in den Armen das Zimmer betrat. »Ist es so schwer?«, fragte Mary.

»Muss der Rahmen sein, Mylady. Ich hatte Mühe, es von der Wand zu kriegen.«

»Stell es bitte auf die Kommode neben dem Schminktisch.«

Alice stellte das Bildnis so auf die Kommode, dass es nicht mehr als zwei Fuß vom Spiegel entfernt und fast auf gleicher Höhe war. Dann rückte sie den Stuhl, den Mary für ihre Toilette benutzte, vor den Schminktisch. »Ist es Euch so recht?«

»Ja, Alice. So ist es gut.«

Marys Herz klopfte, denn nun war es so weit. Sie erhob sich von ihrem Bett, ging mit wenigen unsicheren Schritten auf den Stuhl zu und ließ sich vor dem verhängten Spiegel nieder.

Unwillkürlich wanderte ihr Blick zu dem Porträt, das sie zum Vergleich hatte holen lassen. Kneller war ein in ganz London für seine Porträtkunst gefeierter Meister. Auch in diesem Werk zeigte sich sein Können. Es war das Bildnis einer schönen jungen Frau in entspannter Pose. Er hatte sie perfekt getroffen, nicht nur ihr Aussehen, ihre schlanke Nase, die feinen Lippen, auch ihre Haltung, den etwas zur Seite gerichteten Blick, die Haut so weiß und rein wie Porzellan, die einen Kontrast zu ihren dunklen Haaren und Brauen bildete. Eigentlich hatte Mary nie übermäßig viel auf ihre Schönheit gegeben. Sie war ein selbstverständlicher Teil von ihr gewesen, ohne besondere Bedeutung. Zumindest bis zu ihrer Erkrankung.

»Jetzt nimm das Tuch vom Spiegel«, sagte sie und atmete tief durch.

Alice trat an den Schminktisch und entfernte das dunkle Tuch vom Spiegel. Mit angehaltenem Atem beobachtete sie ihre Herrin.

Mary hatte natürlich eine Vorstellung von dem gehabt, was sie erwartete, schließlich war sie nicht blind und hatte gesehen, was die Knoten und Pusteln auf ihren Armen und Beinen angerichtet hatten. Und wie oft hatte sie nicht schon ihr Gesicht mit zitternden Fingern betastet? Doch nun, als sie ihr Spiegelbild so klar und deutlich vor sich sah, fuhr ihr doch ein eisiger Schreck in die Glieder. Es war, als säße ihr eine fremde Frau gegenüber. Das war doch nicht sie!

Sie versuchte, beherrscht zu bleiben, ihr Spiegelbild kühl und klinisch zu betrachten. Dennoch war ihr Mund plötzlich staubtrocken, ihr Herz schien zu rasen, und sie spürte, wie ihr das Blut ins Gesicht schoss.

»Mein Gott!«, flüsterte sie.

Das makellose Antlitz der jungen Frau auf dem Porträt war einem von roten Pickeln, Unebenheiten und verschorften Kratern übersäten Gesicht gewichen, teilweise waren die Läsionen so dicht beieinander, dass sie sich fast überlappten, besonders unter den Brauen. Wenn das Mary Wortley Pierrepont sein sollte, so war sie nicht wiederzuerkennen.

»Mit etwas Schminke sieht es sicher nicht so schlimm aus«, hörte sie Alice sagen.

Mary achtete nicht auf sie, starrte nur in Horror und Faszination auf das Gesicht im Spiegel. Sie rückte ihren Stuhl sogar noch näher heran, um besser sehen zu können. Irgendetwas war besonders seltsam. Aber was? Dann erkannte sie den Grund dafür: Ihr fehlten die Wimpern, was ihrem Blick etwas Starres, Durchdringendes verlieh. Ganz anders als auf dem Porträt, wie sie sich mit einem Seitenblick versicherte. Das also war Edward sofort aufgefallen.

Gequält schloss sie die Augen und bekreuzigte sich. »Du kannst den verdammten Spiegel wieder verhüllen«, flüsterte sie.

# Botschafter des Königs

Der Zustand tiefer Niedergeschlagenheit, der sie nach ihrem Blick in den Spiegel erfasst hatte, hielt zum Glück nur ein paar Tage an. Dann kam Mary zu dem Schluss, dass es nicht half, mit ihrem Schicksal zu hadern. Natürlich war ihr bewusst, dass ihre Karriere bei Hofe beendet war. Ein Monarch, vor allem wenn es sich wie jetzt um einen Mann handelte, zog es nun einmal vor, sich mit schönen Frauen zu umgeben. Pockennarben passten nicht in dieses Bild. Einfluss und Macht wurden den Schönen gewährt, selten den Hässlichen. Nicht, dass der Königshof ihr viel bedeutete, aber nun würde es trotz ihrer hohen Abstammung schwierig, etwas für Edwards Fortkommen zu tun.

Während der zwei Wochen, in denen sie sich auf Rat des Arztes weiter isolierte, schrieb sie unter dem Titel *Die Pocken* das abschließende Gedicht einer Sammlung von Texten, *Die Stadteklogen* genannt, die sie zusammen mit Alexander Pope und John Gay verfasst hatte. Ungewöhnlich, dass die beiden sie als Frau daran beteiligt hatten. Ganz sicher ein Novum und Beweis, dass man ihre Dichtkunst schätzte, auch wenn ihr Name ungenannt blieb.

Nach antiker Tradition endeten Eklogen mit einer Wehklage über den Tod. Mary machte daraus als Ausdruck ihrer eigenen Gefühle eine Wehklage über den Verlust von Schönheit und Macht. Ihre Heroine Flavia ließ sie klagen: *»Ah, du treu-*

*loser Spiegel, wo ist meine Schönheit geblieben? Doch du Verräter hörst mein Fluchen nicht. Die Blüte ist welk, die Schönheit dahin, die Liebhaber allesamt entflohen!«*

Eines immerhin war gut: Edward konnte endlich wieder ins Haus zurückkehren. Bei erster Gelegenheit fielen sie ins Bett und liebten sich. Dabei behandelte er sie mit großer, fast übertriebener Vorsicht und Zärtlichkeit, als bestünde sie aus Porzellan.

»Du kannst mich ruhig fester anfassen, Edward. Ich zerbreche nicht«, sagte sie und lachte ausgelassen, zum ersten Mal seit vielen Wochen. Es war so wunderbar zu lachen. Lachen und Freude gehörten schließlich zum Leben. Und sie lebte, hatte die Krankheit besiegt. Sie genoss es, sich ihrem Mann mit Leidenschaft hinzugeben und den eigenen Leib auf die denkbar schönste Weise zu spüren.

Edward dagegen schien das Unglück, das sie befallen hatte, mehr zu belasten. Seine schöne junge Frau so entstellt vorzufinden war für ihn schwer zu ertragen. Es war, als hätte ein Sturm die schönste Rose im Garten zerstört. So trauerte er um sie, auch wenn er vermied, seine Gefühle ihr gegenüber auszusprechen. Dennoch ahnte sie, was in ihm vorging, und versuchte, ihn zu trösten. Denn sie sah die Dinge anders. Sie hätte sich verstecken, von der Gesellschaft zurückziehen können. Aber das war nicht ihre Art.

Nach den vielen Tagen einsamen Siechtums, der Verzweiflung und Niedergeschlagenheit kehrte Marys kämpferischer Geist zurück. Sie würde sich nicht unterkriegen lassen. Schließlich war sie nicht die einzige Frau auf der Welt, die ein solches Schicksal zu tragen hatte. Sie war glücklich, ihren kleinen Sohn wiederzuhaben, nahm ihn auf den Schoß, und es störte sie auch nicht, dass er sie erstaunt ansah und seine kleinen Finger über die veränderte Landschaft ihres Gesichts wandern ließ.

Außerdem schwanden bald die schlimmsten Auswüchse des Pockenbefalls; der Schorf fiel ab, die Haut fing an, sich zu glätten und eine normale Farbe anzunehmen. Ja, es blieben Unebenheiten und kleine Kraternarben, aber, bei Gott, es war nicht das Ende der Welt, und mit geschickter Anwendung von Puder und Schminke ließ sich das Schlimmste mildern. Kein Grund, sich zu verstecken. Alexander Pope war ihr ein leuchtendes Beispiel. Seine Kleinwüchsigkeit hinderte ihn schließlich auch nicht, ein Großer der Literatur zu sein.

Nein, verstecken wollte sie sich nicht. Und Mary merkte bald, dass niemand sich von ihr abwandte, jedenfalls keiner von denen, die ihr etwas bedeuteten. Sie lud alle zu sich ein, zuerst ihre Freundinnen Sarah Chiswell, Lady Henrietta und Philippa Mundi. Mitleidsbekundungen wies sie von sich. Dies sei nun mal ihr neues Ich, daran müsse man sich gewöhnen. So hielt sie es auch mit ihren Künstlerfreunden, den Poeten Pope und Gay, den Malern Jervas und Kneller, dem Abbé Conti und anderen ihr angenehmen Bekanntschaften aus den Salons der feinen Gesellschaft.

Pope machte ihr weiterhin Komplimente. Seine Bewunderung für sie hatte trotz Pocken in nichts nachgelassen. Obwohl sie ihn einen elenden Lügner nannte, bestand er darauf, dass sie nichts an Schönheit eingebüßt habe, im Gegenteil, der kleine Makel der Pockennarben mache ihr Gesicht noch interessanter, geradezu geheimnisvoll attraktiv. Sie glaubte ihm zwar nicht, dennoch schmeichelten ihr seine Worte.

Natürlich empfing Mary auch ihre Tante Lady Cheyne und ihre Schwester Evelyn, die sich zu Besuch in London aufhielt.

»Ich bin so froh, dass es dir gut geht«, sagte Evelyn mit Tränen in den Augen. »Wenn auch du noch … nach unserem armen William … Ich hätte es nicht ertragen.«

Evelyns Anteilnahme überraschte Mary. »Ihr seht, ich lebe«,

erwiderte sie. »Mein Edward ist ein Schatz, und ich habe nicht vor, mich zu bedauern. Das Leben geht weiter.«

»Ach, Mary«, sagte Evelyn. »Genau so kennt man dich. Und das macht mich froh.«

»Wie geht es Williams Witwe Rachel und den Kindern?«, fragte Mary ihre Tante. »Wie war die Geburt des zweiten Kindes? Ich hab sie noch hochschwanger in Erinnerung.«

»Die Geburt, diesmal eine kleine Tochter, verlief ohne Schwierigkeiten«, sagte Lady Cheyne. »Aber das Haus hat sie aufgegeben, und sie ist zurück zu ihren Eltern gezogen. Zu viele traurige Erinnerungen, denke ich.«

»Und wie geht es dir, liebe Evelyn?«, fragte Mary ihre Schwester. »Bist du zufrieden?«

»Oh, ich kann nicht klagen. Uns geht es gut. Aber ich mache mir Sorgen um Frances. Ich hab schon wer weiß wie lange keinen Brief von ihr bekommen.«

»Sie ist jetzt in Frankreich«, sagte Mary. »Der Aufstand ist längst zusammengebrochen. Der Earl of Mar und James Stuart mussten fliehen. John Erskine darf sich in England nicht mehr sehen lassen, sonst droht ihm ein Prozess wegen Hochverrats. Und unsere arme Schwester lebt nun notgedrungen mit ihm im Exil. Sie haben Geldnöte, schreibt sie. Etwas habe ich ihr schon geschickt. Wäre schön, wenn ihr euch auch beteiligen könntet.«

»Was ist mit Vater?«, fragte Evelyn.

»Der hält sich vornehm zurück. Will sich wohl nicht sagen lassen, dass er Jakobiten unterstützt. Es ist ihm peinlich genug, dass seine Tochter einen von denen geheiratet hat.«

»Darauf hat er doch selbst bestanden.«

»Du weißt, wie Vater ist.«

»Mädchen!«, warf Lady Cheyne ein. »Redet nicht schlecht über euren Vater! Der hat nur getan, was er für sein Pflicht hielt.«

Der Zuspruch ihrer Freunde und Verwandten tat Mary gut.

Es gab nur einen Wermutstropfen. Denn in einer Welt, in der die Nähe zum Königshaus für die Karriere eines Mannes von besonderer Bedeutung ist, war es für Edward enttäuschend, dass Mary sich nicht mehr bemühte, ihre aristokratische Stellung dafür zu nutzen, um ihm Vorteile zu verschaffen. Und doch hatte er Verständnis dafür, dass sie sich am Königshof nicht anstarren und bemitleiden lassen wollte.

Und es kam noch schlimmer. In der neuen Ausgabe der *Stadteklogen* hatte Mary das erste, einleitende Gedicht verfasst. Obwohl ihre Identität als Autorin offiziell verborgen blieb, sprach sich schnell herum, wer die geheimnisvolle Verfasserin jenes einleitenden Gedichts war, einer Satire um den eifersüchtigen Kampf zweier Hofdamen um den Posten der Lady of the Bedchamber der Prinzessin von Wales, Caroline von Ansbach. Obwohl die *Eklogen* nicht öffentlich verlegt, sondern nur unter Bekannten weitergereicht wurden, war ein Exemplar der Prinzessin in die Hände gefallen, und die war über Marys Gedicht keineswegs amüsiert. Damit konnte Mary sich auch bei ihr nicht mehr blicken lassen.

Am Ende wurden die *Eklogen* doch veröffentlicht – allerdings unautorisiert –, denn ein geschäftstüchtiger Verleger erkannte und nutzte ihr Potenzial. In ganz London riss man sich um Kopien. Mary verfasste weitere Beiträge und ließ in einer der Ausgaben zwei Herren auftreten, die sich von ihren Eroberungen in der Oper oder zwielichtigen Etablissements und Spielhöllen erzählen und miteinander vergleichen. In einem weiteren Beitrag war die Heroine eine verheiratete Frau, die vergeblich versucht, sich eines Bewunderers zu erwehren, und ihn, als der Ehemann unverhofft heimkehrt, durch die Hintertreppe entkommen lässt.

Edward gefiel Marys Schreiberei ganz und gar nicht. Dass seine Frau sich als Autorin frivoler Pamphlete betätigte, über die ganz London sich amüsierte, war alles andere als nach seinem Geschmack, auch wenn ihr Stil und ihr scharfzüngiger Humor weithin geschätzt wurden. Sie stritten heftig. Er wollte es ihr verbieten und argumentierte, es schade seiner politischen Karriere. Doch Mary setzte sich durch, denn sie war nun nicht mehr nur die junge Freundin von Poeten wie Gay und Pope, sondern selbst eine anerkannte Literatin.

In der Zwischenzeit kam Edwards Karriere im Schatzamt zu einem jähen Ende. Nach Lord Halifax' Tod wurde an seiner statt Robert Walpole zum neuen First Lord of the Treasury ernannt, was Edward immens ärgerte, zumal Walpole nun auch noch seinen Sitz in der Kommission für einen seiner Anhänger beanspruchte. Auch der versprochene finanzielle Ausgleich kam nie zustande.

Für Edward waren dies harte Wochen: Seine Frau war bei Hofe in Ungnade gefallen, und nun dieser Schiffbruch der eigenen Karriere. Darüber, ob ein Zusammenhang bestand, stritten Mary und Edward mehrere Tage. Sie schlossen erst Frieden, als Edward ein Angebot bekam, das ihrer beider Leben für immer verändern sollte: Man trug ihm an, britischer Botschafter am osmanischen Hof in Konstantinopel zu werden.

»Aber das ist ja fantastisch«, begeisterte sich Mary. »Für wie lange?«

»Für fünf Jahre«, sagte Edward. »Und am Ende, wenn alles gut geht, erhalte ich eine bedeutende Abfindung.«

»Großartig! Einfach großartig! Wann reisen wir?«

»Konstantinopel ist weit weg. Es dürfte eine beschwerliche Reise sein. Wer weiß, wie es sich dort lebt. Es ist eine ganz andere Welt. Vielleicht ziehst du es vor, in London zu bleiben. Die meisten Ehefrauen verzichten darauf, ihre Männer zu begleiten.«

Mary runzelte die Stirn. »Oh, das könnte dir so passen, mich hier zurückzulassen, während du den ganzen Spaß hast!«

»Dass es Spaß bedeutet, bezweifle ich. Es ist eine verantwortungsvolle Aufgabe. Und sicher auch beschwerlich.«

»Ach was! Es ist ein wunderbares Abenteuer. Ich will dabei sein!«

»Bist du sicher?«

»Absolut sicher. Versuche nicht, es mir auszureden.«

»Vielleicht sollten wir mit dem Schiff reisen. Deine Gesundheit ist bestimmt noch angeschlagen –«

»Meine Gesundheit ist überhaupt nicht angeschlagen. Mir geht es gut. Vergiss die Schiffsreise. Da lernt man ja nichts kennen. Nein, wir reisen über Land, Edward. Ich bin jetzt schon wahnsinnig neugierig. Wir können Frances in Paris besuchen. Paris, stell dir vor! Und dann Deutschland, Österreich und Ungarn. Und Serbien und Griechenland. Mein Gott, Griechenland! Vielleicht können wir Olympia besuchen. Und natürlich die Akropolis. Was wir alles zu sehen bekommen! Eine einmalige Gelegenheit, die Welt kennenzulernen.«

»Du scheust dich nicht vor so einer Reise?«

»Nein, nein! Im Gegenteil! Wage nicht, ohne mich zu reisen!«

»Na schön«, sagte er. »Einen Vorteil hätte es ja. Du könntest mich derweil mit deinen Literatenfreunden nicht weiter in Verlegenheit bringen. Sollen sie doch ihre *Eklogen* ohne dich verfassen!«

»Ach, du Armer!«, sagte Mary und legte die Arme um ihn. »Ist es denn so schrecklich für dich?«

»Mehr als das. Vor allem peinlich!«

Sie stellte sich auf die Fußspitzen, um ihn zu küssen. »Denk nicht mehr daran. Denk nur noch an das aufregende Leben, das nun vor uns liegt!«

***

Die Reisevorbereitungen nahmen Monate in Anspruch. Mary musste ihren Haushalt auflösen. Entscheidungen standen an, wer von ihren Dienstboten sie begleiten würde. Die treue Alice gehörte dazu, auch einige Dienstmädchen und einer der beiden Pferdeknechte. Nicht jeder war jedoch bereit, auf eine solche Reise zu gehen, darunter die Köchin und Edwards Kammerdiener. Mary musste also einige Posten neu besetzen: eine Kinderfrau für den kleinen Edward, zwei erfahrene Kutscher, und nach langem Suchen fand sie sogar einen Arzt für alle Fälle.

Dieser Arzt war Dr. Charles Maitland, ein ungebundener Hausarzt mit starkem schottischem Akzent. Er hatte kürzlich seine Frau verloren und war bereit, seine bescheidene Praxis zu schließen und das Wagnis der Reise auf sich zu nehmen, um auf andere Gedanken zu kommen. Er war ein zurückhaltender, unscheinbarer Mann, fast asketisch schlank, vertrauenerweckend und nicht unsympathisch.

Die Kinderfrau hieß Esther Walters, war fünfundzwanzig Jahre alt, hatte eine mütterlich rundliche Figur und ein freundliches Wesen. Sie kam auf Empfehlung, und der kleine Edward, inzwischen drei Jahre alt, fühlte sich sofort zu ihr hingezogen. Vor allem deshalb stellte Mary sie ein. Nicht ganz klar war, warum sie auf eine solche Reise gehen wollte. Wollte sie ihrer gegenwärtigen Stellung bei einer angesehenen Familie entfliehen? War der Empfehlung zu trauen?

Mary hätte die Eindrücke der Reise gern mit einer Freundin geteilt und lud daher die noch unverheiratete Sarah Chiswell ein, sie zu begleiten. »Stell dir vor, was wir alles zu sehen bekommen!«, schwärmte sie. »Die höchsten Berge wie die Alpen. Türkische Basare, Moscheen und vielleicht sogar das Innere eines dieser berühmten Frauenbäder. Ausgrabungen in Griechenland. Vielleicht finden wir sogar die Statue eines nackten Griechen, das wär doch was, oder?« Mary lachte ausgelassen.

Sarah stimmte in ihr Lachen ein. »Du bist verrückt, Mary, weißt du das? Aber wenn ich dir so zuhöre, habe ich tatsächlich Lust mitzukommen.«

»Oh, bitte, Sarah! Es wäre so schön, dich bei mir zu haben.«

»Ich muss erst mit meiner Familie reden. Allein kann ich das nicht entscheiden.«

Leider stimmten die Chiswells nicht zu. Das Risiko einer solchen Reise war ihnen für ihre Tochter zu hoch. Alle anderen Freundinnen waren verheiratet, hatten zum Teil schon Kinder und würden natürlich ihre Familien nicht verlassen. Nun, ich habe ja Alice, tröstete sich Mary, und natürlich Edward, obwohl der nicht dieselbe Begeisterung für fremde Länder verspürt.

Vieles musste für die Reise durchdacht, geplant und angeschafft werden. Das meiste Gepäck sollte verschifft werden. Sie mussten also entscheiden, was aufs Schiff kam und was sie unterwegs brauchten.

Allein die Auswahl der Kleider für alle erdenklichen Jahreszeiten! War es immer warm in Konstantinopel, oder gab es dort auch Winter? Besser, man war vorbereitet. Und natürlich Schals, Hüte, Schleier und ein paar Ersatzperücken für Edward, denn die würde es bei den Türken sicher nicht geben. Gab es dort eigentlich Tee? Besser, sie schickten genügend mit. Hinzu kamen natürlich jede Menge Schreibzeug und Briefpapier, denn Mary wollte unterwegs ihre Eindrücke festhalten, später vielleicht sogar veröffentlichen. Einige Möbelstücke setzte sie auch auf die Liste, bis Edward sie bat, nicht zu übertreiben.

Zwanzig Livreen ließ Mary für türkische Bedienstete schneidern, die sie in Konstantinopel für die britische Botschaft einstellen würden. Es fiel ihr schwer zu entscheiden, welche Bücher sie mitnehmen sollte. Am Ende waren es viel zu viele, und Edward musste wieder einmal ein Machtwort sprechen. Ach, und Porzellan und Silberbesteck und ihre Nachttöpfe nicht vergessen!

Im Juli war es für Mary Zeit, sich von ihren Freunden zu verabschieden. Manche brachten ihr zu Erinnerung Geschenke, alle wünschten ihr viel Glück und gaben sich traurig, sie gehen zu sehen. Fünf Jahre waren eine lange Zeit, und die Reise war nicht ungefährlich – wer konnte wissen, ob man sich gesund wiedersehen würde?

Am meisten schien der Abschied Alexander Pope zu berühren. In den letzten Julitagen blieb er lange in Marys Salon und flehte sie an, ihm ihre letzten Augenblicke zu schenken.

»Dies ist nicht der Tod, mein Guter«, sagte sie lächelnd. »Ich komme zurück, du wirst sehen.«

»Es fühlt sich aber an wie ein Tod«, erwiderte er mit Tränen in den Augen. »Ein kleiner zumindest. Wie soll ich fünf lange Jahre ohne dich überleben?«

Was für ein Sturm der Gefühle!, dachte Mary peinlich berührt. Sie waren gute Freunde, aber so wie er sich aufführte … »Die Zeit geht schneller vorbei, als du denkst. Wer weiß, vielleicht hast du mich bis dahin längst vergessen und eine neue Muse gefunden.«

»Niemals!«, protestierte er und küsste ihre Hände.

Ein paar Tage später war es so weit. Edward erhielt seine offizielle Ernennung, das große Gepäck war unterwegs, und am 1. August 1716 nahmen Edward und Mary und zwanzig Bedienstete die eigens gemieteten Kutschen nach Gravesend, wo sie das Schiff nach Holland bestiegen. Ihr Abenteuer hatte begonnen.

***

Es war nicht die beste Zeit für eine Reise nach Konstantinopel, denn zwischen Österreich und den Osmanen drohte einmal mehr eine große militärische Auseinandersetzung. Die Osmanen lagen seit 1714 mit Venedig im Krieg und waren dabei, den griechischen Peloponnes zurückzuerobern, der 1699 nach dem großen türkischen Krieg zwischen dem Osmanischen Reich und der Heiligen Liga Venedig zugeschlagen worden war. Das Habsburgerreich stand kurz davor, den Venezianern beizuspringen und so die Konfrontation mit den Türken empfindlich auszuweiten. England wollte schlichten, und zu diesem Zweck hatte Edward ein persönliches Schreiben Georges I. an den Sultan im Gepäck.

Nach einer ereignislosen Kanalüberquerung war ihr erstes Ziel Rotterdam, von wo aus es nach Den Haag weiterging. Mary bewunderte die Kanäle und gut unterhaltenen Straßen und schrieb ihrer Freundin Sarah Chiswell, dass Nijmegen sie an Nottingham erinnere. Überhaupt, dass die Städte nicht so verwahrlost wie *zu Hause, sondern sauber und frei von Lumpenpack sind und dass die Holländerinnen ihre Haare selbst richten und in dieser Beziehung auf die Hilfe ihrer Mägde verzichten!*

Als Transportmittel für eine so große Reisegesellschaft mietete Edward die nötigen Wagen an, manchmal gelang es aber auch, Platz auf mehreren Postkutschen zu finden. Mary trug die meiste Zeit männliche Reitkleidung, was allerorten für hochgezogene Brauen sorgte, ihr aber Beinfreiheit und Bequemlichkeit verschaffte. Für alle Fälle hatte sie so etwas wie einen Schlafsack dabei, ein tragbares, schmales Federbett mit einer darüber zu knöpfenden Decke.

Unterwegs erreichte sie die Nachricht, dass die Habsburger unter der Führung von Prinz Eugen den Krieg gegen die Türken längst begonnen hatten. Edwards Auftrag, zu einer Schlichtung beizutragen, war somit hinfällig, was die Möglichkeiten seiner Einflussnahme als Botschafter der britischen Krone am Hofe des Sultans sicherlich erheblich verringern würde.

Zunächst aber waren die weiteren Reisestationen Köln, wo Mary ihrer Meinung nach wenig Sehenswürdiges fand, und Regensburg. In beiden Städten besuchte sie Kirchen und mokierte sich als Anglikanerin über den zur Schau gestellten Pomp, die riesigen vergoldeten und mit sakralen Gemälden bestückten Altäre, die vielen Heiligenstatuen, goldenen Monstranzen und mit Edelsteinen übersäten Reliquien. »Ich wette, die meisten dieser angeblichen Juwelen sind nichts als buntes Glas«, sagte sie zu Edward. »Die echten Juwelen haben die Bischöfe längst verkauft, um sich ihren Luxus zu finanzieren.«

»Du und deine spitze Zunge«, erwiderte Edward. »Sag so was bloß nicht in Gegenwart eines Würdenträgers.«

Mary grinste. »Ja, ja, ich weiß schon: Als Frau des Botschafters muss man zu allen nett und höflich sein. Vor allem darf man niemandem auf die Füße treten!«

»Gut, dass dir das bewusst ist.«

Für die Weiterfahrt auf der Donau mieteten sie ein großes Hausboot. Endlich war der kleine Edward weniger eingeengt, konnte sich frei bewegen und die vorüberziehende Welt beobachten, besonders die Schiffe auf dem Fluss oder die Kühe und Pferde auf den Auen.

Ihrer Schwester Frances schrieb sie ein paar Tage später:

*Ich bin nun wohlbehalten in Wien angekommen und danke Gott, dass ich nach all den Mühen der Reise keinen gesundheitlichen Schaden genommen habe, auch mein Kind nicht, was noch viel wichtiger ist. Von Regensburg aus reisten wir sehr komfortabel auf den Wassern der Donau in einem dieser Schiffe, einer Art Hausboot mit Rudern, in denen man allen Komfort eines Palastes vorfindet, Öfen in den Kammern,*

*Küche usw. Sie werden von zwölf Ruderern vorangetrieben, sodass die Fahrt schneller als gedacht verläuft und man sich ständig an den neuen Ansichten erfreuen kann, die an einem vorüberziehen, Wälder, Felsen, Berge, Kornfelder, Städte und Burgen.*

Mary war auf das Leben in Wien gespannt. Immerhin war Wien die Hauptstadt des Kaiserreichs und eine der großen Metropolen Europas. Edward ging es ähnlich, auch wenn er sich mehr für die habsburgische Politik interessierte, besonders in Bezug auf das Osmanische Reich.

Die europäische Diplomatie hatte sich während des letzten Jahrhunderts von bescheidenen Anfängen und gelegentlichen Gesandtschaften dazu entwickelt, permanente Botschaften in den wichtigen Staaten zu unterhalten. Die Botschaft in Wien gehörte zu den bedeutendsten des Vereinigten Königreichs, war mit entsprechendem Personal ausgestattet und befand sich in einem geräumigen Palast, umgeben von einem grünen Park, in dem mehrere Nebengebäude Platz für Besucher und ihre Entourage boten. Mary und Edward selbst bezogen ein eigenes Apartment im Palast. Neben einem Salon und dem Schlafgemach gab es auch ein Arbeitszimmer, das sie sich teilten.

Der gegenwärtige Botschafter war ein gewisser Abraham Stanyan, ein Karrierediplomat. Seine bürgerliche Herkunft war für einen solchen Posten eher ungewöhnlich, normalerweise betraute man Adelige mit dieser Aufgabe. Edward hätte sich gern mit ihm über die Lage auf dem Kontinent ausgetauscht, schließlich war er selbst wenig erfahren in diesen Dingen, aber Stanyan hielt sich gerade in England auf, und so musste er mit den Botschaftssekretären vorliebnehmen.

Hatte man sich früher während solcher Missionen auf Lateinisch ausgetauscht, dominierte in letzter Zeit immer mehr das Französische, sowohl in Sprache wie in Schrift. Ein Glück für Edward, denn mit Latein hätte er Schwierigkeiten gehabt.

Edward und Mary blieben zwei Monate in Wien, wurden äußerst zuvorkommend behandelt und fast täglich zu irgendwelchen Dîners, Musikfesten oder anderen Veranstaltungen eingeladen. Da Edward kein Deutsch sprach, stellte man ihm einen Dolmetscher zur Seite. Dennoch war es zu viel Trubel für seinen Geschmack. »Man kommt ja kaum noch zur Besinnung«, klagte er. »Da hat mir die Fahrt auf dem Hausboot besser gefallen. Für mich hätte die noch Tage weitergehen können.

Mary hingegen genoss die vielen Einladungen und Veranstaltungen. Da sie schon in England ein wenig Deutsch gelernt hatte, konnte sie sich einigermaßen verständigen. Besonders das Theater und die Oper gefielen ihr. Ihren Freunden in London berichtete sie, noch nie in ihrem ganzen Leben so gelacht zu haben wie bei einer Burleske im Theater. Die großartigen Bühnenbilder in der Oper beeindruckten sie besonders. Nicht zu vergessen die neuen Kaffeehäuser, in die sie Edward schleppte. Kaffee war den beiden bislang unbekannt gewesen, und Edward zeigte sich zuerst mehr als misstrauisch. Doch nach einer Weile genoss er dieses seltsame, mit Sahne und Zucker veredelte Gebräu, gern zusammen mit einem Stück von einer der köstlichen Wiener Torten.

An den Sonntagnachmittagen, nach dem Kirchgang und dem Mittagessen, hatten sie es ruhiger, legten sich ein Stündchen schlafen, frönten der Liebe oder plauderten im Bett.

Mary war erstaunt, dass so viele Wiener in hohen, fünf- oder sechsstöckigen Apartmenthäusern wohnten, Wand an Wand mit anderen Familien. »Da wohnt ein Minister neben einem Schuster und ein Schneider über einem Baron«, sagte sie zu Edward. »Ich glaube, das würde mir nicht gefallen.«

Edward zuckte mit den Schultern. Er fand nichts Seltsames daran. »Die Welt verändert sich, meine Liebe.«

Ihn beschäftigten vielmehr seine Aufgaben als Botschafter. Gleich nach ihrer Ankunft hatte er Gelegenheit gehabt, seiner kaiserlichen Hoheit Karl VI. vorgestellt zu werden. Er hatte ein Höflichkeitsschreiben seines Königs überbracht und war einer baldigen Antwort versichert worden. Bei Hofe herrschte gute Stimmung, denn vor Tagen hatte Wien die Nachricht erreicht, dass es Prinz Eugen wieder einmal gelungen war, das osmanische Heer zu schlagen. Diesmal bei Petrovaradin oder Peterwardein, wie die Habsburger es nannten.

»Wo ist das?«, fragte Mary, nachdem Edward davon berichtet hatte.

»Eine Festung der Habsburger an der Donau auf serbischem Gebiet«, erklärte Edward. »Die Türken haben sie belagert. Obwohl Eugens Heer nur halb so stark war, ist es ihm gelungen, die Osmanen zu besiegen. Zwanzigtausend Türken haben dabei ihr Leben verloren und mit ihnen ihr Heerführer, der Großvisier Damad Ali Pascha.«

»Ist der Krieg dann jetzt zu Ende?«

»Nein, noch nicht.«

»Das Schlachten geht also weiter.«

»So sieht's aus. Doch die Türken sind geschwächt, nehme ich jedenfalls an. Aber man kann nie wissen. Es ist ein großes Reich.«

Es hatte etwas gedauert, bis Mary der Kaiserin vorgestellt werden konnte, denn sie besaß kein für die Mode des Hofs passendes Gewand. Das musste erst geschneidert werden, was aufwendig und teuer war. Diverse übereinanderliegende Röcke, von einem Gestänge gehalten, nicht sehr bequem zu tragen, dafür schulterfrei und taillenbetont, auf dem Kopf ein Turm aus eigenem und Fremdhaar, bedeckt mit Gaze. Sie fürchtete während der ganzen Audienz, das Gebilde könne herunterfallen.

Die Kaiserin, Elisabeth-Christine von Braunschweig-Wolfenbüttel, entpuppte sich als charmante Frau, mit der Mary sich mit Hilfe eines Übersetzers angeregt unterhielt. Den Wiener Hof selbst fand sie allerdings genauso steif und langweilig wie den in London.

»Wusstest du«, fragte sie Edward an einem ihrer ruhigen Sonntagnachmittage, »dass in Austria Damen von Stand finanziell gesichert in die Ehe gehen? Sie sind von ihren Ehemännern finanziell völlig unabhängig.«

»Tatsächlich?«

»Und noch etwas. Das hat mich dann doch schockiert!«

»Was denn?«

»Alle verheirateten Damen haben einen Galan.«

»Einen was?«

»Einen Liebhaber. Das ist hier so üblich. Wer keinen hat, wird bemitleidet oder für unattraktiv gehalten. Und das will sich natürlich keine Frau antun.«

Edward schüttelte ungläubig den Kopf. »Bist du sicher?«

»Oh ja, so hab ich mich belehren lassen. Die Damen haben im Grunde zwei Ehemänner: einen dem Namen nach, den anderen … Na ja, du weißt schon.«

»Nein, das glaube ich nicht. Was erzählst du da, Mary?«

»Wenn ich's doch sage! Ich selbst habe schon Angebote bekommen. Ein junger Graf war ziemlich insistent.«

»Ich hoffe, du hast abgelehnt.«

»Natürlich. Aber es war mir peinlich. Jedenfalls habe ich versucht, höflich und diplomatisch zu sein, wie du es mir aufgetragen hast.«

»Und was hast du gesagt?«

Mary grinste. »Ich hab mich artig bedankt und ihm gesagt, ich könne mich leider nicht so schnell verlieben. Das sei schon immer mein Fehler gewesen.«

»Und? Hat er das geschluckt?«

»Er könne gerne warten, hat er gemeint. Ich müsse ihm nur einen Wink geben.«

Edward stieß erleichtert Luft aus. »Ich glaube, es wird Zeit, dass wir aus dieser Stadt verschwinden.«

»Warum? Ist doch schön, wenn man angehimmelt wird. Mir hat es gefallen.«

»Eben das ist meine Befürchtung!«

»Es wundert mich schon«, sagte sie nach einer Weile, »dass man sich gar nicht von mir abwendet.«

»Wieso?«, fragte Edward. »Wegen deines Aussehens?«

Sie nickte bekümmert. »Ich kriege immer noch einen Schreck, wenn ich in den Spiegel schaue.« Plötzlich hatte sie Tränen in den Augen.

»Unsinn! Du bist nicht der einzige Mensch mit Pockennarben. Auch in Wien nicht.«

»Und das soll es besser machen? Für mich? Kannst du dir nicht vorstellen, wie das für eine Frau ist? Ich fühle mich wie ein hässliches Entlein. Ich denke, jeder müsse sich erschrecken, wenn er mich sieht.«

»Ach, komm her«, sagte er und nahm sie in die Arme. »So arg ist es doch gar nicht! Am Anfang sah es wirklich schlimm aus, aber inzwischen … Die Schwellungen sind zurückgegangen, die Haut hat sich geglättet. Ja, da sind natürlich Narben, aber mich stören sie nicht. Ich sehe sie schon gar nicht mehr.«

»Das sagst du nur, um mich zu beruhigen.«

»Nein, ich meine es ernst. Viel wichtiger als deine paar Narben sind deine Persönlichkeit, dein sprühender Geist, dein Lachen, dein Charme. Wer mit dir redet, vergisst die Narben. Du siehst doch, wie die Leute an deinen Lippen hängen, wenn du mit ihnen sprichst.«

»Meinst du?«, fragte sie und legte den Kopf auf seine Brust.

»Natürlich. Selbst die Kaiserin war von dir beeindruckt. Und warum sonst läuft dieser Graf hinter dir her und will dein Liebhaber werden? Sag mir nicht, wer er ist, sonst bring ich den Kerl um.«

Das brachte Mary zum Lachen. Sie wischte sich über die feuchten Wangen und sah zu ihm auf. »Danke, Edward.«

»Wofür?«

»Für deine Worte, für dein Verständnis.« Sie küsste ihn. »Überhaupt für alles.«

***

Glücklicherweise war das Arbeitszimmer des Apartments, das man Edward und Mary im Palast der Botschaft überlassen hatte, groß genug für zwei Schreibtische, denn nicht nur Edward, auch Mary bestand darauf, einen Ort zu haben, an dem sie ihren Schriftverkehr erledigen konnte. Während Edward sich tagsüber seinen diplomatischen Verpflichtungen widmete und den Kontakt zum Hof und zu anderen Botschaften pflegte, schrieb sie Familienmitgliedern und Bekannten, um von der Reise und ihren Eindrücken zu berichten.

Eines Nachmittags saß Edward an seinem Schreibtisch, um eine Depesche an die britische Regierung zu verfassen, als er sein Federmesser nicht finden konnte. Er hasste es, wenn der Gänsekiel nicht ordentlich angespitzt war. Vielleicht hatte Mary es genommen. Sie war an diesem Nachmittag bei einem Treffen einer Gruppe von Hofdamen. Er erhob sich von seinem Platz und ging zu Marys Schreibtisch hinüber.

Im Gegensatz zu seinem eigenen, stets geordneten Arbeitsplatz herrschte auf dem ihren wie immer Chaos. Es stapelten sich Bücher, zusammengefaltete Schriftstücke ohne besondere Ordnung, auch mehrere unverschlossene Briefe, dazwischen ein offenes Tintenfass, das er vorsichtshalber schloss, bevor es zu einem Unglück kam, einige Federkiele, zwei Ohrringe mit Saphiren, eine Halskette und eine offene Puderdose. Und ein Fläschchen mit Laudanum. Offenbar war sie von dem Zeug immer noch nicht losgekommen. Das machte ihm langsam Sorgen.

Edward schüttelte den Kopf. Wo sollte er in diesem Durcheinander irgendetwas finden? Sein Blick fiel auf den Brief, der obenauf lag. Die Worte *Die Liebe zu Dir* stachen ihm ins Auge und weckten seine Neugierde, sodass er den Brief in die Hand nahm und weiterlas: *Die Liebe zu Dir hat mich für jede Konversation mit dem einen Geschlecht verdorben und fast jede Freundschaft mit dem anderen.*

Noch dachte sich Edward nicht viel dabei, aber er las weiter, wohl wissend, dass es sich nicht gehörte, in der Korrespondenz seiner Frau zu schnüffeln. Vor allem sehne sich der unbekannte Autor danach, las Edward, dass Mary ihn und seine Gefühle, die überfließende Wärme seines Herzens und die ungemeine Wertschätzung, in der er sie hielte, ernst nehme.

Wer zum Teufel schreibt ihr denn so was?, fragte sich Edward irritiert und drehte das Schriftstück um, um den Verfasser zu ermitteln. Dann fand er die Unterschrift: *In Ewigkeit verbunden, Alexander*. War das nicht dieser Dichter Pope?

Edward wusste, dass sie befreundet waren. Mary hatte oft genug von dem Kerl erzählt, der zu einer Gruppe von Künstlern gehörte, mit denen sie Umgang pflegte. *Gefühle, Herzenswärme, in Ewigkeit verbunden …* Die Worte hatten ihn getroffen. Aufgeregt beschloss Edward weiterzulesen.

Doch das hätte er vielleicht besser nicht getan, denn die nächsten Zeilen schockierten ihn über alle Maßen. *Du und ich*, las er, *sind ein Paar, das sich in Gegenwart anderer durchaus sittsam zu benehmen weiß, doch sobald allein und ungestört, die Strumpfhalter aufknöpft und den Unterrock hebt.*

*Herr im Himmel!* Edward wurde weiß. Mit zitternden Händen ließ er sich auf den Stuhl vor Marys Schreibtisch sinken und las die Zeilen noch einmal, dann ein weiteres Mal den ganzen Brief und immer wieder diese verfluchten Zeilen, nur um sicher zu sein, dass er nichts missverstanden hatte.

Aber was konnte man da schon missverstehen? Eindeutiger konnten die Worte kaum sein. Mary hatte eine Affäre mit diesem Pope. Darauf lief es hinaus. War das zu fassen?

Und dann ließ sie auch noch Briefe wie diesen offen herumliegen! Nicht nur er, auch jede Angestellte, vor allem Alice könnte sie lesen. War ihr das egal? War sie so abgebrüht, dass sie sich vor Entdeckung nicht fürchtete? Alice war wahrscheinlich ohnehin im Bilde. War sie nicht Marys Vertraute, hatte damals die heimlichen Briefe zwischen ihnen geschmuggelt? Ja, Alice musste Bescheid wissen. Nur er nicht, der gehörnte Ehemann! Wie lange betrog sie ihn schon?

Edward erhob sich, um Alice zu suchen. In diesem Augenblick betrat Mary das Zimmer. Sie sah sofort, dass Edward mit einem Brief in der Hand vor ihrem Schreibtisch stand und sie wütend anstarrte. »Was ist los?«, fragte sie erschrocken.

Sein Gesicht war gerötet. Zornig fuchtelte er ihr mit dem Brief vor der Nase herum. »Was zum Teufel ist das hier?«, fuhr er sie an. »Du lässt dir Liebesbriefe nach Wien schicken? Von deinem Liebhaber?«

Sie riss ihm den Brief aus der Hand, sah, wer ihn geschrieben hatte, schüttelte den Kopf und begann laut zu lachen. »Ach, Edward!«, rief sie. »Reg dich nicht auf. Das hat überhaupt keine Bedeutung!«

»Keine Bedeutung?«, brüllte er. »In Gesellschaft *sittsam*, aber *kaum allein*, reißt ihr euch die Kleider vom Leib?«, zitierte er sinngemäß. »Ziemlich starker Tobak, Mary. Wie kommst du dazu, mich mit diesem Zwerg zu betrügen?«

Mary verstand sofort, wie er die Worte interpretierte und warum er so aufgeregt war. Sie streckte den Arm aus und ging einen Schritt auf ihn zu. »Aber Edward!«, versuchte sie, ihn zu beschwichtigen. »Weder mit ihm noch mit irgendeinem anderen. Mir ist noch nie in den Sinn gekommen, dir untreu zu sein.«

Er wich zurück, wollte sich nicht von ihr berühren lassen. »Das liest sich aber ganz anders! Versuch nicht, mich zu belügen! Wenn du noch einen Funken von Respekt für mich übrighast, dann sei wenigstens ehrlich!«

Unschlüssig und mit gerunzelten Brauen starrte sie ihn an. Wie konnte sie ihn nur überzeugen, dass an der Sache nichts dran war? Jedenfalls nicht so, wie er vermeinte.

»Hier, ich zeige dir, was ich davon halte«, sagte sie beschwörend und riss den Brief in kleine Stücke, die sie mit einer verächtlichen Geste in die Luft warf. »Ja, Alexander Pope glaubt, in mich verliebt zu sein. Und jetzt, da ich nicht mehr in London bin, steigert er sich in etwas hinein, was es überhaupt nicht gibt und nie gegeben hat. Ich schätze ihn als Dichter und Freund, aber um Gottes willen doch nicht als Mann!«

»Und das soll ich dir glauben?«

»Natürlich! Hab ich dich jemals belogen?«

Edward ließ sich auf einen Stuhl fallen und strich sich mit der Hand durchs Haar. Er wirkte so verletzt. Am liebsten hätte sie ihn jetzt in die Arme genommen.

Er vermied, sie anzusehen. »Ich weiß nicht, Mary«, sagte er leise, fast tonlos. »Niemand schreibt solche Dinge, wenn sie nicht wahr sind, wenn sie nicht schon geschehen sind.« Er blickte zu ihr auf. »Hast du mit ihm geschlafen? Sag es mir.« Der Vorwurf lag deutlich in seinen Augen.

»Was willst du hören? Anscheinend hast du schon den Stab über mir zerbrochen.«

»Sag mir die Wahrheit!«, donnerte er plötzlich.

»Ich habe dich nicht betrogen. Wie käme ich dazu? Der Mann fantasiert. Der suhlt sich in seinen Vorstellungen.«

Edward glaubte ihr nicht. Er ließ den Blick sinken, schüttelte den Kopf und seufzte. »So weit ist es also gekommen«, murmelte er mit düsterer Miene.

Mary kniete sich vor ihm hin und legte die Hand auf seinen Arm. Diesmal ließ er es zu. »Edward, hör mir zu!«, beschwor sie ihn. »Du bist der beste Ehemann, den ich mir denken kann. Du bist großzügig und tolerant und lässt mich gewähren, was ich sehr schätze. Nur ab und zu kriegst du einen Anfall völlig unbegründeter Eifersucht. So wie jetzt.«

Er sah sie an. »Unbegründet? Der Kerl hat doch alles geschrieben, was man wissen muss.«

»Nichts als Fantasie, Edward. Nichts dergleichen ist geschehen, noch wird es jemals geschehen. Noch heute werde ich ihm schreiben, er soll sich nichts einbilden und auf der Stelle mit solchem Gekritzel aufhören. Du kannst ihn nachher lesen, meinen Brief. Einverstanden?«

Edward schüttelte den Kopf. »Nein, nein! Ich will nichts mit diesem Dreck zu tun haben«, knurrte er, erhob sich und stürmte aus dem Schreibzimmer, nicht ohne die Tür hinter sich heftig zuzuschlagen.

Während der nächsten Tage lehnte er es ab, ihre Erklärungen überhaupt anzuhören. Kaum ein Wort wechselten sie miteinander. In Gesellschaft versuchten sie, sich nichts anmerken zu lassen, doch selbst der Kaiserin blieb nicht verborgen, dass bei ihnen der Haussegen schief hing.

Erst nach zwei Wochen, während deren Mary ihn tagelang bedrängt hatte, ließ sich Edward dazu herab, Frieden zu schließen. Wie lange dieser Frieden halten würde, wusste sie nicht. Es war offensichtlich, dass er ihr nicht wirklich verziehen hatte, denn sein Benehmen ihr gegenüber hatte sich merklich abgekühlt. Er behauptete zwar, ihren Beteuerungen zu glauben, doch Mary spürte, dass er ihr immer noch misstraute. Dabei hatte sie sich überhaupt nichts zuschulden kommen lassen. Oder doch?

Sie dachte lange darüber nach. Natürlich war sie Edward nicht untreu gewesen. Aber hatte sie nicht vielleicht doch ein wenig mit Popes Gefühlen gespielt, ihn unbewusst ermutigt? Sie bewunderte den Mann als großen Künstler, und dass er sie verehrte, schmeichelte ihr. Seine Freundschaft war ihr teuer und wichtig. Aber hatte sie ihm vielleicht unbewusst falsche Zeichen gesendet, ihn in irgendeiner Weise ermutigt? Möglich. Er hatte ihr schon mehrmals solche Briefe geschrieben, und sie hatte es ihm nicht verboten, weil es sie amüsiert hatte. Außerdem wollte sie ihn nicht vor den Kopf stoßen. Deshalb war sie froh, dass Edward sie nicht beim Wort nahm, was ihren nächsten Brief an Pope betraf.

Auch über ihre Ehe dachte sie nach. Edward war ein guter Mensch, verlässlich, verständnisvoll. Sie kamen, abgesehen von gelegentlichen Meinungsverschiedenheiten, gut miteinander aus. Wahrscheinlich, weil sie einander gewähren ließen. Er mischte sich nicht in ihre Angelegenheiten ein, sie sich nicht in die seinen. Das setzte ein gewisses Vertrauen voraus, das durch Popes Brief nun zutiefst erschüttert war. Sie konnte nachvollziehen, wie Edward sich fühlte, auch wenn er keinen Grund dazu hatte.

Offensichtlich misstraute er nach diesem Vorfall ihrer Liebe und hatte sich in sein Schneckenhaus zurückgezogen. Das war typisch für ihn. Sie würde sich mehr um ihn kümmern müssen, sich bemühen, sein Vertrauen zurückzugewinnen. Sie würde sich mehr für seine Belange interessieren, ihm bei seiner diplomatischen Mission zur Seite stehen. Ja, das nahm sie sich vor.

Überhaupt, liebte sie Edward, so wie er es verdiente?

Manchmal fragte sie sich das. Er war oft sehr mit seiner Arbeit beschäftigt, war dann abwesend und kühl. Auch konnte er pedantisch sein, und intellektuell war er weniger anregend als ihre Freunde. Aber das war eben seine Natur, es bedeutete nichts. Wenn sie miteinander intim waren, genoss sie es. In dieser Beziehung hatten sie weit mehr als viele andere Paare. Die meisten eigentlich. Ja, es war schön mit ihm, und doch war es nicht die große Leidenschaft. Nein, Leidenschaft war es nicht. In der Beziehung fehlte etwas.

War sie deshalb manchmal versucht, nach anderen Männern Ausschau zu halten? Ein wenig schon, musste sie sich eingestehen. Sie hatte es gern, wenn man ihr den Hof machte. Auch Popes Bewunderung und die der anderen Männer ihres Londoner Kreises genoss sie, wenn sie ehrlich war.

*Und hier in Wien?* Bei Gott, die Vorstellung, dass jede Frau ihren Liebhaber hatte, raubte ihr in manchen Nächten den Schlaf. Die Männer in Wien gefielen ihr. Sie hatten Charme, waren höflich, gar nicht aufdringlich und doch verführerisch. Schon die Sprache, dieser gemütliche Wiener Singsang! Und dann die oft von ironischem Lächeln begleiteten Blicke. Ein Sündenpfuhl, dieses Wien!

Und doch änderte all das nichts an der Tatsache, dass sie verheiratet war, gut verheiratet, und dass es ihr fernlag, ihren Mann zu betrügen. Sie kannte solche Fälle aus ihren Kreisen, und die endeten immer schlimm für die Frau. Bei Männern kniff man ein Auge zu, aber von Frauen erwartete man, dass sie über jeden Verdacht erhaben waren. Offensichtlich nicht in Wien, zumindest aber im protestantischen England. Sie konnte nur hoffen, dass ihr auch zukünftig niemand über den Weg lief, der sie ernsthaft in Versuchung führte.

***

Es war bereits Mitte November, als Edward die Nachricht erhielt, König George befinde sich zurzeit in seiner Heimat Hannover und würde sich freuen, wenn Edward und Gemahlin ihn besuchten, um von Neuigkeiten am Wiener Hof zu berichten. Dass der König höchstpersönlich sie einlud, war eine große Ehre. Da konnte man nicht Nein sagen. Also machten sie sich auf den Weg, diesmal allerdings allein. Die Bediensteten und sogar den kleinen Edward ließen sie in Wien zurück.

Es wurde eine unangenehme, kalte Reise durch verschneite Landschaften über holprige, meist gefrorene Straßen. Einmal, mitten in der Nacht, wachte Mary erschrocken auf, denn die Kutsche ruckelte und schaukelte auf gefährlichste Weise. Edward neben ihr schlief tief und fest. Sie steckte den Kopf aus dem Schlag in die eisige Nachtluft und sah mit Grauen, dass die Gäule des Vierspänners durchgegangen waren, während der Postillion offensichtlich selbst eingeschlafen im Sattel des Führungspferdes saß. Mit Entsetzen sah sie die nächste Kurve auf sie zurasen. Bei der Geschwindigkeit würde die Kutsche unweigerlich aus der Kurve getragen werden, und sie würden sich alle Knochen brechen.

Sie schrie, rüttelte Edward wach und deutete im Lärm der Räder nach vorn. »Die Gäule sind durchgegangen!«

Edward beugte sich raus und sah selbst die Gefahr. Laut brüllend versuchte er, die Aufmerksamkeit des Postillions zu wecken, während die Kurve immer näher kam. Als kein Rufen und Brüllen half, zog er sich den Stiefel aus, um nach dem Kerl zu werfen. Der erste Wurf ging daneben, doch der zweite traf den Rücken des Mannes, sodass der aufwachte und vor Schreck beinahe vom Pferd gefallen wäre. Sofort zerrte er an den Zügeln und brachte das Gespann wenige Meter vor der engen Kurve zum Stehen. Er sprang ab und packte die Pferde an den Halftern, um sie zu beruhigen. Noch ein paarmal zerrten sie wiehernd und augenrollend an ihren Halftern, dann senkten sie die Köpfe. Ihr keuchender Atem bildete Wölkchen in der kalten Luft.

Mary, die ängstlich am Fenster des Schlags gehangen hatte, bekreuzigte sich und ließ sich zutiefst erleichtert auf ihren Sitz fallen.

»Herrgott!«, stöhnte Edward und sprang aus dem Wagen. »So ein Idiot! So was hab ich in meinem ganzen Leben noch nicht erlebt.«

Er beschimpfte wüst den Postillion, der an den Wagen getreten war und die Bremse scharf anzog. Edwards Englisch verstand er zwar nicht, aber er verbeugte und entschuldigte sich tausendmal, bevor Edward ihm mit Marys Hilfe befahl, gefälligst nach seinen Stiefeln zu suchen. Mary konnte sich nicht helfen und musste herzlich über ihren Mann lachen, der in Socken im Schnee stand.

»Lach nur!«, knurrte er. »Das war verdammt knapp! In der Kurve wäre der Wagen umgekippt und womöglich an einen Baum geknallt. Dann wären wir jetzt tot.«

»Jetzt reg dich ab, wir leben ja noch«, sagte sie immer noch lachend. Mehr aus Erleichterung als aus irgendeinem anderen Grund. »Komm wieder in den Wagen. Du erkältest dich sonst. Lass den Postillion suchen.« Dann grinste sie wieder. »Eines muss ich dir sagen: Im Stiefelwerfen bist du wirklich spitze!«

Edward stieg in den Wagen. »Schön, dass du das alles erheiternd findest«, knurrte er und rieb sich die kalten, jetzt nassen Füße.

Mary umarmte und küsste ihn. »Du bist mein Held, Edward. Mit deinem Stiefelwurf hast du uns gerettet. Das soll dir mal einer nachmachen.«

***

Am Hof von Hannover wurden sie äußerst freundlich empfangen. Man überließ ihnen ein Apartment im kurfürstlichen Palast. Der König begrüßte sie herzlich, beglückwünschte Mary, dass sie von den Pocken genesen war, und bestand darauf, dass sie bei Tisch neben ihm saß. Während des gesamten Abendessens unterhielt er sich mehr mit ihr als mit Edward. In seinem formellem Samtrock, der steifen Krawatte und seiner dunklen Perücke kam er Mary gealtert vor. Dabei war er erst sechsundfünfzig. Auch seine Nase schien länger und fleischiger zu sein, als sie sie in Erinnerung hatte. Vielleicht war es das schwache Kerzenlicht auf der abendlichen Tafel.

Mary musste an des Königs ehemalige Gemahlin denken, die unglückliche Sophia Dorothea, der ihre Affäre mit dem schwedischen Grafen zum Verhängnis geworden war. Wieder ein Beispiel, dass mit zweierlei Maß gemessen wurde, denn die Herren schämten sich ihrer Mätressen nicht. Ob sie immer noch auf Schloss Ahlden gefangen gehalten wurde? Immerhin war die Angelegenheit nun schon zwanzig Jahre her …

Am Hannoveraner Hof hatte Mary auch Gelegenheit, den neunjährigen Sohn der Prinzessin von Wales kennenzulernen. Der Junge war nicht mit den Eltern nach England umgezogen, sondern unter der Obhut seines Oheims Ernst August in Hannover geblieben. Mit seinem blonden Haar war er ein ausgesprochen hübscher Junge, und Mary drückte sich entsprechend lobend in einem Brief an Caroline von Ansbach, seine Mutter, aus. Nach ihrem ungeschickten Aufsatz in den *Eklogen* hoffte sie, auf diese Weise die Prinzessin gnädig zu stimmen, zumal sie am Ende des Briefes Grüße des Königs hinzufügte.

Ihrer Freundin Lady Bristol schrieb sie, wie wunderbar sie es fand, dass die Hannoveraner ihre Gewächshäuser mit Öfen warm hielten, um darin tropische Früchte zu ziehen. Sie habe zum ersten Mal in ihrem Leben eine Ananas gegessen. Und das im kalten Hannover.

Schließlich machten sie sich wieder auf den Weg nach Wien. Im Gepäck hatten sie Depeschen des Königs an den Kaiser und Briefe an die Kaiserin von deren Mutter, Christine Luise von Oettingen-Oettingen. Diesmal verlief die Reise angenehmer und ohne besondere Ereignisse, außer dass Mary sich Sorgen um ihr Kind machte und sich fragte, wie es ihm wohl ging.

In Wien konnte sie dann endlich das Wiedersehen mit ihrem kleinen Sohn feiern, der gerade dabei war, sich von einer starken Erkältung zu erholen. Ich hätte ihn nicht allein in Wien lassen dürfen, dachte sie. Zum Glück war auch Dr. Maitland in Wien geblieben und hatte sich um ihn kümmern können.

»War es denn schlimm?«, fragte sie erschrocken. Sie hielt den Kleinen in ihren Armen und fest an sich gedrückt.

»Er hatte Fieber und schlimmen Husten«, sagte der Arzt. »Aber nun ist er über den Berg.«

»Ist es unvernünftig, ein Kind auf eine solche Reise, wie wir sie unternehmen, mitzunehmen? Manchmal frage ich mich das.«

Dr. Maitland lächelte. »In England hätte er sich genauso erkälten können. Vielleicht noch mehr. Denn hier ist die Luft doch wesentlich trockener.«

Tatsächlich hatte der Junge Farbe im Gesicht und machte sich einen Spaß daraus, an Marys Haaren zu zupfen. Dann war es ihm bei seiner Mutter zu langweilig, und er versuchte, sich loszumachen. Mary stellte ihn auf den Boden, wo er sich gleich auf sein Spielzeug stürzte.

»Esther hat sich aufopfernd um ihn gekümmert«, sagte Alice. »Sie hat ihn keinen Augenblick aus den Augen gelassen.«

»Das kann ich bestätigen«, sagte Dr. Maitland.

Mary blickte zur Kinderfrau, die etwas abseits saß. »Danke, Esther!«

Die junge Frau lächelte scheu. »Wir verstehen uns gut, klein Master Edward und ich.«

»Ich weiß. Und darüber bin ich froh.«

In Wien wurden sie erneut zu allen wichtigen gesellschaftlichen Gelegenheiten eingeladen. Besonders Mary erfreute sich großer Beliebtheit – dank ihres Humors, ihres Charmes und ihrer Fähigkeit, sogar mit Gelehrten geistreiche Gespräche zu führen. Auch wenn Edward manchmal ein wenig hinter ihr zurückstand, musste er eingestehen, dass dies für seine Karriere als Diplomat durchaus förderlich war.

Allein Marys ungewöhnliche Art, sich zu kleiden, stieß in Wien auf Verwunderung, denn sie liebte ausgefallene Kopfbedeckungen – manchmal auch nur einfache Mützen – und hüllte sich gern in große Woll- oder Seidentücher, meist in schrillen Farben, oder wagte es, so etwas Schockierendes wie Rockhosen zu tragen, die sie bequemer fand als die steifen, weiten Röcke der Wiener Mode.

Edward war nun doch ungeduldig, die Reise nach Konstantinopel fortzusetzen. Auch Mary freute sich auf das Abenteuer. Doch Kaiserin Elisabeth-Christine warnte Mary: »Der Balkan ist gefährlich«, sagte sie. »Schlechte Straßen, besonders in den Bergen. Dazu Straßenräuber, die nicht zögern, den armen Reisenden die Gurgel durchzuschneiden.«

Prinz Eugen, der siegreiche Feldherr, ein schlanker, drahtiger Mann Mitte fünfzig, der sich zurzeit am Wiener Hof aufhielt, bestätigte das. »Wartet besser, meine Liebe, bis die Donau eisfrei ist. So reist es sich sicherer und vor allem bequemer.«

»Mein Man will endlich Konstantinopel erreichen. Schließlich ist das das Ziel unserer Reise.«

»Dann lasst ihn doch allein reisen«, sagte die Kaiserin. »Bleibt bei uns. Ihr seid herzlich willkommen.«

»Tausend Dank, Hoheit«, erwiderte Mary. »Aber ich kann

meinen Mann nicht allein fahren lassen. Schließlich stehe ich als Botschaftergattin ebenfalls in der Pflicht. Außerdem bin ich wahnsinnig neugierig, wie es bei den Türken ist.«

»Habt Ihr denn keine Angst?«, fragte die Kaiserin. »Diesen Muslimen ist nicht zu trauen. Sie verschleppen Christenkinder, um Soldaten aus ihnen zu machen. Und die Mädchen stecken sie in ihre Harems. Nur daran zu denken lässt einen schaudern.«

Prinz Eugen winkte lachend ab. »So schlimm ist es nicht, Hoheit! Da wird gern übertrieben. Ich kenne die Türken schließlich bestens.«

»Auf dem Schlachtfeld«, wandte die Kaiserin ein.

»Auch sonst«, erwiderte er. An Mary gewandt sagte er: »Über Neuigkeiten vom osmanischen Hof würde ich mich freuen. Sagt das Eurem Gemahl.«

Mary lächelte. »Es wird ihm eine Ehre sein.«

Also machten sie sich an die Vorbereitungen für die lange, gefährliche Weiterreise. Vor ihrer Abfahrt schrieb Mary noch einen Brief an Alexander Pope:

*Meinen Freunden sage ich so feierlich adieu, als müsste ich eine Bresche erstürmen. Das Wetter ist so kalt, dass man von Schnee bedeckt erfrieren könnte. Wer weiß, ob uns die Tartaren erwischen, die gerade in Ungarn ihr Unwesen treiben. Unsere Eskorte ist so groß, dass man Gefahr laufen könnte, sich in einer Schlacht wiederzufinden. Falls ich die Reise überlebe, wirst Du von mir hören. Mich selbst schreckt der Tod nicht, nur unseren armen kleinen Sohn möchte ich ungern als Waisenkind zurücklassen.*

# Im Land der Osmanen

Anfang Januar verließen sie Wien. Die Landschaft war schneebedeckt, und trotz strahlenden Sonnenscheins war es eisig kalt. Mary und Edward saßen mit der Kinderfrau Esther und ihrem kleinen Sohn in der vordersten Kutsche, alle der Kälte wegen in dicke Mäntel und Pelze gehüllt, Handschuhe an den Händen und warme Mützen auf dem Kopf. Dazu hatte Mary einen Muff aus Fuchspelz.

Die Räder ihrer vier Wagen waren vorübergehend durch Kufen ersetzt worden, sodass sie auf den verschneiten Straßen gut vorankamen. Angesichts des prächtigen Wetters und der klirrenden Winterluft fragte sich Mary, warum sie vor ein paar Tagen Pope und auch ihrer Schwester Frances so düstere Zeilen geschrieben hatte. Hatte sie ernsthaft gedacht, sie könne auf der Reise zu Tode kommen? Nein, nein, das war doch Unsinn! Im Gegenteil, sie freute sich auf die Menschen und all die interessanten Orte, die sie zu sehen bekommen würden.

Im ungarischen Raab machten sie mit dem dortigen Bischof Bekanntschaft, der sie über die Lage in Ungarn unterrichtete, dann ging es weiter nach Buda an der Donau, wo sie der Gouverneur empfing. Buda war der alte Sitz der Könige von Ungarn, lange Jahre jedoch unter türkischer Verwaltung gewesen. Erst 1686, im großen Türkenkrieg, hatten die Truppen der Heiligen Liga die Stadt nach langer Belagerung zurückerobert. Ein Sieg, der wenige Jahre vor Marys Geburt in ganz Europa als große Wende in der Auseinandersetzung mit dem Reich der Osmanen gefeiert worden war. Natürlich waren die Türken noch lange nicht endgültig besiegt, aber man hatte Fortschritte gemacht, zuletzt etwa durch Prinz Eugens Erfolg bei Petervardein.

Die Reise führte durch weite, einsame, von abgehärmten Bauern bewohnte Landschaften. Die Menschen dort konnten sich nicht einmal vernünftige Kleidung leisten, sondern liefen in Schaffellen herum, wie Mary beobachtete. Für die bescheidenen Nahrungsmittel, die sie bei diesem bis vor Kurzem noch von Türken beherrschtem Volk erstanden, zahlte Edward in Silber, was die Leute ihnen überschwänglich dankten. Trotz ihrer Armut schienen sie ehrlich zu sein. Nicht ein einziges Mal wurde ihre Reisegesellschaft bedroht, und die Warnung vor halsabschneidenden Banditen oder marodierenden Türken erwies sich als grundlos.

Nachdem sie die Donau überquert hatten, erreichten sie Petervardein, wo erst wenige Monate zuvor die Schlacht getobt hatte. Überall lagen halb vom Schnee bedeckte, verweste Leichen herum, die blutigen Uniformen von Kugeln zerfetzt, mit leeren Augen und von Tieren angenagten Gesichtern.

Edward ließ einen Augenblick anhalten und rief der Kinderfrau, die mit dem Kleinen im zweiten Wagen saß, zu: »Esther, halt dem Jungen die Augen zu! Das soll er nicht sehen!« Dann fuhren sie eilig weiter.

»Danke, Edward«, sagte Mary.

Sie selbst hätte ebenfalls den Blick abwenden sollen, doch übte der grausige Anblick so vieler geschundener Leiber eine makabre Faszination auf sie aus. Sie, die so etwas noch nie gesehen hatte, schockierte die Brutalität des Krieges zutiefst. Das alles war das Werk eines Mannes, den sie erst kurz zuvor am Wiener Hof als höflichen und gebildeten Mann kennengelernt hatten: Prinz Eugen.

Was für eine sinnlose Vergeudung menschlichen Lebens!, dachte sie. Um ein lächerliches Stückchen Erde wird gnadenlos gekämpft. Wozu, um Himmels willen, soll das gut sein? Was bringt die Menschheit dazu, Kriege zu führen und sich gegenseitig abzuschlachten?

»Immer sind es Männer, die es nicht lassen können, zu den Waffen zu greifen«, sagte sie zu ihrem Mann. »Eine von Frauen beherrschte Welt wäre gewiss friedlicher.«

Edward schüttelte den Kopf. »Da wäre ich mir nicht so sicher. Es geht doch immer um Macht. Und Macht hat kein Geschlecht.«

»Nein, nein! Da bin ich entschieden anderer Meinung. Wenn es nach uns Frauen ginge, gäbe es keine Kriege.«

»Dann möchte ich dich an unsere Bloody Mary erinnern und an unsere Königin Bess. Beide haben sich nicht gescheut, Gewalt anzuwenden.«

»Das hatte andere Gründe, und das weißt du sehr wohl«, widersprach sie. »Königin Mary wurde von Katholiken angestiftet. Dahinter steckten die Spanier. Und Königin Elisabeth musste England verteidigen. Wieder gegen Spanier.«

»Und warum hat sie Mary Stuart den Kopf abschlagen lassen? Das war auch nicht gerade friedlich.«

»Weil die Stuart und der Papst sie ermorden lassen wollten. Also komm mir nicht mit diesem Argument. Es war Selbstverteidigung!«

Edward antwortete nicht, zuckte mit den Schultern und lächelte mit dieser überlegenen Miene, die sie manchmal zur Weißglut trieb: als wisse er es besser, wolle aber nicht mit ihr streiten.

Sie setzten ihre Reise fort, froh, so schnell wie möglich diesem grausigen Ort zu entkommen.

Zwei Tage später begegnete ihnen eine türkische Reiterschar von zweihundert Mann, die sofort ihre Wagen umzingelten. Diese Krieger sahen äußerst bedrohlich aus, einige hielten blanke Schwerter in den Händen. Doch Edward beruhigte Mary. »Sie werden meinen Diplomatenstatus respektieren«, sagte er. »Zumindest hoffe ich das.«

Die Reiter waren Janitscharen, wie sich herausstellte, und ihr Befehlshaber ein adeliger Pascha aus der Gegend, durch die sie gerade reisten. Dies waren die ersten Türken, die Mary zu Gesicht bekam, auch wenn es im Grunde keine Türken waren, wie Edward sie aufklärte. Die Janitscharen seien ursprünglich Christenknaben, die man in Serbien, Bosnien und Bulgarien ihren Eltern geraubt und zum Islam und zu Elitekriegern erzogen habe. Jedenfalls sahen sie prächtig aus in ihren hohen Hüten und bunten Waffenröcken. Schnurrbärte schien bei ihnen Mode zu sein. Bewaffnet waren sie mit Dolch, Scimitar und Muskete.

Der Pascha stieg vom Pferd und näherte sich. Seine finstere Miene ließ nichts Gutes ahnen. Herrisch schnauzte er sie auf Türkisch an, wovon sie nichts verstanden.

»Ich glaube, sie wollen uns gefangen nehmen«, sagte Dr. Maitland, der neben Mary stand. »Wahrscheinlich halten sie uns für Habsburger.«

Edward trat vor, um seine Akkreditierung als britischer Botschafter am Hof des Sultans vorzuweisen. Die war neben englisch und französisch zum Glück auch türkisch abgefasst.

Mit gerunzelten Brauen studierte der Pascha das Dokument, doch dann änderte sich langsam seine Miene. Er lächelte, verbeugte sich und bewarf Edward mit einem Schwall freundlich hervorgebrachtem Türkisch. Schließlich wandte er sich um und winkte einem jungen Krieger, sich zu nähern. Der sprach einigermaßen Deutsch, weshalb Edward nun auch Mary zu sich bat. Es stellte sich heraus, dass der Mann aus dem Fürstentum Siebenbürgen stammte, von wo man ihn als Knaben verschleppt hatte. Siebenbürgen hatte bis vor fünf Jahren noch zum Reich der Osmanen gehört. Jedenfalls war es Mary mit seiner Hilfe möglich, sich mehr schlecht als recht mit dem Pascha zu verständigen. Dieser bot ihnen an, ihnen mit seinen Reitern militärischen Schutz zu gewähren und sie nach Belgrad zu begleiten.

Als sie einige Tage später, es war jetzt Anfang Februar, Belgrad erreichten, fanden sie die Stadt in Angst und Aufruhr vor, denn der Vorgänger des gegenwärtigen Gouverneurs war kurz zuvor von seinen eigenen Truppen umgebracht worden. Inzwischen war der Aufstand niedergeschlagen, die Rädelsführer waren hingerichtet, aber immer noch wurde die Stadt nach Verrätern durchsucht. Die Menschen verkrochen sich in ihren Behausungen, während türkische Soldaten mit Waffen im Anschlag durch die Gassen gingen, in Häuser eindrangen und Leute verhörten.

Edward hielt es für besser, sofort weiterzureisen, doch der Gouverneur untersagte es. Er müsse erst Nachricht vom Sultan einholen, ob sie überhaupt willkommen seien. Edward fluchte, denn das würde sie mindestens einen Monat kosten. Und was war, wenn der Bescheid aus Konstantinopel abschlägig ausfiel? In einem vom Krieg zerrissenen Land, in dem Menschen hungerten und hohe Offiziere von Aufständischen ermordet wurden, schien alles möglich zu sein.

Während der Wartezeit quartierte der Gouverneur sie im Palast eines Mannes namens Ahmed-Beg ein. Anscheinend war er so etwas wie ein Graf. Die Wahl dieses Quartiers erwies sich als großer Glücksfall, denn Ahmed-Beg war nicht nur gastfreundlich, sondern auch gebildet und begierig, sich mit Fremden wie ihnen zu unterhalten, etwas über England zu erfahren und sich besonders über die Unterschiede zwischen der christlichen und der muslimischen Welt auszutauschen. Mary fand in ihm einen angenehmen und intelligenten Gesprächspartner. Da der Mann wie sie der italienischen Sprache mächtig war, gab es kaum Verständigungsprobleme, und ihren lebhaften Diskussionen waren keine Grenzen gesetzt.

Auf das Attentat angesprochen, zuckte ihr Gastgeber nur mit den Schultern. »So was kommt vor. Besonders hier auf dem Balkan.«

Jeden Abend nahmen sie mit ihm zusammen das Abendmahl ein. Dabei saßen sie auf Kissen auf dem mit wunderschönen Teppichen ausgelegten Boden. Mary hatte sich gleich daran gewöhnt, Edward hingegen fand das lange Hocken ermüdend und hätte lieber auf einem Stuhl gesessen. Draußen war es immer noch klirrend kalt, aber in Ahmed-Begs Gemächern war es dank der Kaminfeuer angenehm warm.

Völlig ungewohnt war das Essen. Als Vorspeise am ersten Abend reichte man ihnen eine Jogurt-Creme mit klein geschnittenen Gurken, Olivenöl und Zitronensaft; ein Püree aus Bohnen mit Dill bestreut; noch eine andere mit Schafskäse, Pfefferminz und Zitrone angerührte Jogurt-Creme. Zu allem gab es leichtes Weißbrot. Als Hauptgericht wurde mariniertes und gegrilltes Lammfleisch aufgetragen, dazu in Olivenöl gegrilltes Gemüse und Fladenbrot. Nach anfänglichem Zögern griffen Edward und Mary zu und ließen es sich schmecken. Zuletzt gab es eine Süßspeise mit zerkleinerten Nüssen und Pistazien.

»Woher kommt zu dieser Jahreszeit das frische Gemüse?«, fragte Mary.

»Oh, ganz einfach«, erwiderte Ahmed-Beg. »Hinter dem

Haus haben wir einen verglasten und beheizbaren Anbau. Wir ziehen das Gemüse in Kübeln.«

Mary blickte zu Edward hinüber. »Wie in Hannover«, sagte sie und zu Ahmed-Beg gewandt: »Dort gibt es einen verglasten Hortus Botanicus, in dem Ananas gedeiht. Eine herrliche Frucht. Ich konnte gar nicht genug davon kriegen.«

»Die Holländer haben es als Erste versucht, soweit ich informiert bin. Ich habe mir Beschreibungen kommen lassen. Von ihnen haben wir auch gelernt, bessere Kanonen zu gießen, und ich, wie man Wintergemüse zieht.« Er lachte. »Seitdem essen wir auch im Winter wie gewohnt. Natürlich ein Luxus, den sich nur wenige leisten können.«

»Es ist so reich und vielfältig, das türkische Essen«, sagte Mary.

»Oh, das heute war nichts Besonderes. Demnächst feiern wir ein Fest. Dann werdet Ihr sehen, was es alles gibt. Unser Essen ist eine Mischung von Gerichten vielerlei Herkunft: persisch, türkisch, armenisch, griechisch, kurdisch, arabisch. Die Serben hier in Belgrad haben natürlich ihre eigene Küche. Da gibt es Schweinefleisch, was bei uns verpönt ist. Jedenfalls freue ich mich, dass es Euch schmeckt.«

Ihr Gastgeber trank Wein, was Mary erstaunte, war doch ihrer Kenntnis nach den Muslimen der Genuss von Wein verboten. Doch Ahmed-Beg schüttelte lächelnd den Kopf. »Nein, nein! Der Koran warnt nur vor übermäßigem Genuss. Natürlich sagen sie in den Moscheen dem Volk, Wein sei verboten, aber das nur, damit die Leute nicht ihr ganzes Geld in den Spelunken vertrinken. Womöglich noch beim Glückspiel! Auch davor warnt der Koran. Jedoch Menschen gehobenen Rangs, die sich zu beherrschen wissen, ist der moderate Weingenuss durchaus erlaubt.«

Überhaupt der Koran. Er würde Mary gefallen, behauptete

Ahmed-Beg. Er enthalte viele Weisheiten und Regeln, die das Leben in der Gemeinschaft ordneten und erleichterten. Für alles im Leben gebe es eine Empfehlung. Waisenkinder und Arme würden versorgt und Frauen materiell sichergestellt, besonders wenn sie Witwen wurden.

Zugleich war Ahmed-Beg sehr daran interessiert, mehr über das Christentum zu erfahren. Edward hielt sich zurück, wie so oft in Gesellschaft, und ließ Mary die Fragen beantworten.

»Was ich nicht verstehe«, sagte Ahmed-Beg, »ist, wie Christen dazu kommen, Bildnisse von ihren Heiligen anzufertigen. Im Islam ist das nicht erlaubt. Weder von Gott noch von Menschen oder Tieren, jedenfalls nicht in den Moscheen. Die Schöpfung ist allein Gott vorbehalten.«

»Durch ein Gemälde wird doch kein Mensch erschaffen!«, erwiderte Mary erstaunt.

»Doch. Es ist ein Schöpfungsakt. So sehen wir das jedenfalls.«

»Bei uns erzählen Maler aus der Bibel«, sagte Mary. »Für einfache Menschen. Besonders bei den Katholiken ist das beliebt.«

»Aber solche Heiligenbilder werden *angebetet*. Man kann es in Belgrad jeden Tag beobachten, wenn man eine ihrer Kirchen besucht: Sie küssen ihre Ikonen, als handele es sich um echte Menschen.«

»Wir Protestanten tun das nicht«, sagte Mary. Dann musste sie ihm den Unterschied zwischen den in Europa gängigen Glaubensrichtungen erklären.

Ahmed-Beg fand das verwirrend. »Und was bedeutet die Verehrung der Jungfrau Maria? Sie scheint mir eine Göttin zu sein. Dabei behauptet ihr Christen, keine Götter neben Gott zu haben.«

»Nein, natürlich ist sie keine Göttin!«, erwiderte Mary. »Aber als Mutter Jesu kommt ihr eine besondere Rolle zu. Sie hat das Ohr des Herrn, mehr als jeder andere. Gebete, die an sie gerichtet sind, haben eine größere Chance, erhört zu werden. Das wird jedenfalls behauptet, obwohl aufgeklärte Menschen wie mein Mann und ich nicht an so was glauben.«

»Und doch glaubt Ihr an Gott, nehme ich an.«

»Aber natürlich«, sagte Mary. »Nur nicht an all den Hokuspokus, den man damit verbindet. Ich glaube nicht an die Kraft von Reliquien oder Heiligenbildern, auch nicht an Wunder. Ich bin eher eine Anhängerin der Natural Philosophy, wie wir die Erforschung der Natur nennen. Viele unserer Gelehrten betätigen sich auf diesem Gebiet. Habt Ihr von Sir Isaac Newton gehört?«

»Oh ja, durchaus!« Ahmed-Beg nickte begeistert. »Ich besitze sogar Übersetzungen einiger seiner Schriften. Wir Türken interessieren uns durchaus für die Erkenntnisse der westlichen Gelehrten.«

Ein paar Tage später sagte Mary: »Erlaubt mir die Frage, lieber Freund: Eure Diener sind junge Männer, Sklaven, wie Ihr uns erklärt habt. Aber wo sind die Frauen Eurer Familie? Seid Ihr denn nicht verheiratet?«

»Oh doch! Aber bei uns ist es nicht üblich, dass Frauen an öffentlichen Gelegenheiten teilnehmen. Ihr Christen meint immer, wir würden unsere Frauen einsperren, aber das stimmt nicht. Frauen haben viele Freiheiten, aber sie ziehen es vor, unter sich zu bleiben. Was mich betrifft, so bin ich wie gesagt verheiratet und habe noch zwei Nebenfrauen und insgesamt sechs Kinder. Sie halten sich im Familienbereich des Hauses auf.«

»Ist das ein Harem?«, fragte Mary.

Ahmed-Beg schüttelte lächelnd den Kopf. »Einen Harem, wie der Sultan oder andere große Fürsten ihn haben, ist es nicht. Es ist einfach der private Teil meines Hauses. Meine

Frauen sind dort auch nicht eingesperrt. Möchtet Ihr sie kennenlernen, Lady Mary? Sie würden sich freuen, eine Dame aus dem fernen England zu begrüßen. Ich hätte Euch schon früher fragen sollen.«

»Vielleicht später«, erwiderte Mary verlegen. Auch wenn Ahmed-Beg es nicht so nennen will, ist es doch gewiss eine Art Harem, dachte sie. Die Vorstellung, so einen Ort zu besuchen, war ihr unangenehm. Ganz gleich, was Ahmed-Beg behauptete, war sie davon überzeugt, dass die Frauen in der muslimischen Welt um ihr Los nicht zu beneiden waren. Sie wurden eingesperrt und unterdrückt, und das musste sie sich nicht auch noch anschauen. Es hätte das gute Verhältnis zu Ahmed-Beg mit Sicherheit belastet.

»Warum willst du nicht seine Frauen kennenlernen?«, fragte Edward am Abend. Er lag schon im Bett, während Mary sich ihre Haare auskämmte.

»Mir bricht es schon das Herz, Tiere in Käfigen zu sehen«, sagte sie. »Geschweige denn Frauen.«

»Du übertreibst, Mary. So schlimm wird es nicht sein.«

»Oh doch! Sogar in England nehmt ihr Herren uns Frauen jede Freiheit. Von der Kindheit bis zum Grab. Umso mehr tun es diese Türken. Wir sind seit Tagen hier Gast, und keine seiner Frauen hat auch nur ihre Nasenspitze gezeigt. Das sagt doch alles.«

»Da spricht wieder die Rebellin in dir.«

»Ja, ich gebe es zu. Es ist einfach Zeit, dass sich die Gesellschaft ändert, auch wenn ich keine große Hoffnung habe, dass es wirklich geschieht.«

»Ich hoffe, du weißt es wenigstens zu schätzen, dass ich mich bemühe, dich nicht allzu sehr einzuengen«, sagte er pikiert. »Zumindest habe ich noch keinen Käfig für dich bestellt.«

Mary beugte sich lachend über ihn und küsste ihn auf die

Stirn. »Mit dir habe ich wirklich Glück gehabt. Denn du bist die Ausnahme, die die Regel bestätigt.«

Er nickte besänftigt. »Ich bitte dich nur um eines: Solange wir auf Mission der britischen Krone sind, behalte deine revolutionären Ideen für dich.«

»Versprochen!«

Weniger heikel, als über das Los der Frauen zu diskutieren, war es, sich mit Ahmed-Beg über Poesie zu unterhalten. Während Edward in Begleitung türkischer Offiziere die Stadt besichtigte, übersetzte Mary für ihren Gastgeber einige von Shakespeares Sonetten und begeisterte ihn damit, dass sie mit den Geschichten aus *Tausendundeine Nacht* durchaus vertraut war, da vor einigen Jahren in England die ersten Übersetzungen erschienen waren.

Als Nächstes waren türkische und persische Gedichte an der Reihe, die Ahmed-Beg für sie ins Italienische zu übersetzen versuchte. Er schenkte ihr auch einen kleinen Band persischer Gedichte. »Vielleicht findet sich ja jemand in London, der die Schrift lesen und Euch den Inhalt übersetzen kann. Die Verse sind sehr schön. Es lohnt sich.«

***

Drei Wochen später kam die Nachricht, dass sie weiterreisen durften. Sie bedankten sich bei Ahmed-Beg für seine Gastfreundschaft und versprachen, auf ihrer Rückreise in einigen Jahren wiederzukommen. Der Gouverneur gewährte ihnen eine großzügige Eskorte von fünfhundert Berittenen, anscheinend auf Veranlassung des Sultans, denn der Weg würde durch eine wilde Gegend führen, in der Banden ihr Unwesen trieben. Dem Gesandten der britischen Krone und seiner Entourage sollte kein Härchen gekrümmt werden.

Ihr nächstes Ziel war Sofia. Die Straßen waren einigermaßen schneefrei, sodass die Kufen verstaut und die Räder montiert wurden. Anfänglich kamen sie gut voran, denn die Landschaft in Donaunähe war flach. Doch je weiter nach Süden sie kamen, wurden die Straßen schlechter, an manchen Stellen von Bächen überflutet oder zum Teil weggeschwemmt. Mehrere Male mussten sie sogar aussteigen, um die Wagen zu entlasten und aus Schlammlöchern zu ziehen oder über Hindernisse zu zerren. Ohne Hilfe der Soldaten wäre ihnen das kaum gelungen. Es wurde zunehmend bergiger, sodass sie Höhen zu überwinden hatten. Einmal brach an einem der Wagen ein Rad. An einem anderen riss der stählerne Radreifen. Aber zum Glück hatten sie Ersatzräder dabei.

»Wir hätten ein Schiff nehmen sollen«, sagte Edward, »aber du wolltest ja unbedingt über Land reisen. Und das im Winter.«

Mary antwortete ihm nicht. Schließlich konnte man es jetzt nicht mehr ändern. Aber es war wirklich eine Strapaze, die sie sich leicht hätten ersparen können. Und doch hätte sie einige Orte nicht missen mögen. Vor allem Wien.

Um sich und Edwards Gesellschaft mit Nahrung zu versorgen, gingen die Janitscharen auf Jagd. Dann gab es an den Lagerfeuern frisches Wildbret für alle. Was fehlte, plünderten sie bei den ohnehin schon von Armut geschlagenen Bauern, die kaum etwas besaßen. Immer wieder kam es dabei zu brutalen Übergriffen, wenn die Leute sich wehrten oder versuchten, ihr Vieh zu verstecken. Solche Szenen schockierten Mary, besonders wenn sie irgendwo Weiber kreischen hörte. Sie konnte sich denken, was mit denen geschah.

Sie bemühte sich, mit den Offizieren zu reden, um solche Gewalttaten zu verhindern, erntete jedoch nur Schulterzucken und verständnislose Blicke. So sei es schon immer gewesen, versicherte man ihr. Man ernährte sich vom Land, durch das man zog, und nahm sich, was man brauchte. Wie sonst sollte man die Truppe versorgen? Ein Bauer, der sich wehrte, war ein Dummkopf und verdiente, dass man ihn aufhängte.

»Hör auf, dich einzumischen!«, sagte Edward ungehalten. »Mir gefällt das auch nicht, aber wir sind in einem fremden Land. Da herrschen andere Regeln. Wir sollten froh sein, dass die Truppe uns begleitet und beschützt. Und vergiss nicht, in Kriegen geht es meistens so zu. Ich möchte nicht wissen, was im letzten Krieg unser eigenes Heer auf dem Kontinent angerichtet hat.«

»Das mag sein. Aber das macht es nicht besser.«

»Nein, macht es nicht.«

Wenn sie das Glück hatten, eine zu finden, verbrachten sie die Nächte in Herbergen. Und selbst dann zogen sie es oft vor, im Freien zu schlafen oder – bei Regen – in einem der großen Zelte, die die Janitscharen ihnen anboten, statt auf wanzenverseuchten Matratzen zu nächtigen. Ihr warmer Schlafsack war Mary ein wahrer Segen, denn nachts war es trotz der Lagerfeuer bitterkalt.

In England hatte man Edward vor der Beulenpest gewarnt, die gelegentlich in Teilen Serbiens und Bulgariens ausbrach. Auf seine Nachfrage hin hatte man ihnen in Belgrad jedoch versichert, sie müssten sich keine Sorgen machen, von der Strecke Belgrad, Sofia und weiter nach Konstantinopel sei nichts dergleichen bekannt.

*Beulenpest.* Allein das Wort jagte Mary Schauder über den Rücken. »Davon hast du mir gar nichts gesagt.«

»Ich wollte dich nicht beunruhigen. Und es ist ja auch nichts zu befürchten, wie du gehört hast.«

Dennoch hatte Mary ein seltsames Gefühl; es war wie ein Déjà-vu ihrer schrecklichen Bekanntschaft mit den Pocken. Ihre Erinnerung daran war noch sehr lebendig.

Eines Morgens, noch drei Tagesreisen vor Sofia entfernt, kam Dr. Maitland mit ernstem Gesicht zu Edward. »Wir haben Kranke im Lager, Sir«, sagte er.

»Und? Ist es schlimm? Wird es uns aufhalten?«

Maitland antwortete nicht gleich, sondern blickte verlegen zur Seite. »Es ist die Beulenpest, Sir«, sagte er schließlich.

Marys Herz verkrampfte sich. Sie sprang auf. »Oh mein Gott, die Pest!«

»Zum Glück ist niemand von unseren Leuten betroffen«, sagte Maitland. »Jedenfalls gibt es bisher keine Anzeichen dafür.«

»Seid Ihr sicher, es ist die Pest?«, rief Mary aufgeregt.

Maitland nickte. Sein schmales Gesicht war voller Sorge. »Es ist leider eindeutig, Mylady. Fieber, Kopfschmerzen, große Beulen an Hals, Leisten und unter den Achseln. Mindestens drei Soldaten sind befallen. Vielleicht mehr, bei denen sich die Krankheit noch nicht zeigt. Meistens geht das aber schnell. Bis morgen oder übermorgen sollten wir wissen, wie viele sich angesteckt haben.«

Panik ergriff Mary. Ihr Herz raste. Mit einem Schlag war sie im Geiste zurück in ihrem Schlafzimmer im Kampf gegen die Pocken. Begann jetzt alles wieder von Neuem, nur unter anderem Namen? Sie fing an zu zittern. *Mein Gott, die Pest, das ist der sichere Tod!* »Wir werden uns alle anstecken und sterben«, flüsterte sie.

Edward sah sie betroffen an.

»So schnell nicht, Mylady«, versuchte Dr. Maitland, sie zu beruhigen.

Ungläubig starrte sie den Arzt an. Wie konnte der Mann so ruhig bleiben? »Aber die Pest ist doch tödlich!«

»Nicht immer«, erwiderte Maitland. »Wenn auch zugegebenermaßen sehr oft. Wir müssen jetzt die richtigen Maßnahmen ergreifen. Ich habe die Kranken sofort isoliert. Sobald weitere

Männer Anzeichen zeigen, trennen wir sie ebenfalls vom Rest. Die Türken kennen das. Sie haben nicht zum ersten Mal damit zu tun.«

»Wo zum Teufel haben die sich nur angesteckt?«, fragte Edward, wie Mary sichtlich außer Fassung.

Dr. Maitland zuckte mit den Schultern. »Schwer zu sagen. Wir wissen nicht, wie es zu dieser Erkrankung kommt. Höchstwahrscheinlich durch engen Kontakt mit Kranken im Frühstadium. Vielleicht bei den Frauen auf einem der Bauernhöfe, wo sie zur Nahrungssuche waren.«

Mary starrte den Arzt an. *Bei den Frauen?* Dann verstand sie, was er meinte. Gute Güte! War das die Strafe Gottes für die Brutalität dieser Kerle, für das, was sie den Frauen antaten?

»Wir müssen sofort sämtliche von Bauern stammende Nahrung vernichten«, hörte sie Edward sagen.

»Und was sollen wir essen?«, fauchte sie. »Sollen wir verhungern?«

»Ich glaube nicht, dass das nötig ist, Sir«, sagte Maitland. »Aber ich habe angeordnet, dass alle Mitglieder unserer Reisegruppe sich von den Soldaten fernhalten. Das ist ganz wichtig. Mehr können wir im Moment nicht tun. Wir sollten zwei oder drei Tage abwarten, um zu sehen, ob noch mehr erkranken. Wir sollten jetzt auf keinen Fall nach Sofia weiterfahren, sonst könnten wir dort die Pest einschleppen. Das wäre verheerend. Hier, auf freiem Feld, können wir die Seuche eingrenzen und kontrollieren.«

»Kontrollieren? Was wollt Ihr denn da kontrollieren?«, rief Mary händeringend. »Wir sollten sofort aufbrechen, so weit weg von hier wie möglich. Herrgott, Edward! Rede endlich! Was sollen wir tun?«

Einen Augenblick lang sah Edward sie erschrocken an. Dann schaute er weg und kaute unschlüssig auf der Unterlippe. Schließlich sagte er: »Es ist wohl besser, wir tun, was Dr. Maitland sagt. Wir halten uns von den Soldaten fern und warten ab, ob es noch mehr Männer erwischt hat. Die müssen wir isolieren. Viel mehr können wir wohl nicht tun.«

»Mehr fällt dir nicht ein?«, rief Mary aufgeregt. »Ich will sofort weiter. Meinetwegen ohne die Janitscharen.«

»Verzeiht, wenn ich widerspreche, Lady Mary«, sagte Dr. Maitland. »Aber wir dürfen die Seuche nicht nach Sofia einschleppen. Das wäre unverantwortlich.«

Irritiert starrte Mary ihn an. »Ihr wollt wirklich hierbleiben? Bei diesen Kerlen, die uns anstecken könnten?«

»So schnell geht das nicht.«

»Vorhin habt Ihr gesagt, Ihr wüsstet nicht, woher die Krankheit kommt. Vielleicht ist es die Luft, die wir atmen. Vielleicht genau dieser Lagerort. Vielleicht sind wir selbst schon betroffen und wissen es nur nicht.« Mary merkte nicht, dass sie laut geworden war. »Ich sage, wir verschwinden von hier!«

»Du musst nicht schreien«, knurrte Edward.

Dr. Maitland hob beschwichtigend die Hände. »Keine Panik, Mylady. Abstand halten und Berührungen vermeiden ist bei vielen Krankheiten der beste Schutz, auch bei den Pocken, wie Ihr sehr wohl wisst. Und genau darauf werde ich achten. Wir wollen nicht, dass noch mehr Soldaten aus Unvorsicht und Unwissenheit erkranken. Und wir selbst dürfen nicht durch übereilte Weiterfahrt riskieren, die Seuche zu verbreiten. Ich sagte es bereits. Das wäre unverantwortlich. Vor allem angesichts der Gastfreundschaft, die wir in diesem Land erfahren.«

Nun schwiegen alle drei. Mary starrte zu den fernen Bergen, ohne sie zu sehen. Zu aufgewühlt war ihr Inneres. Ihr Instinkt sagte: »Flucht.« Doch der Arzt wollte nichts davon hören, und Edward …

»Ihr seid sicher, dass sich keiner von uns angesteckt hat?«, hörte sie ihn fragen.

»Es sieht ganz so aus, Sir, als hätten wir Glück gehabt.«

Edward nickte beklommen. »Dann muss es so bleiben, Maitland. Ihr seid mir dafür verantwortlich, dass keiner von uns krank wird.«

»Was kann er denn schon tun?«, rief Mary verzweifelt. Ihr Herz klopfte immer noch heftig, und ihre Handflächen waren in den Handschuhen feucht geworden. »Wenn wir hierbleiben, sind wir der Seuche ausgeliefert, verstehst du das denn nicht?«

Edward mied ihren Blick, Dr. Maitland aber sagte: »Ihr kennt meinen Rat, Mylady. Mehr kann ich nicht dazu sagen.«

Ist das hier das Ende unserer Reise?, fragte sie sich. Werden wir alle der Pest erliegen? Das Gefühl des Déjà-vus war noch stärker geworden. Ihr ganzer Körper erinnerte sich, wie sie schweißgebadet, halb tot und mit starkem Fieber und von ekligen Pusteln übersät dagelegen hatte. *Beulenpest, verflucht noch mal!* Wie waren sie in eine solche Lage geraten?

Sie fing einen Blick von Edward auf, der ihr zeigte, wie es in ihm aussah. Er tut nur so ruhig, dachte sie, dabei kenne ich ihn gut genug, um zu sehen, dass er genauso viel Angst hat wie ich. Wo ist denn jetzt der besonnene, starke Mann? Im Grunde tun diese Kerle doch nur so großspurig und stark. Dabei sind sie nicht mutiger als wir, das so angeblich schwache Geschlecht.

Diese Erkenntnis half ihr seltsamerweise, die eigene Angst wenn auch nicht zu überwinden, so doch ein wenig einzudämmen. Furcht und Panik waren keine guten Ratgeber, und vielleicht hatte Dr. Maitland ja auch recht. Und wenn nicht … Sterben musste jeder irgendwann. Wenn es hier in dieser Winterlandschaft fern der Heimat sein sollte, dann war es eben so. Sie zwang sich, ein paarmal tief durchzuatmen.

»Also gut«, sagte sie gefasst. »Bleiben wir noch ein paar Tage hier, wie Dr. Maitland sagt, und warten es ab.«

Edward schloss für einen kurzen Moment die Augen und nickte, als sei er ihr dankbar, dass sie und nicht er diese Entscheidung getroffen hatte.

Den Rest des Tages verbrachten sie voller Angst. Dr. Maitland machte seine Runden durchs Lager der Janitscharen, sprach mit den Offizieren und hielt sie an, jeden näheren Umgang unter den Männern zu vermeiden. Dennoch entdeckte er einen weiteren Kranken. Edward saß vor sich hinbrütend in ihrer Kutsche, während Mary allein in der hügeligen Landschaft wanderte. Am Nachmittag trieb der kalte Wind sie zurück, und am Abend musste sie das Unfassbare erfahren.

Es war nach einem frühen Mahl in der Abenddämmerung, als die meisten noch am wärmenden Lagerfeuer saßen. Mary ließ Maitland und Edward am Feuer zurück und ging zu ihrem Reisewagen, den sie mit ihrem Mann, der Kinderfrau Esther und dem Kleinen teilte. Esther hockte im Halbdunkel in der Ecke des Wagens und hielt den Kleinen im Arm, der schon fest schlief. Mary nickte ihr zu und machte sich daran, ihren Schlafsack zu richten, um darin eine weitere kalte und unbequeme Nacht zu verbringen.

»Mylady«, hörte sie plötzlich eine Stimme hinter sich.

Sie drehte sich um. »Alice! Was ist?«

Die Zofe war etwa sieben oder acht Schritte von ihr entfernt stehen geblieben. Von hinten beleuchtete der Schein des Lagerfeuers ihre schlanke Gestalt. Im Hintergrund waren die leisen Stimmen von Edward und Dr. Maitland zu hören, die sich berieten. Alice hielt die Arme um den Leib verschränkt und ließ den Kopf hängen. Mary wollte zu ihr gehen, doch da blickte Alice erschrocken auf und hob abwehrend die Hand. »Nicht!«, stieß sie hervor. »Nicht näher kommen!«

Mary stockte der Atem. »Nein!«, murmelte sie entsetzt.

»Ich weiß nicht, ob es das ist, aber mir geht es nicht gut.« Alice sprach leise. Ihre Augen waren geschwollen und füllten sich mit Tränen. »Ich habe Kopfschmerzen und Fieber. Und Schüttelfrost.« Sie sank zu Boden, barg den Kopf in ihren Armen und heulte los.

Mary verschlug es die Sprache. Sie war wie vom Donner gerührt. Ihre liebe Alice hatte die Pest! Und wenn sie sich angesteckt hatte, dann … Es war nicht auszudenken!

Doch dann erinnerte sie sich, dass sie Alice die letzten Tage kaum gesehen hatte. Die Zofe reiste in einem anderen Wagen, und unterwegs brauchte Mary sie nicht. Da wechselte sie ohnehin kaum die Kleidung, ihr Haar war zu einem Knoten gebunden und steckte unter einem breitkrempigen Hut, den sie auch jetzt auf dem Kopf trug.

»Vielleicht ist es nichts, Alice, nur eine Erkältung«, sagte sie, wie um sich selbst zu beruhigen. »Ja, bestimmt. Nur eine Erkältung. Wir lagern jetzt schon seit zwei Tagen auf freiem Feld, während die Soldaten auf der Jagd waren. Und seit gestern weht dieser schrecklich kalte Wind. Es ist sicher nur eine –«

Alice schüttelte den Kopf. »Ihr wisst nicht alles, Mylady!« Sie schluchzte lauter.

»Was weiß ich nicht, Alice? Sag es mir, Liebes!« Eine eisige Hand hielt Marys Herz gepackt.

»Ich war …« Alice stockte. Weiterzusprechen schien ihr schwerzufallen. Dann riss sie sich zusammen. »Ich war … Ich war mit einem der Offiziere zusammen.« Sie wischte sich mit dem Handrücken über Wangen und Nase. »Das war gewiss nicht richtig, und ich schäme mich. Aber er war sehr freundlich zu mir, sehr zuvorkommend … und ich bin schließlich auch nur eine Frau, Mylady.« Bei den Worten verzerrten sich ihre Gesichtszüge, und sie begann laut zu schluchzen.

»Aber Alice!« Mary war schockiert. »Hast du etwa …?«

Es dauerte eine Weile, bis die Zofe sich wieder einigermaßen im Griff hatte, dann schüttelte sie den Kopf. »Nein, nicht, was Ihr denkt. Aber geküsst haben wir uns. Und nicht nur einmal.« Sie blickte beschämt zu Boden.

Mary wusste nicht, was sie sagen sollte. War es wirklich bei Küssen geblieben? Und warum hatte sich Alice dafür ausgerechnet einen Türken ausgesucht? Vielleicht weil es anonym war und sie den Mann nie wiedersehen würde. Ach, schalt sie sich, es ist doch egal, warum! Auch jemand wie Alice hatte Bedürfnisse. »Und warum glaubst du, du hast dich angesteckt?«, fragte sie.

Alice blickte mit tränenüberströmtem Gesicht zu ihr auf. »Er ist einer von denen, die an der Pest erkrankt sind.« Sie schlug sich die Hände vors Gesicht, beugte sich vor und weinte. »Ich werde sterben, Mylady!«, wimmerte sie. »Aber das ist mir egal. Ich hoffe nur, dass ich niemanden sonst angesteckt habe. Das wäre das Schlimmste. Und unverzeihlich.«

Mary war sprachlos, unfähig, sich zu regen. Dann war es wohl wahr. Ihre Alice von der Beulenpest befallen? Und sie konnte sich ihr nicht einmal nähern, sie nicht in die Arme nehmen, um sie zu trösten. Sie fühlte sich hilflos, völlig dem Schicksal ausgeliefert. War Alice nur die Erste? Würden bald andere folgen?

Sie ließ sich der Zofe gegenüber auf die Knie sinken und starrte zu ihr hinüber, die wie ein unordentliches Bündel sechs Schritte von ihr entfernt auf dem Boden hockte, den schlanken Oberkörper auf und ab wippte und herzzerreißend weinte. Mary erinnerte sich, wie Alice sie gepflegt hatte, aufopfernd und selbstvergessen. Nun war es an ihr, ihr zu helfen. Aber wie? Sie durfte sich ihr nicht nähern. Dann wenigstens mit Verständnis und mit ermutigenden Worten.

»Hör auf zu weinen!«, sagte sie streng.

Alice sah erschrocken zu ihr auf. »Was sagt Ihr?«

»Weinen hilft uns nicht weiter. Du musst mit Dr. Maitland reden und ihm sagen, mit wem du engeren Kontakt hattest. Ihr müsst euch isolieren.«

Alice wischte sich die Tränen vom Gesicht. »Ja, Herrin.«

»Gib dir selbst keine Schuld, Alice. Du konntest es nicht wissen. Wenn du dich einem Mann hingegeben hast, dann war es hoffentlich ein schönes Erlebnis. Und wohlverdient. Ich verurteile dich nicht dafür. Niemand sollte das.«

Alice stieß einen tiefen Seufzer aus. »Danke, Mylady. Aber Gott hat mich verurteilt und bestraft.«

»Unsinn! Das darfst du nicht denken. Wenn du dich angesteckt haben solltest, wäre es ein schrecklicher Zufall, nichts weiter. Und ob es wirklich so ist, wissen wir ja noch nicht. Vielleicht ist es doch nur eine Erkältung. Deshalb sage ich: Hab Mut! Verzweifle nicht! Rede mit Dr. Maitland. Wir warten bis morgen. Dann wissen wir mehr.«

Alice nickte. »Vielleicht habt Ihr recht«, murmelte sie, doch ohne rechte Überzeugung.

***

Maitland ließ alle Infizierten in einem großen Militärzelt unterbringen. Man unterhielt ein Feuer vor dem Eingang, stellte ihnen Nahrung hin, überließ sie aber ansonsten sich selbst. Zu hören, wie sie vor Schmerzen stöhnten oder im Fiebertraum schrien, war fast unerträglich.

Verdachtsfälle wie Alice mussten sich abseits von allen halten. Bestätigte sich die Diagnose, wanderten sie ebenfalls ins Zelt der Kranken. Alice war keine Ausnahme. Fieber und Gliederschmerzen hatten zugenommen, und in ihren Achselhöhlen und am Hals zeigten sich die ersten Beulen. Zuerst waren sie noch klein und hart, bald aber würden sie zu schmerzhafter Taubeneiergröße anwachsen, sich schwarz färben, aufbrechen und den ganzen Körper mit ihrem tödlichen Gift überschwemmen.

»Fahrt weiter, Lady Mary«, sagte Alice unter Tränen, bevor sie sich ins Zelt der Kranken begab. »Bringt Euch in Sicherheit, verlasst diesen unseligen Ort, ich bitte Euch.«

»Ich will dich nicht alleinlassen.«

»Für mich könnt Ihr nichts mehr tun. Aber für Euch selbst und Euren Mann. Und für den kleinen Edward. Geht! Ich bitte Euch!« Am Zelteingang sah sie sich ein letztes Mal zu Mary um, die zehn Schritte entfernt stand. »Danke für alles, Mylady. Ich war stolz, Euch zu dienen.« Dann verschwand sie im Zelt.

Nun kamen auch Mary die Tränen. Weinend starrte sie auf das Zelt voller Elend, das Zelt der Todgeweihten. Ob Alice dort ihren Liebhaber trifft?, fragte sie sich und wünschte es ihr.

Hier, vor dem Zelt stehend, fand Dr. Maitland sie. »Wenigstens wissen wir jetzt, dass sie die Einzige von den Unseren ist, die sich angesteckt hat«, sagte er. »Nun solltet Ihr weiterfahren. Nehmt ein Dutzend Janitscharen mit, das sollte als Schutz genügen.

»Und Ihr?«

»Ich bleibe noch und helfe, wo ich kann. Später komme ich nach. Die Türken werden sicher ein Pferd für mich haben.«

# Eine Kur gegen Pocken?

Sosehr Mary auch darunter litt, ihre treue Alice in einem fremden Land dem sicheren Tod überlassen zu haben, sosehr es ihr auch wie Verrat vorkam, so erleichtert waren Edward und sie, dass sie selbst dem Pesttod entkommen waren, besonders auch ihr kleiner Sohn. Denn Esther, die Kinderfrau, war seit Langem mit Alice gut befreundet und hätte den Jungen womöglich anstecken können. Auf der restlichen Fahrt bis Sofia schickte Mary unzählige Dankgebete gen Himmel.

Dennoch war die Stimmung in der Kutsche mehr als gedrückt. Auch Edward schwieg die meiste Zeit. Was gab es auch zu sagen? Mary ging ihre arme Zofe nicht aus dem Sinn. Alice hatte sie wie selbstverständlich auf die Reise begleitet und war dadurch in ihr Unglück gerannt. Mary mochte sich gar nicht vorstellen, was sie gerade erlitt, dort in diesem Zelt mit den anderen Kranken, und konnte nur hoffen, dass es nicht allzu lange dauern würde.

In Sofia wurden sie vom türkischen Gouverneur empfangen und in einer noblen Herberge untergebracht. Drei Tage nach ihrer Ankunft erreichte auch Dr. Maitland die Stadt.

»Hat sie sehr gelitten?«, fragte Mary ihn sofort.

»Ihr solltet Euch nicht damit belasten, Mylady«, erwiderte er. »Es ist kein angenehmer Tod, so viel ist sicher.«

Mary starrte ihn an und schwieg betreten. »Habt Ihr sie wenigstens christlich begraben?«, fragte sie schließlich.

Diesmal schwieg Maitland verlegen.

»Was ist? Nun sagt schon!«

Maitland seufzte. »Wir mussten das Zelt mitsamt den Toten darin verbrennen.«

Mary senkte den Blick und nickte. »Ich verstehe.« Dann kamen ihr die Tränen, und sie wandte sich ab.

»Es tut mir leid um die arme Alice«, sagte Edward, als Mary ihr von Alice' Tod berichtete. »Aber dasselbe Schicksal hätte auch uns ereilen können. Dass es nicht geschehen ist, darüber müssen wir froh sein, und nun müssen wir nach vorn schauen. Warum siehst du dir nicht die Stadt an?«

»Glaubst du wirklich, danach stünde mir jetzt der Sinn?«

Aber Sofia war in der Tat eine hübsche Stadt mit sauberen Gassen und bunten Märkten. Es waren mehr Türken in den Straßen unterwegs als in Belgrad. Zumindest dominierte türkische Kleidung: Die Männer trugen weite Pumphosen mit Turban oder Fez auf dem Kopf, die Frauen fließende farbenfrohe Gewänder sowie Tücher oder Schleier um Kopf und Schultern, die nicht selten das halbe Gesicht verdeckten.

Ahmed-Beg hatte viel von Sofia und seinen wunderbaren Quellwassern geschwärmt. Mary müsse unbedingt den berühmten Hamam von Sofia besuchen, das große Badehaus für Frauen. Natürlich gab es auch eines für Männer, aber das für Frauen war größer und luxuriöser. Also ließ Mary eine türkische Kutsche kommen, um sich dorthin zu begeben.

Die Mietkutschen waren ganz anders als in England. Sie waren für vier Personen und nicht gefedert, dafür saß man im Innern auf bequemen Kissen. Wegen der Hitze in den Sommermonaten gab es keine Glasfenster. Stattdessen bestand der Schlag aus schmalen Latten, zwischen denen die Luft frei zirkulieren konnte. Das Innere war mit rotem Stoff ausgeschlagen, nicht selten mit Seide verbrämt und mit Stickereien verziert. Damit ließ sich auch der Schlag verhüllen, wenn man nicht gesehen werden wollte.

Am Badehaus stieg Mary aus und bezahlte den Kutscher. Das Gebäude war ganz aus Stein und hatte nur winzige Fensteröffnungen hoch oben in den Dächern der fünf verschieden großen Kuppeln. Jede dieser Kuppeln überdeckte einen der Räume im Inneren. Der erste, kleinere diente als Empfangsraum, wo Mary von einer Frau begrüßt wurde, die die Tür bewachte und eine Eintrittsgebühr verlangte. Es folgte ein geräumiger, kostbar ausgestatteter Saal mit Marmorboden und vier Springbrunnen. In den Boden waren schmale Kanäle eingelassen, in denen frisches Quellwasser floss. Dieser Saal diente zum Umkleiden.

Mary war erstaunt zu sehen, dass die Frauen sich nicht scheuten, einander nackt zu begegnen. Manche trugen ein Badetuch um die Hüften, die meisten aber verzichteten darauf und betraten die nächsten Räume so, wie Gott sie erschaffen hatte. Kein Wunder, denn es wurde fortschreitend wärmer und zum Schluss so heiß und voller Dampf, dass sie es kaum aushielt. Dienerinnen wuschen die Frauen mit Seife und spülten sie mit warmem Wasser ab.

All dies beobachtete Mary mit Staunen. Sie bemerkte, wie selbstbewusst und anmutig die Frauen sich in ihrer Nacktheit bewegten, in Gruppen auf Kissen saßen und miteinander plauderten. Dienerinnen servierten Kaffee oder mit Fruchtsirup gesüßtes Wasser. Die Atmosphäre war so entspannt wie in einem der Wiener Kaffeehäuser. Gesellschaftlicher Rang schien hier keine Bedeutung zu haben, und die Schönheit der weiblichen Körper, ganz gleich ob schlank oder füllig, war nicht ohne erotischen Reiz. Mary bewunderte das lange dunkle Haar, das den meisten lose oder geflochten bis zu den Hüften hing. Seltsamerweise war die Haut der Türkinnen glatt und ohne Makel – keine Pockennarben und auch keine roten Striemen von eng geschnürten Korsetten, wie man es bei den Damen in England kannte. Und nicht wenige waren so wohlproportioniert, dass sie einem Tizian hätten Modell stehen können.

Niemand schien erstaunt zu sein, unter ihnen eine Europäerin zu sehen. Freundlich lächelnd forderte man sie auf, sich doch ihrer Kleidung zu entledigen. Aber das war Mary denn doch zu gewagt, auch wenn sie in der heißen Luft schwitzte. Als Erklärung hob sie ihre Röcke, um ihnen ihren Petticoat und das Fischbeingestänge zu zeigen, das ihren Röcken die Weite bescherte.

Die Frauen machten große Augen, als sie das sahen, und nickten mitleidig und verständnisvoll. Später ging Mary auf, dass die Türkinnen wahrscheinlich dachten, es handle sich um eine Maschine, die sie selbst nicht lösen konnte, um eine Art Barrikade eines eifersüchtigen Ehemanns.

An Lady Henrietta schrieb sie über dieses Erlebnis:

*An diesem Ort bewahrheitete sich, was ich schon oft gedacht habe: dass, wäre es Mode, nackt zu gehen, die Gesichter weniger Beachtung fänden. Ich merkte, dass meine Bewunderung besonders den Damen mit der makellosesten Haut und den delikatesten Formen galt, obwohl ihre Gesichter nicht immer so schön wie die ihrer Freundinnen waren. Sie bewegen sich in ihrer Nacktheit ganz natürlich wie Eva vor dem Sündenfall, stolz und ohne Scham. Ich wünschte, unser Malerfreund Charles Jervas könnte sich unsichtbar durch diese Räume bewegen, seine Kunst wäre zweifellos außerordentlich bereichert angesichts so vieler schöner nackter Frauen in allen Posen, sitzend, liegend, sich räkelnd, im Gespräch miteinander*

*oder Sherbet trinkend, während junge Sklavenmädchen ihnen die Haare flechten.*
*Hier treffen die Damen sich wöchentlich, tauschen den neuesten Klatsch aus, erzählen sich Geschichten, lachen miteinander, besprechen Hochzeiten und andere zu planende Feste. Ich fand die Türkinnen in dieser Umgebung freier und ungezwungener als uns Frauen in England.*
*Liebe Henrietta, wahrscheinlich habe ich Dich mit einem Bericht erstaunt, den Du gewiss in keinem Reisebericht finden wirst. Denn sollte jemals ein Mann sich hier einschleichen und entdeckt werden, so wäre es sein Tod.«*

Natürlich erzählte sie auch Edward von ihren Eindrücken im Hamam. »Männern ist der Zutritt verboten, sagst du?«, fragte er.

»Oh ja. Nur deshalb können die Frauen sich so frei fühlen. Männer haben ihr eigenes Badehaus. Vielleicht solltest du mal hingehen und es dir ansehen.«

»Ich weiß nicht, ob ich das möchte. Lauter nackte Kerle?« Er schüttelte sich. »Außerdem reisen wir morgen weiter.«

Wir Engländer sind viel zu verklemmt und prüde, dachte Mary. Besonders wir Frauen, gefangen in diesen elenden Stoffmassen, Petticoats und steifen Röcken, gestützt von monströsen Fischbein-Maschinen, dazu noch Unterröcke und lange Unterhosen. Allein zum Abort zu gehen ist ein Drama! Ach, wären wir doch so frei wie die Ladys im Hamam!

***

Nach drei Tagen erreichten sie Adrianopel, wo sich Sultan Ahmed III. bei seinem Heer aufhielt, natürlich von seinem Hofstaat begleitet sowie den wichtigsten Beamten.

Die Stadt war einst römisch gewesen, dann byzantinisch und schließlich, nach ihrer Einnahme durch die Türken im Jahre 1368, für fünfundachtzig Jahre Hauptstadt des Osmanischen Reichs, bis zur Eroberung Konstantinopels im Jahre 1453, als der Regierungssitz des Sultanats dorthin verlegt wurde. Neben Resten antiker und byzantinischer Kultur und orthodoxer Kirchen gab es unzählige Moscheen, Minarette und türkische Paläste zu bewundern.

Edward ließ sich gleich beim Sultan ankündigen, um sich vorzustellen und seine Akkreditierung zu präsentieren. Der Hof residierte nicht im Heerlager, wie er zuerst vermutet hatte, sondern im alten Palast in einem Wald nördlich der Stadt. Von außen präsentierte sich der weitläufige Gebäudekomplex aus dem 15. Jahrhundert schlicht, mit Türmen und Zinnen wie eine Trutzburg, dafür beeindruckte ihn die opulente Ausstattung des Inneren umso mehr. Unter Ahmeds Vorgängern sollen hier an die sechstausend Sklaven ihren Dienst getan haben.

»So viel Seide und Brokat habe ich in meinem ganzen Leben noch nicht gesehen«, erzählte er Mary. »Nicht nur die Gewänder der Höflinge waren aus bester Seide, sogar die Wände waren damit verkleidet. Überall Gold. Und dann diese mit Springbrunnen versehenen Gärten voller exotischer Vögel.«

»Wurdest du freundlich empfangen?«

»Das kann man sagen. Man geleitete mich durch diverse Flure und Säle, bis wir zum Thronsaal gelangten. Der Sultan saß auf einem überhöhten Thron, neben ihm sein Großwesir. Der ist der Chef der Regierung, so wie bei uns der Prime Minister. Und der redete eigentlich am meisten. Zum Glück hatte ich einen Übersetzer, sonst wäre es schwierig gewesen. Ich wiederholte mehrmals, dass es mein Ziel sei, einen Friedensvertrag zwischen Österreichern und Osmanen zu vermitteln. Das schien sie nicht sonderlich zu beeindrucken. Sehr besorgt war der Großwesir allerdings wegen unserer Erfahrung mit der Pest. Dann stellte der Sultan mir Fragen über England, über unseren König George und über London. Unser parlamentarisches System fanden sie kurios. Ach, und Prinz Eugen war auch ein Thema. Was ich von dem Mann hielte, wollten sie wissen.«

»Und? Was hast du gesagt?«

»Was sollte ich schon sagen? *Der Prinz tut nur seine Pflicht als Soldat.* Der Sultan war mit mir einverstanden. Aber er sagte auch, er hasse den Krieg, doch wenn man sie angreife, würden sie mit aller Härte zurückschlagen.«

»Sieht er sich wirklich als Opfer?« Mary schüttelte den Kopf. »Dabei waren es doch gerade die Türken, die bis Wien vorgedrungen sind und ganz Europa bedroht haben. Wie ist er eigentlich so, dieser Sultan?«

»Wenn man ihn vor sich sieht, glaubt man kaum, dass er Herr über dieses gewaltige Reich ist. Er ist ein eher stiller, schlanker Mann von Mitte vierzig, trägt einen dichten schwarzen Bart und ist schlichter gekleidet als sein Großwesir, schlichter als manch anderer Höfling. Er macht einen intelligenten, kultivierten Eindruck und ist der Poesie und der Kalligraphie zugeneigt. Das habe ich mir jedenfalls sagen lassen.«

»Wenn er so friedfertig ist, wie ist er dann an die Macht gekommen?«, fragte Mary. »Eigentlich war doch sein älterer Bruder Mustafa Sultan.«

Edward nickte. »Du siehst, so friedfertig, wie er sich gibt, ist er eben doch nicht. Mein Übersetzer hat mich darüber aufgeklärt. Unter der Herrschaft Mustafas waren nämlich chaotische Zustände entstanden, Käuflichkeit und Verbrechen haben das Leben in der Stadt und die Politik bestimmt. Das Volk war nicht länger bereit, die Dinge hinzunehmen, Aufstände sind hier und da aufgeflackert. Da hat Ahmed mit Hilfe der Janitscharen seinen Bruder kurzerhand abgesetzt und selbst den

Thron bestiegen. Es ist ihm gelungen, die Ordnung im Reich wiederherzustellen, bessere Gesetze zu erlassen und vor allem die Bestechlichkeit unter den Beamten auszumerzen. Beim Volk soll er mehr als beliebt sein, hab ich mir sagen lassen.«

Die türkische Verwaltung stellte Edward und Mary und ihrem Haushalt ein geräumiges Haus zur Verfügung, das Mary auf Anhieb gefiel. Es hatte für das Gesinde nach Geschlecht getrennte Unterkünfte, die durch eine schmale Passage miteinander verbunden waren. Möbel, wie Europäer sie gewohnt waren, gab es nicht. Man saß stattdessen auf Kissen auf einer erhöhten, von Teppichen bedeckten Estrade. Auch zum Essen. Mary gewöhnte sich schnell daran, Edward weniger, aber er gab sich Mühe, sich den Gepflogenheiten des Landes anzupassen.

Sie befreundeten sich mit dem französischen Gesandten. Jean-Louis d'Usson, Marquis de Bonnac, war mit einer ähnlichen Mission beauftragt wie Edward. Während Edward sich um Frieden zwischen Osmanen und Habsburgern bemühen sollte, ging es bei dem Marquis de Bonnac um Verhandlungen zwischen Konstantinopel und Venedig. Die Männer sympathisierten miteinander. Ähnlich ging es Mary mit Madeleine-Françoise, sodass die Ehepaare sich häufig trafen und Mary und die Französin gemeinsam alle Sehenswürdigkeiten der Stadt besuchten. Wobei Madeleine-Françoise solche Ausflüge nicht ohne eine ganze Entourage ihrer aus Frankreich importierten Dienstboten wagte.

Sechs Wochen nach ihrer Ankunft in Adrianopel stellte sich heraus, dass Mary schwanger war. Edward war darüber sehr erfreut. Er fand ohnehin, es sei schon lange überfällig. Nun solle sie doch alles ruhiger angehen, wie es sich für eine Schwangere gehöre. Aber davon wollte Mary nichts wissen. Sie ließ sich nicht davon abbringen, weiterhin die Gassen, Plätze und Märkte der Stadt zu erkunden. Alles war für sie aufregend neu und bunt, auch das Angebot auf den Märkten. Sie kostete Pfirsiche, Melonen und andere Früchte. Oft ging sie allein, gekleidet wie eine Türkin, um nicht als Fremde aufzufallen. Edward war besorgt, wenn sie allein unterwegs war, aber sie sagte, er solle sich nicht so anstellen, nichts würde ihr geschehen, die Menschen seien zuvorkommend und freundlich, wohin sie auch ginge.

Überhaupt fand sie enormen Gefallen an der Kleidung türkischer Frauen, so leicht und luftig und farbenfroh. Weg mit den atemabschnürenden Korsetten und all den anderen Zwängen europäischer Mode! In türkischen Gewändern, meist weite Seidenhosen mit einem leichten Kaftan darüber, fühlte sie sich frei und wie neugeboren. Und die türkischen Kopfbedeckungen entsprachen ihrem Sinn für Extravaganz. So angetan ließ sie sich von Jean-Baptiste Vanmour auf Leinwand verewigen, einem französischen Maler, der bereits seit Jahren in der Türkei lebte.

*Ich sitze hier und schreibe in einem Haus am Ufer des Evros, der unter meinem Fenster vorbeifließt*, schrieb sie im April an Alexander Pope: *In meinem Garten stehen hohe Zypressen, in denen Taubenpaare von morgens bis abends einander sanfte Dinge sagen.*

Hoffentlich versteht er das nicht wieder falsch, dachte sie. Schließlich wollte sie ihm nur die Stimmung vermitteln. Und wie schön es hier war. Sie kaute einen Moment an der Gänsefeder und überlegte, wie sie fortfahren sollte, dann tauchte sie die Spitze in ihr Tintenfass, strich die überflüssige Tinte ab und schrieb weiter:

*In diesem Teil der Welt ist bereits Sommer, und meilenweit rund um Adrianopel liegen wunderschöne Gärten. An den Flussufern stehen Reihen von Obstbäumen, unter denen die*

*Menschen sich vergnügen. Spazieren gehen ist nicht ihre Art, stattdessen suchen sie sich ein grünes, schattiges Plätzchen, legen Teppiche aus, um zu ruhen oder Kaffee zu trinken oder sich von einem Sklaven vorsingen oder auf einem Instrument etwas vorspielen zu lassen. Alle zwanzig Schritte findet man eine solche Gruppe, die der Musik oder einfach den Vögeln und dem leisen Rauschen des Flusses lauschen. Am Ufer sitzen Hirtenknaben, und, wie wir es von antiken Statuen her kennen, entlocken sie auf ihren Schilfflöten immer noch die wunderschönsten Melodien oder flechten Girlanden für ihre Allerliebsten.*

Mary konnte sich nicht entscheiden, was sie mehr beeindruckte: das türkisch Orientalische oder das klassisch Griechische. Sie liebte türkisches Essen, türkische Kleidung, den süßen Kaffee und die von Honig triefenden Küchlein, sogar den abendlichen Ruf der Muezzins von den Minaretten, nicht zu vergessen das Dampfbad und die Körpermassage im Hamam, die einen so wunderbar entspannen ließ.

Gleichzeitig war sie überzeugt, unter den Griechen, besonders beim Landvolk, die antiken Traditionen wiederzufinden: die Frauen an ihren Webstühlen wie einst Andromache und Helena; die mit Stickereien verzierten Schleier, die Penelope getragen haben könnte, die mit Silber beschlagenen Gürtel von Männern wie Menelaos oder Odysseus. Auch die anmutigen Tänze der jungen Griechinnen ließen in ihrem Geiste Bilder entstehen, wie einst die Priesterinnen der Aphrodite getanzt haben mochten. Wenn ein Lamm geschlachtet wurde, geschah dies für sie als Opfergabe an die unsterblichen Götter. Und hinter jeder Flussbiegung wäre sie nicht erstaunt gewesen, einer schönen Nymphe oder einem Adonis zu begegnen.

Möglicherweise war ihre Begeisterung für die Eigenarten

des Landes auch der Frau des Großwesirs zu Ohren gekommen. Jedenfalls wurde Mary zu ihrer Überraschung eingeladen, mit ihr und anderen Hofdamen in ihrem Harem zu speisen. Sie sei die erste Europäerin, der man diese Ehre erwiese, hieß es. Die Damen seien neugierig auf die ungewöhnliche Frau des britischen Diplomaten, die, in türkische Gewänder gekleidet, eine Sehenswürdigkeit nach der anderen besuchte.

Mary fühlte sich geehrt und verbrachte aufgeregte Tage. Wie sollte sie sich kleiden? Sie beschloss, sich den Damen in der Mode des Wiener Hofs zu präsentieren, da sie glaubte, dies würde die Neugierde der Türkinnen eher befriedigen als ein Auftritt in türkischen Gewändern. Ein schwarzer Eunuch nahm sie in Empfang und führte sie in den Harem, wo die Gemahlin des Großwesirs, eine Frau von fünfzig Jahren, sie begrüßte.

Verwundert über die Schlichtheit der Einrichtung sah Mary sich um. Die Gastgeberin bemerkte das. »Mein Mann und ich leben unser Leben im Dienste Gottes und spenden alles, was wir nicht brauchen, den Armen.«

Mary erinnerte sich, wie erstaunt Edward gewesen war, als der Großwesir sein Antrittsgeschenk abgelehnt hatte. Angeblich, um jeden Verdacht von Bestechlichkeit zu vermeiden.

Die Gespräche fanden mit Hilfe von Marys griechischer Dolmetscherin statt. Aber gerade das bestärkte Mary im Verlauf des Abends darin, Türkisch zu lernen, auch wenn es anfänglich mühsam sein würde. Denn schon einige Worte Türkisch, die sie aufgeschnappt hatte, riefen bei den Damen Entzücken hervor, umso mehr, sollte sie die Sprache in Zukunft fließend beherrschen.

Wie Edward beim Sultan musste auch Mary viele Fragen über England beantworten, wobei manche ihrer Antworten ungläubiges Erstaunen hervorriefen.

Hatte sie schon bei Ahmed-Beg wunderbar gespeist, so war die Küche hier noch um einiges feiner und erlesener. Die Köstlichkeiten, die die Sklavinnen einer nach der anderen servierten, kamen in kleinen Portionen ansehnlich dekoriert. Die Dame des Hauses gab Mary höchstpersönlich Erklärungen zu jeder Speise. Manches war Mary zu scharf oder zu stark gewürzt, obwohl sie sich das nicht anmerken ließ. Zuletzt gab es türkischen Kaffee, dazu Musik und eine Tanzaufführung der Sklavinnen des Hauses.

Ihrer Schwester schrieb Mary ein paar Tage später:

*Stell Dir vor, meine liebe Frances, nach diesem etwas eintönigen Abend bei der frommen Frau des Großwesirs erreichte mich am nächsten Morgen eine weitere Einladung, diesmal von der Gemahlin des Kahya des Großwesirs. Eigentlich hatte ich wenig Lust, noch einen Harem zu besuchen, doch meine griechische Übersetzerin drängte mich, der Einladung unbedingt Folge zu leisten. Der Titel Kahya bedeute Majordomus, sei aber irreführend, denn im Grunde ist der Kahya nach dem Großwesir der höchste Beamte des Reichs und der eigentliche Chef der Regierung, während das traditionelle Amt des Großwesirs inzwischen mehr zeremonielle Bedeutung habe.*
*Also machte ich mich am Nachmittag auf den Weg, die Dame in ihrem Harem zu besuchen. Was für einen Unterschied zum Vorabend fand ich dort vor! Äußerst freundlich und respektvoll wurde ich von zwei schwarzen Eunuchen und einem ganzen Spalier bildschöner Sklavinnen empfangen und in einen runden, herrlich dekorierten Pavillon geführt, auf dessen einer Seite große, offene Schiebefenster den Blick in einen herrlichen Garten mit Bäumen, Büschen und Blumen gewährten. Aus einem Springbrunnen im Garten lief das*

*Wasser bis in den tiefer gelegenen Teil des Pavillons, wo es sich plätschernd auf mehrere marmorne Becken verteilte und so den Raum angenehm kühlte. In der Luft hing der Duft von Jasmin, Heckenkirsche und anderen exotischen Gewächsen. Etwas erhöht und an seidene Kissen gelehnt saß die Herrin des Hauses auf einem mit persischen Teppichen bedeckten Sofa. Ihr zu Füßen zwei allerliebst gekleidete und mit Edelsteinen geschmückte junge Mädchen, das ältere gerade einmal zwölf Jahre alt.*
*So hübsch die beiden Kinder auch waren, sie verblassten gegenüber Fatimas Gegenwart, wie die Dame des Hauses hieß. Sie erhob sich und trat mir lächelnd entgegen. Ich muss gestehen, mir ist weder in England noch auf dem Kontinent je eine solch gloriose weibliche Schönheit begegnet. Neben ihrem Antlitz wird jedes andere geradezu unsichtbar. Sie begrüßte mich nach türkischer Art mit der Hand auf dem Herzen, voll süßer, ehrlicher Herzlichkeit und doch auch mit solch majestätischer Anmut, wie sie selbst die beste höfische Erziehung nicht zu verleihen vermag. Jede Königin in Europa hätte es ihr geneidet. Und das in einem Land, das wir barbarisch nennen.*

Sie beschrieb ihrer Schwester in allen Einzelheiten die Kleidung und den Schmuck der schönen Fatima, als handle es sich bei ihr um ein einmaliges Kunstwerk, sowohl was die Formen ihres Leibes betraf wie auch den Schnitt der Kleider, die diesen perfekt zur Geltung brachten, nicht zu vergessen die Diamanten an Handgelenken und Gürtel. Sie müsse sich ihrer Bewunderung nicht schämen, schrieb sie, denn diese sei ehrlich und weder von Begierde geprägt noch von Neid getrübt.

Fatima bot Mary den Ehrenstuhl neben ihrem Sofa an. Die beiden Damen ließen sich nieder, und vor dem erhöhten Sitz versammelten sich sogleich an die zwanzig leicht bekleidete Sklavinnen, die Mary wie antike Nymphen vorkamen, eine hübscher als die andere. Musik von Laute und Gitarre hob an, zu der einige sangen und andere zu tanzen begannen. *Dieser Tanz war so ganz anders als alles, was ich je gesehen habe*, schrieb sie später:

> *Obwohl durchaus proper und vor allem kunstvoll, waren die Melodien doch so sanft, die Bewegungen so weich und wogend und irgendwie lüstern, die Blicke aus dunklen Augen so schmachtend, dass selbst der kälteste und prüdeste Beobachter sich gewisser Gedanken, über die es sich hier verbietet zu sprechen, nicht erwehren könnte.*

In diesen Tagen erkannte Mary, dass das Bild, das man sich in Europa von den Türken machte, aus Vorurteilen bestand. Das betraf ganz besonders die Frauen. Weit davon entfernt, eingesperrt zu sein, wurden sie von ihren Ehemännern verehrt und beschützt, genossen die Gemeinschaft anderer Frauen in ihren Harems, brachten Kinder zur Welt und lebten ein glückliches Dasein ohne Leid und ohne Not in Verhältnissen, über die sie selbst bestimmten. Schließlich herrschte über den Harem die erste Ehefrau, und nicht einmal der Ehemann widersprach ihren Entscheidungen. Sogar wann und welche der Frauen und Sklavinnen die Nacht mit ihm zu verbringen hatte. So viel hatte Fatima ihr angedeutet.

Sosehr Mary sich in ihrer neuen Umgebung verzaubert fühlte, so wenig erfolgreich verlief Edwards Mission. Der Sultan war nicht zu Verhandlungen bereit, sondern schickte sein Heer erneut in den Kampf. Damit waren Edwards Bemühungen, genau wie die des Marquis de Bonnac, gescheitert. Beide Diplomaten zogen es nun vor, Adrianopel zu verlassen und sich in Konstantinopel, der eigentlichen Hauptstadt des Osmanischen Reichs, zu etablieren. Edward und Mary installierten sich dort in der Residenz der britischen Botschaft, einem wunderbaren Palast aus dem vergangenen Jahrhundert, der im wohlhabenden Vorort Pera lag. Von ihrem Fenster aus konnte Mary auf die Wasser des Goldenen Horns blicken, auf die Schiffe und die eleganten Häuser gegenüber.

Pera war ein Schmelztiegel vieler Sprachen und Kulturen. Unter den dienstbaren Geistern des Botschaftspalastes befanden sich neben den mitgebrachten Engländern auch Franzosen und Deutsche, die bei Tisch bedienten, arabische Pferdeknechte, griechische Kammerdiener, russische Wachen und ein italienischer Majordomus.

Gern hätte Mary wie in Adrianopel die Stadt erforscht, aber inzwischen war sie hochschwanger, und die Hitze des Spätsommers zwang sie, sich im Haus aufzuhalten. Einmal schrieb sie Pope, die Hitze und das grelle Licht ermüdeten sie so sehr, dass sie sich den Nebel und die Kühle Englands zurückwünsche. Pope seinerseits schrieb ihr mehr als häufig und machte auch aus seiner Liebe für sie, obwohl immer verschleiert ausgedrückt, kein Hehl. Sie war daran gewöhnt und nahm es nicht weiter ernst. Sie war der Überzeugung, dass er es ohnehin nicht so meinte, sondern einfach eine Muse für seine Dichtungen brauchte, so wie die Troubadoure es in früheren Zeiten gehalten hatten, wenn sie edle Damen in ihren Dichtungen mit Liebesbezeugungen überschüttet hatten. Auch Edward schien nichts mehr dagegen zu haben, dass andauernd Briefe von Pope eintrudelten. Jedenfalls verlor er kein Wort mehr darüber. Sie selbst verfasste für Pope und andere lange Beschreibungen ihrer Erlebnisse und Eindrücke.

In den letzten Wochen der Schwangerschaft langweilte sich Mary entsetzlich. Es gab nichts für sie zu tun. Edward war meist unterwegs, um Provinzen zu besuchen, und so verbrachte Mary viel Zeit mit Lesen, meistens morgens im Bett, oder damit, ihren vielen Freunden und Bekannten zu schreiben, wenn sie nicht gerade Madeleine-Françoise empfing. Deren Mann, der Marquis, freute sich über die Freundschaft der Frauen. So musste er kein schlechtes Gewissen haben, wenn er sie ebenfalls oft allein ließ. Nur eines erbat er sich von Mary: Sie solle seiner Frau kein Latein beibringen.

Mary wunderte sich darüber, bis ihre Freundin sie aufklärte. »*Mon mari* wünscht nicht, dass ich Lukrez lese. Er besitzt eine Kopie dieses Werks, das die Kirche verboten hat. Er liest darin heimlich, aber ich soll es nicht.« Sie zuckte mit den Schultern. »Ist mir auch egal. Was soll ich mir den Kopf mit so was vollstopfen?«

»Es ist nicht egal«, sagte Mary. »Viele Ehemänner möchten, dass ihre Frauen unwissend bleiben. Um sie besser beherrschen zu können.«

»Was ist denn so Besonderes an diesem Lukrez?«

»Er war ein römischer Philosoph. Sein umfangreiches Werk *Über die Natur der Dinge* ist erst vor zweihundert Jahren in irgendeinem Kloster wiederentdeckt worden. Die Kirche hat es sofort als aufrührerisches und ketzerisches Pamphlet verboten, denn Lukrez zweifelt an der Existenz der Götter und an einem Leben nach dem Tod.«

»*Oh, mon Dieu!*«, rief Madeleine-Françoise.

»Außerdem stellt er die Natur und den Menschen in den Vordergrund, und nicht die Religion. Unter Gelehrten und Aufklärern zirkulieren geheime Abschriften. Sir Isaac Newton soll davon angetan sein. Das Buch ist eine intellektuelle Bombe.«

»Und du? Hast du ein Exemplar?«

»Nicht hier. Aber ich kann dir aus dem Gedächtnis einiges darüber erzählen.«

»Nein, lieber nicht. Mit Politik will ich nichts zu tun haben.«

»Schade«, sagte Mary, aber sie bestand nicht darauf, ihre Freundin weiter über Lukrez aufzuklären. Die meisten Frauen verhielten sich wie Madeleine-Françoise, denn sie alle waren so erzogen worden und hielten Unwissenheit für eine Tugend. Trotzdem mochte sie die Französin und wollte nicht mir ihr streiten.

***

In den letzten Augusttagen des Jahres 1717 erreichten schlechte Nachrichten für die Türken Konstantinopel.

»Prinz Eugen ist es gelungen, Belgrad einzunehmen«, sagte Edward. »Der Widerstand der türkischen Garnison ist nach nur einer Woche zusammengebrochen.«

»Wirklich?«, rief Mary alarmiert. »Weißt du Näheres? Gab es Tote und Verwundete?«

»Bei so was gibt es immer Grausamkeiten und natürlich Tote, du weißt das. Viele Türken dort sollen auf der Flucht sein.«

»Und unser Freund, Ahmed-Beg?«

Edward zuckte mit den Schultern. »Vielleicht sind er und seine Familie auf dem Weg hierher. Vielleicht sehen wir ihn auch nie wieder. Eines ist sicher: Mit dem Fall Belgrads hat Habsburg einen großen, wahrscheinlich den endgültigen Sieg errungen.«

»Aber was machst du dann für ein Gesicht?«, fragte Mary erstaunt. »Das ist doch gut. Für den Kaiser, aber natürlich für ganz Europa.«

»Für Europa schon, aber nicht für mich.«

»Wieso?«

»Ich habe schon vor Wochen einen detaillierten Friedensvorschlag nach Wien und London geschickt. Meine türkischen Gesprächspartner hatten dem zugestimmt, und meiner Meinung nach wäre der Plan auch für die Österreicher annehmbar gewesen. Jetzt ist das Ganze für die Katz. Nach diesem Sieg können die Habsburger ihren eigenen Frieden diktieren. Mich brauchen sie dafür nicht mehr.«

»Ist das schlimm?«

»Es bedeutet, dass ich meinen Auftrag nicht erfüllen konnte. Es ist mir nicht gelungen, den Krieg zu unterbinden oder wenigstens einen Waffenstillstand zu erwirken. Das hat sicher noch vielen das Leben gekostet.«

»Bist du deshalb seit Wochen so schlechter Laune? Warum hast du mir nicht schon früher etwas gesagt?«

»Ich wollte dich nicht beunruhigen. Schließlich bist du schwanger.«

»Herrgott, Edward! Ich bin schwanger, aber nicht zerbrechlich!«

Diese persönliche Niederlage schien mehr an Edward zu nagen, als er sich anmerken lassen wollte. Mary spürte, dass er um seine politische und diplomatische Karriere fürchtete, konnte ihm aber nicht helfen. Mitte September verlagerte der Sultan sein Heerlager nach Philippopolis, und Edward beschloss, ihm zu folgen, um zu versuchen, doch noch Einfluss auf mögliche Verhandlungen mit den Habsburgern zu nehmen.

In seiner Abwesenheit brachte sie Ende September ihre Tochter zur Welt. So lästig ihr die letzten Wochen der Schwangerschaft gewesen waren, verlief die Geburt selbst einigermaßen problemlos. Dr. Maitland war an ihrer Seite und ein italienischer Arzt, der in London studiert hatte und seit einigen Jahren in Konstantinopel praktizierte, ein gewisser Dr. Timoni.

»Glückwunsch, Mylady!«, sagte Timoni. »Das ging ja wirklich leicht über die Bühne. Ihr seid zum Kinderkriegen geboren. Wie viele sollen es denn am Ende werden?«

»Um Gottes willen, mir reicht's!«, rief Mary entsetzt.

Edward und sie würden sich in Zukunft vorsehen müssen. Noch einmal wollte sie nicht mehr durch eine Schwangerschaft gehen. In ihrem Kopf steckte immer noch die Erinnerung an das Schicksal ihrer Mutter. Drei Kinder hatte sie ohne Schwierigkeiten geboren, beim vierten war sie gestorben. Das sollte Mary nicht passieren. Besser, das Schicksal nicht herauszufordern.

In England war es bei den Damen der Gesellschaft üblich, sich nach einer Geburt vier Wochen lang in einem verdunkelten Zimmer zu erholen. Zu Marys großer Erleichterung hielt Dr. Timoni dies für Unsinn, niemand tue das in der Türkei, erklärte er, und es sei auch nicht nötig. So war Mary nach wenigen Tagen wieder auf den Beinen.

Eine Amme für die Kleine stand schon bereit, eine stämmige, kleinwüchsige Armenierin mit dichten pechschwarzen Haaren und weißen Zähnen, die sie häufig zeigte, da sie gern und oft lachte. Sie hieß Siran und hatte selbst erst vor zwei Wochen einen kleinen Jungen zur Welt gebracht, ihr drittes Kind.

In einer der zahlreichen christlichen Kirchen in Konstantinopel ließen die Eltern das Kind von ihrem Kaplan auf den Namen Mary taufen. Der Marquis de Bonnac und seine Frau standen Pate. »Warum derselbe Name?«, fragte Madeleine-Françoise erstaunt.

»Edward wünscht es so«, sagte Mary. »Es ist bei uns nicht unüblich. Ganz besonders bei Erstgeborenen.«

Nun, da Mary sich von ihrer Entbindung erholt hatte, wollte sie Konstantinopel weiter erkunden. Zusammen mit Madeleine-Françoise stöberte sie über Stunden in den Basaren der Stadt, bestaunte die Hagia Sophia, besuchte Thermen, unterirdische Zisternen und die Ruinen der alten römischen Pferderennbahn, besichtigte die Konstantinsäule und wanderte hinaus bis zur alten römischen Wehrmauer, diesem gewaltigen Bollwerk, das in erstaunlich gutem Zustand war und immer noch die wichtigste Befestigung der Stadt bildete.

Dann wollte sie den Bosporus überqueren, um die asiatische Seite und besonders Chalcedon zu erforschen, das schon im siebten vorchristlichen Jahrhundert gegründet worden war. Ihre französische Freundin weigerte sich jedoch, mit ihr die Fähre zu nehmen, und so machte Mary sich wieder einmal allein und in türkischer Kleidung auf den Weg, sammelte Eindrücke und schrieb sie später in ihren Briefen nieder.

Ihre Ausflüge machten ihr immer wieder bewusst, wie privilegiert sie selbst in ihrem Leben war. Natürlich auch die Damen in ihren luxuriösen Harems und Bädern, die sie so bewunderte. Denn immer wieder traf sie auf ihren Streifzügen auf die Schattenseiten des Lebens: halb verhungerte Kinder, Bettler mit schlimmen Schwären oder Wunden an den Gliedern, Menschen in Elendsquartieren, schwerstarbeitende Sklaven, die unter ihren Lasten fast zusammenbrachen. Darüber berichtete sie nicht in ihren Briefen. Warum auch? In London war es nicht besser. Auch dort gab es Elendsviertel, in die man sich nicht wagte, aus Angst, beraubt und erstochen zu werden. Ab und zu trieben sogar Leichen von Bandenmitgliedern und Prostituierten in der Themse. Die Kluft zwischen Arm und Reich war offenbar überall immens und unüberwindbar. Daran konnte auch sie nichts ändern. Man wusste es und sah darüber hinweg. Würde das je anders werden?

***

Gleich nach ihrer Einladung bei der Frau des Großwesirs hatte Mary angefangen, Türkisch zu lernen. Für Sprachen war sie schon immer begabt gewesen. So fiel es ihr auch jetzt nicht allzu schwer, das Nötige zu lernen, jedenfalls genug, um sich zu verständigen.

Eines Tages, es war bereits Anfang März 1718, fragte die Amme sie, wann sie ihren Sohn inokulieren lassen wolle. Mary verstand erst nicht, was sie meinte, und musste ihre Dolmetscherin zurate ziehen.

»Sie spricht vom Schutz gegen die Pocken«, erklärte diese ihr.

»So was gibt es?«, fragte Mary erstaunt.

»Oh ja.« Siran nickte heftig. »Mit dem Eiter der Pocken.«

»Eiter von Kranken?«, rief Mary bestürzt. »Dann wird man doch selbst krank!«

»Nicht wirklich«, erklärte die Dolmetscherin. »Nur ein bisschen. Aber danach erkrankt man nie mehr an Pocken.«

»Und du? Hast du auch …?«

Die Dolmetscherin schüttelte den Kopf. »Es ist teuer. Meine Familie hat nicht das Geld.«

»Ist es wirklich wahr? Ihr lügt mich nicht an?«

»Es ist wahr.«

»Mein Gott!« Mary musste sich setzen. Sie dachte an ihren armen Bruder William. Und daran, wie sie selbst unter den Pocken gelitten hatte und ihm beinahe ins Grab gefolgt wäre. Immer noch war ihr Gesicht von Narben gezeichnet, aber zum Glück war sie nicht blind geworden wie so viele andere, die die Krankheit überleben. Und dagegen gab es ein Mittel?

Sie ließ Dr. Maitland kommen. »Ist das wahr?«, fragte sie ihn. »Oder ist es Aberglaube?«

»Ich weiß es nicht, Mylady. Fragen wir Dr. Timoni. Der lebt schon länger hier und müsste sich auskennen.«

Dr. Timoni bestätigte, was die Amme behauptet hatte. »Oh ja. Ich hatte eh vor, Euch darauf anzusprechen, Lady Mary«, sagte er. »Ich nenne es ‚Variolation', von *variola*, dem lateinischen Namen für die Pocken. Die Methode ist im Osmanischen Reich wohlbekannt. Man ritzt die Haut ein wenig ein, genug, um ein paar Tropfen Blut austreten zu lassen, schmiert etwas frischen Eiter aus einer Pockenpustel in die Wunde und verbindet das Ganze.«

Mary starrte ihn ungläubig an. »Den Eiter eines *Kranken*? Meint Ihr das im Ernst? Dann wird man doch selbst krank!«

»Eben nicht, das ist das Seltsame. Man bekommt etwas Fieber, ein paar Pusteln, aber dann erholt man sich wieder und bleibt für den Rest des Lebens den Pocken gegenüber unempfänglich.«

»Das klingt unglaublich!«

Dr. Timoni lächelte. »Unglaublich, aber wahr! Ihr seid doch auch immun, seit Ihr die Pocken überstanden habt. Ihr werdet diese Krankheit nie mehr bekommen. Irgendetwas in Eurem Körper schützt Euch dagegen.«

»Und was ist das genau?«

»Das wissen wir nicht. Irgendeine Abwehr, verursacht durch die Krankheit selbst. Und so ist es mit der türkischen Methode: Sie macht krank, aber nur ganz wenig, und danach ist man geschützt.«

»Wie könnt Ihr verhindern, dass man davon nicht doch schlimm erkrankt?«

Dr. Timoni zuckte mit den Schultern. »Auch das ist ein Rätsel. Wir wissen es nicht. Aber es ist, wie ich sage: Man wird nicht richtig krank.«

Mary hielt es nicht länger auf ihrem Stuhl. Sie trat ans offene Fenster und blickte hinaus auf das in der Sonne glitzernde Wasser des Goldenen Horns. Es roch nach Salz und Meer, nach dem Fang, den die Fischer von Bord holten. Ein leichter Wind fächelte ihr Gesicht und ließ sie frösteln. Sie hob die Hand und strich mit den Fingern sanft über ihre Haut, spürte die kleinen Narben, die sie an die Tage im verdunkelten Zimmer und auf dem Siechbett erinnerten. Inzwischen war sie daran gewöhnt, hasste sie nicht mehr so sehr wie am Anfang.

Sie drehte sich um. »Aber wenn Ihr nicht wisst, warum es so ist, dann ist es doch immer noch ein Wagnis. Was ist mit der richtigen Dosis? Wie könnt Ihr sicher sein, dass Ihr nicht doch jemanden umbringt?«

»Wir wissen auch nicht, wieso gewisse Kräuter blutstillend sind, andere das Fieber senken und wieder andere den Puls antreiben. Wir Mediziner können nur beobachten und aus jahrhundertlanger Erfahrung schöpfen.«

»Und bei Eurer … wie nennt Ihr das noch mal …?

»Variolation, Mylady.«

»Danke. Eure Variolation ist also sicher.«

»Absolut! Mir ist kein gegenteiliger Fall bekannt.«

»Habt Ihr so etwas schon mal gemacht?«

»Natürlich. An mir selbst, Mylady. Und an diversen Kindern. Die sind dann für den Rest ihres Lebens geschützt. Zuletzt habe ich die Kinder von Sir Sutton varioliert, dem Vorgänger Eures Gemahls.«

»Wirklich!« Mary sah ihn mit großen Augen an. »Und wie ist es verlaufen?«

»Wie ich es Euch beschrieben habe. Den Kindern ging es nach kurzer, leichter Krankheit gut. Sie werden nie mehr an Pocken erkranken. Das kann ich garantieren!«

Mary holte tief Luft und ließ sie sodann langsam wieder entweichen. Das war wirklich unglaublich! Noch einmal dachte sie an ihren Bruder und an die Wochen ihrer Krankheit. An die Angst, sie könnte ihr eigenes Kind anstecken … und verlieren.

»Ich habe mich schon gewundert, wie es kommt, dass die Haut der Frauen in den Harems so makellos ist. In den Straßen findet man gelegentlich Leute mit Narben, aber nicht in den Harems oder feinen Badehäusern.«

»Wer die Mittel dazu hat, lässt sich selbst und seine Kinder immunisieren.«

»Wieso weiß in England niemand davon?«

Dr. Timoni zuckte erneut mit den Schultern. »Fragt mich etwas Leichteres, Mylady. Ich habe eine Abhandlung darüber geschrieben und an die Royal Society geschickt, aber es scheint sich niemand dafür zu interessieren. So geht es oft. Da fällt uns ein Mittel in die Hände, um eine elende Seuche zu besiegen, und man glaubt nicht daran, hält es für Hokuspokus. ‚Von den Türken?', fragen sie. ‚Was kann von denen schon Gutes kommen?'« Er schüttelte seufzend den Kopf. »Manchmal denke ich, die Dummheit der Menschen ist grenzenlos.«

Mary sah den Mann lange prüfend an. Er war vertrauenerweckend, kein Aufschneider. Während ihrer Entbindung hatte sie ihn als besonnenen und kompetenten Arzt kennengelernt. Plötzlich war ihr Entschluss gefasst. Eine monumentale, riskante Entscheidung, dessen war sie sich bewusst. Und doch vertraute sie diesem Arzt. Wenn es ein Mittel gegen die Pocken gab, musste sie es wagen.

Sie holte tief Luft und sagte: »Dann möchte ich, dass Ihr meinen Sohn varioliert.«

Dr. Timoni nickte. »Selbstverständlich. Ich würde es in der Tat empfehlen. Bei Euch selbst ist es ja nicht mehr nötig, aber Euren Sohn solltet ihr schützen.«

»Und meine kleine Mary?«

»Bei einem Säugling würde ich noch warten. Erst, wenn sie drei oder vier Jahre alt ist.«

Mary nickte. Kleine Kinder waren schließlich besonders

empfindlich. Dauernd hatten sie irgendwas. »Also gut. Dann erst einmal Edward. Wann machen wir es? Gleich morgen?«

Dr. Timoni lächelte. »Ganz so schnell geht es nicht. Und es wird auch einiges kosten. Man muss sich erst auf die Suche nach einem Kranken machen, am besten in der Nähe. Der Eiter soll ja frisch sein. Nur, so viele Pockenkranke gibt es hier im Moment nicht. Wir haben nicht die Verbreitung wie in England. Und dann lassen sich die Familien der Kranken die Sache gut bezahlen.«

»Geld spielt keine Rolle.«

»Gut. Dann werde ich die Dinge in die Wege leiten. Ich bin froh, dass Ihr Euch so entschieden habt.«

Dr. Maitland hatte sich bisher im Hintergrund gehalten, machte nun aber ein besorgtes Gesicht. »Verzeiht, Lady Mary, aber Ihr solltet nicht so überhastet an die Sache herangehen. Bei allem Respekt. Vielleicht sollte Dr. Timoni Euch einige Fälle präsentieren, Euch vielleicht Gelegenheit geben, mit Variolierten zu reden. Unter Umständen solltet Ihr auch eine zweite Meinung einholen.«

Dr. Timoni lächelte nachsichtig. »Durchaus. Ich kann Euch einige Familien nennen, die Ihr befragen könnt. Hohe Beamte hier im Palast, wenn Ihr möchtet.«

»Ihr meint es gut, Dr. Maitland«, sagte Mary mit Bestimmtheit, »aber ich vertraue Dr. Timoni.«

Maitland deutete eine leichte Verbeugung an. »Wie Ihr meint, Mylady.«

***

»Aber ich beschwöre Euch, Mylady!«, sagte händeringend Mr. Crosse, der Hauskaplan der Botschaft. »Versündigt Euch nicht an diesem türkischen Teufelszeug! Euren gesunden Sohn einer lebensbedrohlichen Seuche auszusetzen kann doch nicht gut gehen! Es wäre in jedem Fall gegen den Willen Gottes. Ihr fordert den Allmächtigen geradezu heraus.«

»Unsinn!«, erwiderte Mary. »Was sollte Gott gegen eine Kur gegen Pocken haben? Zumal diese wirksam ist.«

»Aber das ist doch noch gar nicht bewiesen.«

»Ich denke schon, nach allem, was Dr. Timoni berichtet hat. Ich habe mir die Abschrift seiner Abhandlung durchgelesen. Alles sehr plausibel.«

»Und doch könnte er sich irren!«

»Meine Freundin Fatima, die Gemahlin des hohen Kahya, und andere Hofdamen bestätigen mir das Gleiche. Die Türken wenden diese Methode regelmäßig an.«

»Der Herr gibt, Mylady, und der Herr nimmt. Wir sollten uns nicht einmischen.«

»Ach ja? Dann seid Ihr also gegen jede Form von Medizin.«

»Nein, natürlich nicht. Aber dieses muslimische Teufelszeug –«

»Jetzt hab ich langsam genug!«, fauchte Mary ihn an. »Hört auf, mir die Ohren mit Euren Vorurteilen vollzujammern. Mit Gott hat das rein gar nichts zu tun!«

Der Kaplan hatte offenbar noch etwas sagen wollen, doch nach dieser harschen Zurechtweisung schloss er den Mund. Hilfesuchend sah er sich zu den beiden Ärzten um, die an diesem Morgen ebenfalls anwesend waren. Er selbst war in ihre Besprechung hereingeplatzt, in der Hoffnung, Lady Mary von ihrem Vorhaben abzubringen. Doch von den beiden Ärzten war wohl keine Unterstützung zu erwarten. Sie nippten an den Erfrischungen, die Mary ihnen hatte bringen lassen, und blickten ihn ungerührt an. Sogar Dr. Maitland, in Mr. Crosses Augen eigentlich ein ganz vernünftiger Mann, hatte sich von Lady Mary überzeugen lassen.

Crosse wandte sich wieder der Dame des Hauses zu, um noch einen letzten Versuch zu wagen. »Ich sehe, Dr. Timoni hat Euch überzeugt«, sagte er. »Aber was ist mit Eurem werten Gemahl, Mylady? Ihr müsst sein Einverständnis einholen. Schließlich ist er der Vater.«

Mary schoss ihm einen irritierten Blick zu. »Und ich bin die Mutter!«, erwiderte sie scharf. »Hört endlich auf, mich mit Euren Einwänden und Bedenken zu belästigen!«

»Wie Ihr wünscht, Mylady«, murmelte der Kaplan beleidigt. Er senkte den Blick, schlug ein schnelles Kreuz und seufzte resigniert. »Ich werde für einen glücklichen Ausgang beten«, sagte er, drehte sich um und verließ den Salon.

Mary lehnte sich in ihrem Sessel zurück und starrte genervt an die Decke. Natürlich hatte der Mann nicht unrecht, was ihren Gatten betraf. Durfte sie eine solche Entscheidung treffen, ohne Edward einzubeziehen? Schließlich war es auch sein Sohn, da hatte er ein Wörtchen mitzureden. Mehr als das. In jeder anderen Familie würde eine solche Entscheidung allein vom Vater getroffen werden. Welche Frau würde es wagen, das Familienoberhaupt zu umgehen?

Die beiden Ärzte schwiegen. Was sollten sie auch sagen? Dr. Timoni hatte das Prozedere vorgeschlagen, und Dr. Maitland hatte sich inzwischen überzeugen lassen und war neugierig, das Ganze zu beobachten.

Mary erhob sich, trat ans Fenster und blickte in den Garten. Frühling war im Anflug, auf dem Rasen der Botschaft zeigten sich die ersten Blüten. Überall schlugen die Knospen aus, frisches Grün erschien auf Büschen und Bäumen.

Natürlich war es ihre Pflicht, Edward mitentscheiden zu lassen, das war ihr bewusst. Aber er befand sich mehrere Tagesreisen entfernt in Verhandlungen mit dem Sultan und seinen Beamten und war sicher nicht abkömmlich. Obwohl das natürlich kein Argument war. So eilig war die Sache ja nicht. Aber was, wenn er nicht zustimmte, wenn er zu ängstlich war, das Risiko zu tragen? Oder wenn er sich von dem Gefasel des Kaplans anstecken ließ? Das konnte sie nicht zulassen. Sie musste ihren Sohn beschützen, wenn es die Möglichkeit dazu gab. Alles andere würde sie sich nie verzeihen, sollte er eines Tages an den Pocken erkranken.

Sie drehte sich zu den beiden Ärzten um. »Wie lange braucht Ihr zur Vorbereitung, Dr. Timoni?«

»Wir suchen bereits nach einem passenden Kranken. Könnte noch ein paar Tage dauern.«

»Beeilt Euch bitte! Ich will das so schnell wie möglich erledigt haben.« Sie verschwieg, warum sie es so eilig hatte, aber die Herren verstanden auch so.

Als sie wieder allein war und Zeit zum Nachdenken hatte, wurde ihr die Tragweite ihrer Entscheidung noch entschiedener bewusst. Und die möglichen Gefahren. *Herr im Himmel! Was tue ich da? Ich hole uns die Pocken ins Haus! Riskiere ich gerade das Leben meines Kindes?* Für einen Augenblick stockte ihr der Atem. *Was ist, wenn er die Pocken kriegt und daran stirbt?* Das könnte sie sich ihr Leben lang nicht verzeihen. Er war doch noch so jung, gerade einmal fünf Jahre alt. Kinder waren empfindlich, weit mehr als Erwachsene. Deshalb starben ja auch so viele, noch bevor sie zehn Jahre alt wurden. Sollte sie das Ganze nicht vielleicht doch abblasen?

Für eine Weile schlug ihr Herz wie wild. Es fühlte sich an, als bekäme sie keine Luft. Sie sprang auf, rannte in die Diele, die Treppe hinauf und in ihr Zimmer. Mit zitternden Händen riss sie eine Schublade des Schreibtischs auf und griff nach einem braunen Fläschchen, als wäre es ihr Lebensretter.

Hastig öffnete sie den Verschluss und nahm einen guten Schluck des Inhalts, ohne den kleinen Löffel zu benutzen, der ebenfalls in der Schublade lag. Sie verschloss das Fläschchen wieder und legte es zurück. Dann wankte sie zu ihrem Bett, ließ sich darauf fallen und schloss die Augen. Herrje!, ich nehme viel zu viel von dem Zeug, sagte sie sich, aber heute brauche ich es.

Als die Wirkung des Laudanums eintrat, ein warmes, sanftes Gefühl sie erfasste und sie sich beruhigte, wurden auch ihre Gedanken klarer. Ja, vielleicht war es ein Risiko. Aber vielleicht war es auch das größte Geschenk, das eine Mutter ihrem Kind machen konnte. Wie sehr hätte sie es sich selbst gewünscht! An dieser vermaledeiten Seuche starben in England jedes Jahr Tausende. Die Variolation garantierte ein gesundes Leben, frei von der Angst, sich mit dieser Menschheitsgeißel anzustecken. Was sie vorhatte, war richtig. Später würde der Junge es ihr danken.

***

Drei Tage später war es so weit. Dr. Timoni erschien im Haus in Pera in Begleitung einer alten, verrunzelten Griechin.

»Dies ist Philomene. Sie hat das schon einige Male gemacht und wird uns heute helfen.«

Mary führte beide in die Bibliothek des Hauses und ließ sie Platz nehmen. Dann befahl sie einer Magd, Dr. Maitland zu rufen und den jungen Master Edward hereinzuholen, der im Garten mit den Kindern des Gesindes spielte. Jemand solle Erfrischungen bringen, ordnete sie an. Wasser, Handtücher und Verbandszeug standen schon bereit.

Die alte Griechin sah sich neugierig um. Wahrscheinlich sind ihr die englischen Möbel ungewohnt, dachte Mary. Die Frau war von Kopf bis Fuß in lose Baumwollgewänder gehüllt, trug dazu ein großes Tuch um Kopf und Schultern geschlungen. Ein ganzes Netz von Falten durchzog ihr Gesicht, und die Haut war so braun wie eine Haselnuss.

»Ist sie Bäuerin?«, fragte Mary den Arzt.

Dr. Timoni nickte. »Aus einem Dorf in der Nähe. Sie hat auch den Kranken gefunden. Einen jungen Mann aus der Nachbargemeinde.«

»Müssen wir ihr jetzt das Geld geben?«

»Das ist schon erledigt, Mylady.«

»Ich will Euch nichts schuldig bleiben.«

»Wir rechnen später ab.«

Dr. Maitland betrat den Raum. An einer Hand führte er den kleinen Edward, in der anderen trug er seine Arzttasche. Mit besorgter Miene folgte Esther, die Kinderfrau. Schließlich war der Junge ihr Schutzbefohlener, und was man vorhatte, machte ihr Angst, obwohl Mary ihr alles erklärt hatte.

Die Ärzte begrüßten einander. Dr. Timoni stellte seinem Kollegen Philomene vor, und Mary stand auf und rückte einen Stuhl heran. »Setz dich, mein Schatz«, sagte sie zu ihrem Sohn.

Der Junge blickte unsicher zu seiner Kinderfrau. So viele Erwachsene um ihn herum schienen ihn zu beunruhigen. Esther trat an ihn heran und half ihm, auf den Stuhl zu klettern.

Der Junge hatte Marys dunkles Haar und weiße Haut, obwohl seine Wangen vom Spiel gerötet waren. Er sieht so hübsch aus, mein Sohn, dachte Mary und strich ihm liebevoll durchs Haar. Hoffentlich würde es nicht allzu schmerzhaft für ihn. Sie beugte sich zu ihm und lächelte. »Edward«, sagte sie. »Wir haben darüber geredet, du erinnerst dich, nicht wahr?«

Edward nickte mit ernster Miene. »Ja, Mum.«

»Nur ein paar kleine Pikse, und dann ist alles vorbei.«

Wieder nickte der Junge, diesmal nicht ohne einen verunsicherten Blick zu seiner Kinderfrau. Die hockte sich neben ihn. »Du wirst sehen«, raunte sie ihm zu. »Für einen tapferen Jungen wie dich ist das nichts.«

Edwards Augen wurden feucht, er wirkte ängstlich, nickte trotzdem, als wollte er tapfer sein.

Dr. Timoni rückte einen kleinen Beistelltisch neben Edwards Stuhl und bedeutete der Alten zu beginnen. Die holte eine dicke, nicht sehr sauber aussehende Nadel aus einer Umhängetasche und legte sie auf den Tisch. Dazu eine Walnuss, die mit einem Bindfaden gesichert war, damit die Hälften nicht auseinanderfielen.

»Wozu die Nuss?«, fragte Mary.

»Die dient als Gefäß für den Pockeneiter.«

»Esther«, sagte Dr. Maitland. »Wir sollten jetzt sein Bein freimachen.«

Die Kinderfrau kniete neben dem Jungen und rollte sein rechtes Strumpfbein herab. »Gut so?«

»Ja, gut so.«

Die alte Griechin löste den Faden, der um die Walnuss gewickelt war, und klappte die beiden Teile auseinander. Dann nahm sie ihre Nadel zur Hand, kniete sich vor den Jungen und hielt mit der Linken sein Bein fest. Sofort kratzte sie mit der Nadel auf der Haut des Jungen. Der kreischte erschrocken auf und fing an, sich heulend zu winden, um sein Bein zu befreien. Zwei lange, rote Kratzer waren zu sehen, aber trotz des Geschreis des Jungen waren nur drei winzige Bluttröpfchen ausgetreten.

»Warte!«, rief Dr. Timoni der Alten auf Türkisch zu. »Mit deiner stumpfen Nadel wird das nichts.« Zu Maitland sagte er: »Könnt Ihr vielleicht?«

Maitland nickte, bückte sich zu seiner Tasche und holte ein kleines, scharfes Messer hervor, wie man es für einen Aderlass benutzte. Das Geschrei des Kindes ging Mary durch Mark und Bein, und beim Anblick des Messers wurde ihr unwohl. Aber es half nichts, da mussten sie durch.

»Esther!«, rief sie. »Beruhige den Jungen.«

Es dauerte eine Weile, bis Edward nicht mehr weinte, bis die alte Griechin mit Dr. Timonis Hilfe wieder auf die Füße gekommen war und sich gesetzt hatte, bis Esther auf Maitlands Anweisung hin Edwards rechten Arm freigemacht hatte.

»Und jetzt bitte den Arm festhalten!«

Edward fing wieder an zu weinen und zu zappeln. Doch Maitland hatte Übung in diesen Dingen. »Keine Angst jetzt, mein Lieber«, sagte er freundlich lächelnd zu dem Jungen. »Es gibt nur einen winzigen Piks, dann ist es schon vorbei, du wirst sehen.«

Edward kullerten immer noch Tränen über die Wangen, aber er wehrte sich nicht mehr. Schnell hatte Maitland eine passende Vene gefunden, und bevor Edward sichs versah, hatte der Arzt einen kleinen Schnitt gemacht. Sofort floss Blut, nicht viel, aber genug für ihren Zweck.

»Das war's, Edward«, sagte Dr. Maitland. »Nur noch ein bisschen Geduld, das Schlimmste ist vorbei.«

Nun machte sich Philomene ans Werk. Mit dem kleinen Finger hole sie etwas Eiter aus einer der Nussschalen und schmierte ihn in die Wunde. Ängstlich schaute Edward zu, rührte sich aber nicht.

»Sie fasst das Zeug an?«, fragte Mary erschrocken.

»Sie ist immun«, erklärte Dr. Timoni.

»Ich hoffe, sie wäscht sich die Hände, bevor sie etwas anfasst.«

»Natürlich.«

Edward sah fasziniert zu, wie Philomene eine der Walnusshälften über seine Wunde stülpte und dann mit einer langen, mehrmals um seinen kleinen Arm geschlungenen Baumwollbinde fixierte.

»Das hast du gut gemacht, Edward«, sagte Dr. Maitland. »Du bist ein außerordentlich tapferer Bursche.«

Edward grinste stolz, die Tränen vergessen. Während die alte Philomene zu der Anrichte ging, um sich die Hände zu waschen, verstärkte Maitland den Verband um Edwards Arm, bis er vom Handgelenk bis zum Ellenbogen fest eingewickelt war.

»Er sollte jetzt ruhen«, sagte Dr. Timoni. »Vor allen Dingen darf der Verband sich nicht lösen. Der muss für mindestens sechs Stunden dranbleiben.«

»Ich achte darauf«, sagte Esther.

»Danach kannst du den Verband abnehmen und die Nuss entfernen. Vorsicht mit dem Inhalt! Am besten verbrennst du die Nuss und den Verband! Und dann machst du bis morgen noch einen leichten Verband darum, denn es könnte noch etwas Wundwasser austreten. Morgen kann er wieder spielen.«

Mary war erleichtert, dass es endlich vorbei war. Sie küsste ihren Sohn auf die Stirn. »Siehst du, mein Herz. Es war gar nicht so schlimm.«

»Ich war tapfer, Mummy!«

»Ja, das warst du.«

»Muss ich das jetzt immer am Arm tragen?«

»Nur bis morgen, Herzchen.«

***

Die nächsten vierzehn Tage verbrachte Mary in großer Anspannung. Nun würde sich zeigen, ob sie die richtige Entscheidung getroffen hatte. Würde die Behandlung die gewünschte Wirkung bringen? Zunächst aber war das Wichtigste, dass er nicht krank wurde, dass es ihm gut ging. Obwohl Mary normalerweise nicht besonders religiös war, betete sie dieser Tage oft zu Gott. Sollte das Experiment glücklich und wie erhofft verlaufen, so schwor sich Mary, würde sie keinen Tropfen Laudanum mehr nehmen. Schon jetzt verschloss sie die Schreibtischschublade mit einem Schlüssel, den sie in einer Vase versteckte.

Während der ersten sieben Tage merkte Edward gar nichts. Er spielte so ausgelassen wie immer, hatte Appetit und klagte über nichts. Die kleine Wunde am Arm war längst vergessen. Doch dann bekam er Fieber, und es zeigten sich winzige Rötungen auf der Haut, die zu Pickeln wurden. Mary steckte ihn ins Bett und wich kaum noch von seiner Seite. Sie und Esther wechselten sich ab, über ihn zu wachen.

Dr. Timoni, der ihn häufig besuchte, beruhigte sie. »Das ist normal«, sagte er. »Bald wird sich das Fieber legen, und dann ist der Junge wieder gesund.«

Tatsächlich waren nach acht Tagen Fieber und Pickel verschwunden. Edward fühlte sich gut und weigerte sich, weiter im Bett zu bleiben. Es war also überstanden. Nun blieb zu hoffen, dass er wirklich immun gegen Pocken war.

Schon ein paar Tage nach der Variolation hatte Mary an Edward geschrieben und ihm die Sache gebeichtet. Sie erhielt keine Antwort. Sie schrieb ihm noch einmal und fragte, ob er sich denn so wenig für die Gesundheit seines Sohnes interessiere? Wieder keine Antwort. Als Edward endlich von seiner Reise heimkehrte, kam es sofort zu einem gewaltigen Krach.

»Wie konntest du das tun, ohne mich zu fragen?«, schrie er sie an. Selten hatte Mary ihn so zornig gesehen.

»Wärest du hier gewesen, hättest du mir zugestimmt.«

»Da wäre ich mir aber gar nicht so sicher!«

»Dachte ich's mir doch! Du hast ja auch nicht auf meine Briefe reagiert. Die Gesundheit deines Sohns ist dir also egal.«

»Wie kannst du so was sagen?«, brüllte er zurück. »Natürlich ist mir seine Gesundheit wichtig!«

»Weißt du eigentlich, wie das ist, wenn man die Pocken hat?«

»Das weiß ich sehr wohl! Und wenn wir unserem Sohn ein solches Schicksal ersparen können, umso besser!«

»Was regst du dich dann auf?«

Edward trat dicht an sie heran und starrte ihr wütend ins Gesicht. Fast machte er ihr Angst. »Du bist dieses Risiko eingegangen, ohne mich zu fragen. Das ist, was ich nicht ertragen kann. Bin ich dir so wenig wert, dass du mich bei einer solchen Angelegenheit, einer Sache von Leben und Tod, nicht fragen kannst, ob ich einverstanden bin?«

»Aber so war das nicht«, versuchte sie kläglich einzuwenden.

Er trat ein paar Schritte zurück und betrachtete sie. In seinen Augen lag nicht mehr Wut, sondern Kälte. »Ich sage dir, deine Alleingänge und Eigenmächtigkeiten gehen mir schon lange auf den Geist. Eigentlich solltest du überhaupt nicht verheiratet sein. Wozu brauchst du einen Ehemann? Wozu brauchst du mich? Du hast deinen eigenen Freundeskreis, du lebst in deiner eigenen Welt und tust, was immer dir gerade in den Sinn kommt, ohne auch nur meine Meinung einzuholen. Du wanderst allein in der Stadt herum, ohne dich zu fragen, ob ich mir vielleicht Sorgen mache, es könnte dir etwas zustoßen. In letzter Zeit erzählst du mir nicht einmal mehr, was du alles treibst.«

»Wie sollte ich? Du bist doch ständig auf Reisen.«

Edward ignorierte den Einwand. »Wer bin ich eigentlich noch für dich, Mary? Ein lästiges Anhängsel?«

»Aber Edward! Was redest du da?«

Mit einer wütenden Geste verließ er das Zimmer und knallte die Tür hinter sich zu.

# BUCH III

# Kampf gegen die Pocken

# London 1762

»Was für ein Abenteuer!«, sagte Luisa, noch ganz berauscht von den Bildern, die während Lady Marys Erzählungen in ihrer Fantasie entstanden waren, von der mediterranen Landschaft, dem Meer unter blauem Himmel, dem exotischen Essen, den Früchten, ganz besonders von den Harems, den wunderschönen, mit Marmor ausgelegten Badehäusern und den schönen Frauen, die darin lustwandelten, und natürlich von den Basaren, auf denen alles zu kaufen war, was der Orient zu bieten hatte.

»Ich beneide dich«, hauchte sie verträumt. »Ach, könnte ich doch auch so eine Reise machen!«

Lady Mary lächelte. »Ja, diese Reise war sicher das Aufregendste, was ich je erlebt habe. So viele Menschen, die ich kennenlernen durfte, so viele Erlebnisse, Erkenntnisse und Erfahrungen, genug, um ein ganzes Leben davon zu zehren.«

»Und dass du den Mut aufgebracht hat, Onkel Edward zu inokulieren! Ich weiß nicht, ob ich das gekonnt hätte.«

»Heutzutage ist das kein Risiko mehr, aber damals … Ich habe tagelang gezittert und gehofft, dass es gut ausgeht. Später, in England, habe ich dann auch deine Mutter variolieren lassen. Ich weiß nicht, ob die beiden sich daran erinnern oder überhaupt schätzen, was ich für sie getan habe. Dein Onkel ist ein schwieriger Mensch. Edward und ich hatten immer Probleme mit ihm. Und deine Mutter … Na ja … Sie mag mich nicht besonders. Sie ist sehr proper – englisch protestantisch. Eine Mutter wie ich passt nicht in ihre Welt.«

»Du übertreibst, Großmama. Ja, sie zerreißen sich zu Hause oft das Maul über dich. Weil du so anders bist, ein ganz anderes Leben gelebt hast. Vielleicht beneidet Mutter dich im Stillen dafür, wer weiß? Aber dass du sie hast inokulieren lassen, weiß sie sehr wohl zu schätzen, das hat sie oft gesagt. Zu Hause sind wir alle inokuliert.«

»Wirklich? Das wusste ich gar nicht. Aber das ist gut, sehr gut sogar. Dann waren meine Bemühungen doch zu etwas gut.« Lady Mary schloss erschöpft die Augen und lehnte sich zurück auf die Kissen. Sie hatte beschlossen, heute nicht aufzustehen. Sie war müde. Und sie hatte Schmerzen. Aber Laudanum würde sie jetzt noch nicht nehmen. Vielleicht später.

Luisa hatte stundenlang am Bett ihrer Großmutter gesessen und ihrer Stimme gelauscht, ab und zu eine Frage gestellt, sich ansonsten von ihren Erzählungen in eine andere Welt versetzen lassen. Jetzt betrachtete sie das Gesicht der alten Frau. Großmutters Stimme war so lebhaft gewesen wie immer, und doch … Sie war bleich, ihre Wangen wirkten eingefallen, und unter den Augen lagen tiefe Schatten.

»Es tut mir leid«, sagte Luisa. »Ich glaube, es geht dir nicht gut. Und ich habe nichts Besseres zu tun, als dich mit meinen Fragen zu ermüden. Soll ich dich jetzt allein lassen?«

Lady Marys Augen flogen auf. Sie griff nach Luisas Hand. »Aber nein! Es ist schön, dir alles zu erzählen. Es fühlt sich an, als könnte ich mein Leben mit deinen jungen Augen sehen. Eine andere Perspektive. Wann hat man schon Gelegenheit dazu? Ich habe sonst niemanden, der mir zuhören möchte. Dafür bin ich dir dankbar.« Sie schenkte Luisa ein warmherziges

Lächeln, das alle Müdigkeit aus ihrem Gesicht verschwinden ließ.

»Und ich könnte dir tagelang zuhören«, sagte Luisa. »Aber du hättest Tagebuch führen sollen. Dann müsstet du dich nicht so ermüden, und ich könnte alles mehrmals lesen und für immer aufbewahren.«

»Nein, Tagebuch habe ich nicht geführt, aber ich habe von unterwegs viele Briefe geschrieben und darin haarklein berichtet, was ich erlebt und dabei empfunden habe.«

Luisa seufzte leise. »Aber was nützt mir das? Deine Briefe sind doch überallhin verstreut, vielleicht gar nicht mehr vorhanden, weggeworfen, verbrannt oder vergessen.«

»Glaubst du, meine Briefe werden so wenig geschätzt? Viele meiner Freunde haben sie gesammelt, das weiß ich genau. Einige wurden sogar veröffentlicht, wie auch andere Dinge, die ich geschrieben habe. Deine Großmutter hat einen gewissen Ruf als Schriftstellerin.«

»Aber das weiß ich doch. Trotzdem, ein Tagebuch wäre schön gewesen. Sogar meine Kinder könnten das später lesen.« Sie stutzte und runzelte die Brauen, ungläubig, dass sie das gerade gesagt hatte. Wie war sie denn auf Kinder gekommen? »Falls ich mal welche habe, meine ich«, fügte sie lahm hinzu.

Lady Mary lächelte nachsichtig. »Natürlich wirst du welche haben. Auch wenn dir im Moment nicht der Sinn nach Heirat steht. Und sie werden über meine Reise lesen können. Ich verspreche es.«

»Und wie?«

»Wir hatten doch Edwards Sekretär im Gefolge. Der hatte eine gute, leserliche Handschrift, ganz anders als mein Gekrakel. Von allen Briefen, die ich verschickt habe, hat er Abschriften für mich angefertigt. Und die hab ich all die Jahre aufgehoben. Ich hatte immer vor, die Briefe zu publizieren. Vor Kurzem habe ich sie ein wenig überarbeitet, und mein guter Dottore Mora hat hier in London einen Verleger gefunden. Bald wird alle Welt sie in Buchform erwerben können. Sie werden unter dem Titel *Turkish Embassy Letters* erscheinen.«

»Oh, das ist ja wunderbar!« Luisa sprang begeistert auf und wollte ihre Großmutter umarmen, doch diese hob ängstlich die Hand. »Vorsicht, Kind! Du kannst mich gern küssen, aber zerdrück mich nicht gleich.«

Luisa lachte. »Was ist denn? Bist du aus Papier?«

»Nein, aber das letzte Mal hättest du mir fast zwei Rippen eingedrückt.« Sie hielt schützend die Hand an die rechte Brust.

Luisa bemerkte die Geste, nicht zum ersten Mal, wie ihr jetzt bewusst wurde. Sie wurde ernst. »Was verheimlichst du mir, Großmama?«, fragte sie alarmiert. »Hast du etwas an der Brust?«

Lady Mary zog schnell die Hand weg. »Aber nein, wo denkst du hin! Da ist nichts.« Dann sagte sie: »Ich habe übrigens deine Mutter eingeladen, uns zu besuchen. Wir haben uns so lange nicht gesehen. Ich würde ja gern zu euch reisen, aber das fällt mir im Moment schwer. Ich hoffe, sie kommt.«

»Du hast sie eingeladen?« Luisas Miene verfinsterte sich. »Ich weiß nicht, ob ich davon begeistert bin. Sie will mich bestimmt gleich wieder mit nach Hause nehmen.«

»Ach, das wird sie schon nicht. Ich setze mich für dich ein.« Lady Mary nahm einen Schluck aus ihrem Weinglas, das neben dem Bett auf dem Nachttisch stand. »Aber nun will ich dir noch schnell den Rest unserer Reise erzählen«, sagte sie.

»Bist du nicht zu müde?«

»Nein, nein, es geht schon. Also, hör zu. Die Hoffnungen deines Großvaters, ein Friedensabkommen zwischen Habsburgern und Osmanen zu verhandeln, hatten sich leider zerschlagen. Darüber war er äußerst betrübt, denn damit war auch seine Karriere als Diplomat beendet. Er ahnte es schon, bevor es offiziell wurde. Ausgerechnet sein bester Freund, Joseph Addison, sorgte dafür, dass er nach England zurückgerufen wurde.«

»Addison«, sagte Luisa. »Ist das nicht der –«

»Mr. Spectator, ganz recht, der Gründer des gleichnamigen Blatts, für das ich geschrieben habe. Der war inzwischen Außenminister und von Edwards Misserfolg enttäuscht. Ich glaube aber, in Wirklichkeit steckte der König dahinter. Jedenfalls sollten von nun an Stanyan, der Botschafter in Wien, und Edwards Vorgänger Sutton die Verhandlungen zwischen Habsburg und Konstantinopel leiten. Und zwar von Wien aus. Uns würde man ein Schiff der königlichen Marine schicken, um uns heimzuholen.«

»Diesmal also keine Reise über Land.«

»Nein, das wäre zu beschwerlich gewesen. Wir hätten ja auch zuvor schon besser ein Schiff genommen. Es war allein mein Dickkopf, der uns dazu gebracht hat, über Land zu reisen.«

»Sonst hättet ihr nicht Wien kennengelernt.«

»Das stimmt. Und auch nicht Belgrad. Ahmed-Beg hat uns viel über sein Land beigebracht. Ich denke gern an ihn zurück.«

»Habt ihr je wieder von ihm gehört?«

Lady Mary schüttelte den Kopf. »Nein. Vielleicht haben er und seine Familie sich retten können. All die Jahre habe ich mich das gefragt, aber wir wissen es nicht.«

»Und wie war die Seereise?«

»Auch sehr interessant. Das Schiff war die *Preston*, eine Korvette der Royal Navy. Der Kommandant hieß Robert Johnson. Wir gingen am 19. Juni 1718 an Bord, ich erinnere mich noch gut daran. Der Kapitän begrüßte uns mit einem Salut von fünf Kanonenschüssen, was die Kinder fürchterlich erschreckte.

Nachdem wir Segel gesetzt hatten, verfolgte ich mit Wehmut, wie die Türme und Kirchenkuppeln von Konstantinopel hinter uns im Meer versanken. Ich habe ein Stück meines Herzens dort gelassen.« Sie seufzte, schloss einen Moment die Augen, als wollte sie die Szene noch einmal erleben, dann sprach sie weiter. »Wir segelten durch den Hellespont und ankerten vor Troja, stell dir vor! Wir fanden sogar eine Steinplatte mit altgriechischer Inschrift. Irgendetwas über ein Friedensabkommen aus dem Jahr 279 vor Christus. Die haben wir an Bord bringen lassen und mitgenommen.«

Luisa schlug die Hände zusammen. »Oh mein Gott! Und wo ist die jetzt?«

»Edward war sehr stolz darauf. Seine Familie hat sie behalten. Den Peloponnes mussten wir wegen des Krieges leider auslassen. Ich wäre gern auch auf Kreta angelandet, doch wenigstens konnten wir den Palast von Knossos aus der Ferne erkennen. Ach, und die Feuer des Ätna, als wir nachts Sizilien passierten. Besucht haben wir dafür die Ruinen des alten Karthago. Aber es war fürchterlich heiß dort. Ich bin beinahe ohnmächtig geworden. Am 15. August erreichten wir dann Genua. Und lass mich dir sagen, meine liebe Luisa: Diese Stadt solltest du besuchen.«

»Ach ja? Und warum?«

»Nun, Genua ist sehr schön, direkt am Meer gelegen, hat wunderbare Paläste. Aber das Beste, finde ich, ist eine alte, äußerst charmante Tradition. Jahrhundertelang haben sich die adeligen Familien in Italien bekriegt, die Kaiserlichen gegen die Anhänger des Papstes. Es kam oft zu blutigen Überfällen in den Städten. Die Familien bauten zu ihrer Verteidigung diese hohen Geschlechtertürme, wie man sie noch in Florenz sieht, und brachten ihre jungen Männer dazu, sich zu duellieren und gegenseitig die Kehle durchzuschneiden. Um damit Schluss zu machen, erdachten die Stadtväter von Genua eine Methode, die jungen Kampfhähne anderweitig zu beschäftigen: Jeder junge Mann von Stand muss dort einer feinen Dame den Hof machen, ihr überallhin folgen, ihr den Stuhl rücken, ihr vorlesen, wenn sie das wünscht, ihr überhaupt jeden Wunsch von den Augen ablesen. Und die Damen machen sich einen Spaß daraus, die Burschen auf Trab zu halten.«

Luisa lachte. »So was gibt es?«

»Oh ja! Aber es gilt nur für verheiratete Damen, die jungen Mädchen halten sie hinter dicken Mauern eingeschlossen.«

»Und die Ehemänner erlauben das?«

»Vielleicht zähneknirschend, aber ja. Es ist Tradition. Und es bleibt natürlich platonisch.«

»Und wie ist es dir dabei ergangen?«

»Na, was denkst du? Ich war ja nicht gerade hässlich. Also haben auch mir zwei junge Männer angeboten, mir zu Diensten zu sein. Sollte ich das ablehnen? Man fühlt sich als Frau doch sehr geschmeichelt. In Wien hatte ich Ähnliches von mir gewiesen, aber in Genua habe ich es sehr genossen.«

»Platonisch«, sagte Luisa misstrauisch.

»Natürlich. Wo denkst du hin?«

»Und Großvater? Wie fand der das?«

»Armer Edward. Er hat diese Reise nicht genossen. Seine Abberufung hat ihm alles versauert. Er war ungeduldig, endlich England zu erreichen. Da ihm die Seereise um Spanien herum zu lang war, sollten die meisten aus unserer Entourage zusammen mit den Kindern die Reise auf der *Preston* fortsetzen, während wir selbst mit leichtem Gepäck und wenigen Dienstboten den kürzeren Weg durch Frankreich wählten. Mir fiel es schwer, die Kinder allein zu lassen, obwohl Esther sich um sie kümmerte, aber nach dem Streit in Konstantinopel wollte ich mich Edward nicht widersetzen.

Unterwegs durch Frankreich nahm er nichts wirklich wahr.

Nicht einmal die herrlichen Alpen entlockten ihm Worte des Staunens oder der Begeisterung. Er war die ganze Zeit sehr niedergeschlagen, wechselte kaum ein Wort mit mir. Er hatte sich solche Hoffnungen gemacht. Ein erfolgreicher Abschluss mit den Osmanen hätte ihm vielleicht einen bedeutenden Adelstitel eingebracht.«

»Das tut mir leid. Und auch, dass ich Großvater nie richtig kennengelernt habe.«

»Wir waren nie eine geeinte Familie«, sagte Lady Mary leise. »Das ist zum Teil meine Schuld. Edwards Niederlage hat seinen Stolz getroffen. Außerdem war mein sozialer Rang höher als seiner. Vielleicht hatte er mir etwas beweisen wollen. Ich fürchte, er fühlte sich vor mir erniedrigt, denn er konnte mir eine Zeit lang kaum in die Augen sehen. Außerdem, ich gebe es zu, hat uns mein Alleingang, was die Inokulation unseres Kindes betraf, entzweit. Er wollte nicht mehr darüber reden, aber der Streit hat uns entfremdet. Vielleicht war es auch gar nicht die Inokulation, sondern mein ganzes Verhalten ihm gegenüber. Ich war zu selbstständig, zu egoistisch. Ich gebe mir da durchaus die Schuld. Er hat mir immer viel Spielraum gelassen, doch im Stillen hat es ihn wohl doch gewurmt, dass ich ein eigenes Leben führte und ihn nicht zu brauchen schien. Ich brillierte in Gesellschaft. Man lud Lady Mary ein, und er war meist nicht mehr als mein Begleiter. Das konnte auf Dauer nicht gut gehen. Im Nachhinein verstehe ich das. Jedenfalls war es zwischen uns nicht mehr wie früher.«

Lady Mary schwieg und hing einen Moment lang ihren Gedanken nach. Dann nahm sie einen Schluck Wein und sprach weiter: »Edward gab seine politischen Ambitionen auf und konzentrierte sich auf die Bergwerksgeschäfte seiner Familie. Mit großem Erfolg, muss man sagen. Er wurde einer der reichsten Männer Englands.«

»Richtig getrennt habt ihr euch aber nicht«, sagte Luisa.

»Nein, das haben wir nicht. Es gab auch keinen Grund dazu. Wir hassten uns nicht. Außerdem hatten wir zwei Kinder.« Sie lächelte wehmütig. »Wir wohnten weiter zusammen, zumindest fürs Erste, aber Edward verbrachte viel Zeit im Norden, während ich in London blieb und wie früher die Salons, Theater und die Oper besuchte, mein altes Leben wiederaufnahm. Wir hatten freundlichen Umgang miteinander, doch Edward blieb distanziert. Ich denke, er war enttäuscht von mir. Wahrscheinlich hatte er sich eine andere Frau gewünscht: weniger spontan und eigensinnig, weniger dominant. Und ich … Ich war ja nie sehr in ihn verliebt gewesen. Ich hätte mich mehr um ihn bemühen sollen, habe es aber versäumt. Das anfängliche Feuer war erloschen. Wir respektierten einander, blieben Freunde und arrangierten uns.«

»Mmh«, murmelte Luisa nachdenklich. »Ist das jetzt traurig, oder was soll ich davon halten?«

»Nun, ein bisschen traurig ist es schon. Aber wir hatten auch eine gute Zeit miteinander. Das ist mehr, als viele andere Eheleute von sich sagen können. Insofern gibt es nichts zu bereuen.«

***

Luisa machte sich Sorgen. Während der letzten drei Tage hatte ihre Großmutter das Bett nicht verlassen. Sie sei im Moment zu müde, um ihre Lebensgeschichte weiterzuerzählen, hatte sie gesagt. Dabei hatte Luisa gehofft, endlich etwas über Marys Kampf gegen die Pocken zu erfahren.

»Es geht ihr nicht gut«, sagte Luisa nach dem Frühstück zu Marie Anne. »Sie kommt mir ermattet vor, redet nicht viel und isst kaum etwas. Und wenn ich sie frage, ob sie zum Mittagessen nicht aufstehen möchte, sagt sie, sie sei noch zu schwach, aber es gehe ihr bald besser. Was ist los, Marie Anne? Ist sie ernsthaft krank?«

»Nun ja«, erwiderte die Französin zögernd. »Ab und zu hat sie solche Tage. Aber das vergeht wieder.«

»Vorhin war ich bei ihr und wollte mit ihr reden, da bekam sie kaum den Mund auf. Sie hörte sich seltsam an und war wie benebelt, als hätte sie getrunken. Trinkt sie heimlich Wein?«

»Nein, Lady Luisa. Das tut sie nicht.«

»Was ist es dann?«

Marie Anne zuckte mit den Schultern. »Es ist das Laudanum, das ich ihr besorge. Sie nimmt in letzter Zeit mehr davon, als sie sollte.«

»Was ist das für ein Zeug?«, fragte Luisa besorgt.

»Oh, es ist nicht schlimm. Eine Medizin. Die nimmt sie schon ihr ganzes Leben. Die hilft ihr, sich zu entspannen und besser zu schlafen. Macht Euch keine Sorgen, Lady Luisa. Es ist nichts.«

»Sollten wir nicht besser einen Arzt rufen?«

Die Französin schüttelte den Kopf. »Sie braucht keinen Arzt. Und sie will auch keinen.« Damit verließ sie den Salon.

Luisa blieb und versuchte, sich auf ihre lateinische Grammatik zu konzentrieren. Trotz der Beschwichtigungen hatte sie das Gefühl, dass Marie Anne ihr nicht die ganze Wahrheit sagte. Konnte es sein, dass Großmutter doch ernsthaft krank war? Gesund sah sie jedenfalls nicht aus. Besonders die letzten Tage war sie bleich wie der Tod und hatte tiefe Schatten unter den Augen. Ich sehe mir das noch ein paar Tage an, sagte Luisa sich, dann werde ich sie konfrontieren, sie fragen, was mit ihr los ist. Und ich werde einen Arzt holen.

Am Nachmittag dröhnte laut der Türklopfer. Kurz darauf hörte Luisa, wie Marie Anne die Haustür öffnete und jemanden einließ. Dann erkannte sie die Stimme ihrer Mutter. Als Luisa aufsprang, betrat ihre Mutter auch schon den Salon.

Mary Stuart, Countess of Bute, war eine selbstbewusste, vierundvierzigjährige Matrone. Sie war nicht wirklich dick, aber stämmig, hatte einen großen Busen, ein resolutes Kinn und furchtlose Augen. Wer ihr begegnete, merkte gleich, dies war eine Frau, mit der zu rechnen war. Sie trug Reisekleidung, wie immer streng konservativ und in dunklen Farben, auf dem Kopf einen Hut, darüber ein schwarzes Seidentuch, das sie unter dem Kinn verknotet hatte.

»Luisa, Kind!«, rief sie. »Da bist du ja! Ich nehme an, du bist wohlauf. Komm, und gib deiner Mutter einen Kuss!« Nachdem ihre Tochter dies getan hatte, nahm sie ihren Hut ab, zog den Mantel aus und überließ beides Marie Anne. »Bring sie uns etwas Tee«, befahl sie, »und mein Kutscher braucht eine Unterkunft. Er soll mein Gepäck reinbringen.«

»Sehr wohl, Mylady«, sagte Marie Anne und verließ mit Mantel und Hut den Salon.

Die Countess sah sich um. Ihre Miene zeigte, dass sie von der Einrichtung nicht beeindruckt war. Dann wandte sie sich wieder an ihre Tochter. »Und wie geht es dir hier? Bekommst du genug zu essen? Du bist so dünn.«

»Mutter! Was ist das für eine Frage? Glaubst du, Großmutter lässt mich hungern?«

»Wer weiß? Bei uns Kindern war sie nicht immer so fürsorglich. Sie überließ alles der Dienerschaft.«

»Wir essen sehr gut hier. Großmutter hat eine französische Köchin. Die zaubert wunderbare Gerichte.«

»Aha, französische Küche.« Die Countess verzog das Gesicht. »Ihr esst doch nicht etwa Froschschenkel oder sonst so ekliges Zeug?«

»Es schmeckt alles wunderbar. Du wirst sehen.«

»Na schön. Und wo ist sie, deine Großmutter? Schließlich bin ich ihretwegen hier. Meinen Brief habt ihr doch erhalten, oder?«

»Ja, natürlich. Großmutter war während der letzten Tage etwas kränklich und liegt im Bett. Ich sage ihr gleich Bescheid, dass du gekommen bist. Aber vorher zeige ich dir noch dein Zimmer. Marie Anne hat alles für dich hergerichtet. Mach dich frisch. Bis dann ist Großmutter sicher aufgestanden. Sie wird sich freuen, dich zu sehen.«

Eine Stunde später schaffte Lady Mary es die Treppe hinunter und in den Salon. Countess Bute, die schon seit einer Weile auf sie wartete, erhob sich und begegnete ihr mit einem unsicheren Lächeln. »Mutter!«, sagte sie nicht ohne Emotion. »Da bist du ja! Wie lange haben wir uns nicht gesehen?«

Sie umarmten sich. »Wie schön, dass du gekommen bist«, sagte Lady Mary, die mit Tränen kämpfte. »Mehr als zwanzig Jahre. Es ist kaum zu glauben, wie die Zeit vergeht.« Sie betrachtete ihre Tochter. »Du siehst gut aus«, sagte sie. »Gesund und stark, trotz deiner vielen Kinder.«

Die Countess grinste übers ganze Gesicht. »Elf Kinder, Mutter. Und alle gesund!«

Nun lächelte auch Lady Mary. »Wen wundert's. Du warst auch als Kind schon so robust. Ich kann mich kaum erinnern, dass du mal krank warst.«

»Setzen wir uns doch«, sagte Luisa und half Lady Mary, sich auf ihrem Lieblingsfauteuil niederzulassen.

Mit Sorge betrachtete sie ihre Großmutter. Sie wirkte zerbrechlich, besonders neben ihrer Tochter, hielt sich dennoch gerade, war gut angezogen und hatte ihr bleiches Gesicht mit etwas Schminke aufgebessert. Marie Anne musste ihr geholfen haben.

Es kostet sie Mühe, sich auf den Beinen zu halten, dachte

Luisa. Ich muss darauf achten, dass sie sich nicht zu sehr ermüdet.

»Warum hast du Mrs. Roper weggeschickt?«, fragte die Countess unverhofft.

»Weil sie eine unerträgliche Person ist«, erwiderte Lady Mary und milderte die Aussage mit einem Lächeln. »Und weil Luisa bei mir keine Aufpasserin braucht.«

»Ich nehme meine Verantwortung als Mutter ernst. Ich hoffe, ich kann mich auf dich verlassen.«

»Wie geht es deinem Mann?«, fragte Lady Mary, ohne auf diese Bemerkung einzugehen. »Ich lese in den Gazetten, dass er gute Chancen hat, Prime Minister zu werden.«

Die Countess nickte. »Newcastle wird im Mai zurücktreten, dann übernimmt John.« Gemeint war der Herzog von Newcastle, der die letzten fünf Jahre als Prime Minister gedient hatte und nun, nach dem Wahlsieg der Tories, von John Stuart abgelöst werden sollte.

»Also werden wir leider zum ersten Mal eine Tory-Regierung haben«, sagte Lady Mary. »Sosehr ich deinem John natürlich alles Gute wünsche!«

»Ihr werdet doch wohl jetzt nicht über Politik reden wollen!«, sagte Luisa. »Frag Großmutter doch lieber, wie es ihr in den letzten Jahren ergangen ist, Mutter.«

Erstaunt sah die Contessa ihre Tochter an, als wundere sie sich, dass eine Siebzehnjährige eine Meinung hatte. Doch dann nickte sie. »Recht hast du, Kind.« Zu Lady Mary sagte sie: »Also reden wir über uns, Mutter. Ob du's glaubst oder nicht, ich habe dich vermisst. Wo warst du in all den Jahren? Und wie ist es dir ergangen?«

Mit Fragen, Antworten und Erzählungen ging der Nachmittag dahin. Luisa saß die meiste Zeit still da und hörte zu. Sie fand, Mutter und Tochter, die in vieler Hinsicht nicht unterschiedlicher sein konnten, hatten diese Stunden der gegenseitigen Annäherung verdient. Gelegentlich lächelten sie über eine Erinnerung oder hörten der anderen aufmerksam zu. Manchmal, wenn ihre Kindheit zur Sprache kam, spürte Luisa Missbilligung bei ihrer Mutter und auch Verbitterung. Anscheinend hatte sie als Kind unter den häufigen Abwesenheiten ihrer Mutter gelitten.

»Wir sind mit Kinderfrauen und Tutoren aufgewachsen, mein Bruder und ich«, sagte sie. Es klang wie eine Anschuldigung. »Ab und zu kamst du vorbei und hast irgendetwas mit uns veranstaltet. Und dann warst du wieder weg. Oft haben wir dich tagelang nicht gesehen. Wenn du dann mal im Haus warst, durften wir dich nicht stören, mussten auf Zehenspitzen herumlaufen.«

»Wirklich?«, fragte Lady Mary und schüttelte versonnen den Kopf. »Das war mir gar nicht bewusst. Ich war also eine Rabenmutter. Das willst du mir wohl sagen.«

»Dein Sohn hat noch mehr darunter gelitten als ich.«

»Edward?«

»Er war davon überzeugt, dass du ihn nicht magst.«

»Was sagst du da? Ich hab euch beide geliebt. Allerdings war er bisweilen schwierig und hat viel Unsinn angestellt.«

»Ja, das stimmt. Aber ich glaube, es war nur, um deine Aufmerksamkeit zu erregen. Vater war doch auch abwesend. Auch ihn hätte er gebraucht. Ich bin überzeugt, seine späteren Schwierigkeiten im Leben haben damit zu tun. Ihr wart keine gute Eltern.«

Luisa sah, wie betroffen diese Worte ihre Großmutter gemacht hatten. »Glaubst du das wirklich?«, fragte sie leise. »Ich bin mir dessen gar nicht so bewusst.«

Luisa wusste natürlich, dass ihr Onkel Edward auch als Erwachsener über die Stränge geschlagen hatte: undurchsichtige

Geschäfte, Unterschlagung, Betrug beim Kartenspiel. Wenn Großvater ihm nicht eine Kommission beim Militär besorgt hätte, wäre er womöglich im Gefängnis gelandet. Wegen dieses Verhaltens hatte Großvater ihm auch sein Erbteil verweigert. Soweit sie wusste, stritten die Anwälte immer noch darum.

»Mein Vater war leider auch abwesend«, sagte Lady Mary. »Wir haben ihn fast nie gesehen, und unsere Mutter ist früh gestorben, wie du weißt. Wir vier Kinder sind ohne Eltern aufgewachsen. Etwas anderes kannten wir gar nicht. Ich hatte wenigstens noch Frances.«

Die Countess ließ das nicht gelten. »Wenn wir schon ehrlich miteinander sind, Mutter, dann muss ich dir sagen, dass du eine verdammte Egoistin bist«, platzte sie heraus. »Du hast immer genommen, was dir gefiel, und getan, was du wolltest. Deine Familie war dir egal!«

»Aber Mary, was sagst du da?«

»Lass mich ausreden, Mutter. Nur wegen deiner Selbstsucht habe ich mich bemüht, anders zu sein, meine Familie hochzuhalten, meine Pflichten zu erfüllen. Ich bin manchmal streng mit meinen Kindern, aber sie sind alle gut erzogen und haben ein warmherziges Elternhaus genossen. Oder etwa nicht, Luisa?«

Luisa nickte. Was sollte sie auch anderes tun? Dies war nicht der Moment, mit ihrer Mutter zu streiten. Und Pflichtgefühl besaß sie, das ließ sich nicht von der Hand weisen.

»Aber du, Mutter«, fuhr die Countess unerbittlich fort, »warst bei keiner einzigen meiner elf Geburten dabei, obwohl ich deinen Beistand gut hätte gebrauchen können. Du kennst keines meiner Kinder – außer Luisa, die einfach zu dir gekommen ist. Du hast uns nie besucht. Eigentlich kennst du auch mich nicht. Hast du dir jemals Gedanken gemacht, was mich ausmacht und was ich im Leben will? Bei meiner Hochzeit warst du zugegen. Das ließ sich wohl nicht vermeiden. Aber seitdem nicht mehr.«

»Mein Gott, Mary!«, stammelte Lady Mary zutiefst betroffen. »Du machst aus mir ein Monster.«

Einen Augenblick lang herrschte peinliches Schweigen. Luisa fragte sich, ob sie eingreifen sollte. Sie fand, ihre Mutter ging zu weit. Doch dann brach erneut die Countess das Schweigen.

»Nein, natürlich bist du kein Monster, Mutter. Aber warum hast du England vor zwanzig Jahren verlassen? Sag mir: Warum? Du hast es nie erklärt. Ich hätte mir eine Mutter an meiner Seite gewünscht, besonders als junge Frau in der ersten Schwangerschaft. Aber du warst irgendwo auf dem Kontinent. Waren wir dir völlig egal?«

»Jetzt reicht's, Mutter«, sagte Luisa scharf. »Hör endlich auf, sie zu beschimpfen. Sie ist alt und krank und verdient Respekt. Und auch ein wenig Verständnis. Es ist nicht alles so, wie du es dir hinbiegst!«

Überrascht starrte die Countess ihre Tochter an. Sie war es nicht gewohnt, von ihren Kindern Widerworte zu hören. Doch dann schluckte sie, sah ihre Mutter an und sagte: »Entschuldige. Ich wollte nicht respektlos sein.«

Lady Mary schloss die Augen und seufzte tief. »Hilf mir auf, Luisa«, murmelte sie mit schwacher Stimme. »Ich geh jetzt besser ins Bett.« Zu ihrer Tochter sagte sie: »Wir reden morgen weiter.«

***

Luisas Mutter blieb drei Tage. Es waren schwierige Tage voller Anschuldigungen und gegenseitiger Kritik, Tränen, Erklärungen und Aussprachen. Luisa war immer dabei, fühlte sich wie eine Schiedsrichterin, obwohl sie viel zu jung dazu war. Doch sie fühlte sich für ihre Großmutter verantwortlich, blieb, um allzu scharfe Attacken ihrer Mutter abzumildern.

Auch Lady Mary teilte gelegentlich aus, verbat sich die Einmischung in ihr Leben, kritisierte die konservative, in ihren Augen bigotte Lebenseinstellung ihrer Tochter, ihre protestantische Religiosität und warb für Verständnis für ihren eigenen, ganz anderen Lebensentwurf.

Der Höhepunkt war am zweiten Tag erreicht, danach war alles gesagt, die Aussprache beendet. Mutter und Tochter fielen sich weinend in die Arme, auch Luisa wurde einbezogen. Sie selbst hatte nicht nur Neues über ihre Großmutter erfahren, sondern verstand auch ihre eigene Familie besser.

Trotz anfänglicher Ablehnung fand die Countess Gefallen an der französischen Küche und ließ sich von Madame Paulette sogar einige Rezepte aufschreiben. Sie war auch einverstanden, dass Luisa vorläufig bei ihrer Großmutter blieb.

»Ich denke, es ist im Prinzip nicht verkehrt, etwas zu lernen«, sagte sie ihrer Tochter zum Abschied. »Ob es gleich Latein sein muss, weiß ich nicht, aber es schadet sicher nicht. Also leb wohl, Luisa, und mach uns keine Schande! Und iss, Kind, damit du was auf die Rippen kriegst!« Noch eine Umarmung für Großmutter, dann war sie fort.

Lady Mary stieß einen tiefen Seufzer aus. »Himmel, was für turbulente Tage! Aber es war gut so. Die Aussprache war nötig. Du siehst, mein liebes Kind, deine Großmutter hat in ihrem Leben viele Fehler gemacht. Also hör auf, mich auf ein Podest zu stellen.«

»Das tue ich gar nicht. Trotzdem werde ich alles, was du mir erzählst, aufschreiben.« Luisa holte tief Luft. »Ich habe entschieden, deine Biografie zu schreiben.«

»Ach herrje!«, rief Lady Mary. »Bist du sicher?«

»Vielleicht nicht gleich, aber später. Zuerst will ich mehr

über Literatur lernen. Aber ich schreibe schon einmal auf, was du mir erzählst, damit ich nichts vergesse und es später verwenden kann.«

Mit großen Augen sah Lady Mary ihre Enkelin an, aber auch nicht ohne Anerkennung. »Dann bin ich froh, dass du noch eine Weile bei mir bleibst, Luisa. Du bist ein gutes Mädchen. Gib deiner Großmutter einen Kuss.«

Das tat Luisa. Dann sagte sie: »Jetzt möchte ich alles über deinen Kampf gegen die Pocken erfahren. Du darfst mir nichts vorenthalten!«

Lady Mary nickte. »Gib mir ein paar Tage, um mich auszuruhen. Der Besuch deiner Mutter war doch recht anstrengend!«

# Schwester Mar

*September 1718*

Mary hatte erwartet, von Paris begeistert zu sein, stattdessen war sie enttäuscht. Sie fand die Stadt eng, schmutzig und laut, mit zu vielen stinkenden Elendsvierteln und Huren an jeder Straßenecke. Im Vergleich mit den gastfreundlichen Türken kamen ihr die Pariser frech und unfreundlich vor, selbst die adeligen Herren fand sie hochnäsig, die Damen zu stark geschminkt und gepudert. Auch der ständige Einsatz von Parfum in den Häusern der Edlen konnte den Geruch ungewaschener Leiber nicht immer überdecken.

Dennoch ließ sie es sich nicht nehmen, die Familie des Marquis de Bonnac zu besuchen und Grüße zu überbringen. Sie feierte ein herzliches Wiedersehen mit Abbé Conti, dem sie oft von unterwegs geschrieben hatte. Dann traf sie, wie es der glückliche Zufall wollte, in einer Gesellschaft von Damen auf ihre Schwester Frances, Lady Mar, die kurz vor einer Reise nach Italien stand, wo sich ihr Gemahl John Erskine aufhielt. Sie umarmten einander erfreut über ihr Wiedersehen und ließen sich in einer stillen Ecke des Salons nieder, um ungestört zu reden.

»Was will er denn in Italien?«, fragte Mary.

»Das Übliche, du weißt schon. Er versucht weiter, Unterstützung für seinen Pretender zu mobilisieren.«

»Immer noch?« Mary war ernstlich erstaunt, nannte man doch den glücklosen Spross der schottischen Stuarts mit seinem totgeborenen Anspruch auf den englischen Thron inzwischen spöttisch *old pretender*.

Frances nickte. »In England darf John sich nicht mehr sehen lassen, sonst stellen sie ihn vor Gericht. Dabei klammert er sich immer noch an die Illusion der Jakobiten, ihr angebliches Recht auf den Thron durchsetzen zu können. Er ist geradezu besessen davon.«

»‚Angeblich'? Du glaubst also auch nicht daran.«

»Natürlich nicht. Es ist ein Hirngespinst, ein gefährliches dazu. Du weißt, wie viele Tote dieser Wahnsinn schon gekostet hat. Manchmal denke ich, John hat sich völlig verrannt. Aber er will es partout nicht zugeben.«

Mary erinnerte sich, mit wie viel Hoffnung ihre Schwester diese Ehe eingegangen war. Und dann, schon kurz nach der Hochzeit, hatte ihr Mann sich für die Jakobiten erklärt und diesen missglückten Aufstand angeführt.

»Ach, Frances.« Mary legte den Arm um ihre Schwester. »Das tut mir so leid. Du hast es wirklich nicht gut getroffen.«

Frances seufzte betrübt. »Ich will nicht klagen, aber manchmal übersteigt es meine Kraft. Die ständigen Anfeindungen, Johns Exil, der Mangel an Geld … Ich weiß manchmal nicht, wie es weitergehen soll.« Ihre Augen wurden feucht. »Du hast es so viel besser getroffen, auch wenn Vater eigentlich etwas anderes für dich gewollt hat. Aber du hast dich ja schon immer durchsetzen können.«

Natürlich hatte Mary es besser getroffen, das war ihr mehr als bewusst. Doch als auf Rosen gebettet empfand sie sich trotzdem nicht. »Warum habt ihr eigentlich noch keine Kinder?«, fragte sie.

Errötend blickte Frances zur Seite.

»Was ist?«, fragte Mary. »Wir sind doch Schwestern. Wir konnten uns doch immer alles sagen.«

Frances nickte. »Verzeih! Natürlich.« Sie sah zu Boden. »Aber es ist mir peinlich.«

»Was ist dir peinlich? Schläft er nicht mit dir? Hat er eine Geliebte oder gar seltsame Angewohnheiten?«

»Nein, von einer Geliebten weiß ich nichts. Und seltsame Angewohnheiten …« Erstaunt sah Frances sie an. »Was meinst du damit?«

»Na, eben Dinge gegen die Natur.«

Frances zögerte, bevor sie schließlich sagte: »Nein, ich glaube nicht.«

»Du weißt nicht, was ich meine, oder? Herrje, Frances! Du bist verheiratet und hast überhaupt keine Ahnung.«

Frances' Wangen glühten nun vor Verlegenheit. »Lass uns in den Garten gehen«, raunte sie. »Hier drinnen möchte ich nicht über solche Dinge reden. Ich kenne einige der Damen. Man könnte uns belauschen.«

Beide erhoben sich und traten durch die Terrassentür ins Freie. Es war ein schöner, milder Nachmittag, leicht bewölkt, und doch spendete der Himmel genug warmes Sonnenlicht, um den Garten zur Geltung zu bringen, eine typisch französische Anlage mit geometrischen Beeten, schnurgeraden Fußwegen und sorgsam beschnittenen Büschen, an denen kein Blatt zu viel oder zu wenig war, als gälte nicht die Natur, sondern nur der Wille des Gartenmeisters.

Sie setzten sich auf eine der Bänke.

»Also, was ist?«, fragte Mary. »Woran liegt es?«

Frances seufzte. Dann sah sie Mary an. In ihrem Blick standen Sorge und Unsicherheit. »Findest du mich hässlich?«, platzte sie heraus.

»Hässlich?«, rief Mary erschrocken. »Wie kommst du denn

auf so was? Sagt er das? Du bist eine ausnehmend hübsche Frau! Lass dir bloß nichts einreden!«

»Der Maler, der gerade an meinem Porträt arbeitet, macht mir ebenfalls Komplimente. Und nein, John sagt nichts dergleichen. Aber er muss auch gar nichts sagen, denn ich bin sicher, dass er mich vielleicht nicht hässlich, aber doch sehr wenig anziehend findet.«

»Wieso glaubst du das?«

Frances wurde wieder rot. »Wir liegen im Bett ... und ... es passiert nichts. Wir versuchen es, aber es geht nicht. Dann flucht er leise, steht auf und verlässt mein Schlafgemach. Am Morgen sieht er mich mit diesem Blick an, als wäre es meine Schuld. Es ist eine stille, wortlose Schuldzuweisung, schlimmer, als würde er mir Vorhaltungen machen. Ich ertrage das nicht mehr, Mary. Ich wünschte, er würde nie mehr mein Schlafzimmer betreten.«

Mary nickte grimmig. »So, wie du es beschreibst, hat es nichts mit dir zu tun, Schätzchen! Es ist nicht deine Schuld, sondern seine. *Er* hat ein Problem, nicht du.«

»Wie soll ich das verstehen?«

»Hast du noch nie davon gehört, dass Männer manchmal Schwierigkeiten haben?«

Frances hob erstaunt die Brauen. »Nein.«

»Dein John hat seine Potenz verloren, wie es scheint, aber er will es nicht zugeben. Genauso, wie er nicht zugeben will, dass sein *old pretender* machtlos ist und nie die Krone erringen wird.«

»Was meinst du damit: ‚Er hat seine Potenz verloren'?«

»Herrje, Was bist du doch für ein naives Häschen, Frances! Er ist nicht der einzige Mann, der es nicht mehr fertigbringt, eine Frau zu schwängern. Besonders im fortgeschrittenen Alter ist das nicht selten.«

»Wirklich? Davon habe ich noch nie gehört. Woher weißt du so was?«

»Frauen reden doch miteinander.«

»Wirklich? Über so was redet ihr?«

»Wenn er dich wirklich so unattraktiv fände, wie du meinst, würde er es doch gar nicht erst versuchen, oder?«

»Vielleicht hast du recht«, sagte Frances sichtlich erleichtert. »Es hat ja auch schon geklappt. Am Anfang. Aber in letzter Zeit, mit den ganzen Problemen ...«

»Na, siehst du. Du bist eine hübsche Frau und hast dir gar nichts vorzuwerfen.«

»Ach, liebste Mary! Wenn ich dich nicht hätte.« Sie küsste Mary auf die Wange. »Und wie soll ich mich jetzt verhalten?«

»Du könntest ihm vielleicht helfen.«

»Ihm helfen? Wie meinst du das?«

Mary lachte. »Muss ich dir jetzt alles erklären?« Und dann tat sie genau das. Frances' Augen wurden immer größer.

»Mit dem Mund?«, rief sie entsetzt. »Das ist ja schrecklich! Nein, das mach ich nicht. Auf keinen Fall!«

Nun musste Mary noch mehr lachen. »So schlimm ist das nicht. Probier's einfach mal.«

»Machst du es denn?«

Mary grinste. »Ist schon vorgekommen.«

Frances runzelte die Stirn. Sie war nicht überzeugt, eher schockiert. »Vielleicht sollte er mich nachts gar nicht mehr besuchen. Das wäre am besten. So wild bin ich nämlich nicht auf diese elende Fummelei.«

»Da bist du nicht die Einzige, der es so geht.«

Nun mussten beide herzlich lachen.

Frances fiel ihrer Schwester um den Hals. »Ach, Mary, es ist so schön, dich wiederzuhaben.«

***

Je näher sie England kamen, desto mehr sorgte Mary sich, wie sie sich Alexander Pope gegenüber verhalten sollte. Der Dichter hatte ihr oft geschrieben und keinen Zweifel daran gelassen, dass er in sie verliebt war, auch wenn er in seinen ihr gewidmeten Versen geschickt andere Figuren sprechen ließ, wenn es um seine Gefühle ging.

Obwohl sie ihn als Menschen und Künstler bewunderte, hegte Mary keinerlei romantische Empfindung für ihn. Allerdings hatte sie während der Reise den Briefwechsel mit ihm sehr geschätzt und ihm ebenfalls häufig geschrieben. Sogar ein paar türkische Liebesgedichte hatte sie für ihn übersetzt, ohne sich Gedanken darüber zu machen, ob diese seine Glut nur noch mehr entfachen könnten. Jetzt kam es ihr wieder in den Sinn, und es machte sie in Anbetracht des bevorstehenden Wiedersehens mehr als nervös.

Als Edward und Mary nach einer stürmischen Kanalüberquerung endlich Dover erreichten und sich dort für die Nacht in einer Herberge einquartierten, wartete dort bereits ein Brief von Pope auf sie. Er hatte wohl erraten, wo sie absteigen würden. Mit gemischten Gefühlen öffnete sie das Schreiben. Wie sie las, war der arme Mann anscheinend völlig aus dem Häuschen, dass sie endlich im Begriff war, nach London zurückzukehren, denn der Brief floss geradezu von romantischen Gefühlen über und klang noch verliebter als alles andere, was er ihr bisher geschrieben hatte.

Er hatte zudem ein Gedicht beigelegt, in dem er eine Tragödie besang, die sich angeblich kürzlich ereignet hatte: Zwei Liebende, denen es verwehrt gewesen war, zueinanderzufinden und ihre Liebe zu leben, hatten sich aus Verzweiflung gemeinsam das Leben genommen. Eine *Romeo und Julia*-Tragödie, die er in den ergreifendsten Tönen beschrieb. Obwohl Pope sein Gedicht, wie er erwähnte, auch anderen geschickt hatte, war seine Botschaft an Mary doch mehr als deutlich: Seine Liebe für sie war ebenso tief und leidenschaftlich und unter Umständen zerstörerisch wie die der beiden jungen Menschen.

Mein Gott!, dachte Mary. Was stellt der Mann sich vor? Dass ich Edward verlasse und mit ihm durchbrenne? Dass ich seine Geliebte werde?

Nichts lag ihr ferner. Sie musste sich aber eingestehen, dass sie nicht ganz unschuldig daran war, wie die Dinge sich entwickelt hatten. Ihre Eitelkeit hatte ihr einen Streich gespielt. Natürlich hatte seine Bewunderung ihr geschmeichelt. Alexander Pope, der gefeierte Dichter, lag ihr zu Füßen! Sie schätzte seine Freundschaft, seinen Intellekt und seine schöpferische Kraft. Sie liebte den Gedankenaustausch mit ihm, nicht aber den Mann. Und doch hatte sie in ihren Briefen mit ihm kokettiert, ihn vielleicht unbewusst ermutigt. *Unbewusst? Vielleicht doch nicht so unbewusst.* Von Angesicht zu Angesicht hätte sie sich sicher nie so ausgedrückt wie in ihren Briefen. Briefe waren alles andere als anonym, und doch war der Empfänger entrückt, saß einem nicht gegenüber und war somit nicht greifbar, weniger real. Da schrieb man vielleicht Dinge, die missverstanden werden konnten.

Aber nun musste das ein Ende haben. Diesen Brief konnte sie nicht unbeantwortet lassen. Eine Klärung war überfällig. Lange überlegte sie, wie am besten zu antworten wäre. Das Problem direkt anzusprechen war ihr zu grob und indelikat. Besser durch eine Andeutung, wie er es auch tat. Vielleicht mit einer Prise Humor, um einer Absage die Spitze zu nehmen.

Als eine etwas flapsige Antwort auf das seine, verfasste sie selbst ein Gedicht:

*Denn hätten sie gelebt bis zum nächsten Jahr,*
*Als verprügeltes Weib und gehörnter Liebhaber,*
*Hätten sie die Ketten der Ehe verflucht;*

*Doch nun sind sie trotz ihres Untergangs glücklich,*
*Da Pope geruhte, auf ihr Grab zu schreiben.*

Sie hoffte, mit dieser ironischen Antwort klargestellt zu haben, dass ihre Gefühle nicht den seinen entsprachen, und merkte dabei nicht, dass ihr scharfzüngiger Humor verletzend sein musste. Erst als sie längst zurück in London war und all ihre Freunde sie besucht und freudig begrüßt hatten, nur Alexander Pope nicht, wurde ihr bewusst, dass sie ihn möglicherweise verwundet hatte, gerade ihn, der so sehr unter seinen körperlichen Unzulänglichkeiten litt. Da war diese schöne, intelligente Frau, auch noch von hoher Geburt, und er selbst, Pope, ein elender Zwerg, nur ihres Spottes würdig. So musste er es empfinden.

Sie machte sich auf, ihn zu besuchen, entschuldigte sich für ihr Gedicht und schenkte ihm eine griechische Vase, die sie von ihrer Reise mitgebracht hatte. Zu ihrer Erleichterung geruhte der Dichter, ihr zu verzeihen.

Doch die für Mary weit größere Sorge als Pope war in den folgenden Wochen das Schicksal der Kinder. Die *Preston* hätte England längst erreichen müssen, aber sie blieb verschollen. Selbst das Büro der Admiralität hatte keine Neuigkeiten über ihren Verbleib zu vermelden. Mary war außer sich. Was war mit dem Schiff geschehen? War es in einem Sturm gesunken, an einer felsigen Küste gescheitert? Nach Meinung der Admiralität könnte die *Preston* von spanischen Kriegsschiffen aufgebracht worden sein. Denn seit dem Sommer befand sich die Navy, zusammen mit Marineeinheiten von Frankreich, Österreich und den Niederlanden, in einem Konflikt mit Spanien um die maritime Vorherrschaft im Mittelmeer.

»Verdammt, Edward, wenn du davon wusstest, wieso hast du mich überredet, die Kinder mit dem Schiff reisen zu lassen?

Was, wenn wir unsere Kleinen nie wiedersehen? Mein Gott, nicht auszudenken! Ich hätte das niemals zulassen dürfen!«

Auch Edward war zutiefst beunruhigt und machte sich bittere Vorwürfe. »Falls das Schiff gekapert wurde, werden Gefangene von Bedeutung meist ausgetauscht. Die Admiralität hat versprochen, mich sofort in Kenntnis zu setzen, sobald sie dort etwas über das Schicksal der *Preston* erfahren.«

Sie konnten nichts tun als warten und verbrachten schreckliche Wochen voll banger Unsicherheit. Als es fünf Monate nach Auslaufen der *Preston* von Genua immer noch keine Nachricht gab, war Mary überzeugt, sie werde ihre Kinder nie wiedersehen. Entweder waren sie tot oder irgendwo in Spanien in einem verwahrlosten Heim für Waisenkinder gelandet.

Dann endlich ließ ein Bote der Admiralität sie wissen, dass die *Preston* nach langer Irrfahrt Portsmouth erreicht hatte. Mary mietete eine Kutsche, und da Edward sich in Nottingham aufhielt, machte sie sich eilig allein auf den Weg.

Das Schiff war in einem beklagenswerten Zustand. Der Besanmast war weggeschossen, die Reling des Achterdecks fehlte, der Rumpf wies eilig gestopfte Löcher auf. Ein Wunder, dass die *Preston* überhaupt noch schwamm. Selbst im Hafen mussten die Pumpen bemannt bleiben, bis man sie in ein Trockendock ziehen konnte. Ob man sie dort reparieren oder abwracken würde, war noch nicht entschieden. Viele Männer hatte man verletzt von Bord geholt, andere waren in Kämpfen mit den Spaniern gestorben. Auch Kapitän Johnson trug einen Arm in der Schlinge.

Esther und die Kinder waren unversehrt. Weinend vor Erleichterung nahm Mary ihre Kleinen in Empfang. Auch Esther umarmte sie und dankte ihr unter Tränen. Die Arme hatte gelitten, war unterwegs krank gewesen, wäre unter dem Beschuss der Spanier vor Angst fast gestorben.

»Nicht nur ein Mal, direkt mehrmals wurden wir angegriffen, Mylady«, schluchzte Esther. »Irgendwie hat Mr. Johnson es immer wieder geschafft zu entkommen.«

Mary ergriff die unverletzte Hand des Kommandanten. »Wie kann ich Euch nur danken? Ihr seid ein wahrer Held!«

»Tut mir leid, dass es so lange gedauert hat, Mylady. Wir mussten uns ein paarmal an der Küste Nordafrikas verstecken. Um den Spaniern zu entkommen. Aber auch, um Reparaturen durchzuführen.« Er grinste verwegen. »Aber wir haben es geschafft, und nun sind wir hier.«

»Gebt mir Eure Adresse, Käpt'n. Ich möchte etwas für die tapfere Mannschaft spenden.«

»Sehr gerne, Mylady. Ich werde es unter die Männer verteilen.«

»Und Ihr, Mr. Johnson? Wie geht es für Euch weiter?«

»Oh, ich weiß noch nicht. Ich hoffe, die Navy teilt mir ein neues Kommando zu. Die *Preston* ist wohl nicht mehr zu retten.«

»Seid Ihr verheiratet?«

»Nein, Mylady. Aber verlobt. Meine Braut hat es weiter als Ihr, aber sie sollte jeden Moment eintreffen.«

»Dann wünsche ich Euch alles Glück der Welt, Sir!« Mary verfrachtete Esther und die Kinder in ihre Kutsche und machte sich auf den Heimweg.

# Marys Kampf

*Herbst 1719*

Nach ihrer Ankunft in London hatten Edward und Mary ein komfortables Stadthaus an der Covent Garden Piazza angemietet für die Wochen, in denen sie sich in London aufhielten, und erwarben nun dazu ein geräumiges Anwesen in Twickenham als Landhaus, das mit der Kutsche nicht weiter als eine Stunde vom Zentrum von London entfernt war, aber nahe dem wundervollen Richmond Park lag, der einst als Wildpark angelegt worden war.

Im Grunde waren beide Häuser eher Marys Domizile, denn Edward behielt zwar seinen Sitz im Parlament, verbrachte aber viel Zeit bei seinem Bergwerksunternehmen im Norden und kam nur heim, wenn die Geschäfte es erlaubten. So lauteten jedenfalls seine immer gleichen Begründungen, warum er so wenig Zeit für die Familie hatte.

Trotzdem bemühte sich Mary, die Illusion einer Ehe aufrechtzuhalten – manchmal schliefen sie sogar miteinander –, doch im Grunde war allen Beteiligten, auch Freunden und Verwandten, klar, dass inzwischen jeder der beiden sein eigenes Leben lebte.

Mary war nicht unglücklich darüber. Sie liebte London und alles, was die Hauptstadt ihr zu bieten hatte, verkehrte bei Hof, besuchte wieder Theater und Oper und die Salons der Gesellschaft. Intellektuelle Bereicherung bot ihr der Freundeskreis von Malern, Dichtern und Philosophen, mit denen sie sich regelmäßig traf und auch per Korrespondenz in Kontakt blieb. Ihr Stadthaus ähnelte einem Taubenschlag. Ständig kamen Besucher, sodass sie sich, wenn es ihr zu viel wurde, auf ihr Anwesen in Twickenham zurückzog, wo sie sich mit ihren Kindern beschäftigte, ihr Pferd im nahen Park ausführte und ansonsten die Ruhe genoss. Hier betätigte sie sich weiterhin literarisch, schrieb Gedichte und Satiren oder besuchte Alexander Pope, der ganz in der Nähe ebenfalls ein Haus erworben hatte.

Sie tat ihm den Gefallen, für ein eigens von ihm beauftragtes Porträt zu sitzen, das von Sir Godfrey Kneller ausgeführt werden sollte, der sie schon zweimal zuvor auf Leinwand verewigt hatte. Er malte sie diesmal in türkischer Kleidung und entspannter Pose, seitlich blickend, Hermelinumhang über blauem Gewand, ein großzügiges Dekolleté, das ihren eleganten Busen zur Geltung brachte. Pope war von dem Bild so entzückt, dass er ihm einen Ehrenplatz in seinem Haus zuwies, in einem Raum mit Blick auf die Themse, in dem er sich am liebsten aufhielt.

»So habe ich dich immer bei mir, verehrte Mary«, sagte er. »Bis ans Ende meines Lebens wird dein Porträt mich begleiten.«

Twickenham bildete auch den perfekten Rahmen für kleine Hauskonzerte, die Mary in Abwesenheit ihres Mannes veranstaltete. In den Sommermonaten des Jahres 1720 traten der Komponist Buononcini auf, die Sängerin Mrs. Robinson und der berühmte Kastrat Senesino. Es galt mithin als Ehre, zu diesen Konzerten eingeladen zu werden. Überhaupt verbreitete sich Marys Ruhm als scharfzüngige Intellektuelle und Verteidigerin der Frauenrechte. In Gesellschaft hielt sie sich oft zurück und sagte nicht viel. Erst wenn das Gespräch interessant wurde, blühte sie auf und beteiligte sich am Diskurs mit Elan und Witz. Einer ihrer Freunde schrieb diese Verse:

*Gewisse Herren, die sich ihrer Klugheit rühmen,*
*Sollten lesen, hören und Bescheidenheit lernen;*
*Lasst sie nicht länger mit ihrer Weisheit prahlen,*
*Denn eine Montagu werden sie niemals übertreffen.*

Trotz ihres Renommees und ihrer Popularität in den gehobenen Kreisen spürte Mary eine gewisse Leere in ihrem Herzen. Hatte sie in ihrer Jugend Madeleine de Scudérys Romane verschlungen und es deren Heroine Sapho, einer noblen Schriftstellerin, gleichtun wollen, so war sie nun in der Tat eine Art Sapho – jedoch allein und ohne Liebe. Edward war weiterhin nur selten zugegen, und auch die Kinder konnten die Leere nicht füllen.

In London begegnete sie einige Male dem Mann, der ihr vor Jahren vorübergehend den Hof gemacht und sie mehr als beeindruckt hatte, Arthur Ingram, Viscount of Irvine. Doch dann hatte er ihr gestanden, dass er einer anderen versprochen war. Die hatte er tatsächlich geheiratet, aber die Dame war vor Kurzem gestorben. Zwei Töchter hatte sie ihm hinterlassen. Mary fand ihn noch genauso charmant wie zuvor und hätte die Beziehung gern vertieft, doch es sollte nicht sein. Arthur Ingram teilte ihr Interesse nicht. Es war wohl auch damals nur flüchtig gewesen.

Das hieß jedoch nicht, dass es keine Männer gab, die um sie warben. Trotz ihrer Pockennarben war sie immer noch eine schöne und begehrenswerte Frau. Doch wenn sie schon kritisch und wählerisch in der Frage war, wer sich zu ihren Freunden zählen durfte, so war sie das Männern gegenüber, die versuchten, sie zu erobern, umso mehr. Außerdem war sie nicht bereit, Edward zu betrügen.

***

*Frühjahr 1721*

Schon im Januar war es ungewöhnlich warm gewesen, so warm, dass bereits die ersten Rosen ausschlugen.

»Ich fürchte, uns droht ein neuer Ausbruch der Pocken«, sagte Dr. Maitland, den Mary zu sich bestellt hatte, weil sie eben genau das befürchtete und seinen Rat suchte. Der schottische Arzt hatte sich nach seiner Rückkehr von Konstantinopel in London niedergelassen und betrieb dort eine bescheidene Hausarztpraxis. Mary vertraute ihm, war er doch ihr Komplize gewesen, als sie den kleinen Edward inokuliert hatten.

England, vor allem London, war in den letzten Jahren häufiger von den Pocken heimgesucht worden als noch ein oder zwei Generationen zuvor. Der erste wirklich heftige Ausbruch, an den Mary sich erinnern konnte, war 1710 gewesen, der nächste 1714, als ihr Bruder der Krankheit erlegen war, und 1716, im Jahr ihrer eigenen Erkrankung. Zuletzt hatten die Pocken 1719 gewütet, als sie aus Konstantinopel heimgekehrt waren. Damals waren allein in London über dreitausend Menschen daran gestorben.

Doch trotz der Gefahr hatte Mary es nicht gewagt, ihre Tochter inokulieren zu lassen. Das Kind war ihrer Meinung nach noch zu klein dafür. Daher hielt sie die kleine Mary so weit wie möglich im Haus und achtete streng darauf, mit wem das Gesinde Umgang hatte. Zum Glück war Twickenham weit genug von London entfernt und dadurch einigermaßen isoliert. Niemand im Haus war krank geworden.

Jetzt also drohte erneut ein Ausbruch, allen Anzeichen nach ein heftiger, schlimmer als je zuvor. »Die Seuche greift wie ein Engel des Todes um sich«, sagte Dr. Maitland. »Überhaupt scheinen die Ausbrüche von Jahr zu Jahr heftiger zu werden. Ich frage mich, woran das liegen könnte. Die meisten Ärzte weigern sich zurzeit, den Kranken zu helfen, aus Furcht, sich selbst anzustecken.«

»Ist es wahr, dass sie jetzt sogar Apothekern verbieten, medizinische Hilfe zu leisten?«, fragte Mary.

»Eine Schande ist das!«, sagte Maitland. »Offenbar fürchten viele Ärzte, die Apotheker könnten ihnen Geschäft wegnehmen. Sie führen im Moment einen wahren Krieg gegen die Apotheker.«

»Meine Güte!«, rief Mary erbost. »Was ist das nur für eine Welt? Diese geldgierigen Quacksalber gehören ins Gefängnis!« Es war wirklich an der Zeit, etwas zu unternehmen. »Es kann nicht sein, dass hier in England Abertausende an den Pocken sterben, während es eine Möglichkeit gibt, dies zu verhindern. Ich bin entschlossen, den Kampf gegen die Borniertheit und Unwissenheit unserer Ärzte aufzunehmen, und Ihr, Dr. Maitland, müsst mir dabei helfen.«

Maitland hob erstaunt die Brauen. »Was habt Ihr vor?«

»Wir werden meine Tochter Mary variolieren. Sie ist jetzt drei Jahre alt, so alt wie Edward damals. Und natürlich werden wir die Sache publik machen, damit alle Welt sieht, wie es geht und wie ungefährlich das Prozedere ist. Ich will, dass sich das Wissen darum verbreitet, dass die Menschen – besonders junge Menschen und Kinder – davor beschützt werden, diese verdammte Krankheit zu bekommen!«

Dr. Maitland sah sie mit großen Augen an. »Da habt Ihr Euch aber viel vorgenommen. Zu viel, fürchte ich. Ihr werdet keinen Erfolg damit haben.«

»Wieso nicht?« Mary musterte Maitland mit dem scharfen, starren Blick, den ihr der Mangel an Wimpern verlieh. »Wieso sollte mir das nicht gelingen?«

Maitland wand sich ein wenig. »Bei allem Respekt, Mylady, aber das liegt doch auf der Hand. Niemand wird der Sache trauen. Pocken mit Pocken bekämpfen? Hört sich nach einer ziemlich wahnwitzigen Idee an. Ihr selbst wart zuerst misstrauisch, Ihr erinnert Euch.«

»Ja, aber dann habe ich mich von schlüssigen Argumenten und Beweisen überzeugen lassen. Warum sollte es also nicht gelingen, auch andere zu überzeugen?«

Maitland schüttelte den Kopf und seufzte. »Vieles spricht dagegen, Mylady. Die Medizin ist eine alte Kunst und sehr konservativ. Eigentlich ist sie gar keine richtige Wissenschaft, so wie die Natural Philosophers sie jetzt praktizieren. Wir Mediziner arbeiten nach Methoden, die aus dem Altertum stammen. Wir reden vom Gleichgewicht der Säfte, praktizieren den Aderlass, ohne einen echten Beweis dafür zu haben, ob das Heilung bringt. Wir stellen das nicht einmal infrage, sondern plappern nach, was uns die alten Griechen hinterlassen haben. Ich selbst nehme mich da nicht aus. Die Patienten verlangen es sogar von mir. Wie oft höre ich von ihnen: ›Wollt Ihr mich nicht zur Ader lassen, Doktor?‹ Also tue ich es. Darüber hinaus ist unsere Kunst angereichert mit ein wenig Kräuterwissen, das sich die Mönche im Mittelalter angeeignet haben. Und in modernen Zeiten haben wir gelernt, im Krieg zerschossene Glieder zu amputieren. Ansonsten hält man sich an das Althergebrachte. Und da glaubt Ihr, unsere Zunft könnte Neuem gegenüber aufgeschlossen sein? Sie werden sich wehren, das kann ich Euch versprechen.«

»Aber Ihr habt Euch doch auch bekehren lassen.«

»Ich war bei Euch angestellt und musste wohl oder übel

mitspielen. Ihr habt mir keine Wahl gelassen.« Er lächelte. »Na ja, am Ende haben mich die Tatsachen überzeugt, das gebe ich zu.«

»Genau so müssen wir es machen«, sagte Mary. »Wir müssen der Welt Tatsachen bieten.«

»Indem Ihr Eure Tochter als Beweis benutzt?«

»Es ist doch auch bei Edward wunderbar gelungen. Er ist nicht krank geworden, er hatte nur leichtes Fieber.«

»Ja, aber ist er jetzt wirklich immun? Das ist die Frage. Dr. Timoni behauptet das und sagt, er habe Beweise. Das mag ja sein, aber hundertprozentig wissen wir es nicht.«

Mary erhob sich und ging nachdenklich auf und ab. Dann blieb sie vor Maitland stehen und sah ihn an. »Ich weiß, es ist ein schwieriges Unterfangen. Ihr habt sicher mit all Euren Einwänden recht. Ich kann mir auch noch einige Schwierigkeiten mehr vorstellen: Eine Kur, die von Europas Feinden, den Türken kommt, kann nicht gut sein, wird es heißen. Und dann will ausgerechnet eine Frau wissen – ich meine mich –, wie man die Pocken besiegt? Da könnte man doch auch gleich des Königs Pferd befragen oder des Hofmeisters Esel. So werden sie reden, nicht wahr?«

Maitland legte den Kopf zur Seite und hob verlegen lächelnd die Schultern. »Ich wollte es nicht sagen, aber ja. So werden sie reden.«

»Und genau deshalb will ich nicht in den Vordergrund treten. Ihr seid Mediziner, Maitland, Ihr müsst die Speerspitze unserer Bemühungen sein.«

Maitland machte ein erschrockenes Gesicht. Er hob beide Hände, als könnte er so ein Unheil abwehren. »Aber Lady Mary!«, protestierte er. »Doch nicht ich! Ich bin nur ein kleiner Landarzt, weder Mitglied der Royal Society noch eines anderen renommierten Colleges. Mein Wort hat kein Gewicht.«

»Ganz im Gegenteil! Ich denke, Ihr seid genau der Richtige dafür. Ihr habt in Konstantinopel alles mit eigenen Augen gesehen und könnt es bezeugen. Ich vertraue Euch.«

Maitland starrte sie wortlos an. Es dauerte einen Augenblick, bis er den Mund aufbekam. »Ich weiß das zu schätzen, Mylady. Aber Herrgott noch mal! Ihr verlangt zu viel von mir. Sie werden mich anfeinden, Spott und Häme über mich ausschütten. Es könnte meinen Ruf als Arzt ruinieren. Und meine Praxis.«

Mary ließ sich davon nicht beeindrucken. Sie fixierte ihn mit dem starren Blick ihrer wimpernlosen Augen. »Maitland, ich habe Euch als einen Mann von Charakter kennengelernt und nie für einen Feigling gehalten. In Bulgarien habt Ihr bei den Pestkranken ausgeharrt, obwohl Ihr Euch hättet anstecken können. Aber nein, Eure Pflicht als Arzt war Euch damals wichtiger als die eigene Gesundheit. Ich habe das bewundert, denn Ihr wart mutiger als ich, das gebe ich freimütig zu. Und genau diesen Maitland brauche ich jetzt, nicht den kleinmütigen Maitland, der um seine Praxis fürchtet. Es geht darum, Tausende zu retten! Männer, Frauen, Kinder, Familienväter, geliebte Ehefrauen, Freunde und Verwandte. Und Ihr könnt sie retten. Dieser Verantwortung werdet Ihr Euch nicht entziehen!«

Maitland starrte sie sprachlos an. Dann schüttelte er den Kopf. »Herr im Himmel«, murmelte er bei sich. »Wer könnte jemals dieser Frau widerstehen?«

Mary grinste triumphierend. »Ihr werdet mir also helfen.«

Er zuckte mit den Schultern und nickte beklommen. »Bleibt mir ja nichts anderes übrig. Aber macht Euch keine Illusionen, die größten Widersacher werden Ärzte sein.«

Mary setzte sich wieder. Was er sagte, war zweifellos richtig, doch sie hatte sich bereits Gedanken dazu gemacht. »Genau deshalb müssen wir mit ihnen anfangen. Wir werden eine Demonstration vorbereiten. Natürlich erst, nachdem Mary wieder genesen ist, damit sie sehen, wie harmlos die Sache ist. Ihr müsst vor allem renommierte Mediziner dazu einladen, solche, deren Wort Gewicht hat, die Neuem aber nicht verschlossen gegenüberstehen.«

»Ich sehe, Ihr habt Euch alles gut überlegt«, erwiderte Maitland. »Aber wo soll ich diese Ärzte finden, und vor allem, wie soll ich sie dazu bewegen teilzunehmen? Eine Einladung von mir hat keinerlei Gewicht.«

Mary hob den Zeigefinger und lächelte siegesgewiss. »Aber eine Einladung von mir hat Gewicht«, sagte sie. »Ich bin in London keine Unbekannte, und mein Vater wurde vor sechs Jahren in den Herzogstand erhoben. Er gehört zu den bedeutendsten Männern des Landes, ist Mitglied des Geheimen Rats der Krone und Lordsiegelbewahrer. Alle Welt kennt ihn. Meine Tochter Mary ist sein Enkelkind. Ich verspreche Euch, die besten Ärzte des Landes werden sich darum reißen, meiner Demonstration beiwohnen zu dürfen.«

»Ich verstehe.«

»Und Ihr werdet den Eingriff vornehmen.«

»Das habt Ihr offenbar so entschieden.«

»Natürlich. Ihr habt doch gesehen, wie's gemacht wird. Mein Gott, die Sache ist denkbar einfach! Selbst ich könnte das. Also, keine Sorge, Maitland, Ihr werdet als Pionier berühmt werden, Eure Praxis wird florieren, da bin ich mir ganz sicher!«

Maitland lächelte spöttisch. »Sicher ist nur eines: Eure Überzeugungskraft und Begeisterung, Mylady, sind umwerfend. Wer könnte sich widersetzen? Ich werde Euch also zu Diensten sein. Aber was sagt eigentlich Euer Gemahl dazu?«

Mary lachte. »Ach, der hat es aufgegeben, mir Dinge auszureden, die ich mir in den Kopf gesetzt habe.«

Maitland nickte. »Alles andere hätte mich auch gewundert.« Nach kurzem Schweigen fügte er hinzu. »Eines beunruhigt mich dennoch, und das ist das kühle Wetter in diesem Land. Vielleicht habt Ihr davon gehört, dass einige Ärzte der Meinung sind, die Pocken seien in der Türkei hauptsächlich wegen des warmen Wetters weniger gefährlich. Wenn dem so wäre …«

Mary fixierte ihn erneut mit ihrem strengen Blick. »Wenn Ihr Euch bitte erinnern wollt: In Konstantinopel wurde uns berichtet, dass auch im kalten Norden, an den Ufern des Kaspischen Meeres, erfolgreich inokuliert wurde. Daran kann es also nicht liegen. Lasst uns endlich alle Zweifel beiseiteschieben und die Sache in Angriff nehmen.«

»Noch etwas. Wäre es nicht besser, ein paar Ärzte während des Eingriffs dabeizuhaben? Als Zeugen, meine ich. Damit sie sehen, dass wir hinterher nicht irgendetwas behaupten.«

»Auch ich habe daran gedacht. Aber nein, die wären womöglich imstande, den Eingriff zu verhindern. Das machen wir daher lieber ganz privat.«

Nach einigem Hin und Her einigten sie sich darauf, dass Ärzte erst hinzugezogen werden sollten, wenn sich bei dem Kind die ersten Pockenpusteln zeigten.

»Also gut«, sagte Maitland erschöpft. »Dann ist es so beschlossen.«

Der Schotte hatte zwar zugestimmt, aber Mary war sich nicht sicher, ob er nicht doch noch abspringen könnte. Offensichtlich war ihm die Sache nicht geheuer. Vielleicht fürchtete er, die kleine Mary könne Schaden nehmen, vielleicht sogar sterben. Wenn das bekannt würde, wäre er ruiniert. Doch Mary war sich sicher, dass das Unsinn war, dass das auf keinen Fall geschehen würde. Der kleine Edward hatte den Eingriff gut überstanden. Dabei war er oft kränklich und weit weniger robust als seine Schwester. Warum sollte sie die Variolation also nicht vertragen?

Um sicher zu sein, dass Maitland nicht fahnenflüchtig wurde, bestand Mary darauf, dass er sich in ihrem Haus in Twickenham einquartierte, bis das gemeinsame Vorhaben durchgeführt war. Sie ersetzte ihm großzügig seine Verdienstausfälle und gewährte ihm allen Komfort, entschlossen, ihn nicht aus den Augen zu lassen.

Maitland schien dennoch jede Gelegenheit zu nutzen, um die Sache hinauszuzögern. Einmal war es ein leichter Schnupfen des Kindes, dann das kühle Wetter. Es sei besser zu warten, meinte er, bis es etwas wärmer geworden sei. Schließlich sei es damals in Konstantinopel auch wärmer gewesen.

Mary tat alles, um ihn bei Laune zu halten. Sie ließ das beste Essen auffahren, dinierte und unterhielt sich täglich mit ihm. Immer wieder brachte sie das Gespräch auf Konstantinopel und auf Dr. Timonis Erfahrungen. Auf die Tatsache, dass in der Türkei so wenige mit Pockennarben auffielen, dass die Frauen im Haman makellose Haut besaßen, sodass man davon ausgehen konnte, dass sie in der Kindheit inokuliert worden sein mussten.

Schließlich war Dr. Maitland der eigenen Ausreden müde und machte sich auf den Weg, einen geeigneten Pockenkranken zu finden. Wie er es in der Türkei gesehen hatte, benutzte er eine leere Walnuss als Gefäß, um den frischen Eiter zu transportieren.

***

Endlich war es so weit.

»Vielleicht sollten wie ihr vorher ein wenig Blut abnehmen«, sagte Dr. Maitland. »Zur Vorbereitung.«

»Ihr glaubt doch selbst nicht daran.«

»Es ist aber, was man von mir erwarten würde.«

»Ich halte nichts davon. Und Ihr wisst das.«

»Vielleicht sollte sie fasten«, schlug er vor. »Fasten stärkt den Körper und bringt ihn ebenfalls ins Gleichgewicht.«

Mary war irritiert. »Nein, nein. Ich will sie doch nicht schwächen. Sie ist ein gesundes Kind und braucht nichts dergleichen.«

»Wie Ihr meint.«

In der Bibliothek des Hauses bereitete Maitland alles vor. Im Kamin loderte ein Feuer und hielt den Raum warm. Messer, Walnuss samt Inhalt und Verbandszeug lagen bereit. Ebenso warmes Wasser, Seife und Handtücher.

Mary und Esther brachten die Kleine herein. »Hallo, Maitland«, krähte das Kind vergnügt, als es den Doktor sah.

Maitland verbeugte sich vor ihr. »Hallo, Mary, wie geht es dir heute?«

»Gut!«

Neben dem Tisch mit den Utensilien standen zwei Stühle. In den einen setzte sich Maitland, in dem anderen, ihm gegenüber, ließ sich Lady Mary nieder. Sie beugte sich vor und hob das Kind auf den Schoß. »Mary, der gute Doktor macht jetzt etwas mit dir, damit du gesund bleibst.«

»Warum? Ich bin nicht krank.«

»Es ist ja auch, damit es so bleibt, mein Schatz.« Sie küsste ihre Tochter auf die Wange und zog sie an sich. Für einen kurzen Moment schloss sie die Augen. Sie wollte sich nichts anmerken lassen, vor allem nicht dem Kind gegenüber, doch sie spürte, wie ihr Herz klopfte und sie feuchte Hände bekam. So kühl und nonchalant, wie sie sich zuvor gegeben hatte, war sie nun doch nicht. Schließlich war dies hier nicht irgendjemand, sondern ihr eigenes Kind.

Sie riss sich zusammen. »Jetzt zeig dem Doktor deinen rechten Arm, Mary.«

»Warum?«

»Er macht einen kleinen Schnitt, das tut nicht weh, und dann ist es gleich vorbei.« Mary hielt den Arm des Kindes mit dem Puls nach oben fest, damit Maitland sein Werk tun konnte.

»Kann ich dann wieder spielen gehen?«

»Natürlich, Schatz.«

Während Mary sich weiter mit ihrer Tochter unterhielt, um sie abzulenken, fand Maitland eine geeignete Vene und machte einen kleinen Schnitt. Sofort trat Blut aus und tropfte auf Marys Gewand. Die Kleine zuckte kurz zurück, weinte aber nicht.

»Guck mal, Mummy, Blut!«, sagte sie und sah dann aufmerksam zu, wie Maitland den Eiter in die kleine Wunde schmierte, die halbe Walnuss darüberstülpte und beides gut verband.

»Hat es weh getan?«, fragte er das Kind.

»Ein bisschen. Bin ich jetzt gesund?«

»Oh ja«, erwiderte Mary. »Ganz gesund. Und du warst so ein großes, kluges Mädchen. Wir sind stolz auf dich.«

»Guck mal, Esther. Hast du gesehen? Ich hatte Blut!«

»Ich hab's gesehen, Herzchen«, sagte Esther und lächelte aufmunternd. »Du warst wirklich tapfer.«

»Kann ich jetzt spielen gehen«, fragte die Kleine Dr. Maitland.

»Oh ja, das kannst du. Aber nicht den Verband abmachen, hörst du? Bis heute Abend muss der dranbleiben. Das ist ganz wichtig. Dann kommst du zu mir, und ich mach ihn ab.«

»Schneidest du mich dann wieder?«

»Nein, keine Sorge.«

Mit einem erleichterten Seufzer setzte Mary ihre Tochter auf den Boden. »Geh erst mal in die Küche, Herzchen. Die Köchin hat etwas für dich.«

»Was denn?«

»Deinen Lieblingspudding.«

Das Mädchen lief davon. Esther folgte ihr.

»Das war leichter als bei Edward«, sagte Maitland. »Wo ist der Junge eigentlich? Ich hab ihn heute noch gar nicht gesehen.«

»Ich hab ihn mit seinem Pony und unserem Reitknecht in den Park geschickt. Er weiß von alldem nichts. Andernfalls hätte er seiner Schwester womöglich Angst gemacht. Ihr wisst, wie ältere Brüder manchmal sind. Besonders Edward, der hänselt sie gerne.«

Mary sah zu, wie Maitland die andere Walnusshälfte ins Kaminfeuer warf und sich sorgfältig die Hände wusch. Auch er war sichtlich erleichtert, dass es so einfach gewesen war.

»Gut gemacht, Maitland«, sagte Mary.

»Ich bin überrascht, wie ruhig und kontrolliert Ihr seid, Mylady. Sie ist immerhin Euer Kind.«

»Das sieht nur so aus, Maitland. Ich war in Wahrheit sehr nervös. Bin es immer noch. Aber nun ist der erste Schritt getan. Hoffen wir, dass es wirkt.«

Maitland seufzte. »Ja, hoffen wir, dass alles gut geht.«

***

Der kleinen Mary ging es während der nächsten Tage wie gewohnt gut. Sie war vergnügt und lebendig, sprang ausgelassen umher und spielte mit den Kaninchen, die einer der Knechte für sie besorgt hatte. Von ihrem Bruder ließ sie sich nicht einschüchtern. Nach etwas mehr als einer Woche tauchten die ersten Pusteln auf, und gleichzeitig setzte ein mildes Fieber ein.

Mary und Maitland warteten noch zwei Tage, bevor sie die drei Ärzte des Medical Colleges, die sie ausgesucht hatten, einluden, die Kleine zu begutachten. Eine Untersuchung mit Vorsicht, denn sie könnte ja ansteckend sein. Aus diesem Grund hatte Mary sich nach der Inokulierung selbst um ihre Tochter gekümmert und sowohl Esther wie auch anderen Angestellten verboten, sich ihr zu nähern.

Wie Mary vorausgesagt hatte, war es nicht schwer gewesen, renommierte Mediziner zu finden, die bereit waren, der Einladung zu folgen. Es hatten sich sogar weit mehr als die drei Ausgewählten dazu angeboten, doch Mary hatte entschieden, es bei ihnen zu belassen.

Schon im Vorfeld hatte sich die Nachricht ihres Vorhabens wie ein Lauffeuer verbreitet. Es kam schließlich nicht jeden Tag vor, dass die Enkelin eines Herzogs einem solchen riskanten Experiment, wie man es nannte, unterzogen wurde. Aber es war ja gerade Marys Absicht, öffentliche Aufmerksamkeit zu erregen und zu zeigen, wie ungefährlich der Eingriff war. Dafür nahm sie in Kauf, dass ihr Anwesen von Neugierigen und Schreibern seriöser und unseriöser Nachrichtenblätter belagert wurde. Den Brief ihres Vaters, was zum Teufel ihr denn einfiele, beantwortete sie nicht.

Am verabredeten Tag hießen Mary und Maitland die drei Ärzte willkommen, boten ihnen Tee und Gebäck im Salon des Hauses an und erklärten ihnen die Vorgehensweise einer Variolation, berichteten von ihren Erfahrungen in Konstantinopel, wie es mit Marys Sohn Edward verlaufen war, und erläuterten die verschiedenen Erkenntnisse und Empfehlungen Dr. Timonis. Sogar eine Abschrift seiner Abhandlung zum Thema legten sie ihnen vor. Die drei Ärzte hörten aufmerksam zu und schienen sichtlich beeindruckt.

»Schön und gut, werte Lady«, sagte schließlich einer von ihnen, ein älterer Herr, der eine prächtige Perücke auf dem Kopf trug und übertrieben gut gekleidet war. »Nur, wann können wir die Patientin endlich sehen? Vorher lässt sich dazu rein gar nichts sagen.«

»Jetzt gleich«, sagte Mary und erhob sich. »Allerdings bitte ich Euch zu bedenken, dass es sich um ein Kind in zartem Alter handelt. Deshalb nicht alle gleichzeitig, sondern einer nach dem anderen, damit wir sie nicht zu sehr erschrecken.«

Maitland und Mary führten die Herren in den ersten Stock, wo sich das Kinderzimmer der kleinen Mary befand. Wie angekündigt ließ Mary nur jeweils einen der Ärzte ins Zimmer und wachte an der Tür, dass nichts geschah, was sie nicht guthieß.

Das Erstaunen der drei Männer war groß. Jeder von ihnen begutachtete die kleinen Pusteln, befühlte Marys Stirn nach Anzeichen von Fieber, bat das Kind, die Zunge herauszustrecken und in den Rachen sehen zu lassen, und stellte ihm allerlei Fragen nach seinem Befinden, die das Kind, so gut es konnte, artig beantwortete.

Wieder im Salon, wuschen sich die Herren sorgfältig die Hände und setzten sich wieder in ihre Sessel.

»Äußerst interessant«, urteilte der Herr mit der aufwendigen Perücke. Er blickte seine Kollegen an. »Nicht wahr? Äußerst interessant.«

Die anderen beiden nickten. »Dürfen wir in ein paar Tagen wiederkommen, um zu sehen, ob sie sich tatsächlich erholt?«, fragte einer. »Das wäre dann doch sehr erstaunlich.«

»Selbstverständlich«, bestätigte Maitland. »Das ist ja der Sinn unserer Demonstration. Am besten in fünf oder sechs Tagen, dann sollte sie völlig genesen sein.«

Die kleine Mary fand es, trotz des leichten Fiebers, äußerst spannend, so viel Aufmerksamkeit zu bekommen, denn Mary erlaubte auch Bekannten und Herrschaften von Rang und Namen das Kind zu besuchen. Jedem Besucher streckte die Kleine bereitwillig die Zunge entgegen, und sie verlangte, dass man ihr die Stirn fühle. Es machte ihr offensichtlich Spaß, Mittelpunkt erstaunter Aufmerksamkeit zu sein.

Vier Tage später waren Fieber und Pusteln verschwunden. Die drei Mediziner, die noch einmal kamen, waren höchst beeindruckt, das Kind tatsächlich fröhlich und übermütig herumtollen zu sehen.

»Ich sehe Euch erstaunt, meine Herren«, sagte Mary. »Hattet Ihr etwa geglaubt, ich würde meine Tochter einem Risiko aussetzen? Dass ich sie inokulieren lasse, wenn ich nicht sicher gewesen wäre, dass es ihr nicht schadet?«

»Trotzdem. Ein wahres Wunder«, befand Dr. James Keith, der am selben College wie Maitland studiert hatte und ebenfalls Schotte war. Dr. Keith war Mitglied der Royal Society und einer der renommiertesten Mediziner des Landes. Er blieb noch eine Weile, nachdem die anderen beiden gegangen waren, und unterhielt sich eingehend mit Mary und Maitland, ließ sich noch einmal von den Erfahrungen in der Türkei berichten und wollte auch den inzwischen achtjährigen Edward sehen.

»Ich muss sagen, ich bin tief bewegt«, sagte er schließlich. »Umso mehr, da ich selbst vor vier Jahren meine beiden ältesten Söhne durch die Pocken verloren habe. Mein Gott, wenn ich das gewusst hätte! Mein lieber Maitland, würdet Ihr Euch bereit erklären, meinen jüngsten Sohn Peter zu inokulieren?«

»Aber natürlich«, erwiderte Maitland äußerst geschmeichelt von diesem Vertrauensbeweis eines so eminenten Kollegen.

Inzwischen war Marys »tollkühnes Experiment« stadtweit bekannt geworden. Es hatte einige positive Berichte in den Gazetten gegeben, aber auch viele sehr kritische. In den Salons der adeligen Herrschaften sprach man über kaum etwas anderes. Und nicht nur dort. Auch in den Kirchengemeinden und Gaststuben. Die Reaktionen reichten von Interesse und Erstaunen bis hin zu weit verbreiteter Kritik und Ablehnung, ja, sogar

Verurteilung, Abscheu und Zorn. Wie konnte eine Mutter ihr Kind für fragwürdige Experimente benutzen und einer solchen Gefahr aussetzen?

An dieser Einschätzung änderte sich auch wenig, als bekannt wurde, dass sogar der berühmte Dr. Keith seinen Sohn Peter hatte inokulieren lassen. Kritik übertönte inzwischen die positiven Meinungen. Wie konnte ein Mann in seiner Position sich solchem orientalischen Hokuspokus ausliefern, wetterten Kollegen von der Royal Society, und auch noch behaupten, dies sei die Lösung im Kampf gegen die Pocken. Einige verlangten seinen Ausschluss, wozu es aber nicht kam.

Nachrichtenblätter enthielten bald lange Artikel über die unabwägbaren Gefahren solcher Praktiken und warnten die Öffentlichkeit davor, sich von unbewiesenen Behauptungen über die angebliche Harmlosigkeit und Wirksamkeit einfangen zu lassen. Geistliche predigten von der Kanzel gegen die Variolation, verdammten sie als Hexenwerk, als frevelhaften Eingriff gegen Gott und die Natur. Mary erhielt einen zweiten bitterbösen Brief ihres Vaters, der polterte, wie sie dazu käme, sein Enkelkind den Pocken auszusetzen, nur um ihre Ruhmsucht zu befriedigen. Sie solle sich schämen. Vielleicht solle man sie überhaupt einmal untersuchen lassen, ob sie noch ganz richtig im Kopf sei.

Der öffentliche Aufruhr war gewaltig, schlimmer noch, als Dr. Maitland prophezeit hatte. Schreiber diverser Pamphlete belagerten weiterhin das Anwesen, machten Lärm, schrien Fragen, schlichen sich in den Garten, um irgendetwas durch ein Fenster zu erspähen. Es wurde bald so schlimm, dass Mary die Hunde auf sie hetzen ließ. Sie war verzweifelt und bereute es fast, diesen öffentlichen Sturm entfacht zu haben, als Edwards Zeilen sie erreichten.

*Du hast mich mal wieder nicht gefragt*, schrieb er, *aber daran habe ich mich inzwischen gewöhnt. Davon abgesehen bin ich ganz auf Deiner Seite. In Konstantinopel haben wir gesehen, wie wirksam die Variolation ist. Deshalb kann ich Dir zu Deinem Mut nur gratulieren. Ich hoffe, Du gibst den Kampf gegen die Unwissenheit nicht auf. Hunderttausende werden es Dir am Ende danken.*

Für diese Haltung war Mary ihm zutiefst dankbar. Lange hatte sie ihn nicht vermisst, jetzt aber fehlte er ihr. Sein Brief richtete sie auf und gab ihr die Kraft, ihre Sache gegen alle Widerstände voranzutreiben.

Zusammen mit Dr. Maitland machten sie sich auf den Weg, Adelsfamilien aus ihrem Bekanntenkreis zu besuchen, um diese von den Vorteilen der Variolation zu überzeugen. Nicht selten nahm Dr. Maitland den Eingriff anschließend direkt vor Ort vor. Bisweilen tat Maitland es auch allein, ebenso Dr. Keith.

Auch in den Salons, in denen ihre Künstlerfreunde sich trafen, warb Mary für ihre Methode der Immunisierung. Hier wie anderswo konnte sie viele überzeugen, während andere sich der Sache misstrauisch gegenüber zeigten. Einer ihrer Gegner verbreitete, Mary Wortley Montagu betätige sich jetzt nicht mehr als Literatin, sondern als Botschafterin für zweifelhafte türkische Heilmethoden. Darüber ärgerte sie sich furchtbar. Fehlte nur noch, dass er sie eine Quacksalberin nannte! Und doch ließ sie sich von solchen Angriffen nicht abhalten.

Während eines Salonbesuchs traf sie auf Lord Bolingbroke, einem in der Szene aktiven Politiker und Philosophen der Aufklärung. Unter Königin Anna war er Minister gewesen, hatte in der Folge jedoch die Jakobiten unterstützt und deshalb nach Frankreich fliehen müssen. Erst in diesem Jahr war er begnadigt worden und heimgekehrt. Ihr Freund, der Maler Jarvis, stellte sie einander vor.

»Ich habe von Euch gehört, Mylady«, sagte Bolingbroke. »Man rühmt Euch nicht nur wegen Eures spritzigen Geistes, sondern auch und nicht zuletzt wegen Eurer Schönheit. Nun, da ich euch begegne, muss ich sagen, es wurde keineswegs übertrieben!«

Mary lächelte. »Spricht da der Politiker aus Euch? Denn so schön bin ich nicht, jedenfalls nicht seit meiner Pockenerkrankung.«

»Oh, das sehe ich anders, meine Liebe. Es verleiht Eurem Antlitz Ernsthaftigkeit und Charakter. Banale Schönheit gibt es genug.«

»Ihr seid ein Charmeur, Mylord.«

Bolingbroke grinste, als habe sie ihn ertappt. »Ich kenne übrigens Eure Schwester, die Lady Mar«, sagte er. »Und natürlich ihren Ehemann, John Erskine. Er und ich haben für dieselbe Seite gekämpft.«

»Reden wir besser nicht über Politik«, erwiderte Mary. »In Eurem eigenen Interesse.«

»Recht habt Ihr natürlich.« Er blickte sich suchend um. »Ich möchte Euch jemanden vorstellen, den Ihr kennenlernen solltet.« Er winkte einem jungen Mann zu, der in einer Ecke plauderte und nach kurzem Zögern zu ihnen herüberkam. Der Mann war etwas jünger als Mary, sehr schlank und nicht sehr groß, hatte eine lange, spitze Nase, kluge Augen und ein freundliches Lächeln. »Dies ist François-Marie Arouet«, sagte Bolingbroke. »Allerdings besteht er seit einiger Zeit darauf, sich Monsieur de Voltaire zu nennen.«

Mary machte große Augen. »Ihr seid Voltaire?«

»Zu Diensten, Madame!« Voltaire verbeugte sich.

»Ich habe Eure Tragödie *Oedipe* gelesen!«

Voltaire lächelte. »Die ich im Gefängnis geschrieben habe. Sie haben mich wegen Beleidigung unseres Regenten eingesperrt. Ich hatte ihn des Inzests mit seiner Tochter beschuldigt.«

»In *Oedipe* habt Ihr dasselbe Thema behandelt.«

Voltaire grinste spöttisch. »Mit einem wichtigen Unterschied: In *Oedipe* handelt es sich um ein klassisches Thema. Da fühlt sich niemand beleidigt. Im Gegenteil.«

»Und womit verdienen wir Euren Besuch in England?«

»Mein Freund Bolingbroke hat mich überredet, ihn zu begleiten. Ich muss sagen, ich hege eine gewisse Bewunderung für Euer Land, Madame.«

»Warum das?«

»Euch Engländern ist es gelungen, die absolute Macht der Krone einzuschränken. Ihr habt das Parlament gestärkt, und nun habt ihr mit Robert Walpole einen Ersten Minister, der anstelle des Königs die Geschicke des Landes führt. Das ist Fortschritt. Jedenfalls in meinem Sinne.«

Mary zuckte mit den Schultern. »Wie man's nimmt. Der König verbringt viel Zeit in Hannover und interessiert sich nicht sehr für englische Politik. Und Walpole ist unser erster Prime Minister. Wir werden sehen, wie gut er sich schlägt.«

Voltaire lachte. »Ein Experiment also. Umso besser! Es ist jedenfalls ein erster Schritt in Richtung einer freiheitlichen Gesellschaft. Man spürt in Eurem Land eine gewisse Aufbruchstimmung. Auch die Kirche scheint weniger dominant zu sein. Vermutlich, weil es Konfessionsfreiheit gibt. Ich hoffe, dass man sich auch im Rest Europas ein Beispiel daran nimmt.«

»Lady Mary ist Euch im Geiste verwandt, lieber Voltaire«, sagte Bolingbroke. »Sie ist für ihre scharfen Satiren bekannt – und eine von uns, wenn es darum geht, die Gesellschaft zu modernisieren.«

»Davon habe ich gehört«, sagte Voltaire und verbeugte sich lächelnd. »Meinem Freund Bolingbroke hier habe ich gesagt, ich könne England unmöglich verlassen, bevor ich Lady Wortley Montagu kennengelernt habe.«

»Jetzt übertreibt Ihr aber, Monsieur!«, sagte Mary. »So bedeutend bin ich nicht.«

»Ich übertreibe ganz und gar nicht, Madame. Euer Ruf eilt Euch voraus. Und unter uns: Ich finde es großartig, was Ihr für unsere angestaubte Medizin tut. Ich wünschte, Madame de Bonnac, die mit Euch zusammen in Konstantinopel war, täte dasselbe in Paris. Warum kommt Ihr nicht nach Frankreich und tut für uns, wozu diese Dame nicht bereit ist?«

»Oh, ich denke, ich habe hier schon genug zu tun«, erwiderte Mary lächelnd.

Sie unterhielten sich noch eine Weile angeregt, und Mary genoss es von Herzen. Es war ungemein erfrischend, mit einem Mann wie Voltaire zu reden. Sie spürte förmlich, hier war ein Geist von einer Brillance und intellektuellen Kraft, die fähig war, Europa zu revolutionieren. Um ihn müsste eine Bewegung entstehen, mit der es gelang, die Macht gekrönter Häupter und die der Kirche einzuschränken und den Weg für Vernunft und aufgeklärtes Denken freizumachen, auch wenn der Weg lang und schwierig würde. Im Zuge solcher Veränderungen müsste es irgendwann auch möglich sein, das Los der Frauen zu verbessern.

***

Einige Tage später erhielt sie Besuch von Dr. Keith. »Was wir bisher getan haben, ist nicht genug«, sagte er. »Es sind noch zu wenige, die wir überzeugen konnten. Die schlimmsten Gegner sind meine eigenen Kollegen. Sie verspotten mich, behaupten, ich sei einem Betrug aufgesessen – wenn sie nichts Schlimmeres sagen.«

»Sie fürchten um ihr Einkommen«, sagte Maitland, der ebenfalls zugegen war. »Mit den Pockenkranken verdienen sie gutes Geld.«

Keith seufzte. »Da ist leider etwas dran.«

»Und?«, fragte Mary. »Was können wir tun?«

»Inokulierungen wie die Eurer Tochter oder die meines Sohnes haben gezeigt, dass die Variolation ungefährlich ist, aber alle unsere Eingriffe haben wir im Privaten vorgenommen. Da ist es für unsere Gegner leicht, uns Täuschung vorzuwerfen. Manche scheuen nicht einmal davor zurück, von Betrug zu reden.«

»Ihr meint, wir müssten den Beweis öffentlich und über jeden Verdacht erhaben wiederholen?«, fragte Maitland.

Keith nickte. »Am besten überwacht und protokolliert von einer offiziell ernannten Kommission, um auszuschließen, dass manipuliert wurde. Am besten, wenn wir die Inokulierung an mehreren Personen gleichzeitig durchführen, um das Argument, es könnte sich bei einem positiven Ergebnis um Zufall handeln, zu entkräften. Die Frage ist nur, wer würde sich freiwillig dazu bereit erklären? Besonders, wenn diese verdammten Schundblätter ständig behaupten, der Eingriff sei gefährlich und nicht zu verantworten.«

Mary dachte angestrengt nach. Ja, wer in der Tat würde sich auf ein solches Experiment einlassen? Wohl nur jemand, der von der Harmlosigkeit überzeugt war. Oder jemand, dem eine große Belohnung winkte, groß genug, um das Risiko zu kompensieren. Also Leute aus den Armenvierteln. Dann hatte sie einen Geistesblitz: »Gefangene!«

»Wie meint Ihr, Mylady?«

»Verurteilte Verbrecher. Die würden sich bestimmt bereit erklären, wenn man ihnen im Gegenzug die Strafe erlässt.«

Dr. Keith sah sie einen Moment lang erstaunt an. »Nun, das ist ein Gedanke«, sagte er schließlich. »Allerdings müsste man solche nehmen, die lange Haftstrafen abzusitzen haben. Schwerverbrecher.« Er runzelte die Stirn.

»Wäre das ein Problem?«, fragte Mary.

»Wir bräuchten die Zustimmung der Regierung, zumindest die des Generalanwalts der Krone«, sagte Maitland.

»Und der wird keine verurteilten Verbrecher freilassen wollen«, erwiderte Dr. Keith. »Ich sehe nicht, dass wir mit diesem Ansinnen Erfolg haben werden.«

»Dann sollten wir mit dem König reden«, sagte Mary.

»Habt Ihr denn Zugang zum Hof?«

»Oh ja. Ich werde ab und zu eingeladen und könnte mir durchaus eine private Audienz verschaffen.«

»Der König ist nicht gerade bekannt dafür, Neuerungen zu unterstützen«, gab Maitland zu bedenken. »Außerdem hält er sich gerade in Hannover auf.«

Mary überlegte. »Dann eben der Kronprinz.«

»Ihr wisst, dass König George und der Kronprinz zerstritten sind«, sagte Dr. Keith.

Mary seufzte. Das war in der Tat so. Kronprinz und König hatten völlig unterschiedliche Vorstellungen, welche Politik für das Land die beste war. Man giftete sich gegenseitig an, und nicht nur Vater und Sohn. Wer im Leicester House, der Residenz des Kronprinzen, verkehrte, war in St. James's Palace nicht länger willkommen. Und umgekehrt. Mary vermutete, die Frau des Kronprinzen, Caroline von Ansbach, steckte hinter der Opposition gegen die Maßnahmen der Krone. Sie war zweifellos die intelligentere Hälfte des Ehepaars und hatte großen Einfluss auf den Kronprinzen.

Die Feste beim König waren zwar meist sterbenslangweilig, aber Mary hatte sich seit ihrer Rückkehr aus Konstantinopel bemüht, in beiden Lagern akzeptiert zu werden. Das war nicht immer einfach, denn der Kronprinz sah es nicht gern, dass sie auch den St James's Palace besuchte. Doch bisher hatte man ihr den Zutritt zu keiner der beiden Residenzen verwehrt.

»Die Princess of Wales empfängt mich bestimmt, wenn ich um eine Audienz bitte«, sagte sie.

»Die Princess of Wales? Man heißt Euch auch dort willkommen? Das ist ungewöhnlich.«

Mary lächelte. »Ich habe gelernt, taktvoll und diplomatisch zu sein. Das ist mir zwar schwergefallen, aber als Frau eines Diplomaten muss man dazu in der Lage sein.«

»Es ist einen Versuch wert«, sagte Dr. Keith.

»Vielleicht kann ich sie sogar überzeugen, ihren Sohn inokulieren zu lassen. Das würde für Aufsehen sorgen und uns helfen, falls es mit den Gefangenen nicht klappt.«

Dr. Keith zog die Augenbrauen hoch. »Prinz Friedrich Ludwig? Der befindet sich in Hannover.«

»Maitland könnte ihn besuchen.« Sie lächelte Maitland zu. Der schüttelte ergeben den Kopf und seufzte.

»Das sehen wir dann«, entschied Dr. Keith. »Versucht erst einmal, bei der Prinzessin vorstellig zu werden.«

***

Es dauerte mehr als eine Woche, bis ein Bote Mary informierte, dass die Prinzessin ihr eine halbstündige Audienz für den nächsten Nachmittag gewährte. Sie ließ am Morgen die Pferde anspannen und sich von Twickenham nach London fahren, um sich in ihrem Haus bei Covent Garden auf den Besuch vorzubereiten. Von dort war es nur eine Viertelstunde zu Fuß bis zum Leicester House. Trotzdem zog sie es vor, in ihren eleganten Kleidern auch dieses kurze Wegstück in der Kutsche zurückzulegen.

Leicester House war 1635 von Robert Sidney, Earl of Leicester, erbaut worden und machte von außen nicht viel her, denn es war ein breiter, klotziger Bau, dreistöckig und für ein Stadthaus ungewöhnlich groß.

»Lady Wortley Montagu ist hier zur Audienz mit Prinzessin Caroline«, sagte sie dem Wachtmeister am Torhaus. Nach kurzer Konsultation einer Liste der zu erwartenden Besucher ließ man ihre Kutsche durch.

Sie musste nicht lange warten, dann erschien ein Sekretär der Prinzessin, geleitete sie ins Haus und durch endlose Flure, die wahre Gemäldegalerien waren, bis zu einem kleinen, mit kostbaren Möbeln vollgestopften Audienzzimmer.

Als Mary hereingeführt wurde, erhob sich Prinzessin Caroline von Brandenburg-Ansbach, die zukünftige Königin Großbritanniens, von ihrem Fauteuil und trat ihr freundlich lächelnd entgegen. »Lady Mary! Wie schön, dass Ihr Uns besucht.«

Mary machte einen vollendeten Hofknicks. »Danke, dass Ihr mich empfangt, Hoheit.«

Die Prinzessin sprach ausgezeichnet Englisch, wenn auch mit einem deutlich deutschen Akzent. Sie war eine attraktive Frau und nur sechs Jahre älter als Mary. In letzter Zeit hatte sie zugenommen, bemerkte Mary, denn ihr elegantes taubenblaues Gewand saß etwas eng um den Busen. Kein Wunder, hatte sie doch erst im April ihr sechstes Kind zur Welt gebracht. Auf ihren Wangen lag ein rosiger Hauch, und ihr blondes Haar war superb gelockt und zu einer schönen, wenn auch schlichten Frisur gesteckt. Mary musste unwillkürlich an die komplexen Gebilde denken, die die Hofdamen in Wien auf dem Kopf balancierten.

Dann bemerkte sie, dass auch Henrietta Howard, Countess of Suffolk, Carolines Hofdame und Freundin, zugegen war. Mary hatte sie vor Jahren zur Zielscheibe einer beißenden Satire gemacht, in der sie sich über den Wettkampf der Hofdamen um die Gunst der Prinzessin lustig gemacht hatte. Auch die Countess hatte sich erhoben, war aber im Hintergrund stehen geblieben.

Prinzessin Caroline deutete nun kurz auf ihre Hofdame. »Ihr kennt die Gräfin, nicht wahr?«

»In der Tat, Hoheit.« Mary nickte der Countess mit einem hoffentlich entwaffnenden Lächeln zu.

»Ist dies die Lady Mary, die sich damals über mich lustig gemacht hat, Hoheit?«, fragte Henrietta Howard und runzelte die Brauen.

Als ob sie das nicht wüsste!, dachte Mary und unterdrückte ein Seufzen. Wenn diese Frau an dem Gespräch mit der Prinzessin teilnahm, würde es schwierig.

»Ja, das ist sie«, sagte die Prinzessin, in deren Augen der Schalk blitzte. »Sollen wir sie in den Tower werfen oder gleich köpfen lassen?«

Die strenge Miene der Gräfin wich einem ausgelassenen Gelächter. »Oh, so was in der Art hätte ich mir damals gewünscht. Aber nein, lassen wir sie leben, die Sache ist vergeben und vergessen.«

»Ich danke Euch, Lady Henrietta«, sagte Mary zutiefst erleichtert.

Die Countess trat näher. »Ihr habt in der Tat eine spitze Feder, Mylady. Aber im Grunde lese ich gern, was Ihr schreibt. Ich bin eine Bewunderin.«

Mary neigte bescheiden den Kopf. »Das freut mich, Countess!«

»Es ist immer schön, wenn man Frieden schließt«, sagte Prinzessin Caroline. »Lasst uns also Platz nehmen und hören, was Lady Mary auf dem Herzen hat.«

Nachdem alle bequem saßen und die Prinzessin bei einem Pagen Tee bestellt hatte, begann Mary vor den Damen ihr Anliegen auszubreiten. Sie hatte sich vorgenommen, alles zu erzählen, angefangen vom Tod ihres Bruders und der eigenen Krankheit über ihre Begegnung mit der Pest, ihre Besuche der türkischen Frauenbäder bis hin zu Dr. Timonis Erkenntnissen und der erfolgreichen Inokulierung ihres Sohns. Zwischenzeitlich wurde Tee und Gebäck serviert, darüber hinaus empfahl die Prinzessin eine besondere Köstlichkeit – Stückchen von kandierten Früchten, umgeben von Schokolade. Obwohl ihr nicht danach war, griff Mary zu, um die Prinzessin nicht zu enttäuschen.

»Was für eine erstaunliche Reise!«, sagte Caroline, als Mary schließlich geendet hatte.

»Und was für eine erstaunlich mutige Frau!«, fügte die Countess hinzu. »Es heißt, Ihr habt nun auch Eure Tochter inokulieren lassen. Ihr seid also von der Wirksamkeit dieser Maßnahmen wirklich überzeugt.«

»Zu hundert Prozent, Lady Henrietta«, erwiderte Mary. »Mein Sohn ist gesund, meine Tochter auch. Dr. Keith von der Royal Society hat seinen Sohn ebenfalls inokulieren lassen. Niemand, der so behandelt wurde, ist davon krank geworden oder hat später die Pocken bekommen, ganz gleich, ob Mann, Frau oder Kind.«

»Seid Ihr Euch da ganz sicher?«, fragte die Prinzessin. »Das kommt einem doch sehr unwahrscheinlich vor.«

»Wir können es bestätigen und beweisen, Hoheit!«

»Aber warum ist niemand sonst bisher auf diesen Gedanken gekommen? Niemand in ganz Europa?«

Mary blickte einen Augenblich zu Boden, dann sagte sie: »Die Wirksamkeit dieses Verfahrens wurde im Orient entdeckt, möglicherweise sogar in China, wie ich gehört habe. Es ist Zufall, dass ausgerechnet ich darauf gestoßen bin, aber in Konstantinopel wird es regelmäßig angewandt. Mit Erfolg.«

Prinzessin Caroline schüttelte verwundert den Kopf. »Sollte es sich bewahrheiten, wäre dies ein unglaublicher Sieg über diese fürchterliche Krankheit.«

»Davon müssen wir das Land aber noch überzeugen«, erwiderte Mary. »Und darin liegt die Schwierigkeit. Wir haben es mit althergebrachten Lehren und Vorstellungen zu tun. Besonders die Mediziner sträuben sich.«

»Die Mediziner sträuben sich? Ich hätte eher vermutet, dass gerade Ärzte Euer Verfahren mit Freuden annehmen.«

»Die meisten sind in ihrem Denken festgefahren, Hoheit, und allem Neuen gegenüber misstrauisch.«

Die Prinzessin warf ihrer Hofdame einen bedeutungsvollen Blick zu. »So etwas ist uns natürlich nicht unbekannt«, sagte sie mit ironischem Lächeln.

Vermutlich meint sie den König, dachte Mary. »Geldgier ist ein weiteres Motiv, Hoheit«, sagte sie. »Seuchen wie die Pocken sind eine gute Einkommensquelle für Ärzte. Sie können zwar nicht helfen, doch verzweifelte Patienten zahlen viel Geld für jeden Besuch, für jede unnütze Tinktur und für jeden Aderlass, der im Grunde zu nichts führt.«

»Da geht ihr mit unseren Ärzten aber scharf ins Gericht«, sagte Lady Henrietta. »Wir haben doch gute Ärzte in England. Ich kann mich über meinen nicht beklagen.«

»Das mag sein, Lady Henrietta«, gab Mary zu. »Dennoch ist die Medizin seit Altertum und Mittelalter nicht vorangekommen. Alles Überlieferte ist zum Dogma geworden. Man sträubt sich, Neues anzunehmen, sich überhaupt damit zu beschäftigen.«

»Vielleicht, weil das Alte sich bewährt hat«, sagte die Prinzessin.

»Mit Verlaub, Hoheit, aber hat es das wirklich?«, wagte Mary einzuwenden. »Handauflegen und Gebete scheinen besser zu wirken als die Hilfe eines Arztes. Ich habe es am eigenen Leib erlebt. Die Besuche meines Arztes haben mir nichts eingebracht als gesalzene Rechnungen.«

Einen Augenblick lang blieb es still. Prinzessin Caroline stellte ihre Teetasse zur Seite, mied Marys Blick und blickte nachdenklich zu Boden. Mary war sich bewusst, dass sie sich zu scharf ausgedrückt hatte. Schließlich war die Medizin ein angesehener Beruf. Hatte sie ihrem Anliegen gerade mehr geschadet als geholfen?

Sie wollte schon ein wenig zurückrudern, als die Prinzessin sie ansah. »Ihr wollt etwas von mir, sonst wäret Ihr nicht gekommen. Wie kann ich also helfen?«

Erfreut sagte Mary: »Das größte Hindernis für eine Verbreitung der Variolation, wie Dr. Timoni sie nennt, ist die gegenwärtige öffentliche Meinung. In den meisten Gazetten wird die Sache verleumdet und angeprangert. Es werden Lügen verbreitet, wir würden den Menschen schaden und Inokulierte fälschlich in Sicherheit wiegen, damit sie sich später umso leichter anstecken. Allerlei Unsinn dieser Art. Sogar Priester sind sich nicht zu schade, von der Kanzel aus das ‚muslimische Hexenwerk' als unchristlich und gottlos zu verdammen.«

Die Prinzessin nickte. »Das überrascht mich nicht.«

»Dabei möchte ich den Menschen nur helfen. Ich möchte nicht, dass sie wie mein Bruder sterben oder leiden wie ich selbst. Dr. Keith hat zwei Söhne verloren. Jede zweite Familie in England hat mindestens ein Opfer zu beklagen.«

»Das ist uns bekannt«, sagte die Prinzessin. »Und Ihr seid wirklich sicher, dies ist die Methode, um das zu verhindern? Oder zumindest viele vor der Krankheit zu schützen?«

»Ja, Hoheit. Daran besteht kein Zweifel. Dr. Keith und Dr. Maitland haben schon einige Hundert Menschen inokuliert, aber das ist natürlich noch viel zu wenig. Wir brauchen etwas, was die Öffentlichkeit davon überzeugt, dass die Variolation nicht schadet, sondern im Gegenteil schützt. Wir müssen vor allem die Ärzte überzeugen und ihnen beibringen, den Eingriff korrekt vorzunehmen.«

»Und ich soll Euch dabei helfen?« Die Zweifel in der Stimme der Prinzessin waren deutlich zu hören.

»Ja, Hoheit. Zwei Maßnahmen wären in jedem Fall nützlich. Bei der ersten handelt es sich um Folgendes.« Sie erklärte in allen Einzelheiten ihre Vorstellung von einem öffentlichen, von einer Ärztekommission zu überwachenden Experiment, bei dem sechs Gefangene aus dem Newgate-Gefängnis inokuliert werden sollten, was die Kommission beobachten, protokollieren und anschließend veröffentlichen sollte.

Die Prinzessin war überrascht, hörte aber aufmerksam zu. Zuletzt nickte sie nachdenklich. »An sich eine gute Idee. Aber wurde so etwas schon einmal gemacht? Außerdem müssten die Gefangenen ihr Einverständnis geben. Man sollte sie nicht zwingen.«

»Deshalb schlagen wir vor, jedem von ihnen, der sich bereit erklärt, an dem Experiment teilzunehmen, die restliche Strafe zu erlassen.«

»Geht Ihr damit nicht zu weit?« Die Prinzessin runzelte die Stirn. »Wie dem auch sei, es liegt nicht in meiner Macht, so etwas anzuordnen.«

»Wir sind uns dessen bewusst, Hoheit. Nur der Generalanwalt der Krone kann das anordnen. Aber Ihr und Euer Gemahl könnten vielleicht mit ihm reden, Hoheit.«

Carolines nachdenklicher Blick ruhte eine Weile auf Mary. Dann sagte sie: »Versprechen kann ich nichts, aber ich werde mit meinem Gemahl darüber sprechen.«

»Vielen Dank. Das ist sehr viel wert«, sagte Mary.

»Und die zweite Maßnahme? Ihr habt von zweien gesprochen.«

Mary holte tief Luft, um sich zu sammeln. »Die zweite Bitte

ist persönlicher Natur, eigentlich eher ein Vorschlag. Es betrifft Euch, Hoheit, und Eure Familie.«

Die Prinzessin stutzte. »Ihr wollt doch nicht etwa, dass der Kronprinz und ich uns inokulieren lassen?«

»Es wäre schon empfehlenswert, Hoheit, aber nein, ich habe eher an Euren Sohn Friedrich Ludwig gedacht.«

»Wie bitte?« Die Prinzessin war sichtlich schockiert und brauchte einen Moment, um sich zu erholen. »Wir haben sicher nichts gegen Experimente mit Verbrechern, wenn es Euch hilft. Aber Friedrich ist der zukünftige Kronprinz.«

»Eben darum, Hoheit. Seine Gesundheit ist doch besonders schützenswert, meint Ihr nicht?«

Darauf wusste die Prinzessin nichts zu erwidern. Sie starrte Mary eine ganze Weile stumm an. Dann fragte sie: »Ihr seid wirklich sicher, Eure Variolation ist nicht gefährlich?«

»Das kann ich Euch versichern, Hoheit.«

Die Prinzessin überlegte einen Moment, doch dann schüttelte sie den Kopf. »Die Audienz ist jetzt um, Lady Mary. Wir haben noch andere Verpflichtungen.« Sie erhob sich. »Wir danken für Euren Besuch und lassen von Uns hören.«

Mary war enttäuscht. Die Verwendung des Pluralis Majestatis im letzten Satz ließ auf nichts Gutes hoffen. Es schaffte Distanz und kam in Marys Ohren einer Ablehnung gleich. Doch sie versuchte, sich nichts anmerken zu lassen. Sie stand auf, deutete einen Hofknicks an, verbeugte sich kurz auch in Richtung der Countess und wandte sich mit dem schalen Gefühl zur Tür, versagt zu haben. Es war ihr nicht gelungen, die Prinzessin zu überzeugen. Im Gegenteil.

»Lady Mary«, hörte sie da hinter sich die Stimme der Prinzessin. Sie wandte sich noch einmal um und sah nun doch ein kleines Lächeln auf ihren Lippen. »Wie auch immer Wir entscheiden, meine Liebe, lasst Euch in Euren Bemühungen nicht entmutigen, das wollte ich Euch noch sagen. Ihr leistet dem Königreich einen großen Dienst. Seid versichert, davon wird auch der Kronprinz erfahren.«

»Danke, Hoheit.«

*Wie auch immer Wir entscheiden, Ihr leistet dem Königreich einen großen Dienst.* Die Worte hallten in ihrem Kopf nach, während sie sich zu ihrem Haus bei Covent Garden zurückfahren ließ. Mary war von gemischten Gefühlen erfüllt. Einerseits war sie über die Anerkennung ihrer Bemühungen erfreut und gleichzeitig enttäuscht über die plötzliche Distanz am Ende des Gesprächs und die unverbindliche Antwort der Prinzessin. Sie warf sich auf ihr Bett und grübelte. Ihr Körper schrie nach einer Dosis Laudanum. Ab und zu hatte sie diese Anfälle, besonders wenn sie unter Druck stand, niedergeschlagen war oder einfach nervös. Doch sie beherrschte sich. Seit Wochen hatte sie nichts mehr genommen, und so sollte es bleiben.

***

Am nächsten Tag, Mary hielt sich immer noch in ihrem Londoner Haus auf, sandte sie eine Botschaft an Dr. Keith und Dr. Maitland mit der Bitte, sie aufzusuchen.

»Wie war es?«, fragte Dr. Keith wenig später. »Wart Ihr erfolgreich?«

»Die Prinzessin war freundlich«, erzählte Mary, »sie hat mich angehört. Ich glaube auch, dass meine Erklärungen sie beeindruckt haben, aber dass sie uns hilft, kann ich nicht versprechen. Ich erwarte es eher nicht. Zumindest will sie mit dem Kronprinzen darüber sprechen und uns eine Antwort zukommen lassen.«

»Nun ja«, sagte Dr. Keith. »Viel mehr habe ich auch nicht erwartet. Am besten intervenieren wir selbst beim Generalanwalt der Krone.«

»Warten wir noch ein paar Tage. Die Prinzessin hat versprochen, sich zu melden. Dem sollten wir nicht vorgreifen.«

Keith nickte. »Na schön. Auf ein paar Tage kommt es nicht an. Ich hatte inzwischen ein Gespräch mit dem Chief Warden von Newgate. Er ist bereit, uns zu unterstützen, falls wir die Genehmigung bekommen. Der arme Mann hat seine Frau an die Pocken verloren und musste seine noch kleinen Kinder zu Verwandten geben, weil er sich nicht um sie kümmern kann. Er hat versprochen, bei der Auswahl der Gefangenen zu helfen.«

»Gut«, sagte Mary, »aber wenn wir nicht die Erlaubnis bekommen, dann sehe ich schwarz. Dann will das Land nicht gerettet werden. Dann hat es auch keinen Zweck weiterzumachen.«

Sie ließ sich auf einen Stuhl fallen, und ihre hängenden Schultern zeigten, wie frustriert und entmutigt sie war.

»Nicht so pessimistisch, Mylady«, sagte Dr. Keith und grinste aufmunternd. »Natürlich werden wir weitermachen, was, Maitland?« Er klopfte dem Kollegen auf die Schulter.

Mary seufzte. »Ihr seid Ärzte. Ihr könnt weiter inokulieren. Niemand hindert Euch daran. Aber was kann ich schon tun? Ich bin keine Medizinerin, nur eine Frau.«

»Aber eine mit viel Einfluss.« Maitland schenkte ihr einen mitfühlenden Blick. »Unterschätzt Euch nicht. Ohne Euch wären wir nie so weit gekommen.«

»Tut mir leid«, sagte Mary. »Die Audienz bei der Prinzessin hat mich entmutigt. Ich gestehe, ich bin in schlechter Verfassung. Vielleicht sollte ich mich hinlegen.«

Dr. Keith erhob sich. »Kommt, Maitland, lassen wir die Dame für heute in Ruhe. Sie hat schon genug getan.«

Obwohl sie sie selbst gerufen hatte, war Mary froh, dass die beiden gingen. Sie war heute außergewöhnlich niedergeschlagen und melancholisch. Dabei war sie so sicher gewesen, dass sie die Prinzessin würde überzeugen können. Doch es hatte nicht den Anschein, als wäre es ihr gelungen. Ihr Kopf schmerzte, schon seit dem Morgen. Hatte sie sich erkältet? Sie schleppte sich die Treppe hinauf zu ihrem Schlafgemach und ließ sich aufs Bett fallen.

Sie fühlte sich plötzlich nutzlos. Was war das überhaupt für ein Leben, das sie führte? Eine Ehe, die keine war; Kinder, die sie in letzter Zeit kaum sah, weil sie überall herumfuhr, um Leute zu überzeugen, die sich gar nicht überzeugen lassen wollten. Nur ab und zu verstand einer, was sie ihnen anbot. Und dann? Was sonst gab es in ihrem Leben? Sie schrieb Gedichte und Artikel, die von Hand zu Hand weitergereicht, aber nur selten veröffentlicht wurden. *Zu scharf gewürzt für eine Lady der Gesellschaft*, hieß es. Weil sie die Wahrheit schrieb? Sie hatte viele Freunde, aber keinen richtigen. Ihr Leben war ohne Liebe. Der Vater hasste sie, ihr Bruder William war tot. Evelyn schrieb selten zurück. Mit Frances verstand sie sich gut, aber die war irgendwo in Frankreich und hatte selbst genug Probleme. Auf einmal vermisste sie Alice, ihre liebe Alice, deren Asche der Wind irgendwo auf fremder Erde verweht hatte. Beim Gedanken an Alice kamen ihr die Tränen.

Lange Zeit lag sie in ihrem Bett und weinte. Auch als die Tränen längst versiegt waren, lag sie immer noch still da und grübelte. Was war nur mit ihr los? Woher dieses ungewohnte Selbstmitleid? Schließlich setzte sie sich auf und öffnete die Schublade ihres Nachttisches. Vielleicht war das der Grund. Mehr als zwei Wochen lang war sie enthaltsam geblieben, hatte sich gezwungen, mit ihrer Angewohnheit zu brechen. Aber diese Enthaltsamkeit bekam ihr nicht. War sie deshalb so unruhig, so melancholisch?

Sie griff in die Schublade und holte das Fläschchen aus braunem Glas heraus, zog mit zitternden Fingern den Stöpsel ab und nahm einen Schluck. Und dann noch einen. Schnell verschloss sie das Fläschchen wieder, legte es zurück und hasste sich sogleich für ihre Schwäche. Sie schloss die Augen und wartete auf die Wirkung.

Wie ein wenig Laudanum doch die Welt verändern konnte! Es nahm nicht nur die Schmerzen des Leibes, sondern auch die der Seele. Es beruhigte, schärfte den Verstand. Vorausgesetzt, man nahm nicht zu viel davon.

Langsam kroch eine innere Wärme in ihr empor. Der Kopfschmerz zog sich zurück. Sie fühlte sich besser, wohler in ihrer Haut. Leichtigkeit schien ihr Flügel zu verleihen, gleichzeitig entspannte sie sich, wurden ihre Glieder schwerer. Sie hatte Lust, sich in eine Traumwelt entführen zu lassen. *Ein wenig schlafen, ja, schlafen. Warum nicht? Und träumen. Von den Auen am Evros bei Adrianopel, wo griechische Nymphen zu den Flöten der Hirten tanzen.*

Zu benommen, um sich zu entkleiden, ließ sie sich einfach wieder aufs Bett fallen, rollte sich auf die Seite und schloss die Augen, ließ sich von ihrer Fantasie entführen und dem Reigen der Jungfrauen anschließen, spürte die Sonne des Südens auf der Haut, hörte das Lachen der Tänzer und das Flüstern der Liebenden in den Uferbüschen. Würde auch sie hier ihren Adonis finden? Schließlich flossen die Bilder ineinander, und sanfter, wohltuender Schlaf breitete sich über sie.

Als sie am nächsten Morgen aufwachte, fühlte sie sich besser. Sie war erfrischt und voller Energie. Die grauen Spinnweben in ihrem Hirn waren wie weggeblasen. Sie frühstückte spärlich, gönnte sich aber eine gute Tasse Tee und setzte sich an den Schreibtisch, um ihre Korrespondenz zu erledigen. Zu viel des Laudanums war ohne Zweifel schlecht, völlige Abstinenz aber auch. Ein wenig von diesem Elixier, in Maßen genossen, tat ihr gut. Sie musste nur lernen, das rechte Äquilibrium zu wahren.

Frohen Mutes und mit neuer Energie stürzte sie sich erneut

in den Kampf gegen die Pocken. In Maitlands Begleitung fuhr sie von Dorf zu Dorf, besuchte Adelshöfe und Großgrundbesitzer, um sie dazu zu bewegen, sich und ihre Familien inokulieren zu lassen. Oft wurden sie freundlich empfangen, aber genauso oft misstrauisch, und manchmal wurden sie sogar beschimpft und vom Hof gejagt. Es waren mühselige Besuche. Immer wieder erzählten sie dasselbe. Doch mit jedem Tag mehrte sich die Zahl der Inokulierten.

Auch Dr. Keith war nicht müßig. Er berief Versammlungen von lokalen Ärzten ein, überzeugte sie von der Variolation und unterwies sie in der richtigen Vorgehensweise. Auch er wurde oft angefeindet und beschimpft, aber das schien ihn nicht zu stören. Mary bewunderte ihn. Auch Maitland erwies sich als unermüdlicher Helfer. Beiden Männern war sie zu Dank verpflichtet, auch wenn sie es natürlich nicht für sie taten, sondern für den guten Zweck.

Als sie zwei Wochen nach ihrer Audienz bei der Prinzessin am Abend ihr Haus in London erreichte, müde und hungrig, fand sie einen offiziell aussehenden Brief vor. »Einen Augenblick!«, rief sie Maitland zu, der sich schon entfernen und nach Hause gehen wollte. »Hier ist ein Brief mit einem königlichen Siegel!«

Mit zitternden Fingern erbrach sie das Siegel und entfaltete das offiziell aussehende Schreiben. Maitland, der ihr über die Schulter blickte, erkannte es sofort. »Das ist vom Büro des Generalanwalts der Krone!«

Sie händigte ihm den Brief aus. »Nehmt! Lest Ihr! Ich bin zu aufgeregt!«

Maitland überflog das Schreiben. Dann grinste er. »Wir haben die Genehmigung, Mylady! Es ist offiziell. Mit Unterschrift, Stempel und Siegel.«

»Oh mein Gott!«, rief Mary und umarmte Maitland.

# Newgate Prison

Das Gefängnis lag an der Ecke Old Bailey und Newgate Street. Ursprünglich hatte es Henry II. Ende des 12. Jahrhunderts als Teil des Nordtors der alten römischen Mauer errichten lassen. Seitdem war es mehrmals erweitert, dann wieder abgerissen und neu gebaut worden, zuletzt nach dem großen Brand von 1666.

Mary hatte sich verspätet. Dr. Keith und Dr. Maitland mussten bereits da sein. Sie stieg aus der Kutsche, wies den Kutscher an, auf sie zu warten, und blickte an dem großen, düsteren Gebäude empor. Sie stand vor dem dreistöckigen mittleren Teil mit Fenstern und Giebeln, in dem sich auch die Verwaltung befand. Links und rechts erstreckten sich die hohen, aus dicken Quadern gemauerten fensterlosen Flügel. Hinter diesen düsteren Mauern wurden mehr als dreihundert Gefangene gehalten, Männer wie Frauen. Mary schauderte.

Sie trat auf den Eingang zu und meldete sich beim Wachoffizier. Der hieß sie einen Augenblick warten, während er einen Wachmann ins Innere des Gebäudes schickte. Es dauerte nicht lange, und der Chief Warden, Samuel Taylor, erschien und verbeugte sich vor ihr. Er war ein nicht sehr großer, etwas rundlicher Mann mit einer gepuderten Perücke auf dem Kopf und sah eher gemütlich denn wie der Leiter eines Gefängnisses aus.

»Willkommen im Newgate Prison«, sagte er. »Es ist nicht oft, dass wir Damen von Stand hier begrüßen dürfen.«

»Es tut mir leid wegen Eures Verlusts, Mr. Taylor«, sagte Mary. »Ich habe gehört, Eure Gemahlin ist den Pocken erlegen. Ich habe so meinen Bruder verloren und weiß, wie das ist.«

Der Chief Warden nickte bekümmert. »Ein schwerer Schlag, das kann ich Euch versichern. Ihr selbst wart auch Opfer der Pocken, wie ich sehe.« Er musste ihre Narben bemerkt haben, obwohl sie diese wie jeden Morgen überschminkt hatte.

Mary nickte. »Zum Glück hab ich überlebt.«

»Umso mehr ist es mir eine Ehre, Euch bei Euren Bemühungen behilflich zu sein. Die Herren Mediziner sind schon bei den Gefangenen. Wenn Ihr erlaubt, möchte ich Euch zuvor noch kurz das Gefängnis zeigen.«

Sie stiegen über eine Treppe auf eine Art Galerie, von der aus man in einen großen Saal hinunterschauen konnte. Dort standen Gefangene in Grüppchen und unterhielten sich, einige schauten neugierig zu ihnen empor. Nach ihrer schäbigen oder gar zerlumpten Kleidung zu schließen, stammten die meisten aus einfachen Schichten.

»Dieser Saal ist der Tagesraum für gemeine männliche Verbrecher«, sagte Chief Warden Taylor. »Wir haben hier keine Mörder oder Wegelagerer, höchstens vorübergehend, denn die werden normalerweise hingerichtet. Die meisten sind wegen Diebstahls hier, aber auch wegen Betrugs, Gewalttaten, Widerstands gegen die Obrigkeit, Aufruhr, Vergewaltigung, übler Nachrede. Wie Ihr seht, sind wir ein modernes Gefängnis.« Er sagte das nicht ohne Stolz in der Stimme. »Die Insassen werden nur nachts in ihren Zellen eingeschlossen. Diese könnt Ihr ringsum sehen. Sie sind recht groß. Bis zu zehn Mann können sich eine Zelle teilen. Die Zellen haben große vergitterte Fenster, sodass wir jederzeit hineinschauen können. Tagsüber können sich die Gefangenen dagegen relativ frei bewegen, allerdings unter ständiger Überwachung. Wir haben an die fünfzig Wachleute. Hier kommt keiner raus.« Er deutete auf die mit Schlagstöcken bewaffneten Wärter, die zwischen den Männern patrouillierten. Auf der Galerie befanden sich noch mehr.

»Die Flügel sind ähnlich aufgebaut. Der Ostflügel ist das Frauengefängnis, der Westflügel das für Schuldner. Ansonsten besteht kein großer Unterschied. Im Mittelteil, wo wir uns befinden, haben wir weiter oben die Kontore der Verwaltung, auch einen Gefängnisarzt und im Keller die große Küche. Und hier über uns eine Kapelle. Unser Arzt ist übrigens schon gespannt, wie der Eingriff gehandhabt wird.«

»Gab es Fälle von Pockenerkrankungen?«, wollte Mary wissen.

»Oh ja. Sie werden meist von außen hereingetragen. Wir isolieren die Kranken, so gut es geht, und hoffen darüber hinaus, dass der Herr uns gnädig ist. Ein unkontrollierter Ausbruch wäre katastrophal. Vor zwei Jahren hatten wir über zwanzig Tote. In diesem Jahr sind wir mit einigen Ausnahmen bisher verschont geblieben.«

Mary blickte noch einmal hinunter in den Saal der Gefangenen. Viele hatten lange verwilderte Bärte und verfilzte Haare, waren ungewöhnlich mager, ihre Kleider dreckig und zerlumpt. Die waren bestimmt schon seit Jahren hier. Sie bemerkte auch ein paar mit blutigen Verbänden.

»Bekommen die Männer genug zu essen?«, fragte sie. »Manche sehen unterernährt aus.«

»Nun, wir verwöhnen sie nicht gerade. Dies ist schließlich ein Gefängnis und kein Gasthaus. Die Mahlzeiten sind einfach, aber durchaus nahrhaft.«

Mary bezweifelte das. Wahrscheinlich bekamen sie jeden Tag den gleichen Einheitsbrei aus zusammengekochten Abfällen. »Ich sehe auch Verletzte«, sagte sie.

Mr. Taylor machte eine wegwerfende Handbewegung.

»Manche dieser Bastarde sind der reinste Abschaum. Die prügeln sich gern. Meistens geht es ums Essen, darum, wer den besten Schlafplatz bekommt oder wer in der Zelle das Sagen hat.«

»Vor einem Jahr soll es einen Aufstand gegeben haben. Kommt so was öfter vor?«

Der Chief Warden nickte. »Ja, das kann vorkommen. Aber wir sind inzwischen ganz gut darin, die Unruhestifter herauszupicken. Die kommen vorsichtshalber in Einzelhaft.«

Sie blickte noch einmal nach unten. Unter den Gefangenen waren tatsächlich Männer, die gefährlich aussahen und mit hasserfüllten Augen zu ihr aufblickten, als wollten sie sagen, was starrt diese edel gekleidete Schlampe uns an, als wären wir wilde Tiere in des Königs Menagerie.

Sie wandte sich ab. »Könntet Ihr mich jetzt bitte zu den Gefangenen führen, die wir für den Eingriff ausgesucht haben?«

»Natürlich. Sie befinden sich oben im Lazarett.«

Sie passierten mehrere Gittertüren, die vor ihnen von Wachen aufgeschlossen und hinter ihnen wieder zugesperrt wurden. Dann ging es zwei Stockwerke höher bis unters Dach. Auch hier mussten sie wieder durch eine Gittertür. Dann betraten sie einen großen Raum, der von zwei Dachfenstern erhellt wurde.

Dr. Keith und Dr. Maitland hatten bereits angefangen, die für den Eingriff nötigen Gerätschaften bereitzulegen. Auch zwei Herren der Royal Society und einer vom medizinischen Kolleg waren zugegen. Nachdem man sich gegenseitig vorgestellt und ein paar höfliche Floskeln gewechselt hatte, sollte es nun zur Sache gehen.

Mary sah sich um. Im Hintergrund standen zwei Wachleute, die sie neugierig anstarrten. Eine Lady in dieser Umgebung war ihnen offenbar völlig ungewohnt. An den Wänden leere Pritschen mit dreckig aussehenden Matratzen, wahrscheinlich für Kranke, in der Ecke Eimer und Besen. Selten gebraucht, vermutete Mary, so verstaubt, wie es hier aussah. Der Boden des Raums bestand aus unbehandelten Holzbohlen, die an mehreren Stellen dunkle Flecken aufwiesen. Waren das Blutspuren?

Auf Stühlen saßen sechs Gefangene: drei Männer auf der einen Seite und mit einem Abstand von fünf Schritten drei Frauen. Alle, auch die Frauen, trugen mit Ketten verbundene eiserne Handschellen an Hand- und Fußgelenken. Besonders sauber schienen alle sechs nicht zu sein, denn es stank nach ungewaschenen Leibern. Mary wünschte, die Sache wäre schon vorbei und sie könnte das Gefängnis verlassen.

»Wozu die Ketten?«, fragte sie. »Muss das sein?«

Im Hintergrund erhob sich ein Mann von einem kleinen Schreibtisch und kam Mary entgegen. Er hatte einen mächtigen Bart, der bis auf die Brust reichte, und trug seine langen Haare zu einer Art Pferdeschwanz im Nacken. Bart und Haare wirkten ungepflegt und speckig. »Mylady, es ist mir eine große Ehre.« Der Mann verbeugte sich vor ihr. »Ich bin Dr. Herrick, der Gefängnisarzt.«

»Die Ketten müssen sein«, sagte Mr. Taylor. »Zu Eurer eigenen Sicherheit.«

»Wie Ihr meint.«

»Ich habe meinen Kollegen schon die Frage gestellt«, sagte Dr. Herrick, »wieso wir nichts tun, um die Patienten vor so einem Eingriff zu purifizieren?«

»Ihr meint, durch einen Aderlass?«

»Ganz recht. Das ist die übliche Praxis.«

»Das ist in diesem Fall nicht nötig, eher schädlich«, sagte Mary knapp.

Herrick wirkte wenig überzeugt. »Das hat Dr. Keith auch schon gesagt. Seltsam.«

Es kostete Mary Mühe, nicht ihren Unmut zu zeigen. Der Mann war ihr zutiefst unsympathisch. Er roch nach Schweiß und Bier. Zum Glück musste sie ihm nicht die Hand geben. Sie wandte sich Dr. Keith zu, der bei den Frauen neben einem eisernen Tisch saß, auf dem er das Nötige ausgebreitet hatte, und jetzt zu ihr herüberblickte.

»Alles so, wie Ihr es wünscht?«, fragte sie ihn.

Er nickte. »Nachdem wir gestern in großer Runde erklärt hatten, um was es geht, haben sich mehr als zwanzig Personen freiwillig gemeldet. Die haben wir nach ihren Motiven befragt und auf ihren Gesundheitszustand überprüft, und schließlich diese sechs ausgewählt. Wir haben ihnen noch einmal alles genau erklärt. Ich denke, sie sind bereit. Wir können anfangen.«

Dr. Maitland, ähnlich vorbereitet wie Dr. Keith, begann mit den Männern. Der Erste, ganz links außen, war ein junger Mann mit zotteligem Bart und Haar, aber hübschem Gesicht, nicht älter als fünfundzwanzig. Was wohl sein Verbrechen gewesen sein mag?, fragte sich Mary. Wie lange war er wohl schon hier? Sie sah, wie Dr. Maitland ihm eine Vene öffnete und frischen Pockeneiter hineinschmierte. Neben Maitland stand der Gefängnisarzt halb über den Gefangenen gebeugt und beobachtete jeden Handgriff.

Der Zweite in der Reihe war ein muskulöser, grobschlächtiger Graubart mit dickem Nacken und spärlichem Haupthaar, der bei Maitlands Vorgehen nervös zugeschaut hatte. Die Eisenketten klirrten, als er nun den Arm hinhielt, um selbst inokuliert zu werden.

Der dritte Mann starrte Mary unverwandt an. Er war außergewöhnlich dünn und doch sehnig und kräftig. In seinen Augen lag etwas Verschlagenes, obwohl Mary nicht hätte sagen können, warum sie so empfand. Nun, sie musste diese Männer nicht mögen. Was auch immer sie verbrochen hatten, sie würden ihre Freiheit wiedergewinnen und hoffentlich klug genug sein, nicht wieder hier zu landen.

Plötzlich fiel ihr auf, dass der Kerl mit dem verschlagenem Blick Pockennarben hatte. Wieso hatte Dr. Keith gerade ihn ausgewählt? Doch dann verstand sie. Der Mann dürfte nach der Inokulierung keine Reaktion zeigen. Nicht sehr wichtig, aber doch ein Beweis für seine Immunität.

Dr. Keith hatte inzwischen mit der Behandlung der Frauen begonnen. Eine war eine kräftige Mittdreißigerin. Sie hatte ein offenes Gesicht und musterte Mary neugierig. Wie eine Kriminelle sah sie nicht aus. Vielleicht war sie eine Handwerkerfrau, die eine Strafe wegen unbezahlter Schulden absaß. Mary wollte schon nach ihrem Namen fragen, beherrschte sich aber. Was nützte es, die Namen zu kennen? Dennoch entschied sie spontan, allen sechs Gefangenen am Ende eine kleine Summe zukommen zu lassen. Als Startkapital für ein neues Leben.

Neben der Handwerkerfrau saß ein ausgesprochen hübsches Weib, in dessen Blick allerdings etwas Vulgäres lag. So, wie sie die anwesenden Männer, besonders die beiden Ärzte, musterte, musste es sich um eine Hure handeln.

Die Dritte war fast noch ein Kind, höchstens sechzehn Jahre alt, und betrachtete die Welt doch schon mit einem verschlossenen, rebellischen Gesichtsausdruck und mit Augen, die zu viel gesehen und erlebt hatten. Sie tat Mary leid. Hoffentlich würde sie in ihrem Leben doch noch den rechten Weg finden.

»Wie heißt du?«, fragte sie spontan das Kind.

Das Mädchen blickte sie feindselig an. »Was geht Euch das an?«, fragte sie frech.

»Sie heißt Sarah«, sagte Dr. Herrick. »Sie hat versucht, den Liebhaber ihrer Mutter zu ermorden.«

»Und warum, Sarah?«, fragte Mary.

»Weil ihm meine Mutter nicht genügt hat! Und mich ständig verprügeln hat ihm auch nicht gereicht«, zischte das Mädchen. »Wollte mir Gewalt antun, das Schwein.«

Dr. Keith wandte sich zu Mary. »Mischt Euch lieber nicht in die Schicksale dieser Menschen ein, Mylady. Daraus kann nichts Gutes werden.«

Sicher hat er recht, dachte sie. Und doch lebten in London zu viele Menschen in elenden Verhältnissen. Natürlich gab es böswillige Kriminelle, doch viele stahlen einfach, um zu essen, und wurden dann zu überaus harschen Strafen verurteilt oder in die Kolonien deportiert, wo sie wie Sklaven auf Plantagen schuften mussten. All dies, während Leute wie sie selbst sich alles leisten konnten, ins Theater gingen, sich an Konzerten erfreuten und mehr Nahrung wegwarfen, als sie selbst konsumierten. Die Welt war ungerecht. Aber was konnte sie schon dagegen tun?

Ihr Blick fiel wieder auf das Mädchen Sarah. So jung, und hübsch wäre sie auch, wenn sie weniger grimmig in die Welt blicken würde. Aber sie war in Armut geboren, ohne Hoffnung auf eine menschenwürdige Zukunft. Wahrscheinlich würde sie wie die andere neben ihr als Hure enden. Oder vom nächsten Liebhaber ihrer Mutter erschlagen werden, weil sie wagte, sich zu wehren. In der Themse trieben häufig solche Leichen.

Schließlich waren alle sechs inokuliert. Dr. Herrick würde sie jetzt in Quarantäne halten und beobachten. Maitland und Keith würden abwechselnd das Gefängnis besuchen und ihren Fortschritt zusammen mit Mitgliedern einer Kommission der Royal Society protokollieren.

***

Vierzehn Tage nach der Inokulation der sechs Gefängnisinsassen fand die abschließende Untersuchung in Newgate statt. Als Mary zusammen mit Dr. Maitland und Dr. Keith das Gefängnis erreichte, saßen die sechs Gefangenen bereits im Untersuchungsraum; auch Chief Warden Taylor, zwei Wachen und Dr. Herrick waren anwesend. Sobald auch die Herren von der Royal Society und dem Medical Royal College eingetroffen waren, konnten Maitland und Keith ihnen zeigen, dass alle sechs Versuchspersonen nach einem leichten Fieber und wenigen bereits abgeklungenen Pusteln auf der Haut völlig genesen waren.

»Dieser Mann hier«, sagte Dr. Keith und deutete auf den Kerl mit dem verschlagenen Blick, »hat kein Fieber bekommen und keinerlei Krankheitssymptome gezeigt. Der Grund: Er hatte die Pocken bereits vor acht Jahren und ist deshalb immun, auch gegen die Inokulierung. Ein Beweis, dass die Immunisierung lange hält. Soweit wir wissen, sogar ein ganzes Leben lang. Das Gleiche ist bei den anderen fünf durch die Variolation zu erwarten.«

»Das reicht mir nicht«, sagte einer der Herren der Royal Society. Es war Dr. Sloane, jener Arzt, der Mary damals, als sie selbst krank war, auf Dr. Garth' Einladung hin besucht hatte. Er hatte sich erst heute den anderen angeschlossen. »Für mich ist das kein Beweis für eine wirkliche Immunisierung, denn die von Euch durchgeführten Inokulierungen, mein lieber Keith, haben nur zu leichten Krankheitssymptomen geführt, überhaupt nicht vergleichbar mit einer richtigen Infektion. Entsprechend schwach dürfte die Immunisierung sein.«

»Nein«, widersprach Dr. Keith. »Dem ist nicht so.«

»Wie wollt ihr das beweisen?«

Mary und Maitland sahen einander ratlos an.

»Wir haben noch nie von jemandem gehört, dass er an Pocken erkrankt ist, nachdem er inokuliert wurde«, sagte Dr. Keith schließlich. »Ist das nicht Beweis genug?«

»In meinen Augen nicht«, sagte Dr. Sloane. »Es könnte Zufall sein. Und so viele sind ja auch noch nicht inokuliert worden.«

»Es müssen inzwischen mehrere Hundert sein.«

»Das beweist doch gar nichts! Die sind überall verstreut. Habt Ihr zu allen Kontakt, um zu sehen, wie es ihnen geht?«

»Natürlich nicht.«

»Wir wissen es also nicht.« Dr. Sloane hob die Schultern. »Aber versteht mich nicht falsch, ich bin auf Eurer Seite. Bringt mir den eindeutigen, nachprüfbaren Beweis, dann unterschreibe ich alles. Ich gehe damit, wenn nötig, sogar zum König!« Das war, wie Mary wusste, kein leeres Versprechen, denn Sloane hatte durchaus Zugang zur königlichen Familie.

Dr. Keith nahm seine Perücke ab und kratzte sich frustriert den blanken Schädel. Dann setzte er sie wieder auf. »Wie, zum Teufel, sollen wir einen solchen Beweis erbringen?«

Einen Augenblick herrschte ratlose Stille.

»Indem wir versuchen, einen Inokulierten anzustecken«, sagte Mary schließlich.

Die Mediziner starrten sie an.

»Ah!«, sagte Sloane und nickte begeistert. »Jawohl! Ihr habt's erfasst, Mylady. Genau das müsst Ihr tun. Und es muss unter den Augen dieser Kommission stattfinden, ein kontrolliertes Experiment, das die Immunität ohne jeden Zweifel bestätigt.«

All dies hatten auch die Gefangenen mitgehört. Sie tauschten beunruhigte Blicke. »Wir haben getan, was Ihr von uns wolltet«, sagte der Kerl mit dem verschlagenen Blick. »Mehr ist nicht drin. Ich verlange, jetzt freigelassen zu werden.«

»Du hältst dich erst mal still, Freundchen!«, knurrte der sonst so gemütlich wirkende Chief Warden. »Noch untersteht ihr meiner Gewalt!«

»Dann nehmt uns wenigstens die Ketten ab«, verlangte die vermeintliche Handwerkerfrau. »Meine Handgelenke sind schon ganz wund.«

Chief Warden Taylor nickte einem der Wachmänner zu, der

sich sogleich daranmachte, den sechs Gefangenen die schweren Ketten abzunehmen.

»Ihr habt doch Pockenkranke hier«, sagte Dr. Maitland zum Chief Warden. »Einem haben wir vor zwei Wochen Eiter entnommen.«

Statt Taylor antwortete Dr. Herrick: »Der ist vor einer Woche gestorben. Aber wir haben noch drei Neuerkrankte. Sie sitzen in Einzelhaft, um sie von den anderen Insassen fernzuhalten. Einer scheint zu genesen, ein zweiter liegt im Sterben, und der dritte zeigt jetzt erste starke Symptome: Fieber, Schüttelfrost, die ersten Pusteln.«

»Dann ist der jetzt besonders ansteckend«, meinte Maitland.

Einen Augenblick lang herrschte Schweigen. Dann holte Dr. Keith tief Luft und wandte sich an die Gefangenen: »Wer von euch wäre bereit, in der Zelle des Kranken zu bleiben? Mindestens vierundzwanzig Stunden lang. Es ist vielleicht unangenehm, aber ich bin sicher, niemand von euch wird sich anstecken. Damit wäre der Beweis erbracht.«

»Kommt für mich nicht infrage. Auf keinen Fall!«, sagte der Verschlagene und sah die beiden anderen männlichen Gefangenen an. Die schüttelten ebenfalls den Kopf.

»Ihr habt nichts zu befürchten«, sagte Dr. Keith. »Dafür lege ich meine Hand ins Feuer.«

»Besser Ihr als ich«, meinte der Verschlagene und grinste spöttisch.

»Nun kommt schon, Männer«, sagte der Chief Warden. »Ihr habt bewiesen, dass ihr Mut habt und den Ärzten vertraut. Die sagen, ihr steckt euch nicht an, also werdet ihr euch nicht anstecken.«

Doch alle drei schüttelten den Kopf. »Wir haben eine Abmachung, Chief Warden, und die solltet Ihr einhalten.«

»Ich mach's!«, rief plötzlich die hübsche Hure. »Aber nur,

wenn Ihr mir eine Belohnung zahlt. Fünf Guineas wäre das Mindeste.« Sie grinste Dr. Herrick herausfordernd an. »Ist der Kerl wenigstens hübsch?«

»So hübsch, wie ein Pockenkranker sein kann«, sagte Dr. Herrick und lachte scheppernd.

Daraufhin steckte sich die Hure den Finger in den Hals und tat, als müsse sie kotzen. Danach wurde ihre Miene hart. »Für fünf Gold-Guineas mache ich dem Kerl eine schöne Nacht. Darunter läuft nichts. Aber ohne Licht. Seinen Anblick muss ich nicht auch noch ertragen.«

»Fünf Guineas?«, rief Dr. Keith. »Bist du noch bei Trost?«

»Ich zahle das«, sagte Mary schnell.

Dass die Hure nichts dagegen hatte, mit einem Pockenkranken zu schlafen, schien Dr. Sloane nicht zu schockieren. Auch nicht, dass eine Dame von Rang ohne Zögern bereit war, einen exorbitant hohen Preis für deren Dienste zu zahlen. »Wenn sie nicht erkrankt, wäre das in der Tat ein Beweis«, sagte er.

Die Herren sahen einander an.

Chief Warden Taylor räusperte sich. »Also gut. Von mir aus machen wir es so. Ich will der Wissenschaft nicht im Wege stehen.«

Mary trat dicht an ihn heran. »Wann lasst Ihr die Gefangenen frei?«, fragte sie ihn leise.

»Morgen Vormittag.«

»Dazu möchte ich Euch gleich im Anschluss sprechen. Aber privat.«

Damit ging die Versammlung auseinander. Die anderen Herren der Kommission verabschiedeten sich, während Dr. Sloane zusammen mit Dr. Maitland und Dr. Keith die Gefangenen und die Wachleuchte begleitete. Sie wollten den Kranken sehen und sicherstellen, dass die junge Hure dort sicher genug untergebracht war und nicht zu Schaden kam. Mary dagegen ließ sich von Chief Warden Taylor in dessen Büro führen, das sich auf derselben Ebene wie das Lazarett befand.

Er bat sie, Platz zu nehmen. »Was kann ich für Euch tun, Mylady?«

Mary hatte eine Umhängetasche dabei, aus der sie jetzt fünf kleine Lederbeutel holte und dem Chief Warden auf den Schreibtisch lege. »Etwas Geld für jeden von ihnen. Für einen neuen Lebensanfang. Für jeden zehn Pfund.«

Taylor machte große Augen. »Das ist verdammt großzügig von Euch!«

»Sie haben es verdient. Seht zu, dass jeder von ihnen seine Belohnung bekommt.«

»Ihr könnt Euch auf mich verlassen. Aber wieso nur fünf Beutel? Es sind doch sechs.«

»Das hat seinen Grund«, sagte sie. »Denn habe ich noch eine Bitte. Ich möchte die junge Sarah zu mir holen und ihr ein Heim bieten.«

»Wie bitte? Einer Kriminellen? Hätte sie nicht an Eurem Experiment teilgenommen, wäre die Göre längst auf dem Weg nach Virginia oder zu den Zuckerrohr-Plantagen in Barbados. Die wollt Ihr aufnehmen?«

»Sie ist nur ein Kind, das sich gewehrt hat, weil ein Kerl sie missbrauchen wollte. Ich möchte ihr ein besseres Leben bieten. Sie kann bei mir arbeiten und etwas Nützliches lernen.«

»Vielleicht will sie das gar nicht.«

»Dann lasst sie holen. Ich möchte mit ihr sprechen.«

Der Chief Warden seufzte. »Nun, wenn Ihr darauf besteht. Wartet einen Augenblick. Ich werde jemanden nach ihr schicken.« Er verließ den Raum.

Mary lehnte sich in ihrem Stuhl zurück. Offensichtlich hielt der Chief Warden sie für verrückt, obwohl er versucht hatte, sich nichts anmerken zu lassen. Sie hatte vor, eine zur Deportation verurteile Kriminelle in ihr Heim zu holen. Mary erinnerte sich an die finstere Miene des Mädchens. War sie im Begriff, einen Fehler zu begehen? Immerhin war Sarah gewalttätig geworden.

Nach einer Weile kam der Chief Warden zurück. »Mylady«, sagte er. »Sie wartet am Eingang auf Euch.«

»Habt Ihr mit ihr gesprochen? Ist sie einverstanden?«

»Sie sagt ja. Aber ich würde nicht zu viel darauf geben. Bei nächster Gelegenheit läuft sie wahrscheinlich weg. Leute wie sie kann man nicht hart genug anfassen.«

Mary erhob sich. »Ich danke Euch, Mr. Taylor.«

»Ich begleite Euch natürlich!«, sagte Chief Warden Taylor, preschte vor und riss die Tür für sie auf.

Unten, in der kleinen Eingangshalle, stand Sarah in ihrem schäbigen Kleid neben einem der Wachmänner, der sie fest am Arm hielt. Trotzig starrte sie Mary an.

»Sarah!« Mary lächelte ihr freundlich zu. »Wie schön, dass du gekommen bist.«

»Was wollt Ihr von mir?«, fragte das Mädchen in einem frechen, herausfordernden Ton.

Sofort gab ihr der Wachmann einen Klaps an den Hinterkopf. »So redet man nicht mit einer feinen Dame«, knurrte er.

»Das ist nicht nötig!«, herrschte Mary ihn an. Und zu Sarah sagte sie in freundlicherem Ton: »Ich will gar nichts von dir, Sarah. Ich möchte dir nur ein besseres Leben ermöglichen, bei mir, in meinem Haus.«

»Ich brauche keine Geschenke. Erst recht nicht von Blutsaugern wie Euch.«

»Beherrsch deine Zunge, Kind«, sagte Chief Warden Taylor. »Die Lady meint es gut mit dir.«

»Wie alt bist du, Sarah?«, fragte Mary.

»Sechzehn demnächst«, stieß Sarah hervor.

»Fünfzehn also. Ich sehe, du hast deinen Stolz. Das ist gut. Was ich dir biete, ist auch kein Geschenk. Du bekommst vernünftige Kleidung, gutes Essen, ein sauberes Bett und kannst mit meinem Personal Freundschaft schließen. Wir haben zwei Mädchen bei uns, die etwa im gleichen Alter sind. Aber ich wiederhole: Es ist kein Geschenk, denn ich verlange eine Gegenleistung. Du musst dafür arbeiten, Sarah, saubermachen, Holz reintragen, den Kamin anzünden, Wasser holen, vielleicht in der Küche helfen, wenn die Köchin dich für fähig hält. Später kannst du Zimmermädchen oder noch mehr werden. Du erhältst einen Lohn und darfst dir einmal die Woche einen halben Tag freinehmen. Es ist eine Anstellung, die ich dir biete, ehrliche Arbeit und ehrlichen Lohn.«

Verunsichert sah das Mädchen sie an. »Lohnarbeit? In einem feinen Haus?«

Mary nickte. »Dann brauchst du dich nicht mehr von den Liebhabern deiner Mutter begrabschen oder Schlimmeres mit dir machen lassen. Wenn du dich gelehrig anstellst und fleißig bist, kann etwas aus dir werden. Du bist ein hübsches Mädchen. Bestimmt findet sich später ein Mann für dich, und du bekommst Kinder, eine Familie. Was meinst du?«

Plötzlich war Sarah nicht mehr die widerspenstige Fünfzehnjährige, sondern ein staunendes Kind mit großen Augen. Doch es dauerte nicht lange, dann verhärtete sich ihre Miene wieder. »Ich traue Euch nicht. Niemand tut so etwas für eine aus den Elendsvierteln.«

Mary sah sie eindringlich an. »Wo willst du denn sonst hin, Kind? Zu deiner Mutter wohl nicht. Da wartet der Kerl auf dich, den du verletzt hast. Oder willst du an der Straßenecke stehen und lernen, es alten Kerlen für ein paar Pennys zu machen?«

Wieder erschien dieser trotzige Ausdruck auf ihrem Gesicht. »Niemals! So was mach ich nicht!«

»Dann komm mit mir. Wenigstens für eine Woche zur Probe. Was meinst du?«

Sarah musterte Mary forschend und misstrauisch, wie um sich zu vergewissern, ob nicht doch eine finstere Absicht hinter dem Angebot steckte. Dann nickte sie langsam. »Also gut. Zur Probe.«

»Musst du deiner Mutter Bescheid sagen?«

Sarah schüttelte den Kopf. »Nein. Die ist die meiste Zeit betrunken. Die vermisst mich nicht.«

»Dann komm«, sagte Mary und nahm sie bei der Hand. »Danke für Eure Hilfe, Chief Warden!«, warf sie über die Schulter, während sie mit Sarah das Gefängnis verließ und auf die Kutsche zumarschierte, die draußen auf sie wartete.

»Kannst du lesen?«, fragte sie, nachdem sie eingestiegen waren und der Wagen sich in Bewegung gesetzt hatte.

Sarah schüttelte den Kopf.

»Möchtest du es lernen?«

»Wozu soll das gut sein?«

»Es lohnt sich. Aber wir reden ein andermal darüber. Gleich stecken wir dich erst mal in einen Badezuber, kleiden dich ordentlich ein und stellen dich der Dienerschaft vor. Es wird dir gefallen. Du wirst sehen.«

***

Zuerst zeigte sich Sarah allem gegenüber misstrauisch. Doch mit der Zeit fasste sie Vertrauen. Marys Köchin im Haus an der Covent Garden Piazza nahm sich ihrer an, ließ sie Gemüse schneiden und verwöhnte sie mit allerlei Leckereien, sodass sie bald nicht mehr so abgemagert war. Ihr kastanienbraunes Haar nahm Glanz an, ihre Haut verlor die kränkliche Blässe einer Gefängnisinsassin. Immer öfter sah man sie in den Arbeitspausen mit den anderen Mädchen schwatzen und lachen.

Mary nahm es mit Freude zu Kenntnis. Nach zwei Wochen rief sie Sarah zu sich. »Ich sehe, du hast die Probezeit verstreichen lassen«, sagte sie. »Aber ich hätte dennoch gern eine klare Antwort: Hast du vor, bei uns zu bleiben?«

»Oh ja«, stammelte das Mädchen und wurde rot. »Wenn ich darf.«

»Natürlich darfst du. Ich freue mich über deine Entscheidung. Unsere Hausdame hat mir gesagt, dass du dich klug anstellst und dich bemühst, alles zu lernen und bestens zu erledigen. Auch unsere Köchin lobt dich.«

Sarah lächelte. »Sie ist sehr nett zu mir.«

»Ich möchte dich nun noch einmal fragen, ob du gern lesen und schreiben lernen möchtest. Wir haben, wie du sicher schon gemerkt hast, einen Lehrer, der sehr früh morgens kommt und eine Stunde unterrichtet. Alle meine Angestellten, die des Alphabets nicht mächtig sind, können es so lernen. Möchtest du daran teilnehmen?«

»Wenn Ihr es wünscht, Lady Mary.«

»Es ist nicht wichtig, was ich wünsche, sondern was du willst. Ich biete dir nur die Möglichkeit, etwas aus dir zu machen. Für uns Frauen ist das in dieser Männerwelt besonders wichtig. Ich gebe dir ein Beispiel: Du hast dich ja mit der Köchin angefreundet. Seit sie lesen kann, ist ihre Arbeit viel besser geworden, denn nun kann sie Kochbücher lesen. Auf unserem Anwesen in Twickenham haben wir eine junge Frau, die jetzt unsere Bücher führt; sie notiert alle Ein- und Ausgaben und gibt mir am Ende des Monats einen Überblick. Auch sie war vor Jahren wie du. Aber sie hat sich alles selbst beigebracht. Lesen und Schreiben bilden den Grundstock für ein besseres Leben. Ich frage also noch einmal: Willst du es lernen?«

»Sarah nickte jetzt heftig. »Oh ja, das möchte ich.«

»Dann musst du etwas früher aufstehen.«

»Versprochen, Lady Mary. Und danke!«

Am nächsten Tag fuhr Mary erneut zum Newgate Prison, denn heute sollte die Kommission den Gesundheitszustand der jungen Hure inspizieren. Zu Marys Erleichterung hatte sie sich tatsächlich nicht angesteckt, obwohl sie sogar ganze zwei Tage bei dem Kranken verbracht hatte.

»Das ist außerordentlich«, sagte Dr. Sloane. »Nun bin ich überzeugt. Was für ein gigantischer Schritt, um diese elende Krankheit zu besiegen! Nun können wir allen, die sich inokulieren lassen, garantieren, dass sie die Pocken nicht mehr zu fürchten haben. Dr. Maitland, darf ich Euch bemühen, auch meine Familie zu inokulieren? Ich wäre Euch zutiefst verbunden.«

»Mit größtem Vergnügen, Dr. Sloane«, erwiderte Maitland. Er, der sich anfänglich erst zögerlich, und nur auf Marys ausdrücklichen Wunsch in ihren Kampf hatte einbinden lassen, war inzwischen zum anerkannten Experten für die Variolation geworden. Hatte man zuvor die Leute überreden müssen, so erhielt er jetzt häufig Anfragen wie diese.

Mary freute sich für ihn. Sie trat vor die junge Straßenhure, die sich gerade hatte untersuchen lassen und nun ihr schäbiges Gewand wieder über die Schultern zog. »Ich danke dir, dass du den Mut hattest, diese Probe auf dich zu nehmen. Damit hast du vielen einen Dienst erwiesen.« Hiermit reichte sie ihr eine Geldbörse. »Ich hab noch etwas dazugelegt. Hier sind acht wohlverdiente Guineas für deine Dienste.«

Die junge Frau strahlte übers ganze Gesicht. »Danke, Mylady.«

»Wir haben zu danken«, sagte Dr. Keith.

»Ich schlage vor, du gibst das Geld nicht einfach aus, sondern investierst es«, sagte Mary. »Vielleicht möchtest du einen kleinen Laden eröffnen.«

Als Mary sich wenig später von Chief Warden Taylor verabschiedete, sagte der: »Ein netter Gedanke, das mit dem Laden, Mylady. Aber wie ich die Dinge kenne, wird ihr Zuhälter, wenn sie einen hat, ihr das Geld im Handumdrehen wegnehmen.«

Mary zuckte mit den Schultern. »Dann ist das eben so. Wir können nicht alle retten. Die Leute müssen auch bereit sein, etwas für sich selbst zu tun.«

***

Drei Tage später wurde sie im Leicester House von Prinzessin Caroline empfangen. »Man hat mir berichtet«, rief diese begeistert, kaum dass sie einander begrüßt hatten. »Dr. Sloane war hier und hat mir seinen Bericht übergeben. Sogar schriftlich. Ist das nicht fantastisch? Ich kann es noch gar nicht fassen. Alles so, wie Ihr es versprochen habt, liebe Mary.«

Mary lächelte strahlend. »Ja, ich bin über den Ausgang des Experiments auch sehr begeistert.«

»Und diese junge Frau … mein Gott! Zwei Tage hat sie bei einem … Mir wird schon schlecht, wenn ich nur daran denke! Hat man ihr wenigstens eine Belohnung gegeben?«

»Oh ja. Sie ist reichlich entlohnt worden.«

»Das ist gut.«

»Ich vermute, Hoheit, es ist Euch zu verdanken, dass dieses Experiment überhaupt stattfinden konnte, dass wir die Genehmigung bekommen haben.«

Caroline lächelte kokett. »Nun ja. Wozu ist man Princess of Wales, wenn man nicht ein bisschen Einfluss nehmen kann?«

»Wie kann ich Euch nur danken?«

»Ah!«, sagte die Prinzessin und machte plötzlich ein ernsteres Gesicht. »Indem Ihr meine beiden jüngeren Töchter inokulieren lasst.«

»Aber selbstverständlich! Nur zu gern!«

»Unsere Älteste, Prinzessin Anne, sie ist jetzt zwölf, war Anfang des Jahres selbst an den Pocken erkrankt. Nur wenige wissen das, wir haben es nicht publik gemacht. Zum Glück war es bei ihr nicht so schlimm, und sie ist genesen. Aber als ich sie so sah, habe ich es wirklich mit der Angst gekriegt. Deshalb wollte ich unbedingt, dass Ihr Euer Experiment machen könnt. Ich konnte es nur nicht gleich versprechen. Und nun, da wir wissen, dass Eure Methode wirkt, möchte ich so schnell wie möglich die beiden jüngeren Mädchen inokulieren.«

»Wie alt sind sie?«, fragte Mary

»Amelia ist zehn, Caroline acht.«

»Das dürfte kein Problem sein. Dr. Maitland wird die Variolation durchführen. Ein kleiner Eingriff, mehr nicht.«

»Ach, das beruhigt mich! Ich danke Euch, meine Liebe.«

»Was ist mit Prinz Friedrich, Eurem Ältesten? Wir haben schon einmal darüber gesprochen. Maitland wäre bereit, nach Hannover zu reisen.«

Die Prinzessin nickte. »Ich wäre ja dafür. Unbedingt!«, erwiderte sie. »Aber bei ihm müssen wir erst meinen Gemahl überzeugen und nicht zuletzt auch den König. Die Mädchen zu inokulieren ist eines, aber den zukünftigen Kronprinzen? Da stoße ich im Moment leider noch auf Granit.«

Auf Mädchen kann man also eher verzichten, falls etwas danebengeht, dachte Mary grimmig. Auf einen zukünftigen Thronerben natürlich nicht!

Die Prinzessin schien Mary vom Gesicht abzulesen, was sie dachte, und zuckte bedauernd mit den Schultern. »Ich weiß, wie das aussieht. Aber vertraut mir, Mary, ich werde sie schon noch rumkriegen.«

Mary lächelte. »Ihr seid eine Frau nach meinem Herzen, Hoheit. Wenn ich das sagen darf.«

»Oh, Ihr dürft. Ihr dürft in der Tat. Wir Frauen müssen zusammenhalten, nicht wahr?«

***

Obgleich Mary nach dieser Audienz beglückt nach Hause fuhr, sollte bis zur Inokulierung der jungen Prinzessinnen doch noch einige Zeit vergehen. Denn es kostete Prinzessin Caroline unerwartet viel Überzeugungsarbeit, bis der Kronprinz endlich zustimmte. Erst im April 1722 nahm Dr. Maitland den Eingriff im Beisein von Claude Amayand, dem Leibarzt des Königs, vor. Wieder erklärte Maitland sein Vorgehen ausführlich. Auch, dass es keiner besonderen Vorbereitung bedurfte, weder Aderlass noch Darmspülung. Der kleine Eingriff war ein voller Erfolg, die Mädchen zeigten die bekannten Symptome und erholten sich danach schnell. Amayand war so beeindruckt, dass er gleich auch seine eigene Familie inokulieren ließ.

Prinzessin Caroline ging sogar noch weiter. Sie wollte ein ganzes Waisenheim inokulieren lassen. Dazu kam es am Ende dann doch nicht, aber zumindest sechs der Kinder erhielten die Behandlung, die ebenfalls ohne unerwünschte Komplikationen verlief. Die Prinzessin wurde zu Marys bester Verbündeten. Sie ließ in den Nachrichtenblättern sogar Werbung erscheinen, um Leute zu ermutigen, sich inokulieren zu lassen.

Man sollte meinen, dass sich die öffentliche Meinung nach so vielen erfolgreichen Eingriffen der Variolation gegenüber endlich aufgeschlossen zeigen würde. Aber dem war nicht so. Während die Whigs, die Mitglieder der Fortschrittspartei, sich einigermaßen wohlwollend zeigten, gab es heftigen Widerstand von den Torys. Um die Dinge klarzustellen und den vielen Schauermärchen endlich den Boden zu entziehen, veröffentlichte Dr. Maitland einen detaillierten Bericht, in dem er alles, was sie inzwischen über die Variolation gelernt hatten, sehr genau beschrieb, die Experimente, die sie durchgeführt hatten, auch seine eigene Rolle, jedoch ohne Mary zu erwähnen. Darum hatte sie ihn gebeten. Er beschrieb alle Einzelheiten des Eingriffs, um sicherzustellen, dass Ärzte ihn auch richtig ausführten.

Doch statt die Dinge zu beruhigen, war es, als hätte er Öl ins Feuer gegossen. In den Gazetten entbrannte ein regelrechter Krieg zwischen Gegnern und Befürwortern. Die Presse behandelte den Eingriff zunehmend als kontroverses Verfahren. Zwar inokulierte Maitland in diesem Jahr noch Dutzende Personen, aber es wurden immer weniger, die sich dazu bereit erklärten.

»Ich bin es langsam müde«, sagte Mary während eines Treffens mit Dr. Maitland und Dr. Keith in ihrem Haus. »Wir mühen uns ab, der Welt zu beweisen, dass es möglich ist, sich gegen die Pocken zu wehren, und was ist das Ergebnis? Nur schlechte Presse, erfundene Horrorgeschichten, falsche, uninformierte Behauptungen. Ich wollte den Menschen etwas Gutes bringen, Hoffnung machen, die Krankheit besiegen, die jedes Jahr so viele Opfer kostet. Und was ernten wir? Verleumdungen, Beleidigungen und sogar Drohungen. In den Augen der Geistlichen stehen wir mit dem Teufel im Bunde, ganz Verrückte behaupten gar, wir seien Teil einer Verschwörung und wollten nicht vor den Pocken schützen, sondern sie verbreiten. Sogar die königliche Familie wollen wir angeblich anstecken und vernichten.« Sie fasste sich an den Kopf. »Kann man so was glauben?«

»Ihr seid frustriert«, sagte Dr. Keith. »Das verstehe ich. Aber wir dürfen den Kampf nicht aufgeben. Wir sind es den Menschen in diesem Land schuldig, auch wenn so viele uneinsichtig sind. Aber zum Glück gibt es ja auch andere. Wir haben doch schon Hunderte inokuliert.«

»Ja, das ist sicher ein Erfolg«, sagte Mary. »Mein Gott! Maitland und ich fahren jetzt seit mehr als einem Jahr herum und reden uns die Mäuler fransig, um die Ungläubigen zu überzeugen. Bei vielen ist es gelungen, das gebe ich zu, aber, wie gesagt, bei der Mehrheit nicht. Die meisten sind gegen uns. Besonders die Anhänger der Torys. Wenn die Nachrichtenblätter alles verdrehen, hat es vielleicht keinen Zweck. Dann ist entweder nicht die richtige Zeit dafür, oder wir als Volk sind einfach nicht so weit. Dabei sollte eigentlich jeder in England inokuliert werden, nicht nur die Reichen und Adeligen.«

Wochen später kam es noch schlimmer, denn es häuften sich die Nachrichten über Todesfälle, die missliebige Kritiker auf die Inokulation zurückführten.

Zuerst starb der fünfte Sohn von William Spencer, dem Lord von Sutherland, den der Leibarzt des Königs, Dr. Amayand, persönlich inokuliert hatte, an einer Konvulsion. Obwohl sein Tod drei Wochen nach Genesung von der leichten Variolationsinfektion eingetreten war, war der Tod des Kleinkinds ein gefundenes Fressen für alle Gegner dieser Praxis und wurde von den Gazetten genüsslich ausgeschlachtet, deren Auflagen infolge heftig anstiegen.

Wenig später starb ein Diener von Lord Bathurst an einer Pockenerkrankung, nachdem die sechs Kinder des Lords inokuliert worden waren. Möglicherweise hatte der Mann sich bei den Kindern angesteckt, die selbst alles bestens überstanden hatten und in Zukunft immun sein würden. Dennoch war der Tod des Dieners Wasser auf den Mühlen der Gegner.

Als dann auch noch der Sermon eines bekannten Priesters

abgedruckt und überall verbreitet wurde, hatte Mary endgültig genug. Der Mann behauptete nämlich, die Pocken seien die gerechte Strafe Gottes für die Sünden, die man begangen hatte, und es sei eine ebensolche Sünde, Gott in seinem Urteil zu behindern.

»Das war's für mich, mein Freund«, sagte sie zu Maitland. »Sollen in Zukunft Keith und Sloane versuchen, diese Kleingläubigen zu überzeugen, ich habe Besseres zu tun, als mit dem Kopf gegen die Wand zu rennen.«

Sie zog sich auf ihr Anwesen in Twickenham zurück, um sich auszuruhen und nachzudenken. Ihre Dienerschaft war selbstverständlich und ohne Ausnahme inokuliert, ebenso die Familien ihrer Verwandten und engeren Bekanntschaft, die wiederum ihr Gesinde ebenfalls hatten behandeln lassen. Sogar ihr Vater hatte sich irgendwann überzeugen und seinen Enkel und Erben ebenso wie die Tochter aus seiner zweiten Ehe inokulieren lassen.

Zu ihrem Bedauern war Mary nicht bei allen Freunden und Verwandten erfolgreich gewesen. Ihre Schwester Evelyn weigerte sich standhaft, ihren Sohn William inokulieren zu lassen, weshalb er sich wenig später infizierte und starb. Besonders schmerzlich empfand sie den Tod ihrer langjährigen Freundin Sarah Chiswell. Auch sie hatte die Variolation abgelehnt und sich einige Zeit später angesteckt. Leider blieb sie nicht die Einzige aus ihrem Bekanntenkreis, die Mary in diesem Jahr zu betrauern hatte.

# Pope

Obwohl Mary geschworen hatte, sich aus ihrem Kampf um die Verbreitung der Variolation zurückzuziehen und den Sommer des Jahres 1722 auf ihrem Anwesen in Twickenham zu genießen, kamen immer wieder Leute zu ihr, um sich inokulieren zu lassen, oft sogar Wildfremde. Und natürlich brachte sie es nicht übers Herz, hoffnungsvolle Menschen abzuweisen, zumal sie das Verfahren inzwischen selbst beherrschte und praktizierte. So fuhr Maitland oft zu ihr heraus, um sie mit Pockeneiter zu versorgen und ebenfalls Eingriffe vorzunehmen. Er selbst hatte nie damit aufgehört und allein in diesem Jahr mehrere Hundert behandelt.

Obwohl sich Mary darüber freute, dass sie und ihre Mitstreiter mit ihren Bemühungen doch nicht ganz gescheitert waren, fand sie, dass sie nun genug getan hatte, um die Methode in England einzuführen und die Verbreitung ins Rollen zu bringen. Nun musste sie ihren eigenen Weg gehen. Schließlich gab es inzwischen Vorkämpfer auf höchster Ebene: berühmte Ärzte wie Keith und Sloane und weitere Mitglieder der Royal Society und des Medical Royal College, ja, sogar die zukünftige Königin. Mit der Zeit würden Ablehnung und auf Unwissen beruhende Ängste schwinden und sich die Anerkennung der Variolation durchsetzen. Und wenn nicht … Nun, dann war das wohl nicht zu ändern. Mary hatte ihr Bestes gegeben.

Trotz der häufigen Unterbrechungen fand Mary genug Muße, um zu lesen, einige Gedichte zu verfassen, im nahen Park auszureiten und sich um die Erziehung ihrer Kinder zu kümmern.

Edward war selten zugegen, weder im Londoner Haus noch in Twickenham, und wurde immer mehr zum Fremden, leider auch für seine Kinder. Er und Mary schrieben sich zwar häufig, behandelten einander, wenn sie sich sahen, mit Respekt und Herzlichkeit, aber zu mehr kam es zwischen ihnen nicht. Einmal versuchte Mary, ihn zu verführen. Es kam zu einigen Küssen und unbeholfenen Zärtlichkeiten, doch derartige Bemühungen, ihre Ehe zu erfüllen, kamen ihnen beiden inzwischen unnatürlich und erzwungen vor. Vielleicht spürte Edward es deutlicher als Mary, und doch waren beide gleichermaßen erleichtert, als sie es bei dem Versuch beließen.

Wie seltsam, dass man sich so auseinanderleben kann!, dachte Mary. Edward war immer noch ein attraktiver Mann, und sie mochte ihn. Aber er war für sie inzwischen eher ein Bruder, ihr Herz schlug nicht länger höher, wenn er vor ihr stand. Sie unterhielten sich wie zivilisierte Menschen, er berichtete von seinen Unternehmungen und sie von ihren literarischen Bemühungen. Einige Texte las er sogar, und er lobte ihren Stil. Sie bot ihm Unterstützung an, sollte er sich wieder politisch engagieren wollen, denn schließlich war Robert Walpole Prime Minister, und Mary kannte ihn und seine Schwester Dolly gut. Vielleicht hätte sie tatsächlich etwas für Edward tun können, aber er war nicht länger an einer politischen Karriere interessiert. Er behielt seinen Parlamentssitz, das genügte ihm.

Er war auch nicht mehr eifersüchtig auf die vielen männlichen Freunde und Bekannten, mit denen sie in den Salons verkehrte, stellte ihr keine Fragen dazu. Dennoch vertraute er ihr, dass sie ihn nicht öffentlich blamieren würde. So drückte er sich einmal aus, und mehr war wohl nicht zu sagen.

An Geld fehlte es nicht. Edwards Bergwerksunternehmen entwickelte sich prächtig, sodass kein Mangel herrschte. Marys Londoner Bankkonto war immer ihren üblichen Bedürfnissen entsprechend gefüllt, und wenn sie Sonderausgaben hatte, ließ sie es Edward wissen, und er schickte einen Wechsel. Eines ihrer größeren Projekte war, das Haus in Twickenham instand zu setzen und zu erweitern. Sie ließ den Garten neu anlegen, pflanzte Bäume, ließ den Weg zum Haus bepflastern und ein Pförtnerhaus bauen.

Sie hatte zu tun und langweilte sich nicht. Und doch gab es Momente, in denen sie sich trotz ihrer vielen Bekanntschaften einsam fühlte. Sie hatte seit ihrer Rückkehr von Konstantinopel eine neue Zofe, eine bescheidene, aber tüchtige Person mittleren Alters, an der nichts auszusetzen war, außer dass sie nicht Alice war, mit der sie so viele Vertraulichkeiten getauscht hatte. Ihr trauerte Mary immer noch nach. Und sie wünschte sich ihre Schwester Frances zurück in London. Vielleicht werde sie im nächsten Jahr nach England umsiedeln, hatte Frances angekündigt, allerdings ohne ihren Gemahl.

Vor allem aber fehlte in Marys Leben ein Mann. Wahre, leidenschaftliche Liebe hatte sie bisher nicht kennengelernt, und sie zweifelte daran, ob es diese für sie überhaupt gab. Vielleicht war sie zu sehr Kopf und zu wenig Herz und deshalb nicht für unsterbliche Liebe geboren. Hätte sie sich wie Julia beim Anblick ihres toten Romeos den Dolch ins Herz gestoßen? Wahrscheinlich nicht. *Zu theatralisch.*

Dennoch erinnerte sie sich gern an die Freuden des Ehebetts. An die Zärtlichkeiten und Liebesspiele, die sich steigernde Begierde bis zur ekstatischen Entladung höchster Wonnen. Ja, das war wunderbar gewesen, und sie vermisste es.

Auch fehlte ihr ein Gegenpart, ein geistreicher Mann, mit dem sie Gedanken tauschen, an dem sie sich reiben, ihren Geist wetzen konnte. Als sie und Edward noch miteinander gestritten hatten, war er ihr näher gewesen als später, nachdem sie gelernt hatten, Streit zu vermeiden. Warum war es so gekommen? Wenn sie darüber nachdachte, wusste Mary es natürlich: Sie selbst hatte Edward mit ihrem unabhängigen und manchmal dominierenden Gehabe vertrieben. Oder war es umgekehrt? Weil er es, wie die meisten Männer, nicht ertrug, eine selbstbewusste, eigenständige Frau neben sich zu haben? Die Wahrheit lag sicher wie so oft in der Mitte.

Doch dann tauchte auf einmal jemand auf, der sich als ein Mann präsentierte, wie sie ihn sich wünschte: gebildet, geistreich, mit gewandter Zunge und scharfem Witz, einer, der sich nicht vor einer Lady Mary fürchtete – und noch dazu charmant und anziehend war. Perfekt. Wenn sie nicht leider Gottes verheiratet gewesen wäre!

In der Nachbarschaft, das heißt, eine halbe Meile von ihrem Anwesen entfernt, hatte ein junger Mann ein geräumiges Haus mit Pferdestall, Remise und einigen Koppeln gemietet. Sie hatte davon auf dem Markt gehört, wohin sie gelegentlich die Köchin begleitete, und sich nichts dabei gedacht. Es kam häufig vor, dass hier so nahe der Stadt Häuser den Besitzer wechselten oder neu vermietet wurden. Sie war auf milde Art neugierig, wer ihr neuer Nachbar wohl sein mochte.

An einem schönen Junitag war sie mit ihrem Reitknecht unterwegs, als sie dem neuen Nachbarn begegnete. Der Mann war schlank, glattrasiert, sah blendend aus, und sein dichtes blondes Haar hing ihm lose bis fast auf die Schultern. Er schien ein kompetenter Reiter zu sein und war einfach, aber stilvoll gekleidet. Er hielt an und verbeugte sich im Sattel, mit einer Handbewegung, als würde er den Hut ziehen, obwohl er keinen trug.

»Lasst mich raten, Ihr müsst Lady Mary Wortley sein«, sagte er und grinste breit. Er hatte gesunde, kräftige Zähne, wie

Mary nicht umhin kam zu bemerken. Sein schönes Pferd tänzelte nervös und scharrte mit den Hufen. Er strich dem Tier sanft, mit einer fast erotischen Geste über den Nacken und beruhigte es mit ruhiger Stimme.

»Und woher wollt Ihr das wissen, Sir?«, fragte sie, ungewollt angetan von seinem unbekümmerten, frechen Grinsen.

»Man redet über Euch im Dorf. Die Pocken-Lady nennen sie Euch.«

Mary runzelte irritiert die Brauen. »Oh … Das ist aber kein besonders schöner Spitzname.«

»Ist gut gemeint. Die Leute bewundern Euch.«

»Und Ihr, wer seid Ihr?«

»Ich habe hier ein Haus gemietet, nicht weit von Eurem Anwesen. Vielleicht sollte ich Euch einmal zum Tee besuchen.« Wieder grinste er breit.

»Ich kenne Euch doch gar nicht. Fremde Herren können sich nicht selbst zum Tee einladen.«

»Oh, tut mir leid. Meine Manieren lassen mal wieder zu wünschen übrig. Ich bin Philip, Herzog von Wharton.«

»Ihr seid ein Herzog? So jung?«

»Der König hielt es für nützlich, mich in den Herzogsstand zu heben, damit ich den Hannoveraner Thron unterstütze. Ich denke, das war sein Motiv.«

»Sehr ungewöhnlich für jemanden in so jungen Jahren.«

»Ich bin vierundzwanzig, mit Verlaub. So jung also nicht mehr. Mein Vater war der erste Marquis von Wharton. Er ist früh gestorben, und ich habe den Titel mit sechzehn geerbt. Ist also schon eine Weile her.«

»Und nun seid Ihr hier. Warum gerade Twickenham?«

Wharton lachte. »Irgendwo muss ich ja leben. Meine Schlösser hat man mir genommen.«

»Mein Gott! Warum denn das?«

»Ich habe dummerweise mein gesamtes Vermögen auf die verdammte South Sea Company gesetzt.«

Mary nickte schmerzlich. Auch sie hatte, wie so viele andere, in das Unternehmen investiert. Findige Banker hatten die Company 1711 gegründet, um die Schulden des Königreichs in ihrer Gesamtheit zu übernehmen. Der Regierung erschien das als die praktischste Lösung, ihre Überschuldung loszuwerden; sie erklärte die ausstehenden Schuldscheine für ungültig und ließ sie durch Aktien der neuen Gesellschaft ersetzen. Die erhielt im Gegenzug das Monopol auf den Sklavenhandel mit Südamerika und den Inseln der Südsee, dazu jährlich sechs Prozent Zinsen. Ein gutes Geschäft für die Regierung, hatte Prime Minister Walpole gedacht und das Parlament überredet, die Sache gesetzlich zu verankern.

Die Direktoren der Gesellschaft hatten danach unglaubliche Gewinne versprochen, weshalb alle Welt ein Stück von dem Kuchen hatte abhaben wollen und die Direktoren bestürmte, weitere Aktien auf den Markt zu werfen. Dass Spanien und Portugal den Handel mit Südamerika dominierten und es in der Südsee kaum Nachfrage nach afrikanischen Sklaven gab und somit überhaupt keine Gewinne abfielen, wurde verschleiert und hinter immer neuen angeblichen Gewinnen versteckt.

Es entstand eine frenetische Nachfrage, die den Wert der Aktien ins Astronomische steigen ließ. Immer wieder wurden neu aufgelegte Aktienpakete auf den Markt geworfen. Direktoren der Gesellschaft nutzten den Geldfluss, um selbst Aktien zu kaufen, oder rieten Investoren, die bereits Aktien besaßen, diese als Sicherheit für Darlehen zu hinterlegen, um weitere Aktien zu erwerben. Alles war darauf angelegt, den Preis des Papiers immer weiter in die Höhe zu treiben. Bis die Blase eines Tages platzte, die Gesellschaft zusammenbrach und Tausende Investoren ruiniert zurückließ.

»Oh, das tut mir leid«, sagte Mary entsetzt. »So ist es leider vielen ergangen. Ich selbst habe auch einiges an Geld verloren, aber glücklicherweise nicht mehr, als ich verkraften konnte.«

»Dann habt Ihr weise gehandelt und nicht wie ich dummer Tropf alles auf eine Karte gesetzt.« Es schien ihn aber nicht zu bekümmern, denn er lachte ausgelassen über seinen eigenen Unverstand. »Zum Glück habe ich bei einigen Leuten immer noch Kredit.«

In den folgenden Wochen freundete Mary sich mit dem jungen Herzog an. Sie ritten gemeinsam aus oder trafen sich zum Tee im Haus des jeweils anderen. Philip war belesen, hatte ein Talent für Sprache und Ausdruck und schrieb wundervolle Briefe. Er las einige ihrer Werke, gab kluge Kommentare dazu ab und entwickelte sich für Mary zu einem geistreichen Gesprächspartner.

»Erzählt mir alles über die Variolation und über Eure Erfahrungen damit«, verlangte er eines Tages.

»Eigentlich habe ich damit abgeschlossen«, sagte sie.

»Ich höre aber, Ihr behandelt immer noch Leute, die zu Euch kommen.«

»Ja, gelegentlich. Warum interessiert Euch das?«

»Vielleicht würde ich Euch auch gern darum bitten.«

»Ihr wollt Euch inokulieren lassen?«

»Ihr müsst wissen, ich habe einen Sohn an die Pocken verloren. Er hieß Thomas.«

»Wirklich? Das ist mehr als tragisch. Das tut mir sehr leid.«

»Er war noch klein. Ein Säugling eigentlich.«

»Das macht es nicht leichter.« Sie sah ihn mit hochgezogenen Brauen an. »Aber Ihr habt gar nicht erwähnt, dass Ihr verheiratet seid.«

»Ja, ich war verheiratet, bin es eigentlich immer noch. Aber vor drei Jahren starb unser Kind, und seitdem …« Seine Brauen zogen sich zusammen, und er starrte in die Ferne, während er einen Augenblick lang schwieg. Dann sagte er: »Sie ist zurück zu ihrer Familie gezogen.«

Sie schwiegen einen Moment. »Habt Ihr sie geliebt?«, fragte Mary schließlich.

Er zuckte mit den Schultern. »Ach, was heißt schon geliebt? Sie ist eine entfernte Kusine. Es war naheliegend zu heiraten. Ich mochte sie.«

Weitere Fragen waren unangebracht, denn Mary wollte nicht indiskret sein. »Wenn Ihr es mit Eurem Wunsch, Euch inokulieren zu lassen, ernst meint, werde ich meinem Arzt schreiben, damit er das Nötige besorgt. Dann kann ich den Eingriff gern vornehmen.«

Dass er ein Kind verloren hatte, hatte sie berührt, es brachte ihn ihr menschlich näher. Vielleicht auch, dass er wie sie von seiner Ehepartnerin getrennt lebte. Sie hatte darüber ein Bedauern bei ihm gespürt. Und dann der Verlust seines Vermögens … Noch so jung und schon vom Schicksal geschlagen.

Philip Wharton war zwar gut neun Jahre jünger als sie, aber das schien ihn genauso wenig zu kümmern wie sie selbst. Sie fühlte sich spontan zu ihm hingezogen. Sie mochte seine jugendliche, sorglose Art, als ob ihn trotz seiner materiellen und persönlichen Verluste rein gar nichts etwas anhaben könnte. Er war selbstbewusst, ein brillanter Redner und ein kluger Geist mit einem Sinn für ätzende Satire. Er hatte etwas Verwegenes, als würde er sich nicht scheuen, den Teufel herauszufordern, ganz wie einer dieser Piraten der Karibik, von denen die Gazetten so schauerlich berichteten. Er machte ihr den Hof und warb um sie. Über seine Geistesblitze musste sie lachen. Mary fühlte sich geschmeichelt. Viel hätte nicht gefehlt, und sie hätte ihre Selbstbeherrschung und ihren guten Ruf verloren.

Ausgerechnet ihr alter Freund Alexander Pope bewahrte

sie davor, eine Dummheit zu begehen. Ende August besuchte er sie in sichtlich finsterer Laune. »Du vernachlässigst mich«, grollte er. »Wann hast du mich eigentlich das letzte Mal besucht? Es ist Monate her.«

»Es war im Juni, glaube ich«, sagte sie.

»Na also, sag ich doch: Monate! Ist das Freundschaft? Dabei wohne ich keine halbe Stunde zu Fuß von hier. Bin extra deinetwegen hergezogen.«

»Deswegen kannst du noch lange nicht über mich verfügen«, erwiderte Mary irritiert. »Ich schätze deine Gesellschaft überaus und freue mich, wenn du mich besuchst. Umgekehrt hoffe ich, dass es dir ebenso geht. Aber wir tun dies aus freien Stücken. Ich würde es hassen, wenn es zu einer Verpflichtung ausartete.«

»Ja, ja«, knurrte er immer noch ungehalten. »Natürlich soll es keine Verpflichtung sein. Allein schon, dass du andeutest, es könnte eine werden, betrübt mich außerordentlich.«

»Das tut mir leid. Aber ich kann nicht hinnehmen, dass du meinst, du hättest ein Recht auf meine Zeit und meine Gegenwart. Wir sind nicht verheiratet, mein Lieber!«

Er starrte sie einen Augenblick wütend an, doch dann knickte er ein. »Natürlich habe ich kein solches Recht. Verzeih mir!« Er starrte aus dem Fenster und sagte leise: »Es ist nur, dass ich eifersüchtig bin!«

»Eifersüchtig? Auf wen?«

Er sah sie an. »Auf diesen jungen Schnösel, diesen verdammten Herzog! Mit dem scheinst du jede Minute deines Tages zu verbringen.«

»Na, hör mal!«, rief sie. »Das ist völlig übertrieben. Und was geht dich das überhaupt an?«

»Ich mache mir Sorgen. Du verrennst dich da in etwas. Dieser Kerl ist es nicht wert. Du solltest ihn meiden.«

»Warum, um Himmels willen, sollte ich das tun? Er ist geistreich und unterhaltsam. Und er entstammt einer angesehenen Familie.«

»Er hat sein gesamtes Vermögen verspielt!«

»Ja. Mit der South Sea Company. Vielen ist es so ergangen. Mir auch, wenngleich in bescheidenem Umfang. Das Ganze war ein Lügengebilde, ein grandioser Betrug. Ich danke Edward, dass er mich rechtzeitig davor gewarnt hat, mehr zu investieren. Du kannst Philip Wharton keinen Strick draus drehen, dass er sich wie so viele hat täuschen lassen.«

»Merkst du, wie du dich bei der Verteidigung dieses Burschen ereiferst? Dann will ich dir mal was zu denken geben. Wunderst du dich nicht, dass er immer noch Geld hat, dass er hier in Twickenham ein schönes Haus mieten kann? Dass sein Pferd eine Edelstute ist, die ein Vermögen gekostet haben muss?«

»Na und? Er hat Geldgeber.«

»Ganz recht. Er hat Geldgeber.« Pope nickte selbstgefällig. »Und diese Geldgeber sind Jakobiten. Sie finanzieren ihn in der Hoffnung, dass er ihnen eine Stimme verleiht. Immerhin ist er ein Herzog des Königreichs. Ich sage es dir: Wharton unterstützt den *old pretender*, James Stuart.«

»Er ist Jakobit? Woher willst du das wissen?«

»Ich habe mich umgehört. Und gerade du solltest dich von solchen Leuten fernhalten, ist doch deine eigene Schwester mit einem dieser Hochverräter verheiratet. John Erskine oder wie er heißt.«

Betroffen starrte Mary ihn an.

»Und gerade jetzt«, fuhr er fort. »Hast du von dem Bischof von Rochester, Francis Atterbury, gelesen?«

»Nein.«

»Solltest du aber. Der Mann wurde vor einer Woche verhaftet und in den Tower geworfen. Wegen Hochverrats. Der Mann ist der Anführer eines Komplotts, mit dessen Hilfe das Haus von Hannover und damit König George gestürzt und dieser Stuart auf den Thron gehoben werden sollte. Wahrlich kein glücklicher Moment, um als Freundin eines Jakobiten aufzufallen, findest du nicht?«

»Das … Das habe ich nicht gewusst«, stammelte Mary. Pope hatte recht. Es war schlimm genug, dass sie einen John Erskine in der Familie hatten, nicht irgendeinen Mitläufer, sondern den Anführer des bewaffneten Aufstands der Jakobiten. Dennoch sagte sie: »Vielleicht ist Philip Jakobit, aber er hat sicher nichts getan, wofür man ihn anklagen könnte. Anders als mein Schwager. Oder steckt er mit diesem Bischof unter einer Decke?«

»Das weiß ich nicht. Ich wundere mich nur, dass er keine Geldprobleme zu haben scheint. Wie ist das zu erklären?« Pope hob die Brauen und sah sie bedeutungsvoll an. »Und nun werde ich dir noch etwas über ihn erzählen.«

»Mein Gott! Du hast ja richtige Recherchen angestellt.«

»Ja, das habe ich.«

»Weil du eifersüchtig bist.«

»Ja, ich geb's zu. Aber auch, weil ich mir Sorgen um dich mache, Mary. Um deine Reputation!«

»Um die kann ich mich schon selbst kümmern!«, ereiferte sie sich.

»Jetzt hör verdammt noch mal zu, was ich zu sagen habe!«, zischte Pope. »Hast du schon mal von diesem Hellfire Club gehört?«

Mary nickte. »Das ist doch einer dieser Gentlemen's Clubs, bei denen nur Männer Zugang haben. Meist ist da viel Alkohol im Spiel. Mein Vater ist auch Mitglied in so einem Club. Offenbar treiben die Hellfire-Mitglieder es besonders wild.«

»Das ist die Untertreibung des Jahres, Mary. Unser Prime

Minister denkt darüber nach, diesen Club per Gesetz aufzulösen, zu verbieten.«

»Warum denn das?«

»Die Mitglieder verspotten die Kirche und frönen der Blasphemie. Sie nennen sich die Teufel, und ihr Präsident ist Lucifer. Sie kommen in Verkleidung zu den Treffen, meist als Personen aus der Bibel, und machen sich übereinander lustig, halten religiöse Zeremonien ab, bei denen sie dem Teufel huldigen.«

»Woher weißt du das?«

»Aus verlässlicher Quelle.«

»Und warum erzählst du mir das?«

»Weil Philip Wharton Gründer und Präsident dieses Clubs ist.«

»Das glaube ich nicht. Das ist nicht wahr!«

»Oh doch! Hast du ihn schon mal an einem Sonntag getroffen?«

»Ich weiß nicht.«

»Achte mal darauf, denn sonntags, wenn andere die Kirche besuchen, treffen sie sich. Meist in der Greyhound Tavern in London. Du kennst sie vielleicht.«

»Nur von außen. Frauen sind in Tavernen nicht erlaubt, wie du sehr wohl weißt.«

»Jedenfalls machen die Kerle genug Lärm, um die ganze Nachbarschaft zu empören. Sie haben sogar Frauen in ihren Reihen, keine aus der guten Gesellschaft, versteht sich. Da Frauen der Zutritt zu Wirtshäusern verboten ist, wie du gerade richtig angemerkt hast, halten sie ihre Versammlungen oft im Haus eines ihrer Mitglieder ab. Auch dort soll es hoch hergehen. Wer weiß, was sie mit diesen Weibern treiben.«

Mary starrte ihn sprachlos an. »Himmel noch mal!«, sagte sie schließlich. »Ist das wahr, oder hast du dir das alles ausgedacht?«

»Denkst du, ich belüge dich? Erkundige dich selbst. Du wirst sehen, dass es stimmt.«

Genau das tat Mary. Sie ließ sich nach London fahren und schickte ihren Butler aus, um Erkundigungen einzuholen. So erfuhr sie, dass das, was Pope ihr erzählt hatte, der Wahrheit entsprach: Philip Wharton war Gründer und Präsident des Hellfire Clubs, dessen Gebaren zu einem öffentlichen Ärgernis geworden war. Überhaupt hatte der junge Herzog den Ruf eines Libertins und Lotterbuben. Nicht gerade der ideale Umgang für eine Lady.

Verdammt!, dachte sie während der Heimfahrt, irgendwie hab ich kein Glück mit Männern. Ich bin jetzt dreiunddreißig Jahre alt und war in meinem ganzen Leben noch nie richtig verliebt. Wenn mir jemand gefällt, verscheuche ich ihn aus einem mir nicht bewussten Grund, oder er ist unpassend wie Philip Wharton. Sie seufzte. Im Grunde war es wohl besser so. Sie suchte schließlich keinen Skandal, zu dem es leicht kommen könnte, wenn sie sich auf eine Affäre einließ.

Daheim schrieb sie dem jungen Herzog eine kurze Nachricht und erklärte, sie sei über seine Aktivitäten im Hellfire Club im Bilde, ebenso über seine Verbindung zu den Jakobiten, die immer noch versuchten, den König zu stürzen. Aus diesen Gründen könne sie keinen weiteren Umgang mit ihm unterhalten. Sie werde ihm jedoch ihren Arzt schicken, falls ihm immer noch an einer Inokulierung liege. Ansonsten wünschte sie ihm alles Gute und adieu!

Damit war die Angelegenheit für Mary erledigt. Sie war erleichtert, als sie von Wharton nur eine kurze Note des Bedauerns erhielt und er sie nicht weiter belästigte.

***

Alexander Pope hatte nicht gerade uneigennützig gehandelt, als er Mary vor einer Freundschaft mit Philip Wharton warnte, aber sie war ihm dennoch unendlich dankbar. Mit der Politik der Jakobiten wollte sie nichts zu tun haben, und wenn bekannt geworden wäre, dass sie engen Umgang mit dem Gründer des Hellfire Clubs hatte, wie abträglich wäre das für ihren eigenen Ruf gewesen – und wie peinlich, hätte Edward davon erfahren.

In den nächsten Wochen verbrachte sie viel Zeit mit Alexander Pope. Nicht nur aus Dankbarkeit, sondern weil sie seine Gesellschaft schätzte und ihn in letzter Zeit wegen anderweitiger Verpflichtungen tatsächlich vernachlässigt hatte.

Anfang Oktober trafen sie sich wie so oft in Popes Arbeitszimmer mit der wunderschönen Aussicht auf die Themse. Pope wirkte ungewöhnlich aufgeregt an diesem Tag. Er selbst lief in die Küche und holte auf einem Tablet Tassen und eine Kanne mit frisch aufgebrühtem Tee, dazu Sahne, braunen Rohrzucker und einen kleinen, schon angeschnittenen Sandkuchen.

»Bist du allein?«, fragte sie. »Wo ist deine Haushälterin?«

»Sie hat heute frei. Sie ist bei ihren Verwandten in einem Dorf weiter flussaufwärts. Sie kommt erst morgen wieder.«

Wie immer, wenn er nicht in der Öffentlichkeit war, verzichtete Pope auf seine Perücke und trug das dunkelblonde Haar am Hinterkopf mit einem Band zusammengehalten. Er hatte einen schlichten Samtrock an, wie so oft, wenn er arbeitete. Auch Mary war in bequemer Aufmachung erschienen, denn in den türkischen Pumphosen nachempfundenen Beinkleidern ließ sich besser reiten. Darüber trug sie eine knielange Tunika und eine lose, bunt bestickte Jacke, die sie jetzt ablegte, denn es war warm in Popes Arbeitszimmer. Ihre türkische Kopfbedeckung behielt sie auf.

Sie beobachtete ihn, während er das Tablett abstellte und mit Tassen und Tellern hantierte. Pope war nur ein Jahr älter als sie und doch seit Jahren landesweit berühmt. Trotz seiner Kleinwüchsigkeit und seines kleinen Buckels war er nicht hässlich. Er hatte ein schmales Gesicht, eine schlanke, längliche Nase und feingliedrige Hände. In die Welt blickte er mit klugen, etwas verträumt wirkenden Augen.

Sie mochte ihn, sogar seine zarte, kränkliche Gestalt. Seine Gesundheit war nicht die beste, wie sie wusste. Er war oft erkältet, hatte Anfälle von Schwäche oder klagte über Unpässlichkeit. Oft kam er ihr wie ein Kind vor, das einfach in den Arm genommen werden wollte. Sein Verstand jedoch war messerscharf, sein Humor beißend, und in seinen Werken erzeugte er große Gefühle, ohne dabei billig oder zuckersüß zu werden. In Marys Augen war er gegenwärtig Englands größter Dichter, ein Jahrhunderttalent, und sie betrachtete sich als glücklich, seine Freundin zu sein.

Er schenkte ihr Tee ein. »Nimm dir Zucker und Sahne, oder soll ich das für dich tun?«

»Das kann ich selbst!«, sagte sie lachend. »Setz dich endlich. Du machst mich ganz nervös.«

Er setzte sich jedoch nicht, sondern schnitt stattdessen eine Scheibe von dem Kuchen ab, legte sie auf einen Teller und reichte ihn ihr. »Probier! Den hat sie gestern gebacken.«

Er legte den Kuchenheber weg und ging ein paar Schritte zu ihrem Porträt, das nach wie vor an der Wand hing, blieb lange unbeweglich davor stehen, die Arme vor der Brust verschränkt, eine Hand am Kinn, und starrte das Bildnis nachdenklich an. Dann blickte er mit seinen dunklen Augen zu ihr herüber. »Ich bin jedes Mal ergriffen, wenn ich sehe, wie schön du bist.«

»Auf dem Bild oder in natura?«, fragte sie scherzhaft.

»Noch mehr in natura natürlich«, erwiderte er. »Obwohl das Porträt so lebensnah ist. Ich bete es an. Jeden Morgen stehe ich mindestens zehn Minuten davor und sehe es mir an.«

»Übertreib's nicht«, sagte sie. »Ich bin schließlich keine Göttin.«

»Hach!«, stieß er hervor. »Für mich bist du eine. Und wenn ich ehrlich bin … bereue ich nur eines.«

»Und was ist das?«, fragte sie amüsiert.

»Er hätte dich nackt malen sollen.«

»Nackt?« Erschrocken sah sie ihn an. Dann lachte sie verlegen. »Was hätte Edward wohl dazu gesagt?«

Pope machte eine wegwerfende Handbewegung. »Ach, Edward. Der ist doch nie hier. Der hätte es gar nicht gemerkt.«

Mary runzelte die Stirn. »Ich werde auf keinen Fall nackt posieren, merk dir das!«

»Schade! Du wärst bestimmt eine fantastische Susanna im Bade gewesen oder Leda mit dem Schwan. Nein, besser: Aphrodite in ihrer ganzen Glorie.«

»Du fantasierst, mein Lieber!«

»Aber um dir gerecht zu werden, hätte es vielleicht keines Knellers, sondern eines Tizians bedurft«, schwärmte er weiter. »Ich sehe es klar vor meinen Augen: du, lang ausgestreckt –«

»Hör sofort auf damit!«, rief Mary und drohte ihm mit dem Finger.

Trotz allem amüsierte sie diese Art von Geplänkel, und Pope wusste das natürlich. Er spielte den Verliebten und sie die scheue, schwer zu erobernde Jungfrau. Ein harmloses Spiel.

Nach dem Tee lasen sie gemeinsam aus Popes *Illias* und diskutierten über einzelne Passagen. Es war ein gewaltiges Werk, eine in Versform verfasste Nacherzählung der ursprünglichen Dichtung Homers. Pope hatte sie zwischen 1715 und 1720 in sechs Teilen veröffentlicht, einen Abschnitt pro Jahr. Sie war ein großer Erfolg, und sein Vertrag mit dem Verleger Bernard Lintot hatte Pope viel Geld eingebracht. Es gab allerdings auch Kritiken, so hatte Richard Bentley, ein renommierter Gelehrter für klassische Literatur, bemerkt, es sei ein nettes Gedicht, aber eben kein Homer.

»Natürlich ist es kein Homer!«, knurrte Pope ärgerlich. »Es ist eine Neuinterpretation aus der Feder Alexander Popes. Dieser Bentley kennt vielleicht seinen Homer, aber von moderner Poesie hat der Mann keine Ahnung!«

Mary lächelte. »Dann schick ihm doch ein Exemplar deines *Versuchs über die Kritik*. Dann lernt er vielleicht den Unterschied zu den starren klassischen Versformen.«

»Ach was. Solche Leute sind unbelehrbar!«

»Lass dich nicht entmutigen.«

»Nein, nein, keine Sorge! Nächstes Jahr nehme ich die Odyssee in Angriff. Mein Verleger hat schon zugesagt.«

»Wieder in Abschnitten? Jeweils einer pro Jahr?«

Pope nickte. »Wie ein Fortsetzungsroman. Das hat bei der *Illias* gut funktioniert. Man wird sie abonnieren können.«

»Ich bin gespannt«, sagte Mary. »Für mich ist dein *Lockenraub* aber immer noch dein bestes Werk.«

Pope lächelte. »Nur eine Satire.«

»Ich weiß. Der Inhalt ist verspielt und nicht ernst gemeint. Und doch ist es einfach genial, wie du die Oberflächlichkeit der Gesellschaft der Lächerlichkeit preisgibst, ohne zu verletzen. Die Leute sehen in den Spiegel und lachen über sich selbst.«

»Danke, Mary. Und wie steht es bei dir? Was planst du als Nächstes zu schreiben?«, fragte Pope.

»Ach ich weiß nicht. In letzter Zeit war ich doch sehr mit der Verbreitung der Variolation beschäftigt.«

»Mit Erfolg, muss ich sagen.«

»Nein, nein.« Sie schüttelte den Kopf. »Ich bin enttäuscht. Ich hatte mir mehr versprochen. Es gibt weit mehr Gegner als Anhänger. Du kannst den Leuten die Wahrheit vor Augen halten, und sie sehen sie nicht!«

Pope seufzte. »Das ist nun mal so. Viele sehen nur, was sie sehen wollen. Aber hab Geduld, mit der Zeit werden sie sich bekehren lassen.«

Mary verzog das Gesicht. »An Geduld mangelt es mir, wie du weißt. Im Augenblick beschäftige ich mich mit den Briefen, die ich aus Konstantinopel verschickt habe. Du hast ja auch einige erhalten. Ich hab sie alle in eine Kladde kopieren lassen. Ich werde sie publizieren, vorher aber noch etwas überarbeiten.«

»Eine gute Idee. Briefe aus dem Orient, aus einer exotischen Welt. Das wird viele interessieren«, sagte Pope, stand auf und ging zu seinem Schreibtisch, auf dem wüst durcheinander Bücher und diverse Schriftstücke lagen. Er fischte die Blätter einer Gazette hervor. »Ich wollte dir etwas zeigen. Hast du von dem fürchterlichen Sturm in New Orleans gehört?«

Mary blickte neugierig zu ihm hinüber. »Nein. Was ist denn passiert?«

»Hurrikane nennen sie diese gewaltigen Wirbelstürme. Sie treten häufig auf, meist im Spätsommer und Herbst. Dieser muss verheerend gewesen sein, wie sie hier berichten.« Er näherte sich ihr mit dem Blatt in der Hand und deutete auf eine Passage im Text.

Mary, die ebenfalls aufgestanden war, beugte sich darüber und las laut vor: »*Sieben Fuß hohe Wellen und eine Windstärke von mindesten hundert Meilen pro Stunde. Jedes öffentliche Gebäude, vom Spital bis zur Kathedrale, ist ohne Dach oder völlig zerstört.* Mein Gott! Das ist ja schrecklich!«

Sie stand sehr dicht an Popes Seite über den Artikel gebeugt, als er plötzlich das Blatt fallen ließ, sie umarmte, ja, fest umklammert hielt, und seinen schmalen Kopf an ihren Busen drückte. »Oh Gott, Mary! Ich halte es nicht länger aus. Du musst meine Geliebte werden! Wir verstehen uns so gut, wir wären glücklich miteinander. Ich werde dich glücklich machen, mein Liebling. Ich weiß, du willst es auch!«

Mary war völlig überrumpelt. Steif stand sie da, wusste nicht, wohin mit ihren Armen, während sein Kopf an ihrem Busen lag, denn höher kam er bei seiner Größe nicht. Plötzlich zuckte es um ihre Mundwinkel, ein Bild jagte durch ihr Hirn: sie nackt auf dem Rücken mit einem zwergenhaften Pope auf ihrem Bauch, der sich mit seinem winzigen Glied auf ihr abmühte und gleichzeitig versuchte, sie zu küssen. Sie konnte nicht anders, als laut und schallend loszulachen, ja, sie schüttelte sich geradezu vor Lachen.

Pope ließ sie los und trat zurück, als hätte sie ihn geohrfeigt, während sie sich vor Heiterkeit krümmte. Er starrte sie entsetzt an. »Du lachst«, flüsterte er, als sie sich langsam beruhigte.

»Verzeih!«, keuchte sie und wischte sich Tränen aus den Augen. »Ich musste nur gerade an etwas Witziges denken.«

»Ist es denn so lächerlich, dass ich dich liebe?«

»Nein, natürlich nicht.«

»Dass ich dich glücklich machen will, bringt dich zum Lachen?«

»Nein, nein! Du verstehst mich falsch.«

»Ich verstehe sehr gut. Ich glaube, es ist jetzt besser, du gehst.« Er war leichenblass geworden, seine Unterlippe zitterte.

»Alexander, bitte! Das ist ein Missverständnis.«

»Geh!«, donnerte er und wies auf die Tür. In seinen Augen blitzte unbändiger Zorn. »Geh, und komm verdammt noch mal nie wieder!«

Zutiefst betroffen sah sie ihn an. Dann nahm sie ihre Jacke vom Stuhl und verließ wie ein geprügelter Hund sein Haus.

# London 1762

»Der Arme!«, sagte Luisa. »Ich glaube, jeder Mann hätte sich gekränkt gefühlt.«

»Oh ja, und ganz besonders Pope. Er litt schon genug unter seinem geringen Wuchs.«

»Aber warum hast du gelacht? Das hast du nicht erklärt.«

»Es ist mir peinlich, es dir zu erklären. Es hatte mit seiner Statur zu tun. Der Gedanke, mit ihm intim zu werden, wie er es sich wünschte, war einfach zu komisch. Ohne es zu wollen, hab ich ihn mit meinem Lachanfall gedemütigt. Das war grausam. Ich bereue es bis heute.«

»Hast du nicht versucht, es wiedergutzumachen?«, fragte Luisa. »Er war doch dein Freund.«

»Oh ja. Mehrmals sogar. Ich habe noch ein paarmal an seine Tür geklopft, ihm geschrieben, mich entschuldigt, versucht, mein Lachen zu erklären. Aber es hat nichts genutzt. Er wollte mich nicht sehen, ich war für ihn erledigt.«

»Das muss schmerzlich für dich gewesen sein.«

»Mehr als das. Zum Verlust unserer Freundschaft kam hinzu, dass Alexander von dem Tag an alles tat, um mich in der Öffentlichkeit schlecht aussehen zu lassen. Schon Tage später hatte er eine neue Muse, eine Judith Cowper. Wahrscheinlich, um es mir heimzuzahlen. Hübsch genug war sie.«

»Warst du eifersüchtig?«

»Um Gottes willen, nein. Es war nur ärgerlich, wie er sich öffentlich darüber ausließ. Seine neue Sapho habe die Sanftheit und Leichtigkeit des Mondes, während die grelle Sonne daneben nur verglühen könne, tönte er. Selbst der schärfste Verstand könne ohne die Qualitäten des Herzens nicht bestehen. Jedermann wusste, wer gemeint war. Die Sache war peinlich für mich, denn Pope blieb für den Rest seines Lebens mein Feind. Und alle wussten es.«

»Inwiefern?«

»Ach, er nutzte jede Gelegenheit, schlecht über mich zu reden. In seinen Werken ließ er unangenehme Frauenfiguren auftreten, die man unschwer als Darstellungen der Lady Wortley deuten konnte. Es gelang ihm, unseren Freundeskreis zu spalten. Nicht wenige stellten sich auf seine Seite und begannen, mich zu schneiden. Einer sagte mir einmal: ‚Dich, liebste Mary, muss man abgöttisch lieben oder zutiefst hassen. Du bist schön, spontan und brillant. Jeder Raum erhellt sich, wenn du ihn betrittst. Aber dein Spott kann scharf und erbarmungslos sein. Geh mit diesem Schwert besser vorsichtig um.‘ Damit hatte er natürlich recht. Obwohl ich Pope nicht absichtlich verletzt habe.«

»Aber dass er so nachtragend war …«, sagte Luisa.

»Durch zurückgewiesene oder betrogene Liebe kann mehr Hass entstehen als durch alles andere. Das solltest du dir merken.«

»Ist er nicht schon vor langer Zeit gestorben«, fragte Luisa. »Die grelle Sonne ist also doch nicht untergegangen. Sie hat ihn überlebt.«

»Wenn man so will. Und doch hat er mir all die Jahre gefehlt. Seine Freundschaft hat mir viel gegeben. Er war ein großer Dichter. Ich habe ihn immer bewundert. Nur seine Geliebte konnte ich nicht werden.« Mit einem Seufzer ließ sich Lady Mary zurück in die Kissen sinken und schloss die Augen.

Luisa betrachtete ihr von feinen Falten gezeichnetes bleiches Gesicht, das von den langen Flechten ihres von Grau durchzogenen Haars umgeben war. Sie sah erschöpft aus. »Ich lasse dich jetzt besser allein«, sagte sie. »Du möchtest sicher ein wenig schlafen.«

Doch Lady Marys Augen flogen auf. »Nein, bleib hier. Es ist schön, dir alles zu erzählen, die guten wie die schlechten Dinge.« Sie lächelte schwach. »Eine Art Lebensbeichte.« Sie versuchte, sich wieder aufzusetzen, und stemmte sich dazu auf den Ellenbogen. Plötzlich verzog sich ihr Gesicht, und sie schrie kurz auf, ließ sich zurückfallen und presste die Hand auf die Außenseite ihrer rechten Brust. Ein Stöhnen entrang sich ihr.

Alarmiert sprang Luisa auf. »Was ist dir? Hast du Schmerzen?«, rief sie erschrocken. Sofort fiel ihr ein, es könnte das Herz sein. Aber nein, das Herz schlug ja links.

Noch einen Moment lag Lady Mary mit zusammengekniffenen Augen und halb offenem Mund da und hielt sich die Brust, als könnte sie den Schmerz so eindämmen.

»Nun sag schon! Was hast du? Was kann ich tun?«, rief Luisa zutiefst besorgt.

Doch schon beruhigte sich Lady Marys Atem, und ihr Antlitz glättete sich. »Es ist nichts, Luisa, nur das Alter.« Sie holte tief Luft. Dann setzte sie ein Lächeln auf, von dem Luisa merkte, dass es erzwungen war. »Das Alter meint es nicht gut mit uns«, sagte Lady Mary. »Sieht man davon ab, dass die Begierden langsam schwinden und man manches klarer sieht.«

»Aber ich sehe doch, dass es dir nicht gut geht. Was kann ich tun?«

»Ich brauche mein Laudanum. Gib es mir.«

»Und Wasser. Deine Kehle muss ausgetrocknet sein, nach dem vielen Reden.«

»Ja, ein Schluck Wasser täte mir gut. Aber zuerst mein Laudanum.«

»Marie Anne sagt, du solltest nicht so viel davon nehmen.«

»Ach, meine gute Marie Anne.« Lady Mary schloss einen Moment lang die Augen und seufzte. »Sie macht sich Sorgen«, fuhr sie fort. »Sie hat Angst, ich könnte süchtig werden.« Sie lächelte. »Dabei bin ich das längst. Aber was soll's. Ich bin alt, werde bestimmt nicht mehr lange leben. Da kann man ruhig ein wenig süchtig sein, findest du nicht?«

»Du bist nicht alt«, protestierte Luisa. »Jedenfalls nicht im Herzen. Und du wirst noch lange leben.«

Ihre Großmutter lächelte matt. »Weil du es so willst?«

»Ja, weil ich es so will! Ich werde mich um dich kümmern.«

»Dann geh erst mal, und hol mir mein Laudanum! Es nimmt mir die Schmerzen und macht, dass ich mich wohlfühle.«

»Hast du denn oft diese Schmerzen? Wir müssen einen Arzt holen!«

»Ich will keinen Arzt, hörst du?« Mit einem Mal waren Lady Marys Augen hart. »Und ich brauche auch keinen. Also hör auf, davon zu reden!«

Luisa nickte beklommen. So harsch hatte Großmutter bisher noch nicht mit ihr gesprochen. Sie erhob sich, ging zur Anrichte, füllte ein Glas mit Wasser und griff nach dem braunen Fläschchen. Beides stellte sie auf Lady Marys Nachttisch. Sie schob den Arm unter die schmalen Schultern der alten Dame, hob sie an und gab ihr zu trinken. Dann entkorkte sie das braune Fläschchen und drückte es der Großmutter in die welke Hand. Die nahm einen großen Schluck, gab ihr das Fläschchen zurück und ließ sich mit einem langen Seufzer zurück auf die Kissen fallen.

»Ich werde dich jetzt schlafen lassen«, sagte Luisa.

»Nein, bleib! Es geht mir gleich besser, du wirst sehen.«

Und tatsächlich. Nach einer Weile atmete sie ruhig und gelassen, die Wangen röteten sich, sogar ihre Augen schienen klarer zu werden. »Stopf mir ein paar Kissen in den Rücken, Liebes«, sagte sie. »Dann können wir weiterreden.«

»Bist du sicher?«

»Es geht mir gut, Luisa.«

»Na schön. Wenn du meinst«, sagte Luisa, nicht sicher, ob sie die alte Dame nicht doch lieber schlafen lassen sollte. »Dann hätte ich gern gewusst, wie es mit der Variolation weiterging. Du hast erzählt, wie enttäuscht du warst, dass so viele dagegen waren.«

»Ja, ich war sehr enttäuscht«, sagte Lady Mary. »Aber am Ende ist es doch besser ausgegangen, als es anfänglich den Anschein hatte. Ich habe auch nicht aufgegeben. Nach einer längeren Pause fing ich wieder an, in der Gegend herumzureisen, um Leute zu inokulieren. Deine Mutter – sie war inzwischen fünf oder sechs Jahre alt – habe ich mitgenommen und als Beweis vorgeführt. Manchmal wurden wir unterwegs angefeindet. Einmal wurde meine Kutsche sogar mit Dreck beworfen.«

»Sie hat nie davon erzählt.«

»Wahrscheinlich erinnert sie sich nicht daran. Am Ende akzeptierte das Medical Royal College unsere Methode als wirksamen Schutz gegen die Pocken. Das war ein großer Sieg. Allerdings bestanden die Herren darauf, Patienten vor der Variolation gebührend nach ihrer Art vorzubereiten.«

»Und wie?«

»Kannst du dir's nicht denken? Sie mussten natürlich zur Ader gelassen werden und möglichst auch noch eine Darmspülung über sich ergehen lassen.« Lady Mary schüttelte den Kopf. »Es ist wirklich schwer, den Leuten die Dummheit auszutreiben. Auch das solltest du dir merken: Dummheit setzt sich sofort durch, Weisheit braucht viel länger, wenn es ihr überhaupt gelingt.«

»Aber heutzutage ist die Variolation doch akzeptierte Praxis.«

Lady Mary nickte. »Sogar in Frankreich und in Wien.«

»Es ist dein Verdienst, Großmama. Ich bin so stolz auf dich.«

»Und doch lassen sich immer noch zu wenige so behandeln. Irgendwann habe ich endgültig damit aufgehört, und heutzutage erinnert sich niemand mehr an unseren Kampf. Man hat vergessen, was Maitland und ich geleistet haben. Aber das ist ja auch nicht so wichtig. Ich wollte keine Lorbeeren sammeln.«

Luisa sprang auf. »So, jetzt haben wir genug geredet!«, rief sie energisch. »Du machst jetzt die Augen zu und ruhst dich aus. Nachher bring ich dir dein Abendessen.« Sie schüttelte die Kissen aus und zog die Decke glatt, gab ihrer Großmutter einen Kuss auf die Stirn und verließ das Zimmer.

***

Obwohl Luisa es ihrer Großmutter nicht hatte zeigen wollen, war sie mit der Erklärung, ihre Schmerzen kämen vom Alter, nicht zufrieden. Zu Marie Anne sagte sie: »Ich nehme nicht länger hin, dass ihr mich belügt. Ich habe Augen im Kopf. Ich sehe, dass sie Schmerzen hat und sehr krank ist. Was hat sie? Du sollst es mir endlich sagen!«

Marie Anne blickte zu Boden. »Sie will nicht, dass man es weiß. Sie will keine Aufmerksamkeit, keinen Rummel um ihre Krankheit.«

»Und was ist ihre Krankheit? Nun rede schon!«

Nach langem Zögern sagte Marie Anne: »Ihr dürft ihr nicht verraten, dass Ihr es wisst, das müsst Ihr mir versprechen.« Plötzlich hatte sie Tränen in den Augen. »Ich liebe diese Frau von ganzem Herzen, das müsst Ihr wissen. Sie hat so viel für mich getan.« Sie hob die Hand und wischte sich eine Träne von der Wange.

Luisa nickte beklommen. »Ich verspreche es, Marie Anne. Ich werde dich nicht verraten.«

»Sie hat ein Geschwür tief in ihrer Brust, das immer größer wird und an ihr frisst.«

Luisa riss die Augen auf. »Oh Gott!«, rief sie aus. »Meinst du ein Karzinom? In der rechten Brust?«

Marie Anne nickte unter neuen Tränen. »Ja«, hauchte sie. »Brustkrebs. Schon weit fortgeschritten. Ihr seid zur rechten Zeit gekommen. Ich fürchte, sie hat nicht mehr lange zu leben.«

Luisa schlug vor Entsetzen die Hand vor den Mund, denn sie wusste natürlich, was das bedeutete. Sie musste sich setzen. »Gibt es nichts, was man tun kann?«, flüsterte sie. »Ich habe gehört, man kann die Geschwulst entfernen.«

Marie Anne schüttelte den Kopf. »Dafür ist es zu spät. Sie wollte das nicht?«

»Warum nicht?«

»Einer Freundin von ihr haben die Ärzte zuerst einen Knoten und dann die ganze Brust entfernt. Die arme Frau hat schrecklich gelitten und ist am Ende doch gestorben. Lady Mary hat sich geschworen, so etwas nicht zuzulassen.«

»Das kann ich verstehen. Eine Brust abzuschneiden, herrje! Allein der Gedanke ist schrecklich. Gibt es denn keine anderen Mittel?«

»In Frankreich war sie bei mehreren Ärzten. Aber anscheinend gibt es nichts, was hilft. Sie hat sich damit abgefunden, wollte nur noch einmal ihre Tochter sehen. Und vielleicht ihre Enkelkinder. Deshalb sind wir hier.«

Luisa schüttelte den Kopf. Sie war gekommen, um endlich

ihre lang vermisste Großmutter kennenzulernen und um von ihr etwas über das Schreiben zu erfahren. Zu Letzterem war es nicht gekommen. Stattdessen würde sie nun wohl bald ihren Tod erleben und sie begraben. Entweder liebte man sie, oder man hasste sie, hatte ihre Großmutter gesagt. Luisa hatte sie lieben gelernt. Ihr Herz war so voll, es blutete. Sie schluchzte auf und wischte sich über die feuchten Augen.

»Lasst Euch nichts anmerken«, bat Marie Anne. »Die letzten Tage sollten wir ihr mit Fröhlichkeit versüßen. Auch wenn es schwerfällt.«

Luisa nickte. Sie stand auf und umarmte Marie Anne. »Ich danke dir für alles, was du für sie getan hast.«

***

Luisa und Marie Anne, ja, der ganze Haushalt bemühte sich in den nächsten Tagen schweren Herzens, Lady Marys Wunsch zu respektieren und nicht über ihre Krankheit zu reden, so zu tun, als sei alles in Ordnung.

Am schwersten fiel es Madame Paulette. Sie lief den ganzen Tag mit geröteten Augen herum. Dennoch gelang es ihr, für ihre Herrin die köstlichsten Gerichte zu zaubern, auch wenn die nur wenig davon aß.

Dottore Mora litt ebenfalls. Er verkroch sich die meiste Zeit in seinem kleinen Kontor und beschäftigte sich damit, Lady Marys Papiere, Korrespondenzen und sonstige Unterlagen zu ordnen. Er legte zudem ein Verzeichnis aller Besitztümer an, auch die der Möbel, die zum Teil inzwischen eingetroffen waren. Auch wenn niemand darüber sprach, bereiteten sich doch alle auf den nicht allzu fernen Tag vor, an dem die Lady nicht mehr unter ihnen weilen würde.

»All ihre Bücher gehen an Euch, Lady Luisa«, sagte Mora.

»Das hat sie mir aufgetragen. Sie sollen Euch helfen, Schriftstellerin zu werden. Und natürlich ihre eigenen Werke und Briefe.«

»Ich soll das alles verwalten?«, fragte Luisa tief bewegt.

»Wer besser als jemand aus der Familie?«

»Das ist eine gewaltige Verantwortung.«

»Sie vertraut Euch, Lady Luisa.«

Abends saßen Luisa, Dottore Mora und Marie Anne beim Essen. Madame Paulette hatte wie gewöhnlich schon mit dem Knecht William und der Magd Jane in der Küche gegessen. »Was wird aus euch?«, fragte Luisa.

Allen war klar, was sie meinte.

»Ich werde mich um den Nachlass kümmern«, sagte Dottore Mora. »Ich habe, wie ihr wisst, schon damit begonnen und werde alles Lady Marys Anwalt übergeben. Dann werde ich nach Venedig heimkehren. In England ist es mir zu kalt.«

»Und du?«, fragte Luisa Marie Anne.

Die zuckte mit den Schultern. »Madame Paulette und ich werden zurück nach Frankreich gehen, denke ich. Sie hat Familie, bei der sie ihre alten Tage verbringen will. Und ich ...« Sie zögerte. »Mit ein wenig Glück könnte ich vielleicht heiraten, wenn mich in meinem Alter noch einer will.« Sie lächelte verschämt.

Luisa nickte. »Du findest bestimmt einen guten Mann. Aber wie ist es mit Geld?«

»Keine Sorge«, sagte Dottore Mora. »Lady Mary hat schon vor Wochen eine großzügige Summe für jeden von uns zur Verfügung gestellt. Es wird uns gut gehen.«

In der Nacht wechselten sich Luisa und Marie Anne ab, nach der Kranken zu sehen. Aber nach einer guten Dosis Laudanum schlief diese ohne aufzuwachen durch.

»Wie geht es dir heute Morgen, Großmama?«, fragte Luisa etwas später am Vormittag, nachdem Marie Anne das Tablett mit den Resten des Frühstücks weggetragen hatte.

»Es geht mit gut, Luisa«, sagte Lady Mary. »Ich fühle mich erfrischt. Heute Nachmittag stehe ich auf, und dann gehen wir zusammen spazieren. Was hältst du davon?«

»Eine wunderbare Idee!«, sagte Luisa und lächelte ihr herzlich zu, obwohl sie wusste, dass ein Spaziergang außer Frage stand. Es war schon ein Sieg, wenn ihre Großmutter es überhaupt schaffte, aus dem Bett zu kommen.

Lady Mary hatte in letzter Zeit sichtlich abgebaut, war dünner geworden, auch ihre Haut war durchsichtiger und noch runzeliger als zuvor. Wahrscheinlich wegen des Gewichtsverlusts, trotz des guten Essens, das Madame Paulette ihr zubereitete. Über Schmerzen klagte sie nicht; sie tat so, als gäbe es sie nicht.

Die schlimmsten betäubt sie vermutlich mit Laudanum, dachte Luisa. Doch auch wenn ihre Großmutter durch das Mittel immer ein wenig angeheitert wirkte und die Zunge manchmal schwer war, so war ihr Verstand noch hellwach.

»Komm, setz dich zu mir, mein Kind«, sagte sie. »Du bist so hübsch, so frisch und jung. Dich zu betrachten tut meiner Seele gut. Es erinnert mich an meine Jugend. Auch ich war einmal so hübsch wie du. Die Männer starrten mir nach, und ich schäme mich nicht zu sagen, dass ich ihre Blicke genossen habe.« Sie lachte, unterbrach sich abrupt, als der Schmerz sie durchfuhr, und hielt sich die Brust. Dann entspannte sie sich wieder und lächelte schwach.

»Du findest mich hübsch?«, fragte Luisa zweifelnd. Sie hatte auf Porträts ihrer Großmutter gesehen, wie schön und elegant sie gewesen war, und wusste, dass sie selbst keine vergleichbare Schönheit war und nie sein würde. Mit einem Schmollmund zog sie an ihren Haaren. »Ich wünschte, ich hätte wenigstens deine Haarfarbe und nicht die roten Haare meines Vaters.«

In Lady Marys Augen blitzte der Schalk. »Dann geb ich dir

meine Haare. Sie sind immer noch schön, obwohl sie jetzt grau sind. Und du gibst mir deine Jugend. Wie wär's. Einverstanden?«

»Das ist aber ein schlechter Tausch.«

»Ja, ein schlechter Tausch. Gut, dass du's einsiehst. Und jetzt? Worüber sollen wir heute reden?«

Luisa überlegte einen Augenblick. Dann sagte sie: »Als Mutter hier war, hat sie dich gefragt, warum du vor zwanzig Jahren England verlassen hast. Du hast es ihr nicht erklärt. Auch ich würde gern den Grund erfahren.«

Nachdenklich blickte Lady Mary geradeaus, starrte an die gegenüberliegende Wand, wo ein Spiegel hing. »Ich habe euch alle im Dunkeln gelassen, immer behauptet, ich würde bald heimkehren, bis niemand mehr daran glauben konnte.«

»Mutter sagt, du hättest geschrieben, Frankreich gefiele dir besser und Italien sowieso.«

Lady Mary nickte. »Das stimmt sogar. Aber natürlich gab es einen anderen Grund. Nur rede ich nicht gern darüber, weil es mir peinlich ist.«

»Oh, dann will ich nicht länger in dich dringen«, sagte Luisa. »Tut mir leid, dass ich gefragt habe.«

Ihre Großmutter stieß einen tiefen Seufzer aus und sah Luisa verlegen an. »Ach, was soll's?«, sagte sie schließlich. »Einmal muss es ja raus. Einmal muss man reinen Tisch machen. Die Wahrheit ist, ich habe mich nicht mit Ehre bekleckert. Es gibt etwas in meinem Leben, von dem niemand weiß.«

Luisa hob abwehrend eine Hand. »Du musst es mir nicht verraten.«

Lady Mary leckte sich über die trockenen Lippen. »Bring mir ein Glas Wasser, Liebes, damit ich mir die Kehle anfeuchten kann. Ich fürchte, es wird eine längere Erzählung.«

Luisa brachte ihr das Glas und half ihr beim Trinken. »Du sollst dich aber nicht ermüden.«

»Ach, Kind, es wird Zeit, endlich die Wahrheit ans Licht zu lassen. In dem Punkt hat deine Mutter recht. Ich schulde euch eine Erklärung.« Mit einem Lächeln in den Augen fügte sie hinzu: »Du willst doch meine Biographin sein. Dann musst du auch alles wissen.«

»Du machst dich über mich lustig.«

»Oh nein. Ganz und gar nicht. Also, rück näher und hör zu.«

Luisa tat wie geheißen. Sie fragte sich, was für eine Wahrheit das sein mochte, warum ihre Großmutter fluchtartig das Land verlassen hatte und erst zwanzig Jahre später heimgekehrt war.

»Der Grund für alles Weitere …« Lady Mary zögerte einen Augenblick, bevor sie weitersprach. »Der Grund ist, dass ich Edward gegenüber mein Versprechen gebrochen habe. Ich bin nicht stolz darauf, aber ich kann es nicht ändern. Und wenn ich ehrlich bin, will ich es auch gar nicht. Ich bereue es nicht.«

»Was war denn so schlimm?«, hauchte Luisa atemlos.

»Ich habe Edward betrogen, ihn hintergangen. Er hat es zum Glück nie erfahren. Und da er nun tot ist, muss ich mich nicht mehr verstecken.«

»Was meinst du damit, du hast ihn betrogen?«

Lady Mary starrte einen Augenblick vor sich hin, dann sagte sie: »Ich habe meinen Treueschwur gebrochen. Du weißt, eines der Zehn Gebote, bei denen man in die Hölle kommt, wenn man sie bricht. Obwohl ich nicht an die Hölle glaube.«

Luisa machte große Augen. »Da war ein anderer Mann?«

Lady Mary nickte. »Ja, da war ein anderer Mann. Ich bin der Liebe meines Lebens begegnet und konnte mich nicht zurückhalten. Ich, die ich nie wirklich geliebt hatte, bin dieser Liebe so verfallen, wie ich es nie für möglich gehalten hätte. Deshalb musste ich England verlassen.«

Luisa starrte ihre Großmutter wortlos an. So etwas hatte sie nicht erwartet. »Aber du warst doch schon … nun, nicht alt, aber auch nicht mehr jung«, stotterte sie schließlich.

»Na und?« Lady Mary lächelte. »Darf man sich denn nur in der Jugend verlieben, Luisa?«

»Nein, vermutlich nicht, aber –«

»Ich weiß, ihr Jungen denkt, wer über dreißig ist, hat kein Liebesleben mehr. Vielleicht gar kein Recht darauf. So denken junge Menschen, wenn sie ihre Eltern ansehen. *Die machen doch so was nicht mehr, oder? Irgendwie abartig, sich vorzustellen, sie könnten immer noch.* So denkt ihr Jungen doch. Glaubst du, deine Eltern frönen der Liebe, wenn sie allein sind? Oder ist dir der Gedanke befremdlich?«

Luisa wurde rot. Im Geiste erschien ihr das Bild ihrer Mutter. Diese kräftige Matrone mittleren Alters im Bett mit dem hochgewachsenen, schlanken Vater, der immer so ernst dreinblickte? Nein, das konnte sie sich nicht vorstellen. »Eher befremdlich. Ich gebe es zu«, sagte sie.

»Und doch haben sie elf Kinder gezeugt. Das geschieht ja nicht von allein.«

Luisa schluckte. »Wie alt warst du denn, als dir diese Liebe begegnet ist?«

Lady Mary kniff einen Augenblick Augen und Lippen zusammen. Es sind die Schmerzen, dachte Luisa. Wenn ich ihr doch nur helfen könnte!

Kurz darauf war der Moment vorbei, Lady Mary öffnete die Augen und atmete vorsichtig durch. »Ich war neunundvierzig«, sagte sie. »Älter, als deine Mutter jetzt ist. Der junge Mann, für den ich bereit war, alles zu verlassen, war sechsundzwanzig. Halb so alt wie ich. Schändlich, was? Du darfst mich ruhig verurteilen, wenn du möchtest, aber ich war völlig verrückt nach ihm.«

Luisa starrte sie mit großen Augen an. Sie versuchte sich

vorzustellen, was sie gerade gehört hatte. »Mein Gott! Ist denn das zu glauben?«, rief sie und klatschte lachend die Hände zusammen. »Du überraschst mich immer wieder. Ein junger Kerl und du im fortgeschrittenen Alter!«

»Lach nicht, Luisa. Ich war immer noch hübsch und nicht dick, wie deine Mutter es geworden ist. Ich hatte Verehrer.«

»Das will ich dir gern glauben, aber wer war denn dieser Mann? Lebt er noch?«

»Oh, er lebt, soviel ich weiß. Leider nicht mit mir, sonst wäre ich wahrscheinlich nicht hier. Sein Name ist Francesco Algarotti. Er ist ein venezianischer Graf.«

»Ein Italiener?«

»Er war damals in England, um Sitzungen der Royal Society beizuwohnen. Er war mit John Hervey, einem guten Bekannten von mir, befreundet, und so habe ich ihn kennengelernt. Francesco sprach passabel englisch. Er war Poet und Philosoph und in verschiedenen Wissenschaften bewandert, sammelte Kunst, war ein kluger Kopf und brillanter Redner trotz seiner noch jungen Jahre. Und er sah fantastisch aus. Mir wird ganz warm ums Herz, wenn ich an ihn denke. Er hätte dir gefallen, Luisa.«

Luisa schüttelte verwundert den Kopf. Sie versuchte sich ein Bild zu machen von einem jungen, brillanten venezianischen Grafen und ihrer Großmutter, natürlich jünger als jetzt. Trotzdem gelang es ihr nicht, die beiden im Geiste zu vereinen.

»Man hat ihn mir vorgestellt«, fuhr Lady Mary fort. »Er war ausgesucht höflich, äußerst charmant. Wir haben ein wenig geplaudert, und schon war es um mich geschehen. Es traf mich wie ein Blitzeinschlag. So nennen es die Franzosen ja auch: *coup de foudre*. Frag Marie Anne, die kann es dir bestätigen. Man begegnet jemandem zu ersten Mal, und zack!, man ist vom Blitz getroffen. Ich hätte ihn auf der Stelle vernaschen können! Wären nicht andere um uns herum gewesen, hätte ich es vielleicht sogar getan.«

»Großmutter!«, rief Luisa erschrocken. »Wie redest du?«

Lady Mary lachte nur. Ihre sonst so bleichen Wangen waren gerötet, ihre Augen sprühten. »Schrecklich, was? Aber so war's. Ausgerechnet mir ist das passiert, der ‚Frau von kühlem Verstand, der Herzlosen', wie Pope mich nannte. Ich konnte nachts nicht mehr schlafen, dachte nur noch an diesen Mann. Ich schrieb ihm endlose Briefe. Wir trafen uns in abgelegenen Wirtshäusern. Ich fühlte mich jung, gar nicht wie neunundvierzig. Wenn er mich ansah, war ich zwanzig, errötete und stammelte vor Verlegenheit wie eine noch ungeküsste Jungfrau. Ich schäme mich nicht, es dir zu sagen, du bist schließlich alt genug. Die Liebe mit ihm war so intensiv, so zart und doch so stürmisch mächtig wie ein Hurrikan. Ich war wie ein Baum, den der Sturm entwurzelt, wie ein Schiff, das ohne Ruder in den Wogen treibt. Ich war nicht mehr ich selbst.«

Luisa konnte kaum glauben, was sie da hörte.

Plötzlich kamen Lady Mary die Tränen. »Im Grunde wäre ich ihm besser nie begegnet. Es war so betörend, so wunderschön und doch so grausam, was danach folgte.«

»Wieso? Was ist passiert?«

»Drei Monate hat es gedauert, dann ist er fort, zurück nach Venedig. Wegen irgendwelcher Verpflichtungen. Und ich blieb mit blutendem Herzen zurück.«

»Und niemand hat etwas gemerkt?«

Lady Mary schüttelte den Kopf. »Nein, niemand. Niemand wusste davon, nur John Hervey, der mit ihm befreundet war. Und John hielt Gott sei Dank den Mund. Ich konnte es Edward doch nicht antun, dass es bekannt würde. Er war doch immer gut zu mir gewesen.«

»Großvater hat es also nie erfahren?«

»Nein. Ich weiß nicht, ob er später etwas geahnt hat. Jedenfalls haben wir nie darüber gesprochen.«

»Und wie ging es weiter? Es war doch wohl noch nicht zu Ende.«

»Nein, das war es nicht.« Lady Mary hielt einen Moment inne, um Atem zu schöpfen.

Luisa fand, sie sah müde aus. »Das viele Reden ist zu viel für dich. Sollen wir aufhören?«

Doch ihre Großmutter schüttelte den Kopf. »Jetzt hab ich angefangen, nun bringen wir es auch zu Ende.« Sie stieß einen tiefen Seufzer aus. Dann redete sie weiter: »Über John Hervey blieben Francesco und ich in Kontakt. Ich schrieb ihm tausend Briefe voller Leidenschaft. Er schrieb zurück, aber nicht so oft, wie ich es mir gewünscht hätte. Mal war er in Venedig, dann in Rom, plötzlich in Paris. Er hatte überall Freunde, verkehrte an Fürstenhöfen, war als Berater geschätzt. Und ich saß in meinem Haus in Twickenham und litt wie ein Hund, der seinen Herrn verloren hat.«

Sie versuchte, sich aufzusetzen, und stemmte sich mit beiden Armen hoch. Dabei stöhnte sie plötzlich auf und fasste sich an die Brust. »Ach, jetzt tut es weh«, klagte sie. »Ich habe heute noch kein Laudanum genommen. Gib mir etwas. Schnell!«

Luisa riss hastig die Schublade des Nachttischchens auf und nahm das Fläschchen heraus. Sie entkorkte es und gab es ihrer Großmutter. Die hielt es sich an die Lippen, aber nur zwei Tropfen fielen heraus. Sie musste vergessen haben, dass sie es in der Nacht oder am frühen Morgen geleert hatte. »Oh Gott! Es ist leer. Lauf, und sag Marie Anne Bescheid. Sie soll mir neues besorgen.«

Luisa rannte nach unten und trieb Marie Anne zur Eile an. Dann kehrte sie zu ihrer Großmutter zurück. Die wand sich mit schmerzverzogener Miene im Bett und hielt ihre Hand fest an die Brust gedrückt. »Marie Anne ist unterwegs zum Apotheker. Sie wird bald zurück sein«, sagte Luisa.

Ihre Großmutter nickte mit schmerzverzogenem Gesicht. »Fragst du dich nicht, was ich habe?«, stöhnte sie.

»Ich weiß es schon«, erwiderte Luisa.

»Du weißt es? Hab ich mir gedacht. Lässt sich ja auch kaum verbergen. Nicht in diesem Stadium.«

»Aber warum sind die Schmerzen jetzt so plötzlich schlimmer geworden?«

»Der Tumor muss aufgebrochen sein«, murmelte Lady Mary ächzend vor Schmerz. »Es fühlt sich an, als sei etwas ausgelaufen.«

»Soll ich nachschauen?«

»Bloß nicht! Das ist kein Anblick für dich. Marie Anne wird das tun. Die pflegt mich schon seit einer Weile.«

Als Marie Anne mit dem Laudanum kam, verließ Luisa das Zimmer, um nicht zu stören. Zutiefst betrübt setzte sie sich auf die Treppe und ließ ihren Tränen freien Lauf.

Nach einer halben Stunde gesellte sich Marie Anne zu ihr. »Ihr könnt jetzt wieder zu ihr gehen, Lady Luisa. Sie ist jetzt ganz ruhig. Es geht ihr besser. Das Laudanum wirkt. Sie hat etwas Fieber und immer noch Schmerzen, aber nicht mehr so stark.«

»Was war denn das? Wieso kam das so plötzlich?«

Marie Anne holte tief Luft, bevor sie antwortete. »Der Tumor hat sich stark vergrößert, ist in die Achselhöhle gewuchert. An einer Stelle ist er aufgebrochen. Es gab einen Ausfluss. Kein schöner Anblick. Ich hab sie fest verbunden.« Obwohl sie ruhig sprach, liefen ihr dabei die Tränen über die Wangen. Dann erstickte ihre Stimme beinahe, als sie hinzufügte: »Nun kann es nicht mehr lange dauern.«

Luisa ging in die Küche, um ihr Gesicht zu waschen und zu

trocknen. Dann ging sie wieder nach oben. Als sie das Schlafzimmer ihrer Großmutter betrat, lag diese ruhig auf dem Rücken und blickte an die Decke.

»Stör ich?«, fragte Luisa.

Lady Mary wandte ihr das Gesicht zu. »Nein. Ganz und gar nicht. Ich habe auf dich gewartet. Setz dich her.«

Luisa zog den Stuhl heran, den Marie Anne während der Behandlung zur Seite geschoben haben musste, und setzte sich zu ihr. Die Wangen der alten Dame waren unnatürlich gerötet, eine Locke klebte auf der feuchten Stirn. Ihre Augen hatten einen fiebrigen Glanz. Kam das vom Laudanum oder von ihrem Fieber? »Marie Anne sagt, du hast Fieber. Soll ich dir kalte Umschläge machen?«

Lady Mary schüttelte den Kopf. »So schlimm ist es nicht, Liebes. Leg mir ein Kissen unter, damit ich etwas höher liege. Allein schaffe ich das nicht.«

»Hast du Schmerzen?«, fragte Luisa, nachdem sie das Kissen unter die schmalen Schultern gestopft hatte.

Lady Mary nickte. »Ja, es tut weh«, erwiderte sie. »Aber nicht so sehr, dass ich es nicht ertragen könnte.«

»Ich möchte etwas für dich tun, Großmama!«

Lady Mary nickte. »Dann hör mir zu«, sagte sie schwach. »Das kannst du für mich tun.«

»Wenn es dich nicht zu sehr anstrengt.«

»Du wolltest wissen, warum ich England verlassen habe. Ich schulde dir und der Familie eine Erklärung. Hier ist sie: Er könne nicht nach England kommen, schrieb mir Francesco, er habe wichtige Dinge in Venedig zu erledigen. Monate vergingen, ein halbes Jahr. Ich schrieb ihm herzzerreißende Briefe, fragte, ob er mich noch liebe und ob er überhaupt noch an mich denke. Ich flehte ihn an, mich nicht zu vergessen.« Sie schloss die Augen und atmete langsam ein und aus. »Ich hätte mich nicht so erniedrigen sollen«, fuhr sie fort. »Doch dann erhielt ich einen wunderschönen Brief von ihm, voller Gefühle. Das machte mir Hoffnung. Leider könne er unmöglich nach England kommen, schrieb er erneut. Aber was wäre mit mir? Ich könne doch nach Venedig reisen und bei ihm wohnen. Ich dachte lange darüber nach. Meine Kinder waren erwachsen, deine Mutter frisch verheiratet. Niemand würde mich vermissen, Edward schon gar nicht. Der war mit seinen Bergwerken beschäftigt. Ob er eine Geliebte hatte, wusste ich nicht. Es war mir auch egal. Ich schrieb ihm, ich hätte Lust auf eine Reise. Ich würde Venedig besuchen, vielleicht Bologna, sicher Rom. Das hätte ich mir schon immer gewünscht. Ich bat ihn um Bankverbindungen in diesen Städten und entsprechende Überweisungen für meine Ausgaben.«

»Und Großvater hat zugestimmt?«

»Ohne zu zögern. Er beglückwünschte mich sogar zu meiner Entscheidung. Die Reise würde mir gewiss guttun und mein Schreiben inspirieren. Ich machte mich also auf den Weg. Die Einzelheiten erspare ich dir, die sind nicht wichtig. Ich kam in Venedig an, kontaktierte die Bank und die britische Botschaft und reiste weiter zu Francesco. Doch der war nicht da. Seine Familie wähnte ihn in Paris. Du kannst dir vorstellen, wie groß meine Enttäuschung war. Ich war am Boden zerstört. Dennoch beschloss ich, in Venedig zu bleiben, und mietete mir einen Palast, um auf ihn zu warten. Doch der Schlingel kam nicht. Er ließ mich sitzen. Zwei Jahre lang wartete ich auf ihn. Ab und zu erreichte mich ein Brief: Er sei jetzt in Brüssel, dann in Berlin; der junge preußische König Friedrich habe ihm einen Posten angeboten, den er unmöglich habe ablehnen können. Das Warten machte mich mürbe. Es fraß an mir. Es hat nicht viel gefehlt, und ich hätte mich umgebracht. Ich schwöre dir, ich war nahe dran.«

»Wie schrecklich!«, sagte Luisa. »Aber warum bist du in Italien geblieben? Warum bist du nicht heimgekehrt?«

»Was sollte ich in England? Ich war das miese Wetter leid, den langweiligen Hof, die immer gleichen öden Feste. Selbst meine Künstlerfreunde hatten mir nichts mehr zu bieten. Pope stänkerte immer noch gegen mich. Ich hatte alles so satt. Italien war um so vieles bunter und schöner. Und dann kam Trotz dazu. Ich wollte nicht heimkehren wie ein geprügelter Hund. Edward schickte Geld. Niemand vermisste mich. Und immer noch hoffte ich, Francesco könnte eines Tages doch noch auftauchen. Nicht selten besuchten mich Reisende aus England, die mich kannten. Ich reiste nach Rom und Neapel, besuchte die Ausgrabungen von Pompeji. Irgendwann schrieb er mir, er sei jetzt im Auftrag des preußischen Königs in Turin. Ich könne ihn dort besuchen. Natürlich glaubte ich längst nicht mehr an unsere Liebe. Und doch kannst du dir vielleicht vorstellen, was diese Nachricht in mir auslöste. Ich reiste nach Turin.«

»Und?«, fragte Luisa aufgeregt. »Hast du ihn diesmal angetroffen? War es wieder wie früher in England?«

Lady Mary schüttelte den Kopf. »Es war ein Desaster. Zuerst schien alles gut zu sein, wir liebten uns. Mein Warten hatte sich gelohnt, so schien es. Doch mehr und mehr entdeckte ich, dass es nicht mehr das war, was wir zuvor gehabt hatten. Seine Zärtlichkeiten blieben mechanisch, ohne Überzeugung. Und ich entdeckte Charaktereigenschaften an ihm, die mir nicht gefielen. Nach einer Weile behandelte er mich nicht mehr mit Respekt, sondern als wäre ich seine Hündin und nur dazu da, ihn zu bewundern und seine intimen Wünsche zu erfüllen. Ausgerechnet ich, die sich von keinem Mann je hat dominieren lassen! Nicht einmal von meinem Vater. Entschuldige, wenn ich dir solche Einzelheiten zumute.«

Luisa schüttelte den Kopf. »Macht nichts«, hauchte sie.

»Tja, und dann entdeckte ich auch noch, dass er Männer mehr liebte als Frauen.«

Luisa riss die Augen auf. »Ein Sodomit?«

»Das ist ein hässliches Wort, aber ja. Anscheinend war auch John Hervey sein Liebhaber. Er rühmte sich sogar mit seiner intimen Freundschaft zum Preußenkönig. Dieser Friedrich war wohl ebenso orientiert. Ich war wie vor den Kopf geschlagen. Ich packte meine Sachen und verließ Turin. Es war ein herber Schlag, aber von Francesco Algarotti war ich kuriert.«

Luisa beugte sich vor, legte die Arme vorsichtig um ihre Großmutter und küsste sie auf die Wange. »Es tut mir so leid für dich«, flüsterte sie ihr ins Ohr. So verharrten sie einen Moment, dann setzte Luisa sich wieder.

»Ach, es muss dir nicht leidtun, mein Kind. Ich litt nicht mehr. Ich war ernüchtert und kuriert. Ich beschloss, noch eine Weile in Italien zu bleiben. Es gefiel mir dort. Später siedelte ich nach Avignon über, wo ich Marie Anne einstellte. Sie ist mir all die Jahre eine gute Freundin gewesen. Nein, du sollst mich nicht bedauern, Luisa. Ich habe ein gutes Leben gehabt, habe viel gesehen, viel gelernt. Hatte Umgang mit interessanten Menschen. Es war in vieler Hinsicht ein erfülltes Leben.«

Luisa nickte. »Und du hast vielen das Leben gerettet.«

»Ja, sicher auch das.«

Sie schwiegen lange, jede in die eigenen Gedanken versunken. Schließlich sagte Lady Mary: »Rück ein bisschen näher, Kind, und gib mir deine Hand.« Luisa tat es und beugte sich zu ihr. »Es wäre wirklich schön, wenn du meine Geschichte aufschreiben würdest. Für eine Frau habe ich einiges Ungewöhnliches getan und erreicht. Vielleicht wird mein Beispiel andere Frauen ermutigen. Dann hätte es sich gelohnt, gelebt zu haben.«

Luisa kamen die Tränen. »Ich werde alles so aufschreiben, wie du es mir erzählt hast. Ich verspreche es.«

»Noch eines«, sagte Lady Mary. Ihre Stimme war kaum mehr als ein Wispern. »Ich bin Francesco nicht böse, das darfst du nicht glauben. Durch ihn habe ich erlebt, was es heißt zu lieben. Körperlich und seelisch. Unbeschreibliche Höhen der Gefühle, der Verliebtheit und Verzauberung. Aber auch das Gegenteil, die Tiefen der Verzweiflung. Es war eine Erweckung. Ich habe gelernt, was es wirklich heißt, Mensch zu sein, mit allen Facetten unseres Wesens. Das lasse ich mir nicht nehmen. Und das gilt auch für dich. Lass dein Herz offen für Menschen und für die Liebe, ohne Angst und ohne Zweifel, ganz gleich, was am Ende daraus wird.«

***

Am nächsten Morgen fanden sie Lady Mary leblos in ihrem Bett. Ihre Augen waren geschlossen, ihr Antlitz entspannt. Eine innere Ruhe lag auf ihren Zügen. In der Hand hielt sie das Fläschchen mit Laudanum. Es war leer.

Keiner der eilig zusammengelaufenen Hausbewohner konnte den Blick von ihr wenden. Dottore Mora schien gealtert und verstummt, Marie Anne konnte die Tränen nicht zurückhalten. Luisa legte ihr den Arm um die Schultern.

»Sie war eine gute Frau.« Madame Paulette bekreuzigte sich. »Nun ist sie bei unserem Herrn Jesus Christus.«

Luisa nickte. Ja, sie war eine gute Frau, dachte sie. Zumindest bemüht, eine zu sein. Aber noch viel wichtiger: Sie war meine Großmutter. Und ich bin stolz auf sie.

ENDE

# Nachbemerkung der Autorin

An Lady Mary Wortley Montague erinnern heute eher ihre schriftstellerischen Erfolge als ihr Kampf gegen die Pocken. Und doch ist es ihren Bemühungen zu verdanken, dass die Variolation in England eingeführt wurde und sich langsam immer mehr durchsetzte, nicht nur in England, sondern auch auf dem Kontinent. Und das, obwohl es gelegentlich auch zu Todesfällen kam, wahrscheinlich durch unbeabsichtigte Überdosierung bei den Inokulierten oder durch die Ansteckung Dritter bei den so Behandelten.

Dass Lady Mary als Impfpionierin in Vergessenheit geriet, mag auch daran liegen, dass dem Landarzt Edward Jenner Ende des 18. Jahrhunderts auffiel, dass Melkmägde nie an den Pocken erkrankten und sich wahrscheinlich an den Pusteln der Kühe immunisiert hatten. Im Jahre 1796 unternahm er einen Versuch mit dem achtjährigen Sohn seines Gärtners und inokulierte ihn mit dem Eiter aus den Pusteln der Kuhpocken. Den Versuch wiederholte er mit zwei Dutzend weiteren Personen. So konnte er überzeugend beweisen, dass sich nur leichte Nebenwirkungen entwickelten und die Inokulierten danach gegen jede Form von Pocken immun waren. Die Behandlung mit der milderen Form der Kuhpocken erwies sich zudem als sicherer als die ursprüngliche Variolation.

Die vorausgegangenen Bemühungen von Lady Mary,

Maitland und anderen waren Jenner natürlich bekannt. Im Grunde war er also nicht der Erfinder der Vakzination, wie sie fortan genannt wurde (von lateinischen *vacca* für Kuh); sein Verdienst lag vielmehr in der gründlichen Beweisführung, der überzeugenden Publikation und öffentlichen Verbreitung dieser Methode – ein Konzept, auf dem alle weiteren Impfstoffentwicklungen beruhen.

Ohne Lady Marys Bemühungen wäre es vielleicht nicht dazu gekommen, oder es hätte wesentlich länger gedauert, das zugrundeliegende Prinzip der Impfungen zu entdecken. So ist es häufig in der Wissenschaft: Einer steht auf den Schultern des Vorgängers, in diesem Fall denen einer aristokratischen Lady, die die Methode der Inokulierung aus dem fernen Orient nach Europa brachte und sich dafür einsetzte, das Verfahren zu verbreiten.

Ein Wort noch zu ihrer Enkelin Luisa: Es hat sie gegeben, und sie hat tatsächlich eine Biographie ihrer berühmten Großmutter geschrieben. Sie war allerdings das jüngste der elf Kinder ihrer Familie und beim Tod der Großmutter erst fünf Jahre alt. Aus dramaturgischen Gründen habe ich sie ein wenig älter gemacht. Die Leserinnen und Leser mögen mir diesen Kunstgriff verzeihen.

*Paula Bellheim*